Le Sphinx Des Glaces

冰上斯芬克斯

[法]儒勒·凡尔纳/著
袁树仁 李葆捷/译

人民文学出版社

LE SPHINX DES GLACES

图书在版编目(CIP)数据

冰上斯芬克斯/(法)儒勒·凡尔纳著;袁树仁,李葆捷译.—北京:人民文学出版社,2019
ISBN 978-7-02-014781-6

Ⅰ.①冰… Ⅱ.①儒… ②袁… ③李… Ⅲ.①科学幻想小说—法国—近代 Ⅳ.①I565.44

中国版本图书馆 CIP 数据核字(2018)第 290591 号

策划编辑　王瑞琴
责任编辑　黄凌霞
装帧设计　李思安
责任印制　王重艺

出版发行　人民文学出版社
社　　址　北京市朝内大街 166 号
邮政编码　100705
网　　址　http://www.rw-cn.com

印　　刷　三河市宏盛印务有限公司
经　　销　全国新华书店等

字　　数　284 千字
开　　本　880 毫米×1230 毫米　1/32
印　　张　13.25　插页 3
印　　数　1—8000
版　　次　2016 年 8 月北京第 1 版
印　　次　2019 年 5 月第 1 次印刷

书　　号　978-7-02-014781-6
定　　价　39.00 元

如有印装质量问题,请与本社图书销售中心调换。电话:010-65233595

纪念埃德加·爱伦·坡①
并献给我的美国朋友们

---

① 埃德加·爱伦·坡(1809—1849),美国诗人、小说家。

目 录

第 一 部
（袁树仁 译）

第 1 章　克尔格伦群岛 ············· 3
第 2 章　双桅纵帆船"哈勒布雷纳"号 ········ 14
第 3 章　兰·盖伊船长 ·············· 27
第 4 章　从克尔格伦群岛到爱德华太子岛 ····· 41
第 5 章　埃德加·爱伦·坡的小说 ········· 58
第 6 章　"像那微微张开的裹尸布！" ······· 77
第 7 章　特里斯坦-达库尼亚群岛 ········· 90
第 8 章　驶向福克兰群岛 ············ 103
第 9 章　"哈勒布雷纳"号整装待发 ········ 115
第10章　远征之初 ··············· 130
第11章　从桑德韦奇地到极圈 ·········· 143
第12章　极圈与极地大浮冰之间 ········· 157
第13章　沿极地大浮冰前进 ··········· 172
第14章　梦幻中的声音 ············· 185

第15章　贝内特岛……196
第16章　扎拉尔岛……206

第 二 部

（袁树仁　李葆捷 译）

第 1 章　那皮姆呢？……221
第 2 章　下定决心……237
第 3 章　消逝了的群岛……249
第 4 章　从12月29日到1月9日……261
第 5 章　突然偏驶……272
第 6 章　陆地？……286
第 7 章　冰山翻倒……300
第 8 章　致命的一击……311
第 9 章　怎么办？……324
第10章　幻　觉……333
第11章　迷雾之中……345
第12章　营　地……356
第13章　德克·彼得斯跃入海中……370
第14章　三言两语话十一年……383
第15章　冰上斯芬克斯……394
第16章　十二比七十……412

第 一 部

袁树仁 译

第1章 克尔格伦群岛

这部故事题为"冰上斯芬克斯",估计没有一个人会相信它。这无关紧要,我仍认为将它公之于世确有必要。相信也好,不相信也好,悉听尊便吧!

这个饶有兴味而又惊心动魄的冒险故事,始于德索拉西翁①群岛。恐怕再也设想不出比这更合适的地点了。这个岛名是1779年库克②船长给它起的。我在那里小住过几个星期,根据我的所见所闻,我可以肯定地说,著名英国航海家给它起的这个凄惨的名字,是完全名副其实的。"荒凉群岛",这个岛名就足以说明一切了。

这组岛屿位于南纬49°54′、西经69°06′。我知道,在地名表中,一般称它为克尔格伦群岛。之所以这样叫,是因为早在1772年,法国克尔格伦男爵便首次在印度洋南部发现了这些岛屿。当然,那次航行时,这位海军准将还以为他在靠近南极海洋的边缘上发现了一块新大陆。下一次探险航行中,他只好承认了自己的错误。这只不过是一个群岛,共有大小岛屿三百多,位于广阔无

---

① 德索拉西翁意为荒凉、渺无人烟。
② 库克(1728—1779),英国航海家。

垠、渺无人烟的洋面上,南极的狂风暴雪几乎从不间断地袭击着它。请诸位相信我,对这组岛屿来说,"荒凉群岛"实在是唯一贴切的名字。

然而群岛上是有人居住的,构成克尔格伦人口主要核心的,是数名欧洲人和美洲人。到了1839年8月2日这一天,由于我来到圣诞-哈尔堡已两月之久,这个数字就又增加了一个个位数。我这次来到这里,本是为了进行地质和矿物研究。现在工作已经结束,我只等待时机,准备离开了。

圣诞港位于群岛中最大的岛屿上。该岛面积四千五百平方公里,相当于科西嘉岛面积的一半。圣诞港港口相当安全可靠,靠岸自由方便,船只可在水深四寻①处停泊。北部,高达一千二百法尺②的特布尔山巍然耸立,高踞于弗兰索瓦角之上。玄武岩将海角顶端剪成宽阔的弧形。驶过弗兰索瓦角之后,请你极目四望吧!你会看到狭窄的海湾和海湾内的星星小岛,迎着来自东方和西方的狂风傲然屹立。海湾深处,勾勒出圣诞-哈尔堡的剪影。让你的船只靠右舷直接驶入好了。进入泊位后,船只可只抛一个锚停泊。只要海湾不被坚冰冻结,掉头十分方便。

克尔格伦群岛尚拥有其他峡湾,数以百计。海岸线蜿蜒曲折,北部与西南部之间一段尤甚,状如贫苦姑娘裙裾的下缘。大小岛屿星罗棋布。土壤为火山成分,由石英组成,杂以发蓝的石块。夏季来临时,长出碧绿的苔藓,灰白的地衣,各种显花植物,茁壮刺人的虎耳草。只有上种小灌木可以生长,是一种味道极为

---

① 法寻,水深单位,1法寻约合1.624米。
② 1法尺等于325毫米。

苦涩的甘蓝,恐怕在任何其他国度里都是无法找到的。

这里正是适合巨型企鹅或其他企鹅群栖的地方。无数的企鹅群居在这一海域。这种笨拙的水鸟,全身着黄、着白,昂首后仰,其翅膀有如长袍的衣袖,恰似一队道士,沿海滩鱼贯而行。

补充一句,克尔格伦群岛也为毛皮用海豹、长着长鼻子的海豹和海象提供了大量的栖身之地。捕猎这些两栖动物,收益可观,可以向某些商业部门提供货源,于是,吸引了大量船只前来。

这一天,我正在港口散步,我下榻的旅店的老板上前与我攀谈。他说:

"如果我没有弄错的话,杰奥林先生,你已经开始感到度日如年了吧?"

旅店老板是位美国人,身材高大,膀大腰圆,已在圣诞-哈尔堡港定居二十多年。他开的旅店在这港口是独一处。

"阿特金斯大叔,只要你不感到不快,我会回答你,确实时光漫长啊!"

"哪里的话!"这位正直的汉子反驳道,"你会想到,我对这一类的巧妙回答,已经司空见惯,就像弗兰索瓦角的岩石对大海的汹涌波涛已经习以为常一样!"

"而且你也像岩石一样顶得住……"

"毫无疑问!你在圣诞-哈尔堡下船,下榻于挂着'青鹭'招牌的费尼莫尔·阿特金斯旅店那天,我心里就想,不出一个星期,最多不出半个月,我的客人就会厌烦,就会后悔涉足克尔格伦群岛了!"

"不,阿特金斯大叔,我对自己做过的任何事情,都从来不后悔!"

"这习惯可真好,先生!"

"何况,我足迹踏遍整个群岛,观察到了很奇特的东西,受益匪浅。我穿过了起伏不平、被泥炭沼分割成一块块的辽阔原野,上面覆盖着坚硬的苔藓。我会带回奇异的矿物和地质标本。我参加了你们这里的捕捉海豹活动。我观看了你们这里的企鹅群,看到企鹅与信天翁友好相处。我觉得这很值得观察。你不时为我做香槟海燕,亲手烹调。胃口不错的时候,这道菜相当鲜美。总之,我在'青鹭'旅店受到极好的接待,我对你感激不尽……不过,如果我没有算错的话,智利的三桅船'派那斯'号在隆冬季节将我送到圣诞-哈尔堡,已经两个月了……"

"于是你盼望着,"旅店老板高叫起来,"杰奥林先生,回到你的家乡,那也是我的家乡;回到康涅狄格州,重见我们的州府哈特福德……"

"当然,阿特金斯大叔,因为我在世界各地奔波已经快三年了……早晚有一天,必须停下来,扎个根……"

"对!对!一旦扎下根,"美国人眨着眼睛,对阵道,"最后就会生出枝叶来!"

"言之有理,阿特金斯大叔!不过,我家里已经没有人,很可能我家世系到我这里就要断后了。我年已四十,哪里还会异想天开要长出枝叶呢!我亲爱的老板,你倒是这样做了。你是一株树,而且是一棵参天大树……"

"一棵橡树,甚至可以说是一棵苍翠的橡树,如果你同意的话,杰奥林先生。"

"你服从了自然法则,这是对的!可是,既然自然赋予了我们双腿以行走……"

"自然也给了我们以坐下的本领呀!"费尼莫尔·阿特金斯善意地大笑着,巧妙地回答,"所以,我就舒舒服服地坐在圣诞-哈尔堡了。我的老伴贝特西给我生了十多个儿子。将来,儿子还会给我生孙子。孙男娣女欢绕膝前,像小猫崽一样……"

"你永远不再回故乡去了吗?……"

"回去干什么呢,杰奥林先生?我能干什么呢?……一贫如洗!……相反,在这里,在这荒凉群岛上,我却从未有过伤心痛苦的时刻,我和家人可以混个小康生活。"

"这毫无疑问,阿特金斯大叔,我向你祝贺,你很幸福……不过,某一天,一种欲望潜入你的心中,也不是不可能的……"

"挪窝的欲望吗,杰奥林先生!……算了吧!我已经对你说过了,我是一株橡树。一林橡树已经深深扎根,直到树干的中段都已埋在克尔格伦群岛的石英之中,这棵树,你试试挪挪看!"

这位可敬的美国人,完全彻底地适应了这里的一切。群岛变幻无常的气候使他受到了有力的磨炼。听到他讲出这一番话来,让人心里好不痛快!他和他的一家生活在这里,就像企鹅生活在群栖地一样。母亲是一位勇敢的胖妇人;儿子个个长得健壮结实,从不知道咽峡炎、胃扩张为何物。旅店生意兴隆。"青鹭"顾客为数不少,凡在克尔格伦群岛中途停泊的船只、捕鲸船及其他人等,均前来光顾。旅店为他们提供羊脂、油脂、沥青、大麦粉、调料、糖、茶、罐头、威士忌、杜松子酒、葡萄烧酒等。你想在圣诞-哈尔堡找到第二家旅店,只能是枉费心机。

说到费尼莫尔·阿特金斯的儿子们,他们有的是木匠,有的是帆篷工,有的是渔民。暖季来到的时候,他们在动物经过的各处深海,捕捉两栖动物。他们都是勇敢正直的人,直截了当地说吧,他们乖乖地服从了命运的安排……

"总而言之,阿特金斯大叔,"我对他说道,"我能来到克尔格伦群岛,非常幸运。我会带着美好的回忆离开这里……不过,能踏上归途,我是不会不高兴的……"

"好啦,杰奥林先生,耐心一些吧!"这位哲学家对我说道,"永远不要盼望或加速分别时刻的到来。再说,不要忘记,好天气不久就会回来啦……再过五六个星期……"

"可是直到目前,"我高声喊叫起来,"高山和平原,岩石和海滩,都还覆盖着厚厚的积雪,太阳甚至无力驱散地平线上的薄雾……"

"此话差矣,杰奥林先生!白色的衬衣下,已经可以看到嫩绿的野草往外钻啦!……你仔细瞧瞧……"

"让我仔细看看,果然如此!……咱们说句真心话,阿特金斯,你敢断定,这八月份,冰块还不会淤塞你们这里的港湾吗?这里的八月,相当于我们北半球的二月……"

"肯定是这样,杰奥林先生。不过,我再对你说一遍,要耐心!今年冬季很暖和……船只很快就会在东方或西方的海面上出现,因为鱼汛旺季就要来了。"

"苍天在上,但愿老天听见你的话,阿特金斯大叔。但愿上苍能顺利引来双桅纵帆船'哈勒布雷纳'号,这艘船大概很快就要到了!……"

"兰·盖伊船长,"旅店老板辩解道,"虽说是英国人,却是位心地善良的海员。——到处都有好人哪!——他在'青鹭'补充给养。"

"你认为'哈勒布雷纳'号……"

"一周之内肯定在弗兰索瓦角附近出现,杰奥林先生。否则,就是兰·盖伊船长不在了。如果兰·盖伊船长不在了,那就可能是'哈勒布雷纳'号在克尔格伦群岛与好望角之间沉没了!"

说到这里,费尼莫尔·阿特金斯大叔做了一个极为精彩的手势,说明这种可能性是根本不存在的。然后,他离开我走了。

我热切地希望旅店老板的预言尽快变成现实,我真的觉得度日如年了。照他说来,暖季的迹象已经显露出来——所谓"暖",当然是对这一海域而言。虽然这座主要岛屿的地理位置在纬度上与欧洲的巴黎、加拿大的魁北克相差无几,然而,这是在南半球。尽人皆知,由于地球的轨道是椭圆的,太阳占据一个辐射源,南半球冬季比北半球更加寒冷,夏季则比北半球更加炎热。可以确信无疑的是,由于暴风雪的缘故,克尔格伦群岛的严冬季节是极为可怕的,海洋冰封数月,虽然气温并不特别低——平均气温冬季为摄氏2度,夏季为摄氏7度,与福克兰群岛或合恩角情形差不多。

毋庸赘言,冬季严寒阶段,在圣诞-哈尔堡和其他港口,再没有一艘船只前来停靠。在我说的这个时节,船只仍很稀少。至于帆船,由于担心被坚冰封锁航道,都到南美洲智利西海岸或非洲去寻找港口,最常见的情形是到好望角的开普敦去。几条小艇,有的被形成固体的海水封住,有的侧倾在海滩上,直到桅冠都覆盖着冰霜。这就是圣诞-哈尔堡海面展现在我眼前的全部景象。

克尔格伦群岛虽然温差不大,气候却潮湿而寒冷。群岛经常遭受北风或西风的猛烈袭击,并夹杂着冰雹和暴雨,尤以西部为甚。靠近东部,虽然阳光被云雾半遮半掩,天空却比较晴朗。这一侧,圆形山顶上的雪线保持在海平面以上五十杜瓦兹①处。

我在克尔格伦群岛熬过了两个月之后,单等时机到来,好乘坐双桅纵帆船"哈勒布雷纳"号踏上归途。热情洋溢的旅店老板从人员平易近人和航海技术两方面,在我面前对这艘船赞不绝口。

"你绝对找不到更好的船!"他从早到晚反复对我这么说,"在英国从事远洋航行的船长中,无论从勇敢无畏上,还是职业技能上,都没有一个人能比得上我的朋友兰·盖伊!……若是他更善谈一些,感情更外露一些,那他简直就是十全十美的人了!"

我决定遵照阿特金斯大叔的嘱咐,一等到这艘双桅船在圣诞-哈尔堡停泊,就去预订船座。停泊六七天以后,船只就要继续航行,向特里斯坦-达库尼亚群岛驶去,到那里装载锡矿石和铜矿石。

我的计划是在特里斯坦-达库尼亚岛上度过暖季的几个星期。然后我打算从那里动身返回康涅狄格州。我没有忘记在人为的预计中为偶然留下余地。正如埃德加·爱伦·坡所说的那样"时时将无法预见的、意料之外的、无法想象的因素打算进去",才是明智的,"侧面的、无关紧要的、偶然的、意外的事实,值得给予极大的考虑余地,偶然性应该不断地成为严格计算的材料"。

我之所以引用我们这位伟大的美国作家的话,这是因为,虽然我本人是实用头脑,性格严肃认真,天生缺乏想象力,但我仍然对这位描述人类奇特行为的天才诗人赞赏备至。

现在,我们再回过头来谈谈"哈勒布雷纳"号,或更确切地说,是我在圣诞-哈尔堡可能会有哪些登船机会。在这个问题上,我

---

① 杜瓦兹为法国旧长度单位,约合1.949米。

无须担心会感到沮丧、失望。那时节,克尔格伦群岛每年有大量船只来到——至少五百艘。捕捉鲸类成效卓著,人们推断说,一只海象可以提供一吨油,即等于一千只企鹅的产油量。而最近几年,在这个群岛靠岸的船只已经只有十几艘了,大肆滥捕已使鲸鱼头数大大减少。事实正是如此。

所以,即使"哈勒布雷纳"号失约,兰·盖伊船长不来与他的朋友阿特金斯握手言欢,也丝毫不用担心。我会很容易找到机会离开圣诞-哈尔堡。

每天,我在港口附近散步。太阳开始有点力气了。岩石、山中平台或火山岩柱,渐渐脱去雪白的冬装。与玄武岩断崖成垂直方向的海滩上,长出了一簇簇酒红色的苔藓。洋面上,五十码到六十码长的海带,蜿蜒起伏,随风飘荡,犹如丝带。平原上,靠近海湾深处,几株禾本科植物羞涩地抬起头来,其中有显花植物里拉,原生安第斯山脉;其次是火地岛大地植物区系的禾本科植物;也有本地土壤生长的唯一小灌木,前面我已经谈过,是一种巨型甘蓝,因具有抗坏血病的功能而成为珍品。

至于陆地哺乳类动物——水生哺乳类在这一海域比比皆是——迄今为止,我还从未遇到,两栖类或爬行动物也没有见到。只有几种昆虫——蝴蝶或其他昆虫——又没有翅膀。如果有翅膀,恐怕还未来得及使用,就会被强大的气流卷到波涛滚滚的洋面上去了。

有一两次,我乘坐过坚固的小艇。渔民们驾驶着这种小艇,迎风破浪前进。阵阵海风拍打着克尔格伦群岛的岩石,如投石器一般轰然作响。甚至可以尝试乘坐这种船只远涉重洋到开普敦去。如果肯多花时间,说不定能够抵达那个海港。请诸位放心,我是绝对不想这样离开圣诞-哈尔堡的……不！我正在等待着双桅船"哈勒布雷纳"号。"哈勒布雷纳"号是不会姗姗来迟的。

漫游过程中，我的足迹遍及各个海湾。我很惊异地发现，海岸各处景色不同。这饱经沧桑的海岸，这奇特的不可思议的骨架，完全为火山构造，它刺破雪白的冬季裹尸布，露出骨骼上发蓝的四肢……

我的旅店老板，安居于圣诞-哈尔堡家中，对自己的生活可谓心满意足。虽然他给我出了明智的主意，有时我仍然心急如焚！这说明，在这世界上，由于生活的实践而成为哲学家的人，仍然寥寥无几。在费尼莫尔·阿特金斯身上，肌肉系统远比神经系统发达，可能他拥有的本能，更胜过智慧。这些人对逆境斗争能力更强，归根结底，很可能他们在人世间遇到幸运的机会就更大。

"'哈勒布雷纳'号呢？……"我每天早上这样问。

"'哈勒布雷纳'号吗，杰奥林先生？"旅店老板以肯定的语气回答我说，"今天肯定到。今天不到，明天肯定到！……肯定有那么一个头一天，是不是？到了第二天，兰·盖伊船长的国籍旗在圣诞-哈尔堡自由港上空迎风招展！"

当然，为了扩大视野，只要爬上特布尔山就可以了。登上海拔一千二百法尺高处，可远眺至三十四五海里开外的地方。甚至透过薄雾，说不定还能提前二十四小时遥望到双桅船？然而从山坡直到峰顶，仍然被厚厚的积雪覆盖着，仿佛穿着臃肿的冬装。恐怕只有疯子才会想到攀登上山吧！

有时我在海滩上奔跑，吓得许多两栖动物仓皇而逃，跃入初融的海水之中。企鹅则笨重而无动于衷。当我走近时，依然岿然不动。如果它们不是那等愚蠢的模样，倒真想和它们攀谈一番，当然只能使用它们那种高声聒噪、震耳欲聋的语言了！而黑色的海燕，黑白两色的剪水鹱，鹪鹏，燕鸥和海番鸭，全都振翅飞逃了。

一天，我有机会观看了一只信天翁起飞。企鹅们用自己最精彩的聒噪为它送行——有如一位即将远行的朋友，可能离开它们一去而不复返。信天翁这种强有力的飞鸟可以一口气飞行两百里①，不事休息。速度亦极快，可在几小时内穿越遥远的空间。

这只信天翁，立于圣诞-哈尔堡海湾尽头一座高高的山岩上，峭然不动，注视着大海。浊浪拍岸，有力地撞击在礁石上，碎成千万朵浪花。

蓦地，大鸟展翅高翔，脚爪收拢，头部用力前伸，有如船头的斜桅托板。它发出尖声鸣叫，转眼之间，在高空中变成了一个黑点，消逝在南天的雾障之后了。

---

① 法国古里，一里约等于四公里。下同。

第2章 双桅纵帆船"哈勒布雷纳"号

吨位为三百；桅桁稍倾，可以收风；逼风航行时速度很快。帆面可分前桅、主桅和船头三部分。前桅包括双桅船前桅、前桅帆、第二层帆和第三层帆；主桅包括后桅帆和顶桅；船头包括船首三角帆和大小三角帆。这就是圣诞-哈尔堡等待的斯库那船，这就是双桅纵帆式帆船"哈勒布雷纳"号的基本构造。

船上有船长一人，大副一人，水手长一人，厨师一人，加上八名水手——一共十二人，操作人手足够。船只建造牢固，肋骨及船壳板全部用铜销钉组装；船帆宽大；船尾轮廓开阔优美。这艘船，可在恶劣气候条件下航行，操作灵活，最适于在南纬40°到60°之间行驶。它是比肯黑德造船厂①的骄傲。

以上情况都是阿特金斯大叔向我提供的，而且伴随着多少赞美之辞啊！

兰·盖伊船长是利物浦人，指挥"哈勒布雷纳"号已经将近六年。船只的五分之三属于他个人。他在非洲和美洲的南部海洋上进行贸易活动，来往于各群岛之间，各大陆之间。他的双桅船之所以只拥有十二名船员，正是因为这艘船单纯从事贸易。如

---

① 比肯黑德造船厂为英国利物浦一家著名造船厂。

果要捕捉两栖类动物,如海豹等,人手就要增加,而且要装备渔具,捕鲸用的鱼叉、大鱼叉、钓鱼线等等为这种艰苦工作所必需的设备。我还要补充一句:这一带海面不甚安全,那时经常有海盗出没,靠近岛屿时应该倍加提防。但是,如果"哈勒布雷纳"号遭到袭击,它是不会措手不及的:船上装有四门石炮,圆炮弹和成包的弹丸数量充足,炸药贮藏舱内储备相当丰富;手枪、卡宾枪挂在枪架上;最后还有舷墙保护网。这一切保障了船只的安全。此外,值班人员睡觉时总是保持高度警惕。在这一带海上航行,如果不采取这些防范措施,那是少有的粗心大意。

8月7日这天清晨,我半睡不醒地躺在床上。忽然响起旅店老板粗大的嗓门和用拳头打门的声音,我从床上跳下地来。

"杰奥林先生,你醒了吗?……"

"当然,阿特金斯大叔。这么大的声音,我还能不醒!——出什么事啦?……"

"东北海面上,六海里的地方,有一艘船,正朝着圣诞港驶来!……"

"是'哈勒布雷纳'号吧?……"我猛然掀掉被子,高声叫道。

"再过几小时就知道了,杰奥林先生。不管怎么说,这是今年的第一艘船,隆重欢迎是理所当然的。"

转眼之间我穿好衣裳,跟随费尼莫尔·阿特金斯来到码头上,站在圣诞-哈尔堡海湾两端中间、观看远方地平线视角最大的地方。

天气相当晴朗,海面上最后的晨雾正在消散,海水平静无波,微风习习。由于信风的缘故,克尔格伦群岛这一侧,天空比对岸更加明亮。

二十来名居民——大部为渔民——将阿特金斯大叔团团围住。毫无疑问,他是群岛上最重要的、也是最受敬重的人物。因此他的话也最有分量。

那时船只进入港湾风向正顺。不过,正是落潮。已经看得见的船只——一艘斯库那船——正不慌不忙地降帆前进,等待着涨潮。

人群议论纷纷。我心急如焚,倾听着各种议论,并不插言。意见分歧,每一方都固执地坚持己见。

我应该承认——而且这使我心中十分难过——大部分人反对这艘斯库那船就是双桅帆船"哈勒布雷纳"号的说法,只有两三个人表示了肯定。站在他们一边的就有"青鹭"的主人。

"这是'哈勒布雷纳'号!"他反复说道,"兰·盖伊船长还能不第一个抵达克尔格伦群岛,别胡扯了!……是他,没错!我敢肯定!如同他来了,他的手握住我的手,和我商谈,要一百担马铃薯补充给养一样,千真万确!"

"阿特金斯先生,你眼皮里长雾了吧!"一位渔民反唇相讥道。

"还没有你脑袋里的雾多!"旅店老板尖刻地回答。

"这艘船的外形与英国船不同,"另外一个人发表意见说,"船头细长,甲板脊弧突出,我估计是美国造。"

"不对……这是英国船,"阿特金斯先生驳斥道,"而且我差不多说得出来,是哪个造船厂所造……对!……是利物浦的比肯黑德造船厂,'哈勒布雷纳'号就从那里下的水!"

"压根儿不是!"一位上了年纪的水手很有把握地说,"这艘斯库那船是在巴尔的摩尼珀和斯特隆日联合公司镀的锡,是切萨皮克河①水首次溅湿它的龙骨。"

"还是说默尔西河②河水吧,可怜的傻瓜!"阿特金斯大叔反驳说,"喂,擦擦你的眼镜,瞧瞧斜桁上升起的国籍旗吧!"

"英国旗!"人群异口同声地大叫起来。

果然,大不列颠联合王国的国旗刚刚展开鲜红的绸面,映照着英国船只的一角。

没有任何疑问了。朝圣诞-哈尔堡港湾驶来的,确实是一艘英国船。但是,肯定了这一点,并不意味着这必然就是兰·盖伊船长的双桅船。

再过两小时,这已不成其为争论的焦点了。

正午以前,"哈勒布雷纳"号已在圣诞-哈尔堡港湾中间海水四寻深处抛锚。

阿特金斯大叔见了"哈勒布雷纳"号船长喜形于色,手舞足蹈。我似乎觉得船长并不怎么感情外露。

他是一位四十五岁的男子,面色红润,四肢健壮,正像他的双桅帆船一样;强有力的头部,头发已经花白;眼睛乌黑,浓重的双眉下,眼珠闪烁着火焰般热情的光辉;皮肤黝黑;抿紧的双唇,露出排列整齐的牙齿,结结实实地长在强有力的颌骨上;下巴上留着一撮山羊胡,粗壮的胡须呈赭色;双腿双臂强健有力。兰·盖伊船长给我的印象就是这样。其外貌并非严峻,说不动声色可能更确切些。从外表上看,他是一位十分内向的人,不会痛痛快快吐露内心的秘密。——这是兰·盖伊船长抵达的当日,一位

---

① 切萨皮克河,美国一河流。
② 默尔西河,英国一河流。

比阿特金斯大叔更了解情况的人讲给我听的,虽然我的旅店老板自认为是船长的挚友。事实上,任何人都不能自吹说,对这位天性拒人于千里之外的人,已经深入了解他的内心。

我立刻就要谈到我刚才提到过的人。他就是"哈勒布雷纳"号的水手长,名叫赫利格利,怀特岛生人,四十四岁;中等身材,显得短粗胖,健壮有力;两臂撒开,不贴身,罗圈腿;脑袋像个肉球,长在公牛一般的脖子上;胸脯宽阔,似乎容得下正常人双倍的肺叶——我自忖他是否真的长着这么多的肺叶,因为他呼吸时消耗的空气确实量很大——他总是气喘吁吁,总是不停地讲话;嘲弄人的眼睛,满面笑容可掬,眼睛下面一堆皱纹,因颧骨肌肉不断收缩而产生。还要指出他的嘴,吊在左耳垂上。这与双桅帆船的船长对比多么强烈!两个人差异如此之大,竟然能够配合默契!他们就是合得来,已经一起航行了十五六年——首先在双桅横帆船"威力"号上,后来,在本书故事开始前六年,"哈勒布雷纳"号又代替了"威力"号。

赫利格利刚刚抵达,就从费尼莫尔·阿特金斯处获悉,如果兰·盖伊船长同意,我要搭乘这艘船。所以,未经介绍和任何准备,水手长当天下午就朝我走来。他已经知道我的名字,用下面这句话开头与我攀谈起来:"杰奥林先生,我这厢有礼了。"

"我也向你致意,我的朋友,"我回答道,"有什么事吗?"

"为您效劳。"

"效劳?……哪方面呢?"

"在你有意登上'哈勒布雷纳'号方面……"

"请问您是哪一位?"

"船上职务和名字是水手长赫利格利,也是兰·盖伊船长的忠实伙伴。船长是有名的听不进任何意见的人,他却痛痛快快听我的。"

于是我想:如此热心帮忙的人,应该利用。看来,他毫不怀疑自己对兰·盖伊船长可以施加巨大影响。

我回答道:"那好,朋友,如果你的职责此刻不呼唤你,咱们聊聊吧。"

"杰奥林先生,我有两小时空余时间。再说,今天活也不多。明天,要卸货,要补充给养……这对船上人员来说,都是休息时间……如果你有空……我也有空……"

说着,他朝海港深处摇摇手,指着他熟悉的方向。

"在这里谈谈不是很好吗?"我拉住他,提请他注意。

"聊聊,杰奥林先生,站着聊……嗓子眼干得冒烟……坐在'青鹭'的一角,面前摆上两杯威士忌茶,岂非轻而易举……"

"我可滴酒不沾,水手长。"

"没关系,我喝双份。唉,你可不要以为是和醉鬼打交道啊!……不!……我从来不过量,但是一定要喝足!"

我跟随这位水手走去。显然,他已经惯于在酒店的水中游泳了。阿特金斯大叔此刻正在双桅帆船甲板上,忙着争议买价卖价。我们在他旅店的大厅中坐了下来。首先,我对水手长说:"我正好指望通过阿特金斯,让我和兰·盖伊船长搭上关系。如果我没有弄错的话,他和船长特别熟……"

"呸!"赫利格利说道,"费尼莫尔·阿特金斯是个好人,他对船长十分敬重。可是,他无论如何比不上我!……让我给你活动活动吧,杰奥林先生……"

"难道这事这么难办吗,水手长?'哈勒布雷纳'号上一个空闲舱位都没有吗？……我有一间最小的舱室就可以,而且我付钱的……"

"太好了,杰奥林先生！舱面室的一侧,有一间舱室,从来没有人用过。既然你不怕必要的时候破费……不过,我对你讲句知心话:恐怕要比你想的还要机灵,比老阿特金斯还要机灵,才能使兰·盖伊船长下定决心接纳搭船乘客！……好！一个好小伙子为你的健康干杯了！很遗憾你不能礼尚往来。恐怕将他全部的机智都使上也不算过分！"

伴随着这句话,他闭起左眼,右眼闪射出异样的光芒！仿佛他两只眼睛具有的全部勃勃生机都集中到一只眼睛的眼球上表现出来了！毋庸讳言,这美妙的言辞结尾处,已淹没在一杯威士忌中。水手长并不赞赏威士忌的上等质量,因为"青鹭"的酒不过来源于"哈勒布雷纳"号的食品贮藏舱而已。

然后,这个鬼家伙从上衣口袋中掏出一只黑而短的烟斗,装上烟,安上烟草帽,用力将烟斗插在嘴角两颗白齿的缝隙之间,点上烟。他喷云吐雾,有如一艘正在生火的轮船。他的头部竟然在灰白色的云雾后面变得模糊不清了。

"赫利格利先生？……"我说。

"杰奥林先生……"

"为什么你们船长不高兴接待我呢？……"

"因为他头脑中从未考虑过船上搭乘旅客的问题。直到现在为止,凡是这一类的要求,他总是一律回绝。"

"什么原因呢,我想问问你……"

"噢,因为他不愿意碍手碍脚,他要行动完全自由,想去哪里就去哪里;只要他认为合适,就可以掉转船头,向北或南,朝着日落方向或旭日东升方向,而不需要向任何人阐明理由!这南部海洋,他从没有离开过,杰奥林先生。我们一起在这一带海面奔波,已经多年,东到澳大利亚,西到美洲,从霍巴特敦到克尔格伦群岛、特里斯坦-达库尼亚群岛、福克兰群岛,只有卖掉船上货物时才停泊一下,有时直驶到南极海洋。在这种情况下,你可以理解,一位乘客可能碍事。再说,有谁愿意登上'哈勒布雷纳'号呢,它不喜欢与微风调情,海风将它推向哪里就驶向哪里。"

我自忖,是否水手长千方百计要把这艘双桅船描绘成一艘神秘的船只,无目的地航行,到停泊地也不久留,是想入非非的船长指挥的高纬度地区漫游船。不管怎么样,我对他说道:"总之,'哈勒布雷纳'号四五天以后就要离开克尔格伦群岛,是吗?……"

"肯定……"

"这一次,航向是向西,朝特里斯坦-达库尼亚群岛驶去,是吗?……"

"很可能。"

"那好,水手长,这个可能对我已经足够了。既然你愿意为我效劳,那就请你一定使兰·盖伊船长下定决心,允许我搭船……"

"好,这事就算办成了吧!"

"太好了,赫利格利,你是不会后悔的。"

"唉,杰奥林先生,"古怪的水手长头摇得好像刚出水一样,反驳道,"我从来任何事都不后悔。我明白,给你帮忙,我也绝不会后悔的。现在,如果你允许,我就告辞。我立即回船,也不等我的朋友阿特金斯回来了。"

他一口喝干了最后一杯威士忌——我仿佛觉得那杯子都要和酒一起消逝在他的喉咙里。赫利格利俨然以保护人的姿态向我微微一笑,然后,粗壮的上身在罗圈腿的双弧上一摇一摆,烟袋锅里喷出呛人的烟雾包围着他,他走出大厅,朝"青鹭"东北方向而去。

  我坐在桌前,陷入沉思。各种自相矛盾的想法萦绕心头。这位兰·盖伊船长到底是什么人?阿特金斯大叔给我描述的,是技术高超的海员加上正直的人。就算他集二者于一身好了,根据刚才水手长对我说的话,本来也没有什么值得怀疑。既然我愿意不计较价钱,满足于船上的生活,头脑中就从未考虑过,搭乘"哈勒布雷纳"号的要求竟然会成为难题。这一点我承认。是什么理由使兰·盖伊船长拒绝我呢?……他不愿被什么协议束缚手脚;航行过程中,如果他心血来潮要到某处去,他就不愿被迫驶往另一处。这条理由是否讲得通呢?……说不定,由于他航行的性质,他有特殊原因要提防陌生人吧?……他进行走私活动或者贩卖黑奴?那个时代在南方海上,这仍是相当频繁的贸易活动……不管怎么说,这些解释都说得过去。可是心地善良的旅店老板却为"哈勒布雷纳"号及其船长担保。这是正派船,正派船长,费尼莫尔·阿特金斯两样都保证!……如果他对这两条都没有产生错觉,那确实相当了不起了!……不过,他对兰·盖伊船长的了解,无非是一年一度停泊克尔格伦群岛时与他见面。在这里,他只进行正常的贸易活动,当然不会引起任何怀疑……

  另一方面,我自忖,是否水手长为了显示他给我帮这个忙多么重要,有意抬高自己的身价……船上能有一位乘客像我这么随和,又不计较搭乘的价钱,说不定兰·盖伊船长很满意、很高兴呢!……

  一小时以后,我在码头上遇到旅店老板,我把事情经过告诉了他。

"啊,这个赫利格利魔鬼,"他高叫起来,"禀性难移!……你要相信他呀,那兰·盖伊船长不征求他的意见,连擤鼻涕都不敢!……杰奥林先生,你看这位水手长,真是个怪人!他心眼儿倒不坏,也不愚蠢,就是像魔鬼一样地捞美元和几尼①!……如果你落到他的手里,当心点你的钱袋!……把你的衣服口袋或钱包扣子扣好,不要让人给搂了去!"

"谢谢你的忠告,阿特金斯。告诉我,你已经和兰·盖伊船长谈过了吗?……谈过这件事了吗?……"

"还没有,杰奥林先生,来得及。'哈勒布雷纳'号还刚到,抛了锚,还没遇到退潮掉头呢!"

"好吧!不过,你大概可以理解,我希望尽早把这件事定下来。"

"耐心点吧!"

"我急于心里有个数。"

"唉,不用担心,杰奥林先生!事情自然而然会办好!再说,即使不上'哈勒布雷纳'号,你也不用犯难。随着鱼汛季节到来,马上会有很多船只来到圣诞-哈尔堡,那数目比'青鹭'四周的房屋还要多!这事就交给我啦!你上船的事,我负责!"

一方面是水手长,另一方面是阿特金斯大叔,但这不过是口头上说说而已。尽管他们向我许下了诺言,我还是决定直接与兰·盖伊船长交涉一下,虽然他这人不大好接近。我决定单独碰到他的时候,和他谈谈我的计划。

---

① 几尼,英国旧金币,一几尼值二十一先令。

到了第二天，才有一个机会。在此以前，我沿着码头漫步，仔细端详这艘斯库那船，发现这是一艘外形美观、十分坚固的帆船。这一带海域，流冰块有时漂到50°纬度线以外，坚固是船只必不可少的优点。

下午时分，我走近兰·盖伊船长的时候，看出他似乎想回避我。

在圣诞-哈尔堡，顺理成章地，为数不多的渔业人口基本上是不更新的。我再重复一遍，那时节来往船只为数不少，有时几位克尔格伦群岛人到船上干活，以代替短缺的人或死去的人。总而言之，岛上人口固定不变，兰·盖伊船长大概每个人都认识。

再过几个星期，大批船只纷纷到达，船上人员拥塞码头，呈现出平时少有的繁忙景象时，他也可能认错人。繁忙景象随着鱼汛季节的结束而告结束。但是，现在才8月份，"哈勒布雷纳"号利用异常温和的冬季来到，在港口内是独一无二的船只。

所以，即使水手长和旅店老板还没有在兰·盖伊船长面前为我说项，他也不会猜不出我是异乡人。

他的态度只能意味着。要么，他已经得知我的想法，他还不想答复；要么，赫利格利也好，阿特金斯也好，从前一天到那时为止，还不曾与他谈起这件事。如果属于后一种情况，他之远远避开我，则是由于他天性不善于与人攀谈，与一个陌生人发生关系对他不合适。

可是我已经忍耐不住了。这个难以接近的人要拒绝我，就让他拒绝好了！强迫他违心同意我上船，我丝毫没有这个意图。我甚至不是他的一国同胞。克尔格伦群岛上，也没有一个美国领事或代理人，否则我还可以在他们面前发上几句牢骚。最重要的是我要有个准信。如果我在兰·盖伊船长面前碰了钉子,我受到的损失,无非就是等待另一艘更热心的船只来到而已——至多也就耽搁两三个星期。

我刚要与船长搭话,船上大副来了。船长利用这个机会走开,他向大副做个手势,叫他跟着他走。他们绕到海港尽头,消逝在岩石角上,溯海湾北岸而上了。

"见鬼!"我心里想道,"看来,我得相信,要达到我的目的还困难重重哩!不过,也只是推迟一下而已。明天上午,我要到'哈勒布雷纳'号船上去。不管他愿意不愿意,这位兰·盖伊,他得听我讲话,然后回答我行还是不行!"

也很可能,快进晚餐的时候,兰·盖伊船长会到"青鹭"来。一般情况下,船只停泊时,海员都到这里来进午餐和晚餐。在海上航行数月之后,喜欢换换花样。一般来说,在船上的食谱无非就是饼干和咸肉而已。

从身体健康来说,也需要这样。新鲜食品已装上船,船上上司们也感到在旅店吃饭更好些。我毫不怀疑,我的朋友阿特金斯已经做好准备,要像样地接待双桅船船长,大副和水手长了。

我等待着,很晚才上桌吃饭。结果大失所望。

船长也好,其他人也好,船上竟没有一个人光临"青鹭"。我只好像两个月来每天那样,一人独自进餐。不难想象,在寒季里,阿特金斯大叔的主顾基本上是不变的。

饭后,将近七点半钟,夜幕降临,我到港口有房屋的一侧去散步。

码头上空无一人。旅店的窗户发出微弱的光亮。"哈勒布雷纳"号的船员,没有一个人上岸。小艇已用撑索拴好。海水涨潮,微波荡漾,小艇轻轻地摇晃。

这艘斯库那船,简直和兵营一样,太阳一落,就禁止海员上岸了。这项措施大概会使赫利格利十分不快。他是个话匣子兼酒坛子。我猜度,停泊期间,他是很喜欢从这家酒店窜到那家酒店的。在"青鹭"附近,我没有看到他,也没有见到船长。

我在双桅船近旁踱着方步,一直待到九点钟。渐渐地,船体暗下去了。湾内的海水只映出一个闪闪发光的拔瓶塞用的螺丝起子,那是挂在前桅支柱上的船头灯。

我回到旅店,只见费尼莫尔·阿特金斯在门边吸着烟斗。

"阿特金斯,"我对他说,"好像兰·盖伊船长一点不喜欢经常光顾你的旅店哪!"

"他有时星期天来,今天是星期六,杰奥林先生。"

"你还没跟他说吗?"

"说了。"旅店老板回答我说,明显露出为难的口气。

"你对他说了,一个你认识的人希望搭乘'哈勒布雷纳'号吗?"

"说了。"

"他怎么回答呢?"

"既不是我所希望的,也不是你所希望的,杰奥林先生。"

"他拒绝?"

"差不多。他对我说:'阿特金斯,我的双桅船不是用来接待乘客的。我从来没有接待过,也不要指望哪一天我会接待。'你说这是不是拒绝呢?"

第3章　兰·盖伊船长

我一夜未能安睡。好几次,我"梦见自己在做梦"。然而——这是埃德加·爱伦·坡的观察所得——怀疑自己是否在做梦的时候,往往就要醒了。

于是我醒了,对这位兰·盖伊船长仍然满腔怒火。搭乘"哈勒布雷纳"号离开克尔格伦群岛的想法,早已在我头脑中深深扎根。阿特金斯大叔不断向我吹嘘这艘船,说它一向是一年中最早抵达圣诞-哈尔堡的。我掐着指头一天一天地算,一小时一小时地算。有多少次,我仿佛看见自己坐在这艘双桅船上,航行在群岛海面上,航向直指西方,朝着美洲海岸驶去!我的旅店老板从不怀疑兰·盖伊船长乐于助人,何况这与他自己的利益亦不矛盾。接纳一名乘客,既不要因此被迫改变航线,又能拿到一笔可观的搭乘费,恐怕没有什么商船会拒绝这么做。谁会想到竟然发生这种事呢?……

我感到胸中一股怒气隐隐而起,这人未免太不乐于助人了!我肝火上升,神经紧张。前进的道路上突然出现了障碍,我不由得勃然大怒。

一夜怒气未消,烦躁不安,难以成眠。到了天亮时,我才平静下来。

对兰·盖伊这种令人不悦的做法,我已经决定,要与他当面理论理论。很可能我一无所获,但是,至少我要将心中的不悦一吐为快。

阿特金斯大叔已经谈过了,得到的答复,大家都已知晓。那么,热心的赫利格利,迫不及待地表示愿意为我效劳,自称对兰·盖伊船长甚有影响,他会为了实践他的诺言而蛮干吗?不知道,我没有遇到他。无论如何,他的处境不会比"青鹭"的老板更好过一些。

早晨八点左右,我走出房门。用法国人爱用的一个词,就是"狗天气"——用更正确的词句,就是天气极坏。雨雪交加,狂风从西面高山顶上飞旋而下,天低云暗,气流和海水如雪崩一般翻腾着。这种天气,兰·盖伊船长上岸来在狂风暴雨中淋个落汤鸡,是绝对不可能的。

果然,码头上空旷无人。几条渔船暴风雪来临之前已离开了海港,大概躲到海浪和狂风无法企及的小湾深处去了。至于我要到"哈勒布雷纳"号船上去,如果不叫一条小艇来接我,我根本去不了。水手长也不曾许诺负责派小艇前来。

"再说,"我自忖道,"在双桅船的甲板上,船长等于在自己家中一样。如果他执意毫无道理地拒绝我,我也打算据理力争,那最好是在中立地带进行。我可以躲在我的窗子后面窥视他。如果他的小艇上码头,这回他可别想躲开我。"

回到"青鹭"后,我坚守在玻璃窗后面。玻璃上雨水淋淋,我将呵气擦去。狂风阵阵从壁炉烟囱倒灌室内,将炉膛内柴灰吹得到处皆是,我也无暇顾及了。

我等待着,神经紧张,急躁不安,强压怒火,越来越恼。两小时过去了。暴风雨平息了,比我平静得还快。克尔格伦群岛风向极不稳定,经常如此。

将近十一点钟,东方高云层占了上风,暴风雨转到群山另一侧去,销声匿迹了。

我打开窗户。

这时,"哈勒布雷纳"号的一条小艇正准备解开掣索。一位水手下到艇内,装上一副桨;另一个人坐在艇尾,也不扶住操舵索。斯库那船与码头之间,距离只有五十杜瓦兹左右,绝不会再多。小艇靠岸。那人跳下船来。

这正是兰·盖伊船长。

几秒钟之内,我已经跨过旅店门槛,停住脚步,站在船长面前。他手足无措,要避开两船相撞的样子。

"先生。"我对他说道,口气生硬而冷淡——冷得就像刮东风时的天气。

兰·盖伊船长定睛望着我。他墨黑的眼睛饱含忧伤,使我十分震惊。然后,他开口说话了。声音低沉,几乎耳语一般:

"你是外地人吗?"他问我。

"对克尔格伦群岛人来说,是外地人。"我回答道。

"英国国籍?"

"不是,美国。"

他作了一个简洁的手势向我施礼,我也同样还礼。

"先生,"我接着说,"我有理由相信,'青鹭'的阿特金斯大叔,已稍微与你谈及我的一项要求。在我看来,这个要求似乎值得受到赞助,对一位……"

"是要搭乘我的双桅帆船吗?"兰·盖伊船长问道。

"正是。"

"先生,我没能同意这项要求,很遗憾。"

"你能告诉我为什么吗?……"

"因为我没有在船上捎带乘客的习惯,这是其一。"

"那其二呢,船长?……"

"因为'哈勒布雷纳'号的航行路线从来事先不固定。它动身前往某一港口,可是却到另一港口去了,根据哪里对我有利而定。先生,你要知道,我根本不是为哪一位船主服务的。双桅帆船大部分属于我,我无须听从任何人的命令来决定它的航程。"

"那么,先生,同意不同意我搭船,也只取决于你一个人了……"

"是这样。不过给你的答复只能是拒绝,非常遗憾。"

"船长,假如你知道,你的双桅船开往什么目的地对我完全无关紧要,你也许会改变主意的。除非假设它要到某个

地方……"

"某个地方,确实。"

这时,我仿佛觉得兰·盖伊船长的目光缓慢地往南方天际扫了一下。

"喂,先生,"我接着说,"到这里或那里,对我都无所谓。我最希望的是一有机会就尽快离开克尔格伦群岛……"

兰·盖伊船长没有回答,仍在沉思。他并不想跟我不告而别。

"先生,请你听我说好吗?"我语气相当急切地问道。

"好的,先生。"

"我要补充一句话。如果我没有记错的话,如果你的双桅船航行路线没有改变的话,你的计划是从圣诞-哈尔堡到特里斯坦-达库尼亚群岛去……"

"可能去特里斯坦-达库尼亚,也可能去开普敦,也可能去福克兰群岛……也可能去别处……"

"那好,船长,我想去的正是别处!"我不无讥刺地针锋相对地说道,极力压抑着我的恼怒。

这时,兰·盖伊船长的态度发生了奇异的变化。他的声音变了调,更加生硬,更加嘶哑。他用干脆而明确的字句使我明白,无论怎样坚持也是徒劳无益;我们谈话的时间已经太长,他时间紧迫,要到海港办公室去办事……总之,我们互相要说的话,都已经说够了……

我伸出手臂拦住他——说拉住他,可能更确切些——这场已经开始得不妙的谈话,很可能要更加不妙地结束。这个怪人朝我转过身来,声调已和缓一些,这样表述道:"先生,请你相信,我不能满足你的要求。对一位美国人表现得这样不客气,我心里很觉过意不去。但是我无法改变我的行为。'哈勒布雷纳'号航行过程中,可能发生这样那样无法预料的事件,一位乘客在场可能诸多不便……哪怕是你这样随和的人……这可能招致我无法利用我寻求的机遇……"

"我已经对你说过,船长。我再重复一次,我的意图是回到美国康涅狄格州。三个月之内或六个月之内到达,走这条路线或另一条路线,对我都无所谓。哪怕你的双桅船朝南极海洋开去……"

"南极海洋!"兰·盖伊船长用疑问的语气高叫起来。同时他的目光搜寻着我的内心,仿佛我肚里藏刀一般。

"为什么你与我提到南极海洋?……"他截住话头,抓住我的手。

"我不过是随便说说,就跟我说北冰洋、北极或南极一样……"

兰·盖伊船长没有回答。我仿佛看见他眼中有一颗泪珠在滚动。似乎我的回答唤起了他什么刺心的痛苦回忆。他极力摆脱这种回忆,转到其他思路上去。

"这个南极,"他说道,"谁敢去冒险呢?……"

"抵达很困难……而且也没什么用,"我针锋相对地说道,"不过,确有酷爱冒险的人投身于这类的事业中去。"

"是的……酷爱冒险!……"兰·盖伊船长嗫嚅着。

"对啦,"我又说道,"正好美国又要进行新的尝试了。是查尔斯·威尔克斯[①]的探险队,有'文森斯'号,'孔雀'号,'海豚'号,'飞鱼'号和好几艘同行船只……"

---

① 查尔斯·威尔克斯(1798—1877),美国海军军官,探险家。

"美国,杰奥林先生?……合众国政府派遣一支探险队去南极海洋,你能肯定吗?……"

"这事千真万确。去年我离开美国以前,听说这支探险队刚刚出海。到现在已经有一年了,说不定勇敢无畏的威尔克斯又将他的探险活动推进到了他的前人从未到达的地方。"

兰·盖伊船长又沉默不语了。后来,他从这无法解释的关切之中清醒过来,说道:"无论如何,即使威尔克斯成功地穿越了极圈和极地大浮冰,他是否能超过更高的纬度,还值得怀疑,比起……"

"比起他的先驱者别林斯高晋①、福斯特②、肯德尔③、比斯科④、莫勒尔⑤、坎普⑥、巴勒尼⑦……"我回答道。

"和……"兰·盖伊船长补充道。

"和谁?你指的是谁?"我问道。

"你是康涅狄格州生人吗,先生?"兰·盖伊船长突然说道。

"是康涅狄格州。"

"具体是哪里?……"

"哈特福德。"

"你知道楠塔基特岛吗?……"

"我游览过数次。"

---

① 别林斯高晋(1778—1852),俄国航海探险家。
② 福斯特,英国探险家。
③ 肯德尔,英国探险家。
④ 比斯科(1794—1843),英国南极航海家。
⑤ 莫勒尔,美国探险家。
⑥ 坎普,英国探险家。
⑦ 巴勒尼,英国航海家。

"我想你是知道的,"兰·盖伊船长说道,眼睛死死盯住我,"贵国小说家埃德加·爱伦·坡,让他笔下的主人公阿瑟·戈登·皮姆,正好诞生在楠塔基特岛……"

"确实不假,"我答道,"我想起来了,这部小说的开头是发生在楠塔基特岛。"

"你说……'这部小说'?……你用的确是这个词吗?……"

"没问题,船长……"

"是的,你和别人都这么说!……噢,对不起,先生,我不能再等了……我很遗憾……非常遗憾,不能帮你这个忙……不要以为,这件事我经过考虑,想法会改变。再说,你只要等几天就行……暖季即将开始……商船、捕鲸船相继来到圣诞-哈尔堡停泊,你可以任意乘坐其中一艘……肯定开往你想去的地方……我很遗憾,先生,我非常遗憾……再见吧!"

说到最后一句,兰·盖伊船长便告辞了。这次谈话的结果,与我设想的完全不同,虽然明明白白,但却很有礼貌。

执意要做本来不可能的事,毫无用处。我于是放弃了乘"哈勒布雷纳"号航行的希望,对这位可恶的船长不免怀恨在心。这件事确实唤起了我的好奇心。为什么要否认呢?我感到这位海员心灵深处有一个秘密,揭开它会给我无穷的乐趣。我们的谈话出人意料地转题,在那么出人意料的情形下,道出了阿瑟·皮姆的名字;对楠塔基特岛的疑问;威尔克斯指挥在南极海面进行探险的消息所引起的反应;肯定美国航海家在南方不会比……前进得更远等等。兰·盖伊船长想说的是谁呢?……这一切,对于像我这样讲求实际的人来说,都是思考的题目。

那天,阿特金斯大叔很想知道,是否兰·盖伊船长表现得好说话,是否我已得到允许在双桅船上占一间舱室。我不得不向旅店老板承认,我在谈判中的遭遇也不比他好……这使他十分惊讶。他完全不能理解船长为什么要拒绝,为什么那么固执己见……他简直认不出这个人了……这种变化从何而来呢?……而且,更直接与他切身相关的是与以前每次停泊情形相反,这一次,无论是"哈勒布雷纳"号的船员,还是船长,都不经常光临"青鹭"了。似乎全体船员服从着一道命令。只有两三次,水手长来到旅店大厅坐坐,如此而已。所以阿特金斯大叔大失所望。

关于赫利格利,我知道,他不够谨慎,做得太过分了。后来,他已不再希望与我继续交往。这种交往从各方面来说,都是无益的事。他是否曾经试图改变他的上司的想法,我说不上来。总之,肯定他坚持也是徒劳。

此后的三天,8月10日、11日、12日,双桅船上补充给养和修理工作继续进行。可以看见船员们在甲板上奔忙往返——水手在检视桅杆,更换动索,将最近渡海时变松了的支索和后支索再度拧紧;上、下舷墙被浪涛所毁之处,都重新漆好;装上新帆,修补旧帆,天气好时,旧帆仍可使用;用木槌到处敲打,将船壳板及甲板上的缝隙一一填塞起来。这些工作进行得井井有条。海员停泊时司空见惯的那种吵吵嚷嚷,大呼小叫,争吵叫骂的情景,在这里无影无踪。"哈勒布雷纳"号一定指挥有方,把船员管得服服帖帖,规规矩矩,甚至寡言少语。估计水手长与其同伴们形成鲜明对照,因为他在我面前显得喜欢谈笑,尤喜聊天——除非他只在上岸的时候,才舌头发痒。

终于得知,双桅船定于8月15日起航。起航的前一天,还没有任何迹象使我认为,兰·盖伊船长能够对他的断然拒绝回心转意。

再说，我也没往那儿想。对这次意外，我已经逆来顺受了。我根本不想对别人进行非难。阿特金斯大叔想再一次为我说情，我没有允许。兰·盖伊船长和我在码头相遇的时候，我们就像从未见过面、素不相识的人一样，他从这边走，我从那边过。不过，我应该注意到，有一两次，他的态度中流露出些微的犹豫……似乎他想跟我讲话……一种隐蔽的本能推动着他……但他并没有这样做，我也不是那种想再次挑起理论的人……何况，我当天就已获悉，费尼莫尔·阿特金斯不顾我的阻止，又一次向兰·盖伊船长为我说情，仍然一无所获。正像人们常说的，这件事"已经了结"。然而水手长却不这么想……

果然，"青鹭"主人问到他时，赫利格利竟然否认这盘棋已经彻底输掉。

"很可能，"他反复说了几次，"船长还没有最后表态呢！"

但是，相信这位牛皮大王的话，就等于在一个方程式中，代入一个错项。我可以肯定，对斯库那船只的起航，我已经无动于衷了。我只想在海面上窥视另一艘船只的出现。

"再过一两个星期，"我的旅店老板反复对我说，"杰奥林先生，比起你跟兰·盖伊船长打交道来，你要开心得多。到那时，不止一艘船巴不得让你搭乘……"

"那倒可能，阿特金斯。不过，不要忘了，大部分到克尔格伦群岛来捕鱼的船只，在这一停就是五六个月。我要等这么长时间，才能踏上归途……"

"不是都这样，杰奥林先生，不是都这样！……有的只在圣诞-哈尔堡挨个边就走……好机会一定会来的。那时候，你就一点不会后悔失去了搭乘'哈勒布雷纳'号的机会了……"

不知道我会不会后悔。但是有一点可以肯定,那就是:命中注定,我要作为双桅船的乘客离开克尔格伦群岛,而且将我卷入最惊心动魄的冒险。当时的航海年鉴上对此定会有所记载。

8月14日晚,七点半左右,夜幕已笼罩着岛屿。晚饭后我在北部海湾码头上漫步。天气干燥,夜空中群星闪烁。空气凛冽,寒气逼人。这种情况下,我自然不可能散步多时。

半小时之后,我返回"青鹭"的时候,有一个人与我相遇。他犹豫了一下,又走回来,在我面前停住。

夜色深沉,认不出这个人是谁。一听他的声音,那有特征的低声耳语,绝对没错,站在我面前的,正是兰·盖伊船长。

"杰奥林先生,"他对我说道,"明天'哈勒布雷纳'号就要扬帆起航了……明天早晨……退潮之前……"

"何必告诉我这些呢,"我反唇相讥道,"既然你拒绝……"

"先生……我反复考虑过了。如果你没有改变初衷,请你七点上船……"

"确实,船长,"我答道,"我没有料到你会回心转意……"

"我再跟你说一遍,我反复考虑过了。我还要补充一句,'哈勒布雷纳'号将直接驶向特里斯坦-达库尼亚群岛。我估计,这对你是合适的吧……"

"真是再好没有了,船长。明天早晨七点,我一定上船……"

"舱室已经为你准备好了。"

"那搭乘的船钱……"我说。

"以后再商量吧,"兰·盖伊船长说道,"一定使你满意。那么,明天见吧……"

"明天见！"

我向这个怪人伸出手臂，希望将我们达成的协议固定下来。也许黑暗中他没有看清我的动作，他没有做出相应的回答，快步离开了。他上了小艇，船桨划了几下，便将他带走了。

我惊讶不已。回到"青鹭"，在大厅里，我将此事告知阿特金斯大叔，他也和我一样十分惊讶。

"嘿，"他回答我说，"赫利格利这只老狐狸说得真对！……可也真是，他这个鬼船长真比娇生惯养的女孩还要任性！……但愿他不要到开船的时候又改变主意！"

这个假设是绝对不成立的。我再考虑一下，认为这种做法既不是心血来潮，也不是任性。兰·盖伊船长之所以收回成命，乃是因为我搭乘这艘船对他有什么好处。依我看来，他的态度转变，大概与我和他谈到康涅狄格州楠塔基特岛的那番话有关。为什么他对这个话题如此有兴趣，现在只能让今后发生的事情来给我解答了。

我的旅行准备迅速就绪。我属于讲求实际的旅客，从不带累赘的行李。挎着一个背包，手提一只箱子，就可以周游世界。我的大件物品就是几件毛皮衣服。这是任何旅行者穿越高纬度地区必不可少的东西。当你漫游南大西洋的时候，至少要小心谨慎采取这些预防措施。

第二天，8月15日。天亮以前，我便向心地高贵、正直善良的阿特金斯大叔告别。我这位同胞，亡命在这荒凉岛上，但是他和一家人都生活得很幸福。他对我关怀备至，热情周到，我只能恭维一番。我向他表示谢意，热心的旅店老板非常感动。他总是为我考虑，急忙催我上船，担心——用他自己的话来说——兰·盖伊船长从昨天到现在又"换了前下角索"。他反复对我强调这一点，并向我招认说，夜里他数次爬到窗前窥视，看看"哈勒布雷纳"号是不是一直停泊在圣诞-哈尔堡海中。他一直到晨光熹微时分才算放下心来。我倒是一点都不担心。

阿特金斯大叔要送我上船，以便与兰·盖伊船长和水手长告别。一条小艇在码头上等我们，将我们两人送到双桅船的舷梯边。由于退潮，船只已经掉头。

甲板上我遇到的第一个人是赫利格利。他向我投以胜利的目光。这就好比对我说：

"嗯？你看怎么样！……我们这位难对付的船长终于同意了……这多亏了谁呀？还不是这位好人水手长极力给你帮忙？他能左右船

长,这可不是瞎吹吧?……"

事情果真如此吗?……我有很多理由,可以无多大保留地不相信这一点。不过,这反正无关紧要。重要的是,"哈勒布雷纳"号即将起锚,我已经上船。

兰·盖伊船长几乎立刻出现在甲板上。同样出我意料而又使我惊讶万分的是,他竟然仿佛没注意到我在场。

器具的准备工作已经开始,船帆已从套子中拉出,索具已准备就绪,吊索和下后角索都已整理好。大副站在船首监视着绞盘的转动,船锚很快就立起来了。

阿特金斯大叔此时走到兰·盖伊船长跟前,用十分感人的声音说道:

"明年见!"

"但愿上帝保佑,阿特金斯大叔!"

他们双手紧握。然后水手长也过来紧紧握住"青鹭"老板的手。小艇将他送回码头。

八点,退潮一平,"哈勒布雷纳"号便让低帆吃风,以左舷风行驶,在北风吹拂之下,转动开出圣诞-哈尔堡港湾。一到海上,便朝西北驶去。

特布尔山和哈佛加尔山这两座直插云天的山峰,分别高出海面两千法尺和三千法尺。随着下午最后时分的到来,两座雪白的山峰消逝在远方。

第4章　从克尔格伦群岛到爱德华太子岛

恐怕哪次远渡重洋也没有像这次这样开始得顺利！本来，兰·盖伊船长难以理解的拒绝，要让我在圣诞-哈尔堡再等上几个星期。一个意料不到的转机忽然来到。于是，美妙的海风将我带走，远离了克尔格伦群岛。船只顺风行驶，海面荡起轻轻的涟漪，船速大约每小时七八海里。

"哈勒布雷纳"号的内部与其外表十分相称。管理得井井有条，无论是舱面室，还是船员休息舱，到处干干净净，有如荷兰圆头帆船。

舱面室前部左舷处，是兰·盖伊船长的舱室。从可以降下的玻璃窗，可监视甲板，必要时，可将船长命令传给值班人员。值班位置在主桅和前桅之间。右舷处，是大副的舱室，结构与船长室相同。两室内各有狭窄的床铺一张，容积不大的橱柜一个，一张用草填塞的扶手椅，一张固定在地板上的桌子；桌上悬挂着可横向摆动的灯一盏，各种航海仪器，气压表，水银温度计，六分仪。精密航海计时仪装在橡木盒子锯末里，只有船长准备测量日高时才将它取出。舱面室后部还备有两间舱室，正中部分为军官餐厅。餐桌四周有带活动靠背的木椅。

这两间舱室中，有一间已准备好接待我。光线来自两扇玻璃窗,一扇朝着舱面室侧翼纵向通道,一扇朝着船尾。舵手站在船尾的舵轮前。后桅驶风杆从舵轮高处伸出,长度超过船顶好几米,这使双桅船显得更加明光闪闪。

我的舱室八法尺长五法尺宽。我已经习惯于这种航行的必要,不需要更大的空间,也不需要更多的家具:一张桌子,一个橱柜,一张藤椅,一个铁腿洗脸池,一张窄床,便足够了。薄薄的床垫,碰上一位不像我这么随便的乘客,定会引起尖刻的批评。反正"哈勒布雷纳"号抵达特里斯坦-达库尼亚群岛时我就上岸,只是一次比较短暂的航行而已。于是我占据了这间舱室,估计居住的时间不会超过四五个星期。

前桅的前部,靠近船只中心的地方——延长支索帆边缘的地方——是厨房,用牢固的系索加以固定。再过去,便是敞开的进舱口,衬着厚厚的油布。从这里沿船梯而下,可通各船员休息舱和中舱。天气恶劣时,巨浪袭上船舷,便将进舱口密封关死,船员舱室可不受海浪袭击。

船上八名船员的名字是:帆篷师傅马尔丁·霍特;捻缝师傅哈迪;水手罗杰斯、德拉普、弗朗西斯、格雷希恩、伯里、斯特恩。都在二十五岁到三十五岁之间,全是英吉利海峡和圣·乔治运河沿岸的英国人。每人都技艺高超,同时又在一只铁腕控制下服服帖帖。

一开始我就要请诸位注意:船员们听见一个字、看见一个手势就乖乖服从的、毅力非凡的人,并不是"哈勒布雷纳"号的船长,而是船长的副手——大副杰姆·韦斯特。那时他大约三十二岁。

我遨游四海,从未遇到过性格如此刚毅坚强的人物。杰姆·韦斯特出生在海上,在一艘自航驳船上度过他的童年。他的父亲是船老大,全家人也生活在船上。在他生命的每一阶段,除了英吉利海峡,大西洋或太平洋上带咸味的空气以外,他没有呼吸过别的空气。船只停泊的时候,他只因国家或贸易的公务需要才上岸。离开这艘船到另一艘船上去工作的时候,他将自己的帆布袋一背,就再也不动弹了。他整个的灵魂都是海员,这一职业便是他整个的生命。当他不在现实中航行时,他仍在想象中航行。他当过少年水手,实习水手,水手。后来成为海军下士,上士。然后当二副。现在,他在兰·盖伊船长指挥下,担任"哈勒布雷纳"号大副的职务。

杰姆·韦斯特甚至没有要爬得更高的雄心壮志。他并不想发财,他既不管收购货物,也不管出售货物。他只管装舱、理舱。要想让船只航行顺利,这是最重要的事情。至于其他有关航行及航海学的琐事,诸如装置帆缆索具、帆能的利用、不同速度时的操作、各种仪器,停泊船只、同大自然作斗争、测量经度和纬度之类,一言以蔽之,一切有关帆船这部庞大机器的事情,杰姆·韦斯特都了如指掌,没有一个人能胜过他。

现在,让我们来看看大副的外表。中等身材,比较瘦削,神经健全,肌肉发达,四肢强健有力;如体操运动员一般敏捷;海员的目光,可眺望到极远的地方,准确惊人;风吹日晒变得黑红的脸膛,头发浓密,剪得很短,双颊和下巴上没有胡须,五官端正。整个外表显示出精力充沛,勇敢无畏,膂力过人,都到了无以复加的程度。

杰姆·韦斯特寡言少语。但只是在别人请问他的时候,才是这样。他下命令的时候,声音洪亮,字句清楚,从不重复,打算让人一听就懂——也果真听得懂。

我请大家注意商船上这位典型的军官,他全心全意忠于兰·盖伊船长,并献身于双桅船"哈勒布雷纳"号,仿佛他是船上的主要器官之一,仿佛这个木、铁、帆布、铜、麻组成的整体,从他那里得到了强大的生命力;仿佛人造的船和上帝造的人完全同化为一体。如果说"哈勒布雷纳"号有一颗心脏的话,那么这颗心是在杰姆·韦斯特的胸膛中跳动。

我再提一提船上的厨师,船上人员的情况就介绍齐全了。厨师名叫恩迪科特,三十岁左右,是非洲沿海的一个黑人。他在兰·盖伊船长手下担任厨师职务已经八年。水手长和他关系十分融洽,二人常常在一起进行真正伙伴式的谈话。还需要指出,赫利格利自认为掌握着高级烹调方法,恩迪科特有时照他的方法小试身手,却从未引起就餐人员的注意,他们未免太无动于衷了。

"哈勒布雷纳"号起航以后十分顺利。天气严寒,在南纬48°线上,八月份的时候,寒冬仍然覆盖着太平洋的这一部分。不过,海景奇美,海上微风固定在东—南—东方向。如果这种天气持续下去——这可以预料,也在期望之中——我们就连一次前下角索也无须更换,而只要轻轻地放松下后角索,就可以一直驶抵特里斯坦-达库尼亚群岛了。

船上生活十分规律、简单,而且——在海上还受得了——单调,但也不乏动人之处。航行,这是动中有静,在梦幻中摇荡,我对自己的孤单寂寞也不抱怨。可能只在一点上我的好奇心还需要满足,那就是究竟为什么兰·盖伊船长先是拒绝了我,后来又改变了初衷?……就这个问题去询问大副,肯定是徒劳无益的。再说,他是否了解他上司的秘密呢?……这并不直接属于他的工作范围,我前面已经说过,职务之外的事,他是毫不过问的。何况,从杰姆·韦斯特单音节的回答中,我又能获得什么材料呢?……早饭和晚饭过程中,我和他交谈不超过十句话。不过,我应该承认,我时常无意中发现,兰·盖伊船长的眼光死死盯住我,似乎很想询问我的样子。仿佛他有什么事要向我打听。反过来说,我真有事要向他打听。而事实上,双方都保持着沉默。

如果我心里痒痒,想与人谈谈,那与水手长谈谈当然也可以。这个人可是随时准备打开话匣子的!但是,他会说出什么使我感兴趣的话来呢?我要补充一句,他从不忘记向我问早安和道晚安,总是那么啰哩啰嗦。然后问我,对船上生活是否满意?饭菜是否合我的胃口?要不要他去向黑鬼恩迪科特定几个照他的烹调法做的菜?等等。

"谢谢你,赫利格利,"有一天我回答他说,"一般饭菜对我已经足够了……还是蛮不错的……我在'青鹭'你的朋友那里住的时候,也并不比这里吃得好。"

"啊,这个鬼阿特金斯!……他到底还是个好人哪!"

"我也这么想。"

"杰奥林先生,他一个美国人,竟然同意带着全家老小流亡到克尔格伦群岛,怎么想得出来呀?……"

"为什么不可以呢?……"

"而且他还很满意!……"

"这一点都不傻,水手长!"

"好嘛!如果阿特金斯提出让我跟他换换,那我才不干呢!我这日子过得多舒服!"

"我祝贺你,赫利格利!"

"唉!杰奥林先生,你知道吗,搭乘像'哈勒布雷纳'号这种船,这可是一辈子碰不上第二次的好机会!……我们船长不爱说话,这是真的;我们大副的舌头使用得比他还要少……"

"我已经发现了。"我声明道。

"这没关系,杰奥林先生,他们是两位高尚的海员,我向你保证!你到特里斯坦下船时,肯定对他们恋恋不舍呢!……"

"听你这么说,我很高兴,水手长。"

"你看,屁股后面东南小风吹着,大海平静无波。只有抹香鲸和别的鲸鱼从下面摇晃的时候,海水才起波澜。这样行船,很快就会到的!你瞧着吧,杰奥林先生,用不了十天时间,就能吞下从克尔格伦群岛到爱德华太子岛的一千三百海里;不出半个月,就能走完爱德华太子岛到特里斯坦-达库尼亚群岛的两千三百海里水路呢!"

"估计没有用,水手长。要好天气持续下去才行。'若想把人骗,只管预报天',这是海员的口头禅,知道了有好处!"无论如何,好天气保持住了。8月18日下午,桅顶守望员报告,右舷前方,出现克罗泽群岛的山峦,方位是南纬42°59′、东经48°,山的高度为海平面以上六百到七百杜瓦兹。

第二天,船的左舷靠波塞西翁和什韦恩群岛驶过。这群岛屿只有鱼汛季节才有船只常来常往。此时唯一的居民是鸟类,群居的企鹅和成群结队的盒鼻鸟;这种鸟飞翔时与鸽子颇为相似,因此捕鲸人称它为"白鸽"。从克罗泽群山形状变幻莫测的裂峪之中,冰川溢出,成厚厚层状,缓慢而凸凹不平。连续数小时我仍能望见山峰的轮廓。然后,一切都缩成了一道白线,勾画在地平线上。那白线以上当是群山白雪覆盖的顶峰。

在航行中,靠近陆地总是颇具情趣的事件。我忽然想到,说不定兰·盖伊船长会在这种时候出现,借机打破对他的乘客的缄默……他却没有这样做。

倘若水手长的推测能够变成现实,要不了三天航程,马里恩岛和爱德华太子岛的山峰就会在西北方出现了。估计不会在那里停泊。"哈勒布雷纳"号大概准备到特里斯坦-达库尼亚群岛的淡水补充点去补给淡水。

我估计这次单调的海上旅行是不会被任何海上事件或其他事件打断了。可是,20日上午,杰姆·韦斯特值班时,第一次测量过时角之后,兰·盖伊船长到甲板上来了。这使我感到万分惊异。他沿着舱面室一条纵向通道走到船尾,站在罗经柜前,注视着罗盘,主要是出于习惯,而不是出于需要。

我刚才坐在船头附近,是不是只有船长看见了我?……我说不准。但可以肯定地说,我在场这一点,丝毫没有引起他的注意。

从我这方面,我早已下定决心,对他表示的关切决不超过他对我的关切。所以我臂肘支在栏杆上一动不动。

兰·盖伊船长走了几步,倾身舷墙上,观察着拖在船尾的长长的波纹。它多么像一条狭窄平直的白色花边啊!双桅船纤巧的轮廓迅速地摆脱了海水的阻力。

在这个地方,只有一个人能听见我们说话,那就是舵手斯特恩。船只受满后侧风,这种速度有时会引起船只变幻不定的偏斜。斯特恩此时手扶在舵轮手柄上,使"哈勒布雷纳"号保持正常的航向。

兰·盖伊船长似乎并不担心这些。他来到我身旁,仍用那低声耳语的嗓音,对我说道:"先生……我要跟你谈谈……"

"请讲吧,船长。"

"我直到今天没有跟你谈过话……因为我天生不善于交谈……这一点我承认……而且……你对我讲话是否感兴趣?……"

"如果你怀疑这一点,那可就大错特错了。"我辩驳道,"你的谈话只能是最饶有兴味的。"

我估计从这句答话中,他并未觉察出任何讽刺意味,至少他没有表现出来。

"说吧,船长。"

兰·盖伊船长仿佛又有些犹豫不决了,现出欲言又止的样子。

"杰奥林先生,"他开口问道,"在你登船的问题上我改变了主意,你是否曾想弄明白究竟原因何在呢?……"

"我确实考虑过这个问题,但我没有找到答案,船长。可能你作为英国人……跟一个外国人打交道……你是不是打算……"

"杰奥林先生,正因为你是美国人,我才终于下定决心让你搭乘'哈勒布雷纳'号……"

"因为我是美国人?……"我答道,对他这样坦率承认感到相当惊讶。

"同时……也因为你是康涅狄格州人……"

"对不起,我还不明白……"

"我再补充一句你就明白了:我想,既然你是康涅狄格州人,既然你游览过楠塔基特岛,那么,你很可能认识阿瑟·戈登·皮姆一家……"

"你是说那个小说中的主人公,我国小说家埃德加·爱伦·坡曾叙述过他的历险记?……"

"正是他,先生,他根据一部手稿写成了这个故事。手稿中详细记述了穿越南极海洋的旅行,一场惊心动魄、损失惨重的旅行!"

听到兰·盖伊船长这样讲话,我简直以为自己在做梦!……怎么?……难道他以为阿瑟·皮姆的手稿确实存在吗?……埃德加·爱伦·坡的小说难道不是纯属虚构吗?它只不过是最有天才的美国作家凭空臆造写出的一部作品而已……而现在这个神经正常的人竟然把假想当成了现实……

我好长时间没有回答,心中暗想跟我打交道的到底是什么人。

"你听见我的问题了吗?……"兰·盖伊船长又执意问道。

"听见了……当然听见了,船长,当然……不知道我是否完全听懂了……"

"杰奥林先生,我再用更明白的字句将问题重复一下,因为我希望得到一个明确的答复。"

"如果能使你满意,我将感到不胜荣幸。"

"我是问你,在康涅狄格州,你是否作为个人认识皮姆一家。他们原来住在楠塔基特岛,并与州内一位最有声望的代理人结成姻亲。阿瑟·皮姆的父亲是个船舶商人,一般人认为是岛上一位巨商。投身探险的是他的儿子。埃德加·爱伦·坡整理的惊险故事,就是他亲口讲述的……"

"船长,这整个故事全部出于我国伟大诗人的丰富想象,你让它多惊险都可以……这纯属虚构……"

"纯属虚构!"

说这四个字的时候,兰·盖伊船长耸了四次肩膀,把每一个字的调门都往上挑。

"那么,"他又说,"杰奥林先生,你是不相信……"

"我不相信,也没有一个人相信,盖伊船长。我这还是第一次听人说,这不单纯是一部小说。这第一个人就是你……"

"请你听我说吧,杰奥林先生。这部'小说'——你说它是小说,就算它是小说吧——虽然去年才问世,并不妨碍它确有其事。从他叙述的事情到现在,虽然已经过去了十一年,事情仍然可以是真实的。人们一直在等待着谜底,说不定这谜底永远也不会揭晓了!……"

兰·盖伊船长肯定疯了。他歇斯底里发作,产生了神经错乱,于是就疯了!……幸好,如果他失去理智,杰姆·韦斯特可以毫不为难地代替他指挥双桅船!我尽可以听他讲下去。埃德加·爱伦·坡的小说我反复读过许多遍,对小说内容了如指掌。我倒想听听他还要说些什么。

"现在,杰奥林先生,"他以更加斩钉截铁的语气说道,声音有些颤抖,表现出神经受到某种刺激,"可能你不认识皮姆一家,可能你在哈特福德也好,在楠塔基特也好,都不曾遇到过这家人……"

"在别处也没有。"我回答道。

"好啦!但是,你断然说这个家族从未存在过,阿瑟·戈登·皮姆只是个虚构的人物,他的旅行仅仅是臆造出来的,你可要当心!……是的!……你要当心,正像你要当心不能否认我们神圣宗教的信条一样!……难道一个人——哪怕是贵国的埃德加·爱伦·坡——真的能够杜撰,能够创造吗?……"

我见兰·盖伊船长谈话越来越激烈,心中明白一定要尊重他的偏执,随他说去,不予辩驳。

"现在,先生,"他肯定地说,"请你好好记住我要进一步说明的事实。……这些事实是令人信服的。对事实,没有争议的余地。然后,你高兴作什么结论,就作什么结论。我希望,你不要让我后悔,后悔接受你搭乘'哈勒布雷纳'号!"

这是警告我,明确地警告我。我表示同意。事实……从半错乱的大脑里出来的事实会是什么呢?……肯定是稀奇古怪的。

"当埃德加·爱伦·坡1838年出版这本书的时候,我正在纽约,"兰·盖伊船长接着说下去,"我立即动身赴巴尔的摩。这位作家住在巴尔的摩,他的祖父在独立战争时期担任过军需监。你否认皮姆家族的存在,但是我猜想,你总不至于也否认坡氏家族的存在吧?……"

我一言不发,认为最好不再打断他的胡言乱语。

"我打听到,"他接着说,"关于埃德加·爱伦·坡的某些详细情况……有人将他的住址告诉了我……我到他家去拜访……第一次就给我泼了一盆冷水:那时他已经离开美国,我未能见到他……"

这时我自忖道:真不巧!埃德加·爱伦·坡研究各种类型的癫狂症,本领高强。如果他见到我们这位船长,说不定会在他身上发现最完美的一种类型呢!

"不巧得很,"兰·盖伊船长继续说,"我没有见到埃德加·爱伦·坡,自然无法核实阿瑟·戈登·皮姆的情况……这位探索南极地区的大无畏先驱已经死亡。正如这位美国诗人在历险记结尾所宣告的那样,由于各报纸的报道,阿瑟的死亡已是众所周知的。"

兰·盖伊船长所说，确是事实。但是，我与小说的各位读者看法是一致的，都认为这个宣告，无非是小说家的一种手法而已。在我看来，因为作者无法或者不敢给如此想象离奇的作品一个结局，于是暗示说，这最后三章并非阿瑟·皮姆直接向他披露，阿瑟已在突然发生的意外中凄惨地结束了自己的一生。具体情形如何，他并没有讲。

"那么，"兰·盖伊船长继续说道，"埃德加·爱伦·坡走了，阿瑟·皮姆死了。在这种情况下，我只有一件事好做：找到阿瑟·皮姆的旅伴德克·彼得斯。德克·彼得斯曾经跟随阿瑟·皮姆一直到达高纬度地区的最后屏障。后来两人都安全返回……怎么回来的？……无人知晓！……阿瑟·皮姆和德克·彼得斯是一同返回的吗？……原书对这一点未予解释。同样，书中还有几处，也很含糊其词。然而，埃德加·爱伦·坡声明说，德克·彼得斯也许能够对未发表的章节提供某些情况，他住在伊利诺伊州。我立即动身，到伊利诺伊州去，抵达斯普林菲尔德……我打听这个人，他是美国和印第安的混血人……住在凡代利亚镇……我去了。"

"他又不在，是吗？……"我忍不住笑着回答道。

"第二盆冷水：他不在，或者说得确切些，他已经不住在那里了，杰奥林先生。这位德克·彼得斯先生已经离开伊利诺伊州，甚至离开美国多年，去向不明。但是，在凡代利亚，我与认识他的人谈过话。最后他在这些人家里住过，并向他们叙述过他的冒险经历——但是对最后的结局从未阐述清楚。现在，他是唯一了解这个奥秘的人了！"

"怎么？……这个德克·彼得斯也确有其人……甚至现在还活着？……"哈勒布雷纳"号的指挥官口气这样肯定，我几乎要信以为真了！……真的！再过一小会儿,我恐怕也要冲动起来了！……

就这样,如此荒诞不经的故事占据着兰·盖伊船长的头脑,他神经错乱已经到了何种地步!……说德克·彼得斯这个人物已经无影无踪,我倒十分相信,本来他也只在小说家的头脑中存在过嘛!

然而,我不愿惹恼兰·盖伊船长,更不想引起他更疯狂的想象。

于是,我装作完全相信他的话的样子。

他又补充道:"杰奥林先生,在书中,谈到一个酒瓶,瓶中装有一封密信。阿瑟·皮姆乘坐的那艘双桅帆船的船长,将这个瓶子放在克尔格伦群岛某悬崖脚下。这事你不会不知道吧?"

甚至他说这段话的时候,我也装作相信他的话的样子,"书中确实这么讲过……"我回答道。

"那好。最近一次航行中,我到那瓶子可能在的地方去搜寻……我找到了瓶子及信件……信上说,船长及其乘客阿瑟·皮姆将全力以赴,一定要达到南极海洋的边缘……"

"你找到了这个瓶子?……"我相当急切地问道。

"是的。"

"还有瓶子里的信?……"

"是的。"

我注视着兰·盖伊船长……他与某些偏执狂一样,完全相信自己的一派胡言。我差一点脱口而出:把信拿出来给我们看看……但我又改变了主意,心想:难道他不会自己写一封吗?……

于是我回答道:"船长,你未能在凡代利亚遇到德克·彼得斯,真是太遗憾了!……否则他至少会告诉你,在什么情况下他和阿瑟九死一生回来的……你还记得吗……倒数第二章……他们两个人都在……他们的小艇来到白色的雾障前面……小艇刚要被卷入瀑布的漩涡时,一个蒙面人的面孔突然出现……后来,就什么也没有了……只剩下两排删节号……"

"确实,先生,我没能见到德克·彼得斯,太不巧了!……如果能得知他们这次探险奇遇的结局,该多有趣!不过,依我看来,对其他人的命运,如果能有一个确切的消息,我会觉得更有趣一些……"

"其他人?……"我不由自主地叫了起来,"你指的是谁?……"

"英国双桅帆船的船长和船员。'逆戟鲸'号沉没以后,一艘英国双桅帆船搭救了阿瑟·皮姆和德克·彼得斯,并带他们穿过南极洋,直到扎拉尔岛……"

"兰·盖伊先生,"我提醒他注意,仿佛我已不再怀疑埃德加·爱伦·坡的小说确有其事,"这些人不是全部遇难了吗?有的人在双桅帆船遭到袭击时死去,其他的人则死于扎拉尔土著人搞的人工崩坍……"

"说不定,"兰·盖伊船长反驳道,激动得声音都变了,"说不定,这些不幸的人当中会有几个,既没有死于屠杀,也没有死于崩坍,还能幸存下来呢?说不定有一个半个或者好几个,能逃脱土著人的魔掌呢?……"

"任你怎么讲,"我驳斥道,"就算有人幸存下来,也不大可能还活着了……"

"为什么?……"

"因为我们谈论的这些事,是发生在十一年以前呀!……"

"先生,"兰·盖伊船长回答道,"如果阿瑟·皮姆和德克·彼得斯的旅伴没有在土著人的袭击下倒下去,如果他们能幸运地抵达航行过程中依稀辨别出的附近岛屿,那么,既然阿瑟·皮姆和德克·彼得斯能前进到比扎拉尔岛更远的地方,能超过83°纬线,既然他们在南极地带能有办法活下来,为什么他们的旅伴,这些可怜的人——我的同胞,就不能活下来呢?……有几个人还在等待着解救,为什么就不可能呢?……"

"你的恻隐之心使你失去理智了,船长,"我回答说,极力想使他平静下来,"根本就不可能……"

"不可能,先生!……如果发生了一件事,如果不容置疑的证据引起了文明世界的注意,如果有人发现了实物证据,证明这些被遗弃在天涯海角的不幸的人的确存在,到那时候,每人都要争先恐后地大喊大叫去营救他们,还会有人胆敢高叫'不可能'吗?"

这时,兰·盖伊船长啜泣起来,抽噎着,胸腔剧烈起伏。他扭身向着南方,仿佛极力要用目光刺透那遥远的天际。这倒使我无须作答了:反正他是听不见我说话的。

总之,我思忖着,究竟兰·盖伊船长生活中发生了什么事情,使他神经错乱到这等地步呢?是否他的人道主义感情一直发展到疯癫的地步,才使他对这些遇难的人如此关切?……实际上,这些人从未遇难,理由很简单:这些人从来就不存在……

这时,兰·盖伊船长又回到我身旁,将手搭在我的肩膀上,在我耳边低声说道:"不,杰奥林先生,关于'珍妮'号的船员,结论还没有下！……"

然后他就走开了。

在埃德加·爱伦·坡的小说中，"珍妮·盖伊"号，就是在"逆戟鲸"号残骸上搭救了阿瑟·皮姆和德克·彼得斯的双桅帆船的名字。在这次谈话的结尾，兰·盖伊船长第一次道出了这个名字。

"倒也是，"这时我想，"盖伊这个姓，与'珍妮'号船长姓氏相同……而且，也是英国船！……那么，这又能证明什么呢？从中又能得到什么结论呢？……'珍妮'号的船长，只存在于埃德加·爱伦·坡的想象中；而'哈勒布雷纳'号的船长，是活着的人……确实是活着的人……两人的共同之处，无非就是盖伊这个姓。而这个姓氏在英国很普遍。不过，我想，也许正是由于姓氏相同，才使我们这

位可怜的船长头脑混乱了！……说不定他自认为与'珍妮'号船长同属一个家族！……对了！正是这一点使他到了这步田地，他对那些想象的遇难者无限怜悯！"

杰姆·韦斯特对这种情况是否了解？船长刚才对我说的这些"疯话"，是否曾对他说过？了解一下倒是很有趣的。可是，这是一个很微妙的问题，因为这关系到兰·盖伊船长的神志状况。再说，与大副谈话，不一定谈任何问题都能很顺利。谈这个问题，恐怕要冒些风险……

于是我决定等待时机。然而，我不是到特里斯坦-达库尼亚群岛就要下船了吗？我在双桅船上的航行不是几天以后就要结束了吗？……说实在的，忽然某一天遇到一个人，竟然将埃德加·爱伦·坡虚构的小说当作真有其事，这种事我可从来没有料到！

第三天，8月22日，曙光熹微时分，左舷已驶过马里恩岛。岛的最南端高高耸立着一座火山，高达海拔四千法尺。这时，爱德华太子岛的初步轮廓已依稀可辨，位于南纬46°53′，东经37°46′。这个岛位于我们船只的右舷。再行驶十二小时以后，在黄昏的雾霭中，太子岛最后的山峰也逐渐消失了。

第二天，"哈勒布雷纳"号航向指着西北，朝着这次航行中要达到的南半球最北的纬度线驶去。

第5章　埃德加·爱伦·坡的小说

美国小说家埃德加·爱伦·坡在里士满发表了小说《阿瑟·戈登·皮姆历险记》，在这里我们对这部名著试作一简要分析。

我在本章中将小说概述一下是非常必要的。大家可以看看，对这部小说主人公的奇遇纯属虚构这一点表示怀疑，是否真有道理。在这部书拥有的众多读者中，除了兰·盖伊船长以外，是否会有一个人相信确有其事呢？

埃德加·爱伦·坡通过书中主要人物之口来叙述故事。在书的前言中，阿瑟·皮姆就叙述了他南极海洋探险归来之后，弗吉尼亚州有些绅士对地理发现十分关切。其中有一位名叫埃德加·爱伦·坡，当时在里士满出版《南方文讯》。据阿瑟·皮姆讲，埃德加·爱伦·坡得到他的允许，在其报纸上，"以科学幻想形式"发表了他探险经历的第一部分。发表后，受到读者热烈欢迎。于是后来又发表了整本著作，包括探险的全部过程。此书以埃德加·爱伦·坡的名义发表。

我从和兰·盖伊船长的谈话中可以看出，阿瑟·戈登·皮姆生于楠塔基特，就读于新贝德福德学校，直到十六岁。

离开这个学校以后，他进了伊·罗纳德先生办的专科学校。在那里，他与一位船长的儿子结下了友谊。此人名叫奥古斯塔斯·巴纳德，比他年长两岁。这个年轻人曾跟随他父亲的捕鲸船到过南极海域。他对自己航海远征的叙述，不断燃起阿瑟·皮姆幻想的火花。

两个年轻人的深厚情谊，使阿瑟·皮姆产生了对探险的强烈向往。而且自然而然地，南极高纬度地区对他有特别大的吸引力。

奥古斯塔斯·巴纳德和阿瑟·皮姆的第一次出征，是乘一条单桅小帆船出航。船名叫"爱丽尔"号，是一条有半层甲板的小艇，本是阿瑟·皮姆家庭所有。一天晚上，二人酩酊大醉，冒着十月份相当寒冷的天气，偷偷上了船，支起三角帆，这就是主帆了。等到满风，他们便随着强劲的西南风驶入了大海。

靠退潮帮忙，"爱丽尔"号已经看不见陆地了。这时忽然狂风暴雨大作。两个粗心大意的家伙仍然烂醉如泥。没人掌舵，船上也没有缩帆。一阵狂风袭来，小艇的桅具便被卷走。此后不久，出现一艘大船，从"爱丽尔"号上面飞驰而过，就像"爱丽尔"号也可以从一片漂浮的羽毛上飞驰而过一样。

阿瑟·皮姆极为详尽地叙述了这次撞船以后人们营救他和他的旅伴的过程。总之，营救在极端艰难的条件下进行。最后，新伦敦的"企鹅"号到达出事地点。多亏了"企鹅"号的大副，这一对已经半死不活的难兄难弟总算得到营救，被送回楠塔基特。

说这次冒险有其真实性，甚至完全属实，我一点也不反对。这不过为下面的章节做了巧妙的准备。以后各章，直到阿瑟·皮姆穿过极圈那一天为止，也可以勉强把故事看作是真实的。这期间发生的一系列事件，其真实性仍能被人接受。可是，过了极圈之后，在南极极地大浮冰上发生的事情，那就又当别论了。如果作者不是完全出于杜撰,我愿意……我们还是继续说下去吧!

这第一次冒险,丝毫没有使两个年轻人的热情有所减退。奥古斯塔斯·巴纳德给阿瑟·皮姆讲述的航海故事,使阿瑟·皮姆的头脑日益发热。不过,从那时起,他也怀疑这些故事"充满了夸张成分"。

"爱丽尔"号事件发生八个月以后,1827年6月,劳埃德和弗雷登堡联合公司,为到南极海域捕鲸,装配了双桅横帆船"逆戟鲸"号。这艘船是旧的骨架,草草修理而成。奥古斯塔斯的父亲、巴纳德先生负责指挥。他的儿子这次出航也是陪同父亲前往,他极力鼓动阿瑟·皮姆跟他去。阿瑟·皮姆当然求之不得。但是他家里的人,尤其是他母亲,怎么也舍不得让他走。

对于胆大妄为、不太把屈服于父母之命放在心上的小伙子,这当然拦不住他。奥古斯塔斯的迫切要求,使他头脑更加发热。他决定偷偷登上"逆戟鲸"号。因为巴纳德先生如果知道真情,是不会允许他违背家庭意志的。他编造说,一位朋友邀请他到新贝德福德家中小住数日,告别了父母,踏上旅途。双桅横帆船起航前四十八小时,他偷偷溜上船。奥古斯塔斯早就背着他父亲和全体船员给他准备了一个藏身之处,他便躲在那里。

奥古斯塔斯·巴纳德的舱室中,有一个可翻动的活板门,与"逆戟鲸"号的货舱相通。舱中装满了大桶,弹药,以及船上货载的各种物品。阿瑟·皮姆通过活板门来到他的藏身之地——一只普通的大箱子,有一侧旁壁滑脱。箱子里放有床垫、被子、一罐水,食品有饼干、香肠、一块烤羊肉、几瓶活血药酒,写字的东西也一应俱全。阿瑟·皮姆有一盏灯,储备了大量的蜡烛和磷纸,在他的藏身之地度过了三天三夜。奥古斯塔斯·巴纳德只是到了"逆戟鲸"号即将出航时才得以前来看望他。

过了一个小时,阿瑟·皮姆开始感到双桅帆船左右摇摆,前后颠簸。在这狭窄的箱底里,他很不舒服,于是他走出箱子。在黑暗中,他靠着一根拴好的绳子导向,穿过货舱,一直走到他伙伴舱室的活门外。在这一片混乱之中,他终于设法对付过去了。然后他又回到大箱子里,吃了东西,睡着了。

一直过了好几天,奥古斯塔斯·巴纳德却没有再露面。或者是他无法到货舱里来,或者是他不敢,害怕因此泄露了阿瑟·皮姆在船上的秘密。他认为向巴纳德先生招认一切的时机尚未到来。

阿瑟·皮姆待在灼热而污浊的空气里,开始感到不适。噩梦连续不断,使他头昏脑涨。他觉得自己口出呓语。他设法在拥塞的货舱中,找个可以呼吸舒畅一些的地方,也是枉然。梦境中,他仿佛觉得落入了热带猛狮的利爪之中。在极度恐惧中,他刚要失声叫喊暴露自己,便失去了知觉。

事实上,这并非是梦。他感到撕裂他胸脯的,并不是一头狮子,而是一只白毛小狗。这只狗名叫"老虎",是阿瑟·皮姆养的一只纽芬兰狗。奥古斯塔斯·巴纳德人不知鬼不觉地将它带上了船——应该承认,这简直是不大可能的事。这时,这忠诚的小动物,又见到了自己的主人,高兴得不知如何是好,又舐他的脸,又舐他的手。

囚徒于是有了一个同伴。不幸的是,阿瑟·皮姆昏迷的时候,这位同伴将罐中的水全部喝光了。待到阿瑟·皮姆想喝水止渴时,罐中竟滴水不剩。他的灯也熄了——他昏迷了好几天——既找不到磷纸,也找不到蜡烛。他决定和奥古斯塔斯·巴纳德恢复联系。窒息和饥饿使他身体十分软弱,他不顾这些,从藏身之处出来,摸着绳子,朝活板门走去。他正走着,船只忽然左右摇摆。货舱里一只箱子失去平衡,一下子倒下来,堵住了他的去路。他费了九牛二虎之力,越过了障碍,又是白费力气!他到了奥古斯塔斯·巴纳德舱室下的活板门那里,那板子却怎么也掀不动了。他拿小刀从缝隙里捅进去,果然感到一个沉重的大块铁物件压着活板门,仿佛有意将活板门堵死。他只好放弃这个计划,拖着沉重的步伐,返回箱子。一到,他就疲惫不堪地倒下去了。"老虎"对他百般抚慰。

小狗和它的主人唇焦舌燥,渴得要命。阿瑟·皮姆伸出手去,触到了"老虎"。"老虎"仰面而卧,四脚朝天,狗毛微微竖起。就在他抚摸小狗的时候,他的手触到了缚在狗身上的一根小绳。绳上系着一张纸条,就在小狗的左肩下面。

阿瑟·皮姆感到浑身软弱无力,已到了无以复加的地步。他头脑麻木,几乎不能思考。他数次尝试点燃灯火,都失败了。后来终于擦着了磷纸,纸上只有一点点磷了。这时——这段叙述,埃德加·爱伦·坡描写了一系列细节,极为细腻,一般人是难以想象出来的——几个极可怕的字出现了……在四分之一秒的时间内,微弱的光芒照亮了一个句子的最后几个字:血……**你的命全靠藏着别动**……

请各位读者想象一下阿瑟·皮姆的处境:货舱底下,面对箱子的四壁,没有光亮,没有饮水,只有烈性烧酒为他止渴!……对他的嘱咐是要他继续隐藏。那最前面的一个字"血",最为紧要,充满奥秘、痛苦和恐怖!……是"逆戟鲸"号上发生了械斗?……还是船只遭到了海盗袭击?……抑或是船上发生了哗变?……这种情形已持续了多久?……

一般人可能以为,写出这种令人心惊胆战的境遇,才思横溢的诗人该已穷尽了他的想象力吧?……并非如此!……他的卓越天才会使他获得更了不起的成就!……

果然如此。阿瑟·皮姆昏昏沉沉躺在床垫上,仿佛得了嗜眠症。忽然他听到奇异的哨音,持续的喘息声音。这是"老虎"在喘着粗气……在黑暗中,"老虎"的眼睛闪闪发光,牙齿咬得咯咯作响……"老虎"得了狂犬病……

狂犬朝他扑过来,阿瑟·皮姆吓得要命。在极度恐惧之中,他又恢复了力气,躲开了狗咬。他用毯子将全身裹住,狗用白色的爪子将毯子撕碎。他纵身跳出箱外。箱门关闭,将"老虎"关在里面,"老虎"在四壁中挣扎……

阿瑟·皮姆终于从货舱装载的货物中间穿行过去。他头昏眼花,撞在一只皮箱上,手中的刀也滑落了。

他就要咽最后一口气了,这时忽听得有人呼唤他的名字。一瓶水送到他的唇边,他双唇一动,便一饮而尽。他长抽一口气,将这香甜可口的饮料狂吞下去——这是一切快感中最美妙的快感……他苏醒过来。

过些时候,在货舱的一角,就着昏暗的灯光,奥古斯塔斯·巴纳德向他的同伴讲述了自双桅船起航以来船上发生的事情。

我再说一遍,到此为止,这个故事是可信的。我们还没有讲到其"惊险"程度令人难以置信的事件。

"逆戟鲸"号上,包括巴纳德父子在内,共三十六人。双桅船6月20日扬帆出海以后,奥古斯塔斯·巴纳德要到阿瑟·皮姆的藏身之地去看他,尝试了数次,都没有成功。过了三四天,船上发生了哗变。领头的是厨师领班,跟我们"哈勒布雷纳"号上的恩迪科特一样,也是个黑人。我要匆匆加上一句,恩迪科特也不是个永远不会造反的人。

小说中叙述了许许多多事端:大部分效忠于巴纳德船长的水手都被杀害;后来到了贝尔穆德斯附近,又将巴纳德船长和另外四个人抛弃在一条捕鲸小艇上,从此这几个人便杳无音讯。

不是德克·彼得斯进行干预的话,奥古斯塔斯·巴纳德也无法幸免。德克·彼得斯是"逆戟鲸"号上的缆索师傅,乌泼撒洛卡部落人。他是个混血儿,父亲是皮货商,母亲是黑山的印第安人。这正是兰·盖伊船长有意要到伊利诺伊州去寻找的那个人……

"逆戟鲸"号向西南方向驶去,由大副指挥,其意图是驰骋南部海洋进行海盗活动。

发生了这一系列事件以后,奥古斯塔斯·巴纳德本想与阿瑟·皮姆会合。但是他被关在船员休息舱室中,上有手铐,下有脚镣。厨师领班向他说得明明白白,到了"双桅船不再成其为双桅船"时,他才能出去。几天以后,奥古斯塔斯·巴纳德终于挣脱了镣铐,打开他与货舱之间的单薄隔墙。"老虎"跟随着他。他本想到同伴的藏身之处去,但未能成功。巧得很,小狗却"嗅"到了阿瑟·皮姆。于是奥古斯塔斯·巴纳德想出了一个主意,将写好的纸条拴在"老虎"的脖子上。纸条上写着:**我写此信蘸的是血……你的命全靠藏着别动。**

这张纸条,大家都知道,阿瑟·皮姆已经收到了。阿瑟·皮姆饥渴难耐,濒于死亡,他溜进货舱。就在刀从手中滑落,发出声响时,引起了他同伴的注意,终于找到了他。

奥古斯塔斯·巴纳德向阿瑟·皮姆叙述了这些事情以后,又说,哗变的人意见分歧严重。有人主张将"逆戟鲸"号开往佛得角群岛;其他的人则决心驶向太平洋诸岛。德克·彼得斯属后一种意见。

至于"老虎",它的主人以为它患了狂犬病,其实不然。主要由于饥渴难忍,小狗进入这种超兴奋状态。总之,奥古斯塔斯·巴纳德若是不把它带回艄楼,说不定它真会得恐水病①呢。

书中此时有一大段离题万里的话,讲的是货船中的货物装舱问题——船只的安全在很大程度上取决于装舱技术。"逆戟鲸"号上货物装得十分马虎,每次船只摇摆,物品就要移位。因此阿瑟·皮姆待在货舱中不能没有危险。多亏奥古斯塔斯·巴纳德的帮助,他转移到了二层舱的一个角落,距船员休息舱不远。

这期间,混血儿对巴纳德船长的儿子不断表现出友好的情谊。于是船长儿子考虑,是否能够依靠缆索师傅,设法将船只夺回……

从楠塔基特出航已经十三天了。7月4日,船上叛乱者之间又爆发了一场激烈的争论。问题是由海面上出现的一艘双桅船引起的。有人主张加以追击,另一些人则主张放掉它。结果一个水手丧命。这个水手属于厨师领班一派,德克·彼得斯也归顺了这一派——这一派的对立面以大副为首。

这时船上将阿瑟·皮姆计算在内,也只有十三个人了。

在这种情况下,一场可怕的暴风雨来到,荡涤这一海域。狂风暴雨猛烈摇撼"逆戟鲸"号,接缝处进水。必须不断开动水泵抽水,甚至在船体前部下面用了一片帆,才免得船内水满四溢。

这场暴风雨直到7月9日才告结束。这一天,德克·彼得斯表

---

① 即狂犬病。

示了要收拾大副的意图,奥古斯塔斯·巴纳德保证对他给予支持,但并未透露阿瑟·皮姆在船上的消息。

第二天,忠于厨师领班的一个水手,名叫罗杰斯的,痉挛而死。人们毫不怀疑,这是大副毒死了他。于是厨师领班手下只有四个人了,其中有德克·彼得斯。大副手下有五个人,十分可能最后要压倒另一派。

一个小时都不能再迟疑了。混血儿向奥古斯塔斯·巴纳德宣布,行动的时刻已经来临。于是奥古斯塔斯·巴纳德将有关阿瑟·皮姆的一切情形告诉了他。

就在他们商议用什么办法将船只夺回的时候,一阵无法抵御的狂风将船只拦腰吹倒。"逆戟鲸"号灌进大量海水,总算又立起来了。然后船只前桅下帆缩帆,顶风低速航行。

叛乱者之间虽已言和,看来仍是开始搏斗的有利时机。可是,军官舱只有三个人,德克·彼得斯,奥古斯塔斯·巴纳德和阿瑟·皮姆,而船员休息舱里却有九个人。厨师领班一个人就拥有两支手枪和一把水手刀。因此谨慎行事十分必要。

叛乱的水手做梦也想不到阿瑟·皮姆在船上。阿瑟·皮姆想出一个巧计,可能成功。被毒死的水手仍然陈尸甲板。阿瑟·皮姆心想,如果他穿上死鬼的衣裳,突然出现在这些迷信的水手中间,说不定立刻将他们吓得目瞪口呆。德克·彼得斯就可以借机为所欲为了……

夜色漆黑。混血儿朝船尾走去。他力大无穷,猛地朝掌舵人扑去,一拳将他打到舷墙之外去了。

奥古斯塔斯·巴纳德和阿瑟·皮姆立即与他会合,两人都手持水泵的泵杆,作为武器。他们将德克·彼得斯留在舵手岗位上。

阿瑟·皮姆化装成死鬼模样,和他的同伴一起把守着舱下舷梯的进口。大副,厨师领班,所有的人都在那里,有的在睡觉,有的在喝酒或聊天,手枪和步枪都放在伸手可及的地方。

狂风暴雨大作,甲板上几乎无法站立。

这时,大副下令去找寻奥古斯塔斯·巴纳德和德克·彼得斯,并将命令传给掌舵人。那掌舵人不是别人,正是缆索师傅本人。他和船长儿子、小巴纳德走下船舱,阿瑟·皮姆也立即出现了。

幽灵出现,产生了十分神奇的效果。大副眼见水手复活,目瞪口呆,站立起来,手朝空中挥了一下,顿时直挺挺倒地而死。这时德克·彼得斯朝其他人扑过去,奥古斯塔斯·巴纳德、阿瑟·皮姆和小狗"老虎"予以协助。转眼之间,所有的人,有的被打死,有的被掐死。只有一个水手,叫理查德·帕克的,他们饶了他一命。

这时,暴风雨更加猛烈,他们只剩下四个人驾驶这艘双桅船了。货舱内水深七尺,操作十分吃力。必须将主桅砍断;天亮时,又将前桅砍倒了。惊心动魄的一天,更加惊心动魄的一夜!一股海水涌入"逆戟鲸"号舱口,德克·彼得斯及其三位伙伴,若不是紧紧抱住锚机的残骸,早就被海浪卷走了。

小说中接着讲的是从7月14日到8月7日这种情况下必然导致的一系列事件,描写十分细腻:在海水淹没的货舱中捕捞食品;一艘神秘的双桅横帆船来到,船上装满死尸,臭气冲天,有如一具大棺材,顺着死亡的海风飘过;饥饿和干渴的折磨,无法到达食物贮藏舱;用长短不同的草棍拈阄,命里注定牺牲理查德·帕克以救活其他三人;德克·彼得斯怎样将这个倒霉鬼撂倒……将他吃掉……后来,从货舱中弄出几样食品来,一个火腿,一罐橄榄,还有一只小乌龟……由于货位移动,"逆戟鲸"号侧倾日益严重……这一海域气候酷热,干渴的煎熬到了人所能忍受的最后限度……奥古斯塔斯·巴纳德于8月1日死去……双桅船三日到四日夜间沉没……阿瑟·皮姆和混血儿困在底朝天的船体上,只好以布满船壳的小蚬为食;四周一群群的鲨鱼向他们窥视……终于出现了利物浦的"珍妮"号,船长是威廉·盖伊。其时"逆戟鲸"号的遇险者已向南偏斜至少25°。

以上各种情形,夸张程度已无以复加——这出自美国诗人的神笔,并不使人意外——人的理智对于这种种情形的真实性,倒还勉强可以接受,不感到厌恶。但是,读者可以看看,从这时开始,此后发生的一系列事件是否有一丝一毫的可能。

阿瑟·皮姆和德克·彼得斯,被英国双桅船救起,受到善待。半个月以后,他们已从不适中恢复过来,已将一切痛苦忘却——"遗忘的程度与对比力的大小成正比"。好坏天气交替出现,10月13日"珍妮"号已抵达爱德华太子岛。然后,沿着与"哈勒布雷纳"号相反的方向,顺利抵达克罗泽群岛和我十一天以前刚刚离开的克尔格伦群岛。

用了三个星期时间捕捉海豹,双桅帆船满载而归。就在这次停泊过程中,"珍妮"号船长放置了那个酒瓶,瓶中有一封信,威廉·盖伊船长在信中宣布了他探索南极海洋的意图。现在"哈勒布雷纳"号船长声称他找到了这个酒瓶及瓶中的信。

11月12日,双桅帆船离开克尔格伦群岛,返程向西,朝特里斯坦-达库尼亚群岛驶去。我们现在也是这样。半月后抵达该岛,停泊一星期。12月5日起航到南纬53°15′,西经47°58′处,去发现奥罗拉群岛——这个别人找不到的群岛,他们也没有找到。

12月12日,"珍妮"号朝南极驶去。26日,越过73°线以后,首次发现冰山和极地大浮冰。

从1828年1月1日到14日,进展艰难。从流冰群中穿过极圈,然后绕过极地大浮冰,航行在自由流动的海面上——这著名的自由流动的大海,是在南纬81°21′、西经42°处发现的,当时气温为华氏47度(8.33摄氏度),水温为华氏34度(1.11摄氏度)。

可以看到,埃德加·爱伦·坡这里是在信口开河。任何航海家从未前进到这样的高纬度地区——就连英国海军的詹姆斯·威德尔①船长,1822年也不曾超越74°线。

"珍妮"号深入到这一点,已经令人难以置信。即将发生的意外事件,则更加令人瞠目结舌!这些事端,阿瑟·皮姆——也就是埃德加·爱伦·坡——叙述起来,那种自己尚未觉悟到的天真幼稚,任何人都可以感觉得到。实际上,他毫不怀疑能够一直前进到南极!……

首先,在这神奇的海面上,竟再也看不见一座冰山。无以数计的水鸟在飞翔——其中有一只鹈鹕,被一枪击中……一个冰块上——现在还有吗?——遇到一只南极熊,体躯极大……最后,右舷前方发现陆地……这是个方圆一里的小岛。为纪念与船长共同拥有"珍妮"号的船主,将这小岛命名为贝内特岛。

阿瑟·皮姆在其日记中说,这个小岛位于南纬82°50′、西经42°20′。我敢保证,水文地理学家绝不会依据这种信口开河的资料绘制南极海域的地图!

自然,随着双桅帆船不断向南挺进,指南针的变化减小,而气

---

① 詹姆斯·威德尔(1787—1834),英国海员。

温和水温变得温和,天空终日晴朗,海风不断从北方某些地方吹来。

不幸船员中出现了坏血病症状。如果不是阿瑟·皮姆一再恳求,说不定威廉·盖伊船长早已掉转了船头。

不言而喻,在这个纬度上,而且在一月间,人们享受着连续的白昼。"珍妮"号继续冒险远征。到了1月18日,在纬度为83°20′、经度为43°05′的地方,他们远远望见一块陆地。

这是一座岛屿。它属于一个群岛,众多的岛屿星罗棋布于它的西部。

双桅帆船靠近该岛,于水深六寻处停泊。阿瑟·皮姆和德克·彼得斯乘上一条配备了武器的小艇。遇到四条小船,小艇停下。船上有手持武器的人——"陌生人",小说中这样写道。

确实是陌生人。这些土著人,皮肤如同黑玉一般,身披黑色兽皮,对"白色"本能地感到恐惧。我自忖,这种恐惧在冬季会达到什么程度呢?……雪,如果下雪的话,难道是黑的吗?冰块也一样——如果形成的话?……这一切,纯属虚构而已!

简言之,岛民并没有表现出敌对的情绪,他们不断呼喊着"阿纳姆—姆"和"拉玛—拉玛"。他们的小船靠近了双桅船,首领 Too Wit[①] 得到允许,带着二十多个伙伴上船。他们惊奇万分,把船当作活物,抚摸着帆、索、桅、舷墙。由他们领航,船只在暗礁中前进,穿过一处海底为黑沙的海湾,到距离海滩一海里处抛锚。威廉·盖伊船长细心周到,在船上扣留了人质,才从岸边岩石上下了船。

---

① 英语,意为"太聪明"。

多么奇异的岛屿！据阿瑟·皮姆说，这是扎拉尔岛。这里的树木与地球上各温带地区的任何品种都不相像。岩石结构呈现出现代矿物学家从未见过的层理。河床里流动着一种液体，外表不透明，纹理清晰。如果用刀刃将纹理分开，并不立即合拢！……

要步行三海里才能抵达岛上主要村庄克罗克-克罗克。那里只有极为简陋的住房，均由黑色兽皮构成。家畜中，有的与普通的猪相类似，有一种黑毛绵羊；家禽有二十种，驯养的信天翁、鸭子及大量的加拉帕戈斯龟等。

抵达克罗克-克罗克村以后，威廉·盖伊及其伙伴发现那里的居民吵吵嚷嚷、凶相毕露，必须加以提防，至少也要退避三舍。阿瑟·皮姆估计，男女老少共约一万人。他们在"太聪明"家中歇息一阵，便回到岸边。沿海一带，海参——中国人视如珍宝的软体动物——比南极地区任何地方都丰富，可以大量装船运走。

关于这个问题，他们试图与"太聪明"达成协议。威廉·盖伊船长要求允许他建立库房，"珍妮"号留下几个人加工海参，双桅船继续向南极前进。"太聪明"爽快地接受了这个倡议，并且达成协议，由土著人协助捕捞这珍贵的软体动物。

讨了一个月，一切安置停当，指定了三个人留驻扎拉尔。他们对当地人没有产生过丝毫怀疑。告别以前，威廉·盖伊船长希望最后再去一次克罗克-克罗克村。出于小心谨慎，他在船上留了六个人，炮弹上了膛，装好了舷墙防护网，锚也竖起来。这六个人应该禁止任何土著人接近。

"太聪明"由一百多名武士卫护着，前来迎接客人。他们沿着一条狭窄的山谷前行，两旁的小山均由皂石构成。这是一种块滑石,阿瑟·皮姆在其他地方从未见过。山坡高达六十到八十法尺,宽度却只有四十法尺,到处坎坷不平,弯弯曲曲。

虽然这地方十分有利于设置埋伏,威廉·盖伊船长及其手下的人倒不大惧怕,他们一个挨一个地密集前进。

右手稍前方,走着阿瑟·皮姆、德克·彼得斯和一个叫艾伦的水手。

一个裂隙通向山腰。走到跟前,只见几株枯萎的榛树上悬挂着串串榛果。阿瑟·皮姆心血来潮,进去采摘。采完,正欲拔腿原路返回,他发现混血儿和艾伦也一直陪伴着他。三人准备返回裂隙入口处,突然山摇地动,将他们三人掀翻在地。同时,山上大块皂石崩塌,他们心里明白,这下子全要被活埋了……

三个人都活了吗?……没有!艾伦被深深埋在碎石里,已经停止了呼吸。

阿瑟·皮姆和德克·彼得斯在地上爬行,用他们的猎刀开路,终于到达较为坚硬的片状黏土突出地点。后来又来到一处天然平台,位于长满树木的山谷尽头。翘首望去,谷顶上一线蓝天。

从那里,可将附近地区一览无余。

适才发生的塌陷——是人为的塌陷,对!是人为的,是这些土著人一手制造的。威廉·盖伊船长及其手下的二十八位战友,被压在一百多万吨土石之下,已经无影无踪。

岛上人群熙熙攘攘,许多人从附近岛屿赶来。无疑,吸引他们前来的,是抢劫"珍妮"号的欲望。七十条跷跷板小船朝双桅船驶去。留在船上的六个人首先向他们射出舷炮炮弹,没有击中;然后射出枪炮弹和连锁圆炮弹,死伤无数。"珍妮"号最后仍被侵占,被放火焚烧,保卫船只的人惨遭杀害。炸药起火,一声爆炸,震天动地,炸死炸伤土著人两千人左右。其他的人,高喊着"特克力—力!特克力—力!"狼狈逃窜。

此后一星期中,阿瑟·皮姆和德克·彼得斯靠榛子、麻鹬肉、辣根菜为生,躲过了当地人。土著人做梦也想不到,他们还在这里。他们藏身的地方,可说是一个无底洞,黑漆漆,没有出口,在片状岩和一种金属颗粒泥灰岩中挖掘而成。他们下到一系列的洞穴中去,才将这漆黑的深渊走遍。埃德加·爱伦·坡根据其实测平面图,给它画了一张草图:整个画面呈现出一个阿拉伯词根的字,意为"是白的";还有一个埃及字ДФЦГРНС,意为"南部地区"。

可以看到,到这里,这位美国作家之不可置信,已到了无以复加的程度。我不仅反复阅读过这部关于阿瑟·戈登·皮姆的小说,我还了解埃德加·爱伦·坡的其他作品。对于这位想象能力胜于智慧的天才,我知道应该如何评断。一位批评家评论他的作品时,不是这样说过吗:"在他身上,想象居于各种能力之首。这种神奇的能力,能洞察事物内在秘密的关联性、相应性及相似性……"不是说得很有道理吗?

确切无疑的是,没有一个人不把他的作品当作纯虚构的作品!除非疯了,否则,像兰·盖伊船长这样的人怎么可能认为这些完全不现实的事情是确有其事呢?……

我继续讲下去:

阿瑟·皮姆和德克·彼得斯在这无底洞中无法长期居住下去。他们进行了多次尝试,终于从一面山坡上滑了下去。立刻有五个土著人向他们扑过来。幸亏他们有手枪,混血儿又膂力过人,打死了四个。他们二人逃走,拖上第五个。他们上了停在海边的一条小船。船上有三只大龟。二十几个岛民前来追击,想逮住他们,没有得手。他们将岛民打退,操起短桨。小船驶向海面,朝南方飞驰而去。

　　阿瑟·皮姆就这样航行到了南纬83°以南。这时已是三月初,也就是说,极地的冬季即将来临。西方出现了五六个岛屿。出于小心谨慎,必须躲过这里。阿瑟·皮姆认为,接近极地,气候会逐渐变暖。在短桨的尽头,小船的侧翼,竖起一片帆,用德克·彼得斯及其伙伴的衬衣连接而成。衬衣是白色的,那个土著俘虏,名叫努努,见了大惊失色。微微的北风吹拂,极地连续白昼中,海上没有一块冰,这奇异的航行持续了一个星期。由于水温提高,温度一致,自超越贝内特岛纬度线以来,竟从未见过一块冰。

　　这时,阿瑟·皮姆和德克·彼得斯进入了令人惊奇不止、崭新事物层出不穷的地区。远方天际耸立着灰色烟雾的宽阔屏障,装饰着长长的闪光的条纹,这正是极光。大气流来为海风助威。小船疾驰如飞,液体表面极其炎热,外表呈乳状,仿佛在下面搅动着。微白的灰尘忽然从天而降——这更使努努惊恐万状,漆黑的牙齿上双唇翻起……

　　3月9日,这种灰雨更加来势凶猛,水温升得更高,用手接触都无法忍受。巨大的烟雾帘幕,张在南方天际的周围,仿佛茫茫无边的瀑布,从高耸入云的陡壁上,静静地流下……

　　过了十二天,黑暗重又笼罩着这一海域。从南极洋乳状液体的深处,散射出熠熠闪光的物质,划破黑暗。粉末状的阵雨连续不断,与大洋相互交融……

　　小船飞速靠近瀑布。出于什么原因,阿瑟·皮姆丝毫未予谈及。偶尔雾障开裂,可隐约望见后方,那是漂浮不定、形状不明的零乱景象,强大的气流在震荡……

在这令人不寒而栗的黑暗中,灰白的巨鸟成群掠过,土著人不断呼喊着"特克力—力"。就在这时,那个土著人俘虏,受惊过度,断了最后一口气。

突然,小船以疯狂的速度投入瀑布的怀抱,一个漩涡张开,仿佛将小船吸进去一般……这时水平方向上突然出现一个蒙面人的面孔,比地球上任何一个居民的脸庞都要大出许多倍……这人皮肤的颜色正像霄花那样纯白……

这部怪诞的小说,新大陆最伟大的诗人超天才的产物,基本轮廓就是这样。小说就这样结束了。更确切地说,小说并没

有结束。在我看来,埃德加·爱伦·坡已经无法为如此惊心动魄的冒险设想出一个结局,于是他用主人公"突然而悲惨"的死亡将叙述中断,同时又给人留下希望,以为如果能够找到尚缺的两三章,仍会公布于世。这当然是可以理解的。

第6章 "像那微微张开的裹尸布!"

在水流和海风的帮助下,"哈勒布雷纳"号航行一直顺利进行。如果水流和海风能够持续下去,半个月之内,就可穿过爱德华太子岛和特里斯坦-达库尼亚岛之间的距离——大约两千三百海里。而且像水手长曾经宣称的那样,不需要更换一次前下角索。东南海风一直吹拂,风向不变;有时达到疾风程度,只要降下高帆就可以了。

兰·盖伊船长将操作的事全部交给了杰姆·韦斯特。这位勇敢无畏的"帆架子"——请原谅我用这个字眼——只有到了桅杆要垮下来的危险时刻,才肯决心缩帆。我倒毫不担忧。有这样的海员,无须担心会受到任何损失。他对自己的工作十分留神。

"我们的大副,真是举世无双。"有一天,赫利格利对我说,"他指挥一艘旗舰也够格!"

"确实,"我回答说,"在我看来,杰姆·韦斯特是真正的海员!"

"我们这'哈勒布雷纳'号,船也好!杰奥林先生,你真值得庆幸!也祝贺我吧,因为我终于使兰·盖伊船长在你的问题上改变了主意!"

"这个成果,如果是你得到的,那我很感谢你。"

"是该谢谢我。虽然阿特金斯大叔一再坚持,可我们船长,就是犹豫不决!我总算让他明白了事理……"

"我不会忘记的,水手长,我不会忘记的。多亏你从中斡旋,才使我没有留在克尔格伦群岛苦苦等待。你看,我马上就要到特里斯坦-达库尼亚了……"

"还要过几天,杰奥林先生。喂,你说说看,我听人讲,现在英国和美国,有人正在搞一种船,肚子里装一部机器,用轮子,就像鸭子用自己的蹼那样!……这也好,行不行,用用就知道了。不过,依我看,那种船永远也斗不过漂亮的六十米三桅帆船。风力强时,这船可以逼风航行!杰奥林先生,这海风,即使收到五个格①,也够了!一个海员是不需要在船壳里安装轮子的!"

水手长关于航海中使用蒸气的见解,我完全无需反对。现在仍处于摸索阶段,涡轮机尚未代替桨叶。至于将来,谁又能预见呢?……

这时我记忆中又浮现出一件事:"珍妮"号从爱德华太子岛到特里斯坦-达库尼亚群岛恰巧也走了半个月。兰·盖伊船长与我谈到"珍妮"号时,就仿佛这艘船确实存在过,他亲眼见过一样。确实,埃德加·爱伦·坡可以任意摆布海风和海水。

自那次谈话后,有半个月之久,兰·盖伊船长再没有与我谈起阿瑟·皮姆。对这位南极海洋英雄人物的冒险经历,他甚至做出似乎从未跟我谈过一个字的样子。如果他本来希望说服我,让我相信那都是真有其事,那他表现出的智慧也未免太平庸了。我再

---

① 32点制罗经的一个格,向位为 $11°15'$。

重复一次,一个神志正常的人,怎么能够同意对这样一个问题进行郑重其事的讨论呢?除非完全丧失了理智,或者至少在这个特殊问题上是偏执狂,就像兰·盖伊那样,否则,没有一个人——我第十次地重复说——不把埃德加·爱伦·坡的故事当作纯虚构的作品。

想想看!根据这部小说,一艘英国双桅帆船一直前进到南纬84°的地方。那为什么这次航行居然没有成为轰动一时的地理大事件?……阿瑟·皮姆深入南极洲归来,为什么竟然没有将他置于库克、威德尔、比斯科之类的人物之上?……他和德克·彼得斯,作为"珍妮"号的两名乘客,甚至超越上面提到的纬度,为什么人们竟然没有给予他们公开的荣誉?……对他们发现的自由流动的大海;将他们带往极地的高速水流;这一带海水反常的温度,仿佛从下面进行加热,达到人手都受不了的热度;那张在天际的烟雾帘幕,对半张半合的气态瀑布,瀑布后面出现的奇大无比的人面等等,又该做何感想呢?……

且不说这些失真的事物,就说阿瑟·皮姆和混血儿怎样九死一生得以返回,他们的扎拉尔小船怎样将他们从极圈以远的地方带回,最后,他们又怎样被人搭救并被送回祖国的?我倒很想知道。乘坐一只单薄的短桨小船,穿过二十多度地区,再次越过极地大浮冰,回到最近的陆地,阿瑟·皮姆的日记又怎么能丝毫没有提及返程中的事件呢?……有人会说,阿瑟·皮姆还未来得及提供自述的最后儿章就死了呀!……好吧!即使如此,关于归途,他一个字也未向《南方文讯》出版者提及,这难道真实可信吗?……德克·彼得斯既然在伊利诺伊州居住数年,为什么对这次历险的结局保持缄默呢?……是否只字不提对他有利呢？……

据兰·盖伊船长说，他去了凡代利亚，因为小说中谈到德克·彼得斯住在凡代利亚。但是兰·盖伊船长没有遇到德克·彼得斯……这我倒相信！我再重复一次，与阿瑟·皮姆一样，德克·彼得斯也只是存在于美国诗人令人头脑发昏的想象之中……他能够将纯属虚构的东西强加于某些人的头脑，使他们相信是确有其事，这难道不是证实了这位天才的非凡威力吗？对这一点，恐怕是没有异议的。

我很明白，兰·盖伊船长已无法摆脱他的固定看法。再次与他争论，再次提起这些未曾说服他的论据，是不知趣的。他比以前更加面色阴沉，沉默寡言。除非必要，他从不在双桅船甲板上露面。每当他在甲板上出现时，他的目光便固执地扫视着南方天际，仿佛要极力刺透它……

也许，他似乎望见了那烟雾的帘幕，上面有一条条宽宽的斑马纹；望见了高渺的天空，无法穿透的黑暗使天空更加显得其厚无比；望见了乳状深海迸射出熠熠闪光，望见了雪白的巨人透过瀑布的漩涡为他指明道路……

我们的船长真是个奇怪的偏执狂！幸好除了这个题目以外，他都还保持着清醒的头脑。他作为海员的优点，也都仍然完好无缺。我所能设想的一切忧虑并没有变成现实的危险。

应该说，我觉得更有兴味的，是要发现究竟是什么原因使得兰·盖伊船长对"珍妮"号所谓的遇险者如此关切。即使把阿瑟·皮姆的自述当作是真有其事，并且假设英国双桅帆船确实穿过了这无法逾越的海域，又何必如此无谓的惋惜呢？在发生了爆炸和扎拉尔岛土著人制造的坍塌之后，即使"珍妮"号的某些水手、船长或军官有人幸存下来,从情理上说,还能指望他们仍然活着吗?根据阿瑟·皮姆指出的日期,从事情发生到现在,已经过去了十一年。即使这些不幸的人逃出了岛上居民的掌心,从那时到今天,在那样艰苦的条件下,他们怎样获得衣食而不致全部送命呢?……

算了吧!虽然这些假设毫无根据,我怎么也开始郑重其事地讨论起这一类假设来了呢?再进一步,阿瑟·皮姆、德克·彼得斯、他们的伙伴、消逝在南极海面大浮冰后面的"珍妮"号,我是否也即将相信,他们都确曾存在过呢?是否兰·盖伊船长的癫狂症也感染了我?事实上,刚才我不是发现自己在无意之中也将"珍妮"号向西航行走过的路程与"哈勒布雷纳"号驶向特里斯坦-达库尼亚所走的路程进行比较吗?

那天已是9月3日。如果不发生什么延误——如果发生,也只会来自海上的意外——我们的双桅船再过三天就要进港了。这群岛屿中主要岛屿的海拔相当高,天气晴和时,远远就能望到它。

那天上午十点到十一点之间,我在迎风一侧从船头到船尾散步。海水波浪起伏,汩汩作响,船只在水面上轻轻滑过。仿佛"哈勒布雷纳"号是一只巨鸟——阿瑟·皮姆提到的一只巨型信天翁——正展开宽阔的翅膀,穿过空间,带着整个的船只飞翔。是的!对于想象力丰富的头脑来说,这已经不是航行,而是飞翔。船帆在跳动,正是拍打着翅膀呀!

杰姆·韦斯特站在卧式锚机旁,船头的三角帆荫蔽着他。他将望远镜贴在眼睛上,在左舷海风下,注视着两三海里外一个漂浮的物体。好几个水手俯身舷墙,也用手指指点着那个东西。

这个庞然大物表面有十到十二码①,呈不规则形状,中央部分突起,有一鼓包,闪闪发光。海浪在西北方向移动,这个物体随着浪涛上下颠簸。

我走到船头栏杆处,仔细地观察这个物体。

海员们的话语传到我的耳际。海水带来的任何东西,哪怕很小,却使他们感兴趣。

"这根本不是鲸鱼。"帆篷师傅马尔丁·霍特郑重声明,"要是鲸鱼,我们观察这么长时间,至少也该换一两口气了!"

"当然不是鲸鱼,"捻缝师傅哈迪肯定地说,"说不定是弃船的骨架……"

"这是魔鬼从海底送上来的!"罗杰斯喊道,"夜里你们跳上去试试!保证你还没明白怎么回事,就要划破你的脸,把你沉到水里去!"

"我相信你的话,"德拉普加了一句,"这类漂流物比岩石还危险。今天在这边,明天在那边,怎么躲得开呢?……"

赫利格利刚刚走过来。

"你说呢,水手长?"我问他一句。他在我身旁,臂肘支在栏杆上。

赫利格利仔细观看。强劲的海风吹拂着,双桅船迅速向漂流物驶去,发表意见更容易些了。

"依我看,杰奥林先生,"水手长针锋相对地说,"咱们看见的这个玩意儿,既不是鲸鱼,也不是弃船残骸,很简单,就是一块浮冰……"

---

① 一码等于0.9144米。

"一块浮冰?……"我高声叫道。

"赫利格利错不了,"杰姆·韦斯特肯定地说,"确实是一块浮冰,水流带来的一块冰山……"

"怎么?"我接着说,"能一直带到纬度为45°的地方?……"

"这种事常有所见,先生,"大副回答道,"法国有位航海家、布洛斯维尔船长,据他说,浮冰有时往上一直走到开普敦附近,1828年他在那个纬度上就曾经遇到过。"

"那这块很快就会融化了?……"我说,对韦斯特大副赏光给我那么仔细的回答,颇感意外。

"可能大部分已经融解了,"大副肯定说,"我们所看见的,肯定是一座冰山的残留部分,整座冰山说不定有几百万吨重呢!"

兰·盖伊船长刚刚从舱面室走出来。他看见一批水手围着杰姆·韦斯特,就向船头走来。

大副与他低声交谈几句,将望远镜递给他。

兰·盖伊将望远镜对准漂流的物体。双桅船比刚才又接近了一海里。他观察了一分钟左右。

"这是一块浮冰,"他说,"幸亏它融解了。若是'哈勒布雷纳'号夜间撞到它上面,很可能已经受到严重损坏。"

兰·盖伊船长观察那么仔细,使我惊讶不已。似乎他的目光无法离开望远镜的目镜,简直可以说那已经成了他的眼睛。他纹丝不动,仿佛钉子钉在甲板上一般。船只前后颠簸也好,左右摇摆也好,他都漠然置之。他两臂端直,这种姿势他已经习以为常。他沉着冷静地一直将浮冰保持在他的视野里。他风吹日晒变成古铜色的脸膛上,呈现出一块块消瘦的痕迹和阴暗的斑点,双唇中发出模糊不清的语句。

几分钟过去了,"哈勒布雷纳"号速度飞快,就要偏航绕过浮冰了。

"偏一格。"兰·盖伊船长说道,并不曾放下望远镜。

这个摆脱不了某个固定想法的人头脑中想些什么,我猜出来了。这块浮冰,从极地大浮冰上分离出来,来自他朝思暮想的海域。他想就近看看这块浮冰,也许想靠近一下,也许采集些碎屑……

杰姆·韦斯特将命令传达下去,水手长立即将下后角索稍微放松,双桅船转了一格,直朝浮冰驶去。很快我们距浮冰只有两链①的距离了,我得以仔细观察。

与刚才观察到的情形一样,中央隆起部分已四面融化。水柱沿四壁流滴。今年暖季来得早,现在刚刚九月,太阳已有足够的力量引起融解、推动融解,甚至加速融解了。

水流一直带到纬度45°地方的这块流冰,肯定天黑以前就会完全消失,不留任何痕迹了。

兰·盖伊船长现在不用望远镜了,但他一直在观察着流水,开始分辨出一个异体。渐渐地,随着融解的进行,异体更加清楚显露出来——有个形状似人的黑乎乎的东西,卧在雪白的冰层上。

我们首先看见现出一只手臂,随后,一条腿,上身,头部,而且完全不是赤身裸体,而是穿着深色衣服。我们简直惊恐万状!

有一阵,我甚至觉得他的四肢在动……他的手向我们伸出来……

船上人员不由自主地叫喊起来。

---

① 旧时计量距离的单位,一链约合200米。

不！人体并不动弹，而是轻轻地在冰面上滑动……

我朝兰·盖伊船长望了一眼。他的面孔，与从遥远的南极高纬度地区漂来的这具死尸的面孔一样苍白！

立即行动起来，去搭救这个可怜的人——说不定他还有一口气呢！……无论如何，也许他口袋里装有什么文件，可以确定他的身份！……为他做一次最后的祷告，然后将这人体的残骸扔进大海深处，那是埋葬遇难海员的坟墓！……

放下小艇。水手长坐到艇内，两名水手，格雷希恩和弗朗西斯，每人一桨。杰姆·韦斯特采取阻帆措施，横过三角帆和前桅支索帆，将后桅帆脚架拉紧，已经止住双桅船的余速。现在船只几乎停滞不动，只随着海水的长浪上下起伏。我的眼睛盯住小艇。海水正在吞噬浮冰，小艇已靠近它的侧缘。

赫利格利找了一个稍微结实的地点下到浮冰上。格雷希恩随后下艇。弗朗西斯用带四爪锚的缆绳保持小艇不动。

两人一直爬到尸体旁边。一人拉腿,一人拉臂,将尸体装上小艇。

划了几桨,水手长就回到了双桅船上。

死尸从头到脚均已冷冻,放在前桅座上。

兰·盖伊船长立即朝死尸走去,久久地端详着,仿佛极力要认出他是谁。

这是一个海员的尸体,穿着粗布衣裳,呢裤子,粗布短工作服已补缀过;厚莫列顿双面绒衬衣,腰带环腰缠了两道。毫无疑问,他的死亡可追溯到几个月之前。很可能被浮冰带走之后不久,这可怜的人就死了……

带回船上的这个人,虽然头发已经花白,看样子却没有超过四十岁。瘦得吓人,简直就是皮包骨。从南极极圈开始,至少漂过了纬度二十多度的路程,他一定饱受了饥饿的痛苦折磨。

由于寒冷,死尸保存完好。兰·盖伊船长这时刚刚撩起他的头发。他将死尸的头抬起,到他紧闭的眼皮下去寻找死人的目光。最后,他痛哭失声,喊出一个名字来。

"帕特森……帕特森!"

"帕特森?……"我叫喊起来。

虽然这个名字很普通,我却觉得它与我的记忆有某种关联!……什么时候我听人说过这个名字——抑或我在什么地方读到过这个名字?……

这时,兰·盖伊船长站立不动,眼光缓缓地扫视着天际,仿佛就要下令向南方驶去……

这时,杰姆·韦斯特说了一句话。水手长立即按照他的旨意,将手伸进死者的口袋。从中取出一把刀,一段制船缆用的粗麻线,一个空烟盒。后来,又取出一个皮面的记事簿,带金属外壳的铅笔。

兰·盖伊船长转过身来。赫利格利正要将记事簿递给杰姆·韦斯特,船长说:

"给我!"

几页纸上密密麻麻写满了字。由于受潮,字迹几乎完全消失。但最后一页上字句尚可辨认清楚。当我听到兰·盖伊船长用颤抖的声音读出以下字句时,我的激动心情是可以想见的。他读道:

"珍妮"号……扎拉尔岛……83°处……那里……已十一年……船长……五位水手幸存……火速援救他们……

这几行字下面,有一个名字……一个签名……是帕特森的名字……

帕特森!……我想起来了!……他是"珍妮"号的大副。"珍妮"号……就是在"逆戟鲸"号残骸上搭救了阿瑟·皮姆和德克·彼得斯的双桅帆船"珍妮"号,就是一直航行到扎拉尔岛纬度上的"珍妮"号,就是遭到岛民袭击、被爆炸吞没的"珍妮"号!……

这么说,这一切都是真的!……那么,埃德加·爱伦·坡的书是历史学家的著作,而不是小说家的著作了!……那么,他确实披览了阿瑟·戈登·皮姆的日记!……那么,他们之间是有直接接触的了！……那么，阿瑟·皮姆确实存在，或者确切地说，曾经存在过，他是一个真人！……后来，在他尚未将他惊心动魄的旅行记述补充完整之时，他死了——突然而凄惨地死了，具体情况并没有透露！……他和他的伙伴德克·彼得斯离开扎拉尔岛以后，一直深入到什么纬度上？他们二人又怎样得以返回美国的呢？……

我觉得我的头脑仿佛要爆炸，我发疯了！而我以前曾指责兰·盖伊船长是疯子！……不！我一定是听错了……我一定是没听懂！……这纯粹只是我头脑中的荒诞不经的想法而已！……

然而，在"珍妮"号大副、帕特森身上找到的这一证据，语气肯定，日期确切，又怎能否认？……杰姆·韦斯特更镇静一些，他又辨认出以下的片言只语。这些语句是：

> 从6月3日被带到扎拉尔岛以北……在这里……仍然……威廉·盖伊和"珍妮"号上的五个人……我的冰块穿过极地大浮冰漂移……食物将尽……从6月13日以来……最后的食物来源枯竭……今天……6月16日……什么都没有了……

在这之后，又怎么能保持怀疑呢？

这么说来，帕特森的遗体，已经在这块浮冰的表面上安卧了几乎三个月，我们从克尔格伦群岛前往特里斯坦-达库尼亚群岛途中遇到了！……啊！我们如果能救活"珍妮"号的大副，该多好啊！……那他就会说出人们尚不了解的、可能永远也不会知晓的这次惊心动魄历险的秘密了！

总而言之,我必须承认现实。兰·盖伊船长认识帕特森,刚刚找到了他冰冻的尸体!……一次停泊时,"珍妮"号的船长在克尔格伦群岛埋藏了一个酒瓶,瓶内装了一封信。那时,正是他陪伴着"珍妮"号的船长。我以前曾经拒绝相信那封信的真实性!……是的!十一年来,英国双桅帆船的幸存者一直在那里,对于有朝一日能够遇救已经不抱希望了!……

这时,在我亢奋的头脑中,两个名字又连接起来。这定会给我解释明白,为什么我们的船长对于一切有关阿瑟·皮姆事件的事情都那么关切。

兰·盖伊朝我转过身来,注视着我,只说了这几个字。

"现在,你相信了吗?……"

"我相信了……我相信了!"我结结巴巴地说道,"不过,'珍妮'号的威廉·盖伊船长……"

"和'哈勒布雷纳'号的兰·盖伊船长是亲兄弟!"他以雷鸣般的声音喊道,全体船员都听得真真切切。

然后,我们的眼睛又向浮冰漂流的地方望去。这个纬度上的阳光和流水双重的影响,已经产生了应有的效果,浮冰在海面上已经无影无踪。

第7章　特里斯坦-达库尼亚群岛

四天以后,"哈勒布雷纳"号与特里斯坦-达库尼亚这个奇异的岛屿已遥遥相望。有人竟然将这个岛屿喻为非洲海洋的锅炉。

帕特森的遗骸在距极圈五百多海里的地方出现,这一奇遇真是不同寻常的事件!通过阿瑟·皮姆探险队的这个阴魂,"哈勒布雷纳"号船长与他的哥哥"珍妮"号的船长,现在已经联系在一起!……是的!这颇有些不可思议!……然而,与我后面还要叙述的故事相比,这简直又算不得什么了!

对我来说,最不可思议的是,美国诗人的小说竟然确有其事。起初我无论如何难以接受……我想对这显而易见的事视而不见!……

最后只好缴械投降。我心头最后的怀疑,与帕特森的遗骸一起,被埋葬在大海深处。

与这个悲惨而真实的故事血肉相连的,不只是兰·盖伊船长。我不久又得知,我们的帆篷师傅也与此密切相关。早在"珍妮"号搭救阿瑟·皮姆和德克·彼得斯之前,"逆戟鲸"号上遇难的人中,有一名优秀的水手,他就是马尔丁·霍特的哥哥。

就是说,在南纬83°和84°之间,有七名英国海员(现在变成六名了),在扎拉尔岛上生活了十一年。他们是:"珍妮"号的船长威廉·盖伊,大副帕特森和五名水手。又是什么奇迹使他们居然得以逃出"克罗克-克罗克"①土著人的魔掌呢?……

现在,兰·盖伊船长该怎么办?……在这个问题上,他绝不会有一丝一毫的犹豫。他一定竭尽全力去营救"珍妮"号的幸存者……他要让"哈勒布雷纳"号朝着阿瑟·皮姆指出的子午线驶去,他会将船只一直开到扎拉尔岛去,这是帕特森的记事簿上明确指出的。他命令驶向哪里,他的大副杰姆·韦斯特就会驶向哪里。船员们会毫不犹豫地跟着他前进。这样的远征可能超过人力所能及的限度,蕴藏着各种危险。但是他们不会因惧怕危险而停步不前……他们船长的灵魂将注入他们的灵魂之中……他们大副的臂膀将指引着他们的臂膀。

这就是兰·盖伊船长在船上拒绝接纳乘客的原因之所在,这就是为什么他对我说他的航行路线从来不固定的原因。他一直期望着向南冰洋冒险航行的机遇能够出现!

我甚至有理由认为,如果"哈勒布雷纳"号确已准备就绪,可以从事这一远征,兰·盖伊船长早已下令向南方行驶了……按照我登船时提出的条件,我是不会强迫他继续沿原定路线前进,把我送到特里斯坦-达库尼亚的……

我们距这个岛屿已不太远,补充淡水又势在必行。抵达以后,可能有条件将双桅船装备起来,使它能够与冰山搏斗,能够到达自由流动的大海,超过82°纬线大海就是自由流动的海洋了;能够比库克、威德尔、坎普等人挺进到更远的地方,以便尝试一下美国海军上尉威尔克斯正在进行的尝试。

---

① 爱伦·坡的小说《阿瑟·戈登·皮姆历险记》中"珍妮"号船员遭难的村庄。

那么，对我来说，一旦抵达特里斯坦-达库尼亚，我就要等待另一艘船只经过。就"哈勒布雷纳"号而言，即使它已做好准备，可以进行这样的探险，季节也还没有来到，它还不能穿越极圈。现在，9月的第一个星期尚未结束，待到南极的夏季敲碎极地大浮冰并引起坚冰瓦解，至少还要过两个月。

那时候航海家已经知道，只有从11月中旬到第二年的3月初这段时间，大胆的尝试才可能得到某些成功。到那时候，气温比较容易忍受一些，暴风雨太频繁，冰山从大块上分离出来，冰障出现缺口，又有极地的连续白昼沐浴着这遥远的地方。在这方面有谨慎的规定，"哈勒布雷纳"号最好乖乖地不要违背它。所以，如果必要的话，我们的双桅船，在特里斯坦-达库尼亚补给淡水、装上新鲜食品以后，还有充分的时间驶向福克兰群岛或美洲海岸，到一个港口靠岸。从船只修整角度来说，这个港口设备齐全，胜过南大西洋荒凉地带这一孤独的群岛上的各个港口。

特里斯坦-达库尼亚群岛的大岛，天气晴和之日，八十五到九十海里以外的景物看得清清楚楚。以下关于这个岛屿的材料，是我从水手长那里得来的。他数次游览该岛，谈得头头是道。

特里斯坦-达库尼亚岛位于西南信风带以南。气候温暖潮湿，气温适中，最低温度不低于华氏25度（约零下4摄氏度），最高温度不超过华氏68度（20摄氏度）。主要风向为西风和西北风，冬季——8月和9月——主要刮南风。

从1811年起，美国人兰柏特和其他几位同一国籍的人居住在这里，他们有捕捉哺乳类海兽的装备。继他们之后，英国士兵前来驻扎，任务是监视圣赫勒拿海域。1821年拿破仑死后，英军才撤走。

大约三四十年之后，特里斯坦-达库尼亚已经拥有居民百人左右，相貌俊美，为欧洲人、美国人和开普敦的荷兰人的后裔；建立了共和国，首领是族长——子女最多的家长；整个群岛最后承认了英国对它享有主权。不过这都是后话。1839年"哈勒布雷纳"号准备在此停泊时，这些事情尚未发生。

经过我个人的观察，我很快就发现，特里斯坦-达库尼亚的主权问题，并不值得引起争议。十六世纪时，它名叫"生命的土地"。岛上生长着特殊的地区植物，以蕨类、石松、一种有刺的禾本科植物和金雀花为代表，覆盖着山峦的低坡。家畜中，牛、山羊和猪为其财富来源，并以此与圣赫勒拿岛进行一些贸易。委实见不到任何爬行动物，也见不到一只昆虫。森林中只有一种不甚危险的猫科动物——一种从家畜返回到野生状态的猫。

岛上拥有的唯一树种是高达十八到二十法尺的一种鼠李。此外，流水送来漂浮的木材数量可观，足够取暖使用。蔬菜我只见到有甘蓝、甜菜、葱头、萝卜和南瓜；水果有梨、桃和葡萄，质量较差。我再补充一句，鸟类爱好者在这里恐怕只能打到海鸥、海燕、企鹅和信天翁。特里斯坦-达库尼亚的鸟类估计无法向鸟类爱好者提供其他标本了。

9月5日上午，主岛的高大火山已经在望——高二百杜瓦兹，白雪覆盖，熄灭了的火山口形成了一个盆状小湖。第二天，更加接近，大片坍塌的古老火山熔岩清晰可见，其排列形状与冰碛田颇为类似。

在这个距离上，可以见到巨大的墨角藻一条条漂浮于海面，长度为六百到一千二百法尺不等，粗细相当于一个大桶，可以称得上名副其实的植物缆绳。

这里我还要提一下，遇到浮冰以后的三天之中，兰·盖伊船长只在测量日高时才在甲板上露面。测量完毕，他便回到自己的舱室。除了用餐时间以外，我再也没有机会与他见面。他沉默寡言几乎到了可与缄默症相提并论的地步，而且无法使他摆脱这种状态。就连杰姆·韦斯特也毫无办法。所以我保持着绝对谨慎的态度。在我看来，兰·盖伊会再次与我谈及他的哥哥威廉以及他准备进行怎样的尝试去营救威廉的伙伴和威廉本人。这个时刻一定会来到。可是，我再重复一次，由于季节关系，双桅船在特里斯坦-达库尼亚大岛附近抛锚时，这个时刻尚未到来。9月6日，船只在大岛附近西北海岸、法尔默思湾深处安西德伦水深十八寻处抛锚。——这个地方，在阿瑟·皮姆的自述中，正是"珍妮"号停泊的地点。

我刚才说"大岛"，因为特里斯坦-达库尼亚群岛还包括另外两个小岛。在西南八里左右的地方，坐落着不可企及岛；在东南，与不可企及岛相距五里的地方，坐落着夜莺岛。整个群岛的地理位置为南纬37°05′、西经13°04′。

这几个岛为圆形。从平面上看，特里斯坦-达库尼亚大岛酷似一把张开的遮阳伞，圆周为十五海里。根根伞骨呈放射状，集中在中心一点上。伞骨代表着规则的山峦，通向中央的火山。

群岛构成几乎独立的海洋地带。最初是一个葡萄牙人发现了它，他的名字便成了岛名。1643年荷兰人来此探险，1767年法国人来此探险。后来几个美国人到此安营扎寨，捕捉这一海域中数量众多的海豹。最后，英国人又很快接替了他们。

"珍妮"号在此停泊的年代，一位前英国炮兵下士，名叫格拉斯的，统治着这块二十六个人的小小移民地。他们与开普敦进行贸易，全部船只只是一艘吨位有限的双桅帆船。我们靠岸时，这位格拉斯手下已经有了五十名左右臣民百姓。而且，正如阿瑟·皮姆指出的那样，"没有得到英国政府的任何帮助"。

群岛四周海深约在一千二百到一千五百寻之间，赤道暖流沿群岛而过，向西偏去。群岛受西南信风带制约，暴风雨危害极少。冬季，漂浮的冰块常常超过群岛纬度10°以上，但从未下行到圣赫勒拿岛附近——大海豚也一样，它们的天性不喜欢温度较高的海水，也从不光临这里。

三个岛屿鼎足而立，相互间由不同的航道分开，宽十余海里，通航方便，沿海终年不冻。特里斯坦-达库尼亚岛周围，海水有百寻之深。

"哈勒布雷纳"号一抵港，便与前炮兵下士拉上了关系。此人十分和善可亲。兰·盖伊船长让杰姆·韦斯特负责装满水箱、购置鲜肉和各种蔬菜。杰姆·韦斯特对格拉斯的热情周到赞不绝口。格拉斯则指望能卖个高价，他果然如愿以偿。

我们刚一抵达就发现，要在特里斯坦-达库尼亚将"哈勒布雷纳"号装备起来，到南极洋去进行计议中的远征，是无法找到必需的物资的。从食品来源，可以肯定，航海家经常光顾特里斯坦-达库尼亚十分有益。航海先驱们已将各种家畜品种引进了这个群岛，羊、猪、牛、家禽等等，大大丰富了这里的食物来源。美国帕特恩船长上一世纪末率领"实业"号来到这里的时候，只见到几只野山羊。比他稍晚些时候，美国双桅横帆船"贝特西"号船长考勒库恩在这里种植了葱头、马铃薯和其他蔬菜。岛上土壤肥沃，蔬菜苗壮成长。至少阿瑟·皮姆在其自述中是这样讲的，没有理由不相信他的话。

读者可能已经注意到,我现在谈到埃德加·爱伦·坡的主人公时,就好像谈到一个实实在在的人,我再也不怀疑其存在了。兰·盖伊船长没有就这个问题再次询问我,我颇感意外。显然,从帕特森记事簿上辨认出来的消息如此确切,不可能是临时编造出来的。我如果不承认自己的错误,那未免太不知趣了。

如果我还有些犹豫不定的话,现在又出现了一个不容置疑的证据,补充了"珍妮"号大副的话。

停泊的第二天,我在安西德伦上岸。美丽的海滩上,沙色灰黑。我甚至考虑到,是否将这里的海滩误植于扎拉尔岛上了,说扎拉尔岛上到处皆是这种丧葬的颜色,绝对排斥白色;岛民见了白色就大惊失色,甚至虚脱或惊厥。会不会阿瑟·皮姆产生了某种幻觉,把这种不可思议的效果说成是千真万确的了呢?……"哈勒布雷纳"号如果有朝一日抵达扎拉尔岛,这个问题就会水落石出了……

我遇到了前炮兵下士格拉斯——膀大腰圆,身体保养得不错。外表看上去相当狡猾,我得承认这一点。他虽已年过花甲,头脑灵活丝毫不减当年。除了与开普敦、福克兰群岛进行贸易以外,他还进行大宗海豹皮、海象油的买卖,生意十分兴隆。

这位自己任命、又得到这小小移民地承认的总督,似乎很喜欢聊天。我也就从我们第一次见面时起,毫无困难地与他搭上了话。这次谈话是很有趣的,不仅仅在某一个方面如此。

"经常有船只在你们特里斯坦-达库尼亚停泊吗?"我问他。

"不多不少,正好,先生。"他回答我说,两只手交叉在背后搓来搓去,据说这是他多年的习惯。

"是暖季时候吗?……"我补充一句。

"对,假设这一海域有寒季的话,那就是暖季!"

"那我真要恭喜你们。不过,遗憾的是,特里斯坦-达库尼亚一个港口都没有,船只不得不在海面上停泊,如果这样……"

"在海面上,先生?……你说的'海面上'是什么意思?"前炮兵下士高声叫道,激动的样子,似乎我的话大大伤害了他的自尊心。

"我的意思是说,格拉斯先生,如果你们有靠船的码头……"

"那又何必呢,先生?既然大自然给我们勾画出了这样的海湾,在海湾里,可以躲避海上狂风,锚泊也很方便!……不,不!特里斯坦没有港口,特里斯坦完全可以不要港口!"

为什么我要让这个正派人不快呢?他为自己的岛屿感到骄傲,与摩纳哥大公有权为他小小的公国感到骄傲一样,何怪之有!……

我丝毫没有坚持,于是我们天南海北地谈起来。他提议为我安排一次出游,到一直伸展到中央山峰半腰的茂密森林中去饱尝眼福。

我向他表示感谢,并为不能应邀前往而致以歉意。我完全可以将停泊的时间用来进行一些矿物学的研究。再说,"哈勒布雷纳"号一经给养补充完毕,就要起航了。

"你们那位船长,急如星火呢!"格拉斯总督对我说。

"是吗?……"

"可不是?急得那个样子,船上大副甚至没跟我提起购买毛皮和油脂的事……"

"我们只需要新鲜食品和淡水,格拉斯先生。"

"算了,先生,"总督颇为气恼地回答说,"'哈勒布雷纳'号不运的东西,自然会有别的船来运!……"

然后又接口说道:"你们这艘船离开这里以后往哪里开呢?"

"去福克兰群岛,修理船只。"

"先生,你……我猜想你只是一位乘客吧!……"

"你说得很对,格拉斯先生,我本来还考虑要在特里斯坦-达库尼亚小住几个星期……现在我不得不改变计划了……"

"我很遗憾,先生,我很遗憾!"总督表示,"你在这里等另外一艘船,能够接待你,我们该多么高兴!……"

"你们对我的款待,一定使我终生难忘,"我回答说,"可惜,我不能享受了……"

我确实已经下定了最后的决心,再不离开这艘双桅船。停靠完毕,船只就要驶向福克兰群岛,到那里为到南极海洋探险进行一切必要的准备工作。这样我就可以一直抵达福克兰群岛。然后,不会耽搁很久,我就会找到船只返回美国。肯定兰·盖伊船长不会拒绝把我带到福克兰群岛去的。

这时,前炮兵下士流露出几分不快,对我说道:"说真的,我还没见过你们船长头发什么颜色,气色如何呢!……"

"我估计他不想上岸了,格拉斯先生。"

"他病了吗?"

"据我所知,他没有病!不过,这没什么关系,反正他让大副代理了……"

"唉,别提了,这个人也不爱说话!……好半天才能从他嘴里掏出两个字来!……幸好皮亚斯特从他钱袋里出来比话语从他嘴里出来更容易一些!"

"这很重要,格拉斯先生。"

"请问,您怎么称呼,先生?"

"杰奥林先生,康涅狄格州人。"

"好,现在我知道你的名字了。我还想知道一下'哈勒布雷纳'号船长的名字……"

"他姓盖伊,叫兰·盖伊。"

"一个英国人?"

"对,他是一个英国人。"

"他本可以劳一下大驾来拜访一位同胞的,杰奥林先生!……不过,等等,我曾经和姓这个姓的——姓盖伊的——一位船长有过交情……"

"威廉·盖伊?"我问道。

"正是,威廉·盖伊。"

"这人指挥'珍妮'号?"

"对,'珍妮'号,一点不差。"

"一艘英国双桅帆船,十一年以前,来到特里斯坦-达库尼亚停泊过?"

"对,十一年前,杰奥林先生。那时我在岛上定居已经七年。伦敦的'贝里克'号杰弗里船长1824年来到时,我已经来到岛上了。我还记得这位威廉·盖伊,就像在眼前一样:为人正派,性格开朗,我卖给他一船海豹皮。他样子颇像一位绅士,有些傲气,但性情和善。"

"那'珍妮'号呢?"我盘问道。

"就像在我眼前一样。船只就停在'哈勒布雷纳'号现在停泊的位置,在海湾的深处。船外形很漂亮,吨位一百八,船头细长,细长。它的船籍港是利物浦……"

"是的,是真的,这一切都是真的!"我反复说道。

"'珍妮'号还继续航行吗,杰奥林先生?"

"没有,格拉斯先生。"

"失事了吗?"

"确确实实,大部分船员也跟船一起丧生了!"

"你能告诉我,这不幸的事是怎么发生的吗,杰奥林先生?"

"当然可以,格拉斯先生。'珍妮'号从特里斯坦-达库尼亚出发以后,向奥罗拉群岛及其他岛屿的位置驶去,威廉·盖伊希望能根据有人提供的情况发现……"

"情况正是我提供的,杰奥林先生!"前炮兵下士争辩道,"那么,这其他的岛屿,'珍妮'号是否发现了,我可以知道吗?"

"没有发现,就连奥罗拉群岛也没有发现。威廉·盖伊在这一海域停留数星期之久,从东向西跑遍了,桅杆顶上一直有守望员,仍然一无所获。"

"那一定是他没有找到这个位置,杰奥林先生。据好几个捕鲸人讲,这几个岛屿确实存在。捕鲸人的话,绝对可信,他们还说要用我的名字命名呢!"

"那倒很公平合理。"我彬彬有礼地回答。

"如果一直发现不了,岂不糟糕!"总督加了一句,语气中流露出强烈的虚荣心。

"这时,"我接着说下去,"威廉·盖伊船长想到实行一项早已成熟的计划,当时在'珍妮'号船上的某一位乘客也极力鼓动他……"

"阿瑟·戈登·皮姆,"格拉斯大叫起来,"和他的伙伴,一个叫德克·彼得斯的,两个人都是被双桅帆船救起来的……"

"你认识他们吗,格拉斯先生?"我迫不及待地问道。

"怎么能不认识呢,杰奥林先生!……唉,这个阿瑟·皮姆,是个怪人,一心只想冒险——一个胆大包天的美国人……到月亮上去都行!他倒没有碰巧真的跑到月亮上去吧?"

"那倒没有,格拉斯先生。不过,据说威廉·盖伊的双桅帆船航行过程中,跨过了极圈,越过了极地大浮冰,比从前的任何船只都前进得更远……"

"真是不可思议的探险!"格拉斯高叫起来。

"不幸的是,"我回答道,"'珍妮'号再也没有回来……"

"那么,杰奥林先生,阿瑟·皮姆和德克·彼得斯——这家伙是个印第安人混血儿,力大无穷,一个人能对付六个,这两个人遇难了吗?"

"没有,格拉斯先生,'珍妮'号大部分人都遇难牺牲,阿瑟·皮姆和德克·彼得斯得以幸免。他们甚至回到了美国……怎么回来的,人们一无所知。回来以后,阿瑟·皮姆死了,也不知道怎么死的。说到那个混血儿,他先在伊利诺伊州居住,后来有一天不辞而别,从此无影无踪……"

"那威廉·盖伊呢?"格拉斯先生问道。

我把最近在浮冰上发现了"珍妮"号的大副帕特森遗骸的情形,向他讲述了一遍,并且补上一句说,一切都倾向于使人相信,"珍妮"号的船长、他的伙伴中剩下的五个人,都还活在南极地区的一个岛上,那个岛屿距离南极纬度不到7°。

"啊!杰奥林先生,"格拉斯大叫起来,"但愿有一天能救出威廉·盖伊及其手下的水手!依我看,他们都是好人啊!"

"'哈勒布雷纳'号一旦修理完毕,肯定就要进行这种尝试。

这艘船的船长兰·盖伊与威廉·盖伊是亲兄弟……"

"是吗,杰奥林先生?"格拉斯先生说道,"好,虽然我不认识兰·盖伊船长,我敢肯定,这兄弟俩毫不相像——至少他们对待特里斯坦-达库尼亚总督的态度截然不同!"

看得出来,兰·盖伊的冷淡,竟然不来登门拜访他,使前炮兵下士感到受了莫大的侮辱。请诸位想想看,这位独立岛的君主,权力一直扩展到两个邻岛,不可企及岛和夜莺岛呢!不过,说不定当他想到卖给"哈勒布雷纳"号的货物,多赚了百分之二十五的钱的时候,又可以聊以自慰的吧!

兰·盖伊船长从未表现出有上岸的意思,这是千真万确的。"珍妮"号起航开赴南极海洋之前曾在特里斯坦-达库尼亚的这片西北海岸停泊,这一点,恐怕他不会不知道吧!这就更奇怪了。与握过他哥哥手的最后一个欧洲人拉拉交情,看来也很应当……

然而,只有杰姆·韦斯特和手下的人上岸。他们急如星火地将双桅帆船运来的锡矿石和铜矿石卸下,将给养运上船,装满水箱,等等。

兰·盖伊船长自始至终留在船上,甚至没到甲板上来。从他舱室的玻璃窗望去,我见他一直伏案工作。

桌上摊着地图和打开的书。毋庸置疑,这是南极地区的地图和叙述"珍妮"号的先驱者在这神秘的地方进行探险的书。

桌上还摊开一本书,反复读过上百遍的书!大部分书页上都折了角,加了很多铅笔写的眉批……封面上,书名金光闪闪,仿佛用火焰般的字母印刷而成:THE NARRATIVE OF ARTHNR GORDON PYM(阿瑟·戈登·皮姆历险记)。

第8章　驶向福克兰群岛

9月8日晚,我向特里斯坦-达库尼亚群岛总督阁下告别——这是这位前英国炮兵下士、正直的格拉斯自封的正式头衔。第二天,太阳还未升起,"哈勒布雷纳"号便扬起了风帆。

毋庸赘言,我已经得到兰·盖伊船长的允许,搭乘他的船直到福克兰群岛。这段航程有两千海里,只要像我们从克尔格伦群岛到特里斯坦-达库尼亚群岛那样一路顺风,半个月时间就已足够。兰·盖伊船长对我的请求甚至没有流露出一丝惊讶的表情,似乎他正等待着我的请求。从我这方面来说,我期待的是他重提阿瑟·皮姆的话题。不幸的帕特森,在埃德加·爱伦·坡著作问题上,证实了船长有道理我没道理。自那时以来,他一直装作无意与我旧话重提的样子。

虽然直到今天还不曾这样做,但是估计他要待到适当的时间和地点再说。这根本不影响他今后的计划,他早已下定决心,率领"哈勒布雷纳"号驶向"珍妮"号失事的遥远海域。

航船绕过了黑勒尔德岬,安西德伦的几幢小屋消失在法尔默思湾的深处。船只航向对准西南,强劲的东风使它得以满帆前进。

一个上午,相继驶过象湾、哈迪-洛克、西岬、棉花湾和达力岬。但是至少航行了一整天,才算望不见特里斯坦-达库尼亚的火山了。山高海拔八千法尺,薄暮的阴影终于遮住了它白雪覆盖的顶峰。

一周之中,航行极为顺利。如果能够持续下去,9月底以前我们就可以望见福克兰群岛最先出现的高山。这段航程又将使我们大大向南偏去,双桅船要从南纬38°南下到55°的地方。

既然兰·盖伊船长准备进入极地深处,我认为,简要地叙述一下以前历次征服南极或征服以南极为中心的广阔大陆的情形,是有益而且十分必要的。兰·盖伊船长向我提供了一些书籍,书中对此有极为详尽的叙述。还有埃德加·爱伦·坡的全集"惊险故事"。在最近发生的这几起蹊跷事件的影响下,我正怀着真正狂热的心情重读这些作品。因此,我可以轻而易举地将探险的历史概述出来。

阿瑟·皮姆本人也认为有必要谈及早期航海家的主要发现,但他只能叙述到1828年以前的发现为止。我写这部作品比他晚了十二年,所以义不容辞地我要谈及其他后继者的所为,直到现在,1839年到1840年,"哈勒布雷纳"号进行的航行。

这个地区从地理概念上说,可用"南极洲"这个总名称来概括,其区域范围约在南纬60°以南。

1772年,库克船长的"决心"号和弗诺船长的"冒险"号在南纬58°上遇到了浮冰,从西北向东南绵延开去。这两艘船冒着巨大的危险,在大块浮冰的迷宫中穿行,于12月中旬,抵达南纬64°地方,1月份穿过极圈,在南纬67°15′的地方,遇到八到二十法尺厚的大块浮冰,无法继续前进。——刚刚越过极圈①几十分。

---

① 作者原注:极圈为66°32′3″。

次年11月间，库克船长再度进行尝试。这一次，利用强大的水流，冒着浓雾、狂风和仍然刺骨的严寒，他大约超过南纬70.5°，发现通路已完全被不可逾越的浮冰群所阻。冰块高达二百五十到三百法尺，边缘彼此相接。在南纬71°10′、西经106°54′的地方，巨大的冰山铺天盖地。

勇敢无畏的英国船长在南极洲的海洋中未能继续向前挺进。

三十年以后，1803年，克鲁伊兹斯坦恩和利西奥斯基船长率领的俄国探险队，沿西经70°15′线南进。虽然时值3月，没有任何冰块封锁通路，但由于遇到顶头风南风，未能前进到南纬59°52′以远的地方。

1818年，威廉·斯密特在前，巴恩斯菲尔德在后，先后发现南设得兰群岛；博特威尔于1820年发现了南奥克尼群岛；

帕尔默和其他捕猎海豹的人依稀辨认出特里尼蒂地,但未向更远地方去探险。

1819年,俄国海军"东方"号和"和平"号,在别林斯高晋船长和大副拉扎列夫率领下,见到了乔治岛,绕过了桑德韦奇地以后,继续向南挺进六百海里,直到南纬70°。此后,他们于东经160°线,再度进行尝试,但未能接近南极。然而,他们发现了彼得一世群岛和亚历山大一世岛,这大概与美国人帕尔默指出的陆地相吻合。

1822年,英国海军的詹姆斯·威德尔船长——如果他的记述丝毫没有夸张的话——于南纬74°15′的地方,抵达无冰冻的海洋——这导致了他否认存在一个南极大陆。我还提请各位注意,这位航海家走过的路线,正是六年之后阿瑟·皮姆的"珍妮"号所遵循的路线。

1823年,美国人本杰明·莫雷尔驾驶双桅帆船"黄蜂"号,于3月间进行首次远征。他在自由流动的海面上前进,气温为华氏47度(8.33摄氏度),水温为44度(6.67摄氏度)。——他的观察结果与"珍妮"号在扎拉尔岛海域所得观察结果完全吻合。他首先到达南纬69°15′处,后来又抵达南纬70°14′处。莫雷尔船长十分肯定地说,如果不是因为给养不足,他即使不抵达南极,至少也会到达南纬85°。1829年和1830年,他又率领"南极"号进行第二次探险,从西经116°上,未遇任何障碍,直达南纬70°30′,发现了南格陵兰地。

就在阿瑟·皮姆和威廉·盖伊比他们的先行者前进得更远的同时,英国人福斯特和肯德尔,担负着英国海军司令部的使命,要用钟摆在不同地点摆动的方法确定南极的地貌。他们没有超越南纬64°45′。

1830年,约翰·比斯科率领"活力"号和"伦敦自由市民"号出发,船主是恩德比兄弟。他们担负着极地探险并捕猎鲸鱼和海豹的任务。1831年1月,他穿过南纬60°线,于东经10°线上抵达南纬68°51′,遇无法逾越的冰山而止步不前。他在南纬65°57′、东经45°处发现了大片陆地,以恩德比为其命名。他并未靠岸。1832年,他第二次远征,超过66°以后,只走了27′就无法继续前进。但是他发现一个岛屿,命名为阿德莱德岛,比他发现的连绵不断的高地格雷厄姆地更向前一些。通过这次探险,伦敦皇家地理学会得出结论说,在东经47°和69°之间、南纬66°和67°之间,绵延着一块大陆。阿瑟·皮姆认为这个结论绝对不合理。他言之有理。因为威德尔曾经穿过这些所谓陆地的地方航行过,"珍妮"号也沿着这个方向前进,远远超过南纬74°线。

1835年,英国海军上尉坎普离开克尔格伦群岛,沿东经70°线前进。他驳斥了那一带为地表的说法,到达南纬66°地方,发现了一片海岸。很可能这片海岸与恩德比地是相互连接的。他未能向南挺进更远。

到目前,1839年初,巴勒尼船长率领"伊丽莎白-司各特"号,于2月7日在西经104°25′线上超过南纬67°7′,发现了一系列岛屿,连成一串,以他的名字命名。其后,3月份,他在南纬65°10′、西经116°10′处,发现了一陆地,命名为萨布赖纳地。这位海员,仅仅是个普通的捕鲸人——我后来才知道这一点——就这样补充了确切的材料,使人预感到至少在南极海洋的这一部分,存在着极地大陆。

最后,正如我在本故事开头时已经指出的,就在"哈勒布雷纳"号考虑要进行一次探险，要比从1772年到1839年这一阶段中的任何航海家都前进得更远的时候，美国海军上尉查尔斯·威尔克斯统率四艘战舰的一个探险队，有"文森斯"号、"孔雀"号、"海豚"号、"飞鱼"号和好几艘同行舰，正在沿东经102°线，设法开辟一条路径到达南极。总而言之，那时节，尚待发现的南极洲土地还有将近五百万平方海里之多。

兰·盖伊船长指挥的双桅帆船"哈勒布雷纳"号出发远征以前，在南极海洋进行过的历次探险情形，已如上述。概括说来，上述发现者当中最勇敢无畏的人，或者说最受苍天惠顾者，坎普超越了南纬66°，巴勒尼67°，比斯科68°，别林斯高晋和莫勒尔70°，库克71°，威德尔74°……而要前去营救"珍妮"号的幸存者，则要超过南纬83°，即要到五百五十海里以外的地方去！……

我应该承认，自从遇到载有帕特森遗体的浮冰以来，尽管我是个讲求实际，天生缺乏想象力的人，却也感到莫名其妙地过度兴奋。异常的激动使我日夜无法安歇。阿瑟·皮姆及其被抛弃在南极洲荒原上的伙伴，他们的形象时刻萦绕于我的脑际。要参加兰·盖伊船长计议中的远征，这个愿望在我心中油然而生。我不断地考虑这个问题。总而言之，并没有什么事非要我立即返回美国不可。我离开美国的时间延长六个月或者一年，都无关紧要。剩下的问题，就是要得到"哈勒布雷纳"号指挥官的应允，这倒是真的。无论怎么说，为什么他要拒绝留下我作乘客呢？……用真凭实据向我证明他是真理我是谬误，将我带到我本来认为是纯属臆造的悲剧舞台上，到扎拉尔岛上将"珍妮"号的残骸指给我看，让我在我本来否认其存在的岛屿上登岸，让我站在他的哥哥威廉面前，让我面对不容置疑的事实，这难道不是合乎情理的令人心满意足的事吗?

做出最后的决定之前,我还要等待时机到来,好与兰·盖伊船长商谈。

也无须过分着急。自我们从特里斯坦-达库尼亚起航以后,有十天是理想的好天气。此后便来了个二十四小时的平静无风。然后风向转南。"哈勒布雷纳"号逼风航行,因为风势很大,不得不减帆。原来从一天日出到第二天日出之间平均行驶百十海里,从此再也无法指望。这一段航程花费的时间,至少要延长一倍。这个预计还不包括遇到暴风雨。有时暴风雨袭来,船只只好张最少的帆,顶风航行或顺风漂流。

幸好——我已经亲眼证实——双桅帆船经受得住海上风浪,毫无问题。桅索牢固,即使满风航行,也丝毫无须担心。尽管大副勇敢无畏,操作技术堪称一流,每当海上狂风大作,可能危及船只安全时,他仍然下令缩帆。无须担心害怕杰姆·韦斯特会干出什么粗心大意、愚蠢无能的事情来。

从9月22日到10月3日,十二天之中,显然没走多少路。向美洲海岸偏航十分严重,如果不是下面有水流牵制着双桅帆船,使船只能够顶住一些风,我们很可能已望见巴塔戈尼亚的陆地了。

天气恶劣的这段时间里,我千方百计寻找机会单独与兰·盖伊船长谈谈,都是枉然。除了用餐,他在自己舱室闭门不出,与往常一样,将指挥船只工作交给他的大副。他自己只在天气晴朗红日高照时,到甲板上测量日高。我要补充一句,杰姆·韦斯特得到以水手长为首的全体船员的有力协助。要遇到十几个人比他们更灵巧、更勇敢、更果断,恐怕十分不易呢!

10月4日上午,天空与海水的情况发生了相当明显的改变。风停了,高头大浪逐渐平息。第二天,海风表现出风向要稳定在西北的趋势。

　　这天由人愿的变化使我们喜出望外。虽然风速开始加大,还是解开了缩帆带,升起了高帆、第二层帆、第三层帆、顶桅。如果风力能保持下去,用不了十来天时间,桅顶瞭望员就会报告看到福克兰群岛最高的山峰了。

　　从10月5日到10月10日,海风吹拂,稳定而规律,有如信风。无须张紧或松弛哪一个下后角索。虽然风力逐渐减小,风向倒一直是顺风。

　　11日下午,我寻找多时的对兰·盖伊船长进行试探的机会终于来了。他找我谈话,亲自给我提供了这个机会。经过是这样的:

　　我正坐在舱面室纵向通道的一侧下风处,兰·盖伊船长走出他的舱室,目光向船尾一扫,坐在了我身旁。

　　显然,他很想和我谈谈。谈什么? 当然是谈他日思夜想的事。他比平时那耳语般的声音稍高些,这样开始了谈话:

　　"杰奥林先生,自从我们从特里斯坦-达库尼亚起航,我还一直未能有幸与你谈谈……"

　　"我深表遗憾,船长。"我回答道,态度谨慎,目的是要使他更近前一步。

　　"请你原谅,"他接口说道,"多少麻烦事折磨着我! ……要安排一项远征计划,不能有任何疏漏、考虑不周之处……请你不要怪罪! ……"

　　"我一点没有怪罪你,请你相信……"

"那太好了,杰奥林先生。今天我算了解你了。我很赞赏你,我也很庆幸有你做我们的乘客,直到福克兰群岛。"

"船长,你为我所做的一切,我都非常感激。这又使我鼓起勇气要……"

我觉得时机已到,正要提出我的要求,兰·盖伊船长却打断了我的话。

"杰奥林先生,"他问我,"你现在对于'珍妮'号探险的真实性确信无疑了吧?你还一直将埃德加·爱伦·坡的著作当作是纯属虚构的事吗?"

"不了,船长。"

"你不再怀疑阿瑟·皮姆和德克·彼得斯确实存在,也不再怀疑我哥哥威廉·盖伊及其五位伙伴还活着了吧?"

"如果我还怀疑,那我真是世界上怀疑心最重的人了。我现在只有一个愿望,那就是苍天助你们一臂之力,保证'珍妮'号的遇险人员能够生还!"

"我一定倾尽全力,杰奥林先生。有万能的上帝,我一定能成功!"

"但愿如此,船长……我甚至确信一定如此。如果你同意……"

"你不是曾有机会与一个叫格拉斯的人谈过这些吗?就是英国前炮兵下士、自称是特里斯坦-达库尼亚总督的那个人……"没等我说完,兰·盖伊船长又询问道。

"确实,"我答道,"这个人对我说的话,对我从怀疑转变为相信,起了不小的作用。"

"啊?!他使你更确信了?……"

"是的,……他还清清楚楚地记得,'珍妮'号十一年前停泊时,他亲眼见过这艘船。"

"'珍妮'号?我哥哥?……"

"从他那里,我还了解到他认识威廉·盖伊船长本人……"

"他和'珍妮'号做过生意?……"

"对……他不是也刚刚和'哈勒布雷纳'号做过生意嘛!"

"'珍妮'号在这海湾里停泊过?……"

"和你的双桅帆船停在同一个地点,船长。"

"那……阿瑟·皮姆和德克·彼得斯呢?……"

"他与他们有过频繁的接触。"

"他问没问他们后来怎么样了?……"

"当然问了。我告诉他阿瑟·皮姆死了。他认为这是一个胆大包天的人……一个轻率莽撞的人……足以干出最冒险的疯狂举动……"

"这是一个疯子,一个危险的疯子,杰奥林先生。难道不就是他,将我可怜的哥哥卷入了那场凄惨的远征吗?……"

"根据他的自述,确实有理由相信这一点。"

"而且有理由永远不要忘记这一点!"兰·盖伊船长迫不及待地补充道。

"这个格拉斯,"我又接着说,"也认识'珍妮'号的大副……帕特森……"

"他是一个技术高超的海员,杰奥林先生,一个热心肠的人……勇敢无畏,可以经受一切考验!……帕特森只有朋友,没有敌人……他全心全意效忠于我的哥哥……"

"就像杰姆·韦斯特对你一样,船长……"

"啊！为什么要我们在这块浮冰上找到可怜的帕特森呢,他已经死了好几个星期了!……"

"他的出现对你将来的搜寻工作很有益处。"我指出这一点。

"这倒是,杰奥林先生,"兰·盖伊船长说道,"格拉斯他知道'珍妮'号遇险的人现在在什么地方吗?……"

"我已经告诉他了,船长,我还告诉他你准备怎样去营救这些人!"

格拉斯对于兰·盖伊船长没有前去拜访感到十分惊异。这位前炮兵下士,装模作样,虚荣透顶,等待着人家前去拜访,而不认为应该是他,特里斯坦-达库尼亚的总督,先去拜访别人。这些话,我认为都没有必要去说它了。

这时兰·盖伊船长已改变话题,对我说道:"我想问你一个问题,杰奥林先生。你是否认为,在埃德加·爱伦·坡发表的阿瑟·皮姆日记中,一切都是准确无误的?……"

"我认为,有许多地方要有所保留,"我答道,"因为这历险的主人公十分奇特。至少他指出的扎拉尔岛以远海域中的某些现象,实在太荒诞不经了。关于威廉·盖伊及他的数位伙伴,尤其如此。你瞧,他斩钉截铁地说他们在'克罗克-克罗克'山丘崩坍中遇难了,这不是信口胡言吗?……"

"不,他没有肯定地说,杰奥林先生!"兰·盖伊船长辩驳道,"他只是说,他和德克·彼得斯到达山谷出口的时候,从那里他们可以望见四周的田野,人工地震的奥秘就显现在他们的面前。然而由于小丘的山坡已滚落谷底,我哥哥及其手下的二十八个人的命运在他心目中已无可怀疑。因此他进一步认为,只有他和德克·彼得斯两个白人留在扎拉尔岛了……他仅仅说了这些……并没说别的！……这只是假设而已……十分合乎情理的假设……你同意吗？……纯属假设而已……"

"是这样，我承认，船长。"

"多亏了帕特森的记事簿，我们现在得知，我哥哥和他的五位伙伴，在土著人谋划的崩坍之后，侥幸活命……"

"这是显而易见的事实，船长。至于说'珍妮'号的幸存者后来命运如何，是又被扎拉尔土著人抓获，现在仍是他们的俘虏，还是重获了自由，帕特森的笔记则只字未提。甚至他自己在什么情况下被带走，离开了其他人，也未提及……"

"这一点，我们将来一定会知道的，杰奥林先生……是的！我们会知道的……关键问题，是我们可以肯定，不到四个月以前，在扎拉尔岛上的某个地方，我哥哥及其手下六名水手还活着。现在再也不是署名埃德加·爱伦·坡的小说了，而是署名帕特森的真实故事……"

"船长，"我于是说道，"你愿意我作为你们的一员，一直到'哈勒布雷纳'号穿越南极海洋远征结束吗？……"

兰·盖伊船长凝视着我——犀利的目光有如利刃。对我刚才提出的倡议，他丝毫没有流露出惊奇的表情——说不定这正是他意料之中——他只说了一个字：

"好！"

第 9 章　"哈勒布雷纳"号整装待发

画一个长方形,东西长六十五里,南北宽四十里;将两个大岛和百十个小岛,放在这西经60°10′到64°36′和南纬51°到52°45′之间,这就是地理上称之为福克兰群岛或马尔维纳斯群岛的地方。距麦哲伦海峡三百海里,为太平洋和大西洋两大洋的前哨。

1592年,约翰·戴维斯①发现了这个群岛;1593年,海盗霍金斯来过岛上;1689年,斯特朗为它命名。这三个人都是英国人。

差不多过了一个世纪,已在加拿大定居又被驱赶出境的法国人,力图在这个群岛上为太平洋的过往船只建立一个给养供给移民点。大部分过往船只是圣马罗的海盗船,于是他们给群岛命名为马尔维纳斯,所以这群岛有两个名字:马尔维纳斯和福克兰。上述法国人的同胞布甘维尔②于1763年为移民点奠基,带来二十七人,其中有五名妇女。十个月之后,这里的移民数目已达一百五十人。

这一迅速发展必然引起英国的觊觎。英国海军司令部派出了"塔马尔"号和"海豚"号,指挥官为拜伦。1766年,英国人远征

---

① 约翰·戴维斯(1550—1605),英国航海家。
② 布甘维尔(1729—1811),法国航海家。

麦哲伦海峡以后,向福克兰群岛驶来。在西部发现了埃格蒙特港岛屿就算了事,继续向南极海洋驶去。

法国移民地大概也未搞成。加之,西班牙又根据教皇以前的某项特许权,维护他们的权利。路易十五①的政府决定承认西班牙人的权利,但是要求经济赔偿。1767年,布甘维尔来到,将福克兰群岛交给了西班牙国王的代表。

这一切交换,转手,也必然带来殖民事业不可避免的结果:这就是西班牙人又被英国人赶走。从1833年开始,这些非同寻常的劫掠者成了福克兰群岛的主人。

我们的双桅船于10月16日在埃格蒙特港靠岸时,这个群岛属于英国南大西洋领土的一部分已为时六年。

两个大岛,根据其相对位置,一个叫东福克兰岛或索莱达岛,另一个叫西福克兰岛。埃格蒙特港位于西福克兰岛的北部。

"哈勒布雷纳"号在港口深处停泊以后,兰·盖伊船长给全体船员放假十二小时。第二天立即开始干活。首先仔细地检视船体和帆缆索具,要进行穿越极地海洋的长途跋涉,这是绝对必要的。

兰·盖伊船长立即上岸,与群岛总督商谈迅速向双桅帆船提供给养的问题。群岛总督由英国女王任命。兰·盖伊船长愿意毫不计较开销。如此艰巨的远征,不该节省的地方拼命节省,就可能招致远征失败。此外,我想告诉他,我随时准备用我的钱来资助他,我打算入股为这次远征筹资。

---

① 路易十五(1710—1774),法国国王(1715—1774在位)。

我现在确实被吸引住了。这不可思议的意外，这一系列事件稀奇古怪的相互关联，将我完全吸引住了。我似乎成了《阿纳姆地》①的主人公，我仿佛觉得，如果一个人，与世隔绝，隐居遁世，闭门不出，他都觉得妙不可言，那么，到南极海洋去旅行，对他是再适宜不过的了。我反复阅读埃德加·爱伦·坡离奇的作品，自己也到了这步田地！……再说，营救身遭不幸的人，事关重大。如果我个人对他们得救能够有所贡献，那我是十分愉快的……

兰·盖伊船长那天下船去了。杰姆·韦斯特按照习惯，绝不离船。全体船员都在休息，大副却没有一分钟的空闲，他检查货舱，一直忙碌到天晚。

我打算第二天再上岸。反正停泊期间，我有充分的时间考查埃格蒙特港四周，对该岛进行矿物学和地质学方面的研究。

对聊天大王赫利格利来说，这当然是与我重开话题的绝好机会。他确实也没有忽略这个机会。

"杰奥林先生，向你致以最诚挚最热烈的祝贺。"他向我身边走来，对我说道。

"为什么，水手长？……"

"因为我听说，你要跟我们一直走到南极海洋的尽头，是吗？……"

"哦！……我想，没有那么远吧？绝对不会超过南纬84°线的……"

"那可说不定！"水手长回答道，"'哈勒布雷纳'号后桅帆上有多少根缩帆的短索，或者桅杆侧支索上有多少根绳梯横索，你知

---

① 埃德加·爱伦·坡的另一部作品。

道吧？总而言之,'哈勒布雷纳'号要穿过的纬度大概比这还要大呢!……"

"走着瞧吧!"

"你不怕吗,杰奥林先生?……"

"一点都不怕。"

"我们绝不比你差,请你相信!"赫利格利斩钉截铁地说,"嘿,嘿!你看,我们的船长,虽然不爱说话,可也有长处呢!……问题是要会制服他!……一开始,你要搭船到里斯坦达库尼亚他都不肯,后来答应你了。现在,他又同意你一直到南极……"

"不是去南极,水手长!"

"好啦!有朝一日总会到南极的!……"

"迄今为止,这尚未实现。再说,在我看来,这没有多大意义。我并没有征服南极的野心!……说千道万,无非是去扎拉尔岛……"

"到扎拉尔岛,好,说定了!"赫利格利辩白道,"不过,你要承认,我们船长对你可真够好说话的……"

"是啊!所以我特别感激他,水手长,——也感激你。"我赶紧补充一句,"多亏了你施加影响,我才得以进行这次漂洋过海的远航……"

"和即将进行的远航。"

"我确信无疑,水手长。"

说不定赫利格利——他本质上是个正派人,从以后发生的事情中,我看得一清二楚——从我的答话中觉察出了几分讥讽味道。不过,他丝毫没有流露出来,决心对我继续扮演他保护人的角色。从他的谈话中,我只会受益,因为他非常熟悉福克兰群岛,就像他熟悉多年来不断往返其间的南大西洋诸岛一样。

所以第二天载我上岸的小艇靠岸时,我事先已经有了足够的准备,掌握相当多的资料了。岸边致密的青草,仿佛床垫摆在那里,以缓冲小船的撞击。

那时节,福克兰群岛还没有像后来那样得到开发。在索莱达发现斯坦利港,那是以后的事。法国地理学家埃利泽·勒克吕①认为斯坦利是"理想的"港口。港口四周均荫蔽良好,甚至可容纳大不列颠帝国的海军舰队。埃格蒙特港是"哈勒布雷纳"号在西福克兰或叫福克兰本岛的北海岸找到的港口。

如果这两个月的航行过程中,一直蒙住我的眼睛,使我对双桅船走过的方向毫无察觉,那么,这次停泊的头几个小时内,如果有人问我:你是在福克兰群岛还是在挪威?……我可能真的一时回答不上来。

肯定,面对着这切割成深邃小湾的海岸,置身于山坡如削壁一般的陡峭山峦之前,面对着灰黑岩石层层叠起的悬崖峭壁,犹疑不定应该是允许的。甚至这海洋性的气候,冷热之间温差不大,两个国度间也没有什么不同。此外,斯堪的纳维亚半岛天空频繁的降雨,麦哲伦海峡的天空也同样丰富地抛洒下来。就连春秋两季的浓雾,将菜园中蔬菜连根拔起的狂风,也十分相像。

然而几次漫步之后,我不得不承认:热带与北欧海域仍然距离遥远。

最初几天对埃格蒙特港周围进行的考察,使我看到了什么

---

① 埃利泽·勒克吕(1830—1905),法国地理学家及无政府主义理论家,曾参加巴黎公社革命活动。

呢？只有羸弱的植物形迹，任何地方都没有乔木。稀少的灌木疏疏落落生长着，而在挪威的山峦上，是令人赞叹不止的枞树林。灌木有枕形撒形花科植物樱草，是一种菖兰，细如灯芯草，六到七法尺长，渗透出一种芳香胶质；缬草；松萝；羊茅；蔓生金雀花；针茅；蒲包花；苔纲植物；紫罗兰；酸浆草；还有一种红、白两色旱芹的植株，对败血病极有疗效。泥炭质的地表，脚踏上去即下陷，走过又弹起。地表上铺着苔藓、泥炭藓、地衣织成的五颜六色的地毯。……不！到处回荡着萨迦①回声的引人入胜的国度，不在这里！奥丁②、阿兹③、瓦勒吉里④驰骋的充满诗情画意的国度，也不在这里！

福克兰海峡将两个主要岛屿分开。海峡幽深的水面上，奇异的水生植物排列成行，一串串小气泡将它托在水面。这种植物纯属福克兰植物区系。

还应看到：群岛海湾中，鲸鱼已日渐稀少，却有其他体型硕大的海洋哺乳类动物经常出没——海狗，鬣状如山羊，身长二十五法尺，周身二十法尺左右；成群的海象、海狼或海狮，体型之硕大，也不比海狗逊色。这些两栖类动物，尤其是雌兽和幼兽，其叫声之响，简直难以想象。你竟至会以为那是成群的牛在海滩上嘶叫。捕捉或至少宰杀这些动物，没有任何困难，也没有什么危险。乘其蜷缩在海滩沙土下面之时，渔民用棍棒猛然一击便可打死。

---

① 萨迦，北欧的传说，主要包括家族和英雄的传说。
② 奥丁为北欧神话中的主神。
③ 阿兹为北欧神话中的一个家族。
④ 瓦勒吉里为北欧神话中的诸女神。

这就是福克兰群岛的独特之点,与斯堪的那维亚半岛截然不同,尚且不谈无数的鸟类。我一走近,鸟儿便飞走了,有大鸨、鹭鸶、鹧鹏、黑头天鹅。尤以成群的企鹅数量最大,平均每年被捕杀数十万之多。

有一天,空中回荡着驴叫声,震耳欲聋。我向埃格蒙特港一位老海员发问道:

"这附近有驴吗?"

"先生,"他回答我说,"你听见的根本不是驴叫,而是企鹅叫……"

是吗?这笨拙禽类的叫声,即使让驴子听见了,恐怕也要上当呢!

10月17、18、19日三天,杰姆·韦斯特叫大家十分仔细地检视船体。已经查明,船身没有受到任何损伤。艏柱看来相当牢固,可以在接近极地大浮冰时击碎刚刚形成的冰块。对艉柱进行了几处加固性的修补,以确保船舵发挥作用,不致因受到撞击而松动。双桅帆船曾向左舷或右舷侧倾,几处裂缝都仔细用麻填好,用腻子涂平。与大多数用来在寒冷地区海洋里航行的船只一样,"哈勒布雷纳"号也没有用薄铜板包覆船底——如果从南极冰原上擦过,冰原的尖脊很容易损坏包覆的外壳,仍以不包覆为宜。更换了联结船壳板和船的肋骨的一些木钉。在我们的捻缝师傅哈迪领导下,木槌在齐声欢唱,那响亮的声音仿佛就是吉兆。

20日下午,前面提到的那位年老海员陪伴着我,我将在海湾西部的漫步更向前推进一步。这位老海员真是个好人,他对一个皮阿斯特外加一杯杜松子酒的诱饵十分动心。这西福克兰岛幅员超过邻岛索莱达岛。在拜伦海峡最南端的深处,还有另一个港口。可惜太远,我未能前往。

群岛的人口,我甚至无法做一大略估计。可能那时只有二三百人。大部分为英国人,也有少数几个印第安人、葡萄牙人、西班牙人、阿根廷潘帕斯草原上的高丘人、火地岛的火地人。散布于岛上的羊类倒是数以千计。五十多万头绵羊每年可提供价值四十万美元的羊毛。岛上也饲养牛,体型似乎更硕大,而其他的四足动物,如马、猪、兔等,个头却有所缩小。各种动物都处于野生状态。狐狗是福克兰地区特有的动物品种,是独一无二的能唤起你对食肉类的回忆的动物。

这群岛屿被人称为"畜牧场",不无道理。啊!一望无际的牧场,大自然慷慨赐予的牧草丛丛相连,味道多么鲜美,生长得多么茂盛!在这方面条件同样优越的澳大利亚,为客人摆出的宴席上,牛羊的品种也绝不会比这里略胜一筹!

所以,从船只补充给养来说,人们大概很喜欢到福克兰群岛来。无论是前往麦哲伦海峡的船只,还是前往极地附近捕鱼的船只,这群岛屿都必然对他们具有真正重要的意义。

船体工程结束后,大副在帆篷师傅马尔丁·霍特协助下,料理桅杆及帆缆索具。对这种活,马尔丁·霍特是行家里手。

"杰奥林先生,"那天——10月21日,兰·盖伊船长对我说道,"你看见了吧,为保证远征成功,一点都不能含糊。一切应该预见到的都考虑到了。如果'哈勒布雷纳'号失事,那只能说明,人不应该违背上帝的旨意!"

"我向你再一次表示,我满怀希望,船长先生,"我回答道,"你的双桅船和全体船员是完全值得信赖的。"

"你说得很对,杰奥林先生,我们穿越浮冰向前挺进,具有良好的条件。有朝一日蒸气会产生什么效果,我不知道。但是我很怀疑,一艘轮船,装上累赘而又易碎的轮子,到南极航行时,能够抵得上一艘帆船……而且必须经常加煤……不!置身于一艘驾驶良好的帆船上,利用风力,圆周五分之三面积上的风力都可以利用;双桅船的船帆,可以张在差不多五个格的角度上。依赖这样一艘帆船,我看是更聪明的办法……"

"我同意你的观点,船长。从航海角度说,再也找不到比这更好的船了!……不过,如果远征时间延长,可能给养……"

"我们带了可够两年用的给养,杰奥林先生,而且质量良好。埃格蒙特港设法向我们提供了我们必需的一切……"

"如果你允许的话,我还有一个问题。"

"什么问题?……"

"'哈勒布雷纳'号的船员,人数是不是需要更多一些呢?……即使现在操作人手足够,将来在南极海域,总还可能遇到出击或自卫的情况吧?……不要忘记,根据阿瑟·皮姆的自述,扎拉尔岛的土著人数以千计呢!……如果你哥哥威廉·盖伊及其伙伴仍被监禁在那里呢?……"

"杰奥林先生,我指望'哈勒布雷纳'号船上的炮火保护要比'珍妮'号强大有力。说实在的,我也知道,对于这种类型的远征,现在的船员数目远远不够,所以也考虑过招募水手问题……"

"很困难吗?……"

"不困难,总督答应帮助我招募。"

"船长,我认为,要让招来的人忠心耿耿为你效劳,一定要付给高额佣金……"

"佣金加倍,杰奥林先生。全体船员的佣金也要发双份。"

"你知道,船长,我准备……我甚至希望分担这次远征的费用……请你把我当成你的股东吧!……"

"这些慢慢再说吧,杰奥林先生,我很感激你。最重要的是,我们的武器装备短期内要补充完毕。一星期以后,我们必须整装待发。"

双桅帆船要向南极洲海面进发的消息,已经轰动福克兰群岛、埃格蒙特港以及索莱达各港口。那时节,当地为数不少的水手闲散无事,等待捕鲸船经过时上船帮工。一般来说,那报酬相当优厚。如果只是远征到极圈附近,在桑德韦奇地与新乔治岛之间的海面上捕鱼,兰·盖伊船长肯定是挑不胜挑、选不胜选的。但是,现在要挺进到极地大浮冰以远的地方,深入到比迄今为止任何航海家尚未抵达的地方还要遥远的地方。虽然目的是去营救遇险的人,也会使人三思而后行,大部分人会望而生畏。只有"哈勒布雷纳"号的老船员,才对这种航行的危险无所畏惧,心甘情愿跟随他们的上司前进,上司想走多远,就跟随他走多远。

"哈勒布雷纳"号船员的的确确至少要增加两倍。包括船长、大副、水手长、厨师和我在内,我们现在才十三个人。而三十二个到三十四个人,这数目是绝对不多的。不要忘记,"珍妮"号上一共是三十八个人呢!

确实,要使现在船员数目增加两倍,不免又使人产生某些忧虑。福克兰群岛的海员,本来是为停泊的捕鲸船干活的,是否能保证合乎要求呢?如果本来船上人数相当多,再上来四五个新来乍到的人,倒也不会带来很大妨害。我们的双桅船情况并非如此。

既然群岛当局予以协助,兰·盖伊船长又亲自挑选,希望这些人将来不至于使他后悔。

总督对这件事衷心关注,发挥了真正的热情。

加之应允的佣金很高,应募的人络绎不绝。

行期定于10月27日。到了前一天晚上,船员数字已满。

每个刚上船的人的名字和各人的优点,我想无须一一介绍了,慢慢就会了解。看他们做事,就可以对每个人做出评断。有好的,也有坏的。

事实是当时根本无法随人心愿找到更好的人——或者说,不那么差的人。

我稍带一笔,招募来的人当中,有六名原籍英国,其中有一个家伙,叫赫恩,是格拉斯哥人。

有五名原籍美国,八名国籍不明——有几个人属荷兰血统,还有几个是半西班牙人,半火地岛人。年纪最轻的十九岁,最大的四十四岁。大多数人曾在海上航行过,或者是在商船上,或者是参加捕鲸、捕海豹和南极海域的其他两栖动物,对海员这一职业都不是门外汉。其他一些人,雇用的目的仅仅是为了增加船上的保卫人员。

招募的人员共十九名,雇用期限是远征的整个过程,时间长短事先无法确定,但是不会将他们带到扎拉尔岛以远。佣金很高,他们从前出海,哪一个水手拿到的工钱也不曾超过这里工钱的一半。

将船长和大副计算在内,不包括我,"哈勒布雷纳"号总人数已达三十一人。外加第三十二名,对这个人最好给予特殊的注意。

出发的前一天,在港口的转角上,有一个人朝兰·盖伊船长走过来。这人肯定是海员。从其服装、走路姿势及使用的语言,都看得出来。

他用含混不清的粗嗓门说道:

"船长……我有个要求,要跟你谈谈……"

"什么事?……"

"请你理解我……你们船上还有空位子吗?……"

"水手名额吗?……"

"对,水手名额。"

"也有,也没有。"兰·盖伊船长对付道。

"为什么说'有'呢?……"那汉子问道。

"如果自荐的人对我合适,我就要。"

"你要我吗?……"

"你是海员吗?"

"我航行过二十五年。"

"在什么地方？……"

"南部海洋。"

"远吗？……"

"是的……请你听明白……很远。"

"你多大年纪了？……"

"四十四岁……"

"你现住埃格蒙特港吗？……"

"到下一个圣诞节,就整整三年了。"

"你本来是打算到过路的捕鲸船上干活的吗？……"

"不是。"

"那你在这里干什么？……"

"什么也不干……我已经不打算航海了……"

"那你为什么又要上船呢？"

"有一个想法。你的双桅船要进行远征的消息传开了……我想……是的,我很想作为一个成员。当然要你同意,这是不言自明的。"

"埃格蒙特这里,人家认识你吗？……"

"认识……自我来到此地,人家从未说过我一句不是。"

"好吧,"兰·盖伊船长回答,"我了解了解情况……"

"了解吧,船长。如果你同意,我的行装今晚就可以上船。"

"你叫什么名字？……"

"亨特。"

"你是……"

"美国人。"

这个叫亨特的人,身材矮小,风吹日晒脸膛变色,与红砖的颜色相差无几。皮肤发黄,颇似印第安人。膀大腰圆,大头大脑,罗圈腿很厉害。看他的四肢便可知道,他膂力过人。尤其是双臂尽头的两只手? 宽厚无比! ……头发花白,仿佛毛朝外的毛皮。

赋予其人外表以独特性格的地方——这并不能使人对他产生好感——便是两只小眼睛异常犀利的目光;几乎看不出嘴唇的大嘴,从一只耳朵咧到另一只耳边;牙齿修长,珐琅质完好,从未受过败血症的侵袭,而这种病症在高纬度地区的海员中十分普遍。

亨特在福克兰群岛居住已为时三年,他先住在索莱达岛法国人湾一海港上,现住埃格蒙特港。他寡言少语,独自一人,靠一笔退休金生活。究竟是什么退休金,无人知晓。他不依赖任何人照顾,自己捕点鱼。这一职业似乎已足以维持他的生计,或者以捕得的鱼类为食,或者以此做点小生意。

除了自他居住埃格蒙特港以来的品行以外,关于亨特,兰·盖伊船长了解到的情况很不完整。这个人从不和人打架斗殴,也不嗜酒,从未见他多喝过一口。好几次,他表现出赫拉克勒斯[①]般的力量。至于他的过去,人们不了解。但可以肯定那是海员的经历。关于这一点,他对兰·盖伊船长讲的比跟其他任何人讲的都多。此外就是他对自己所属的家族也好,自己出生的确切地点也好,都始终守口如瓶。只要这位水手热心助人,人们对这些自然也就不大在意。

总之,从了解到的情况中,没有什么理由可以使人拒绝亨特的请求。说实话,招募来的其他人,毛病不比他更多,那就很不错

---

① 赫拉克勒斯,希腊神话中的大力神。

了。于是，亨特得到了肯定的答复。当天晚上，他就在船上安顿下来。

一切准备就绪，可以出发了。"哈勒布雷纳"号船上储备了两年的给养，半腌的肉，各种蔬菜，大量的酸醋沙司、芹菜和辣根菜，这都是为防止或战胜败血病而准备的。货舱内装载着成桶的葡萄烧酒、威士忌、啤酒、杜松子酒、葡萄酒，为日常消费用。还有大量的面粉和饼干，都是在港口商店购买的。

附带提一笔，弹药方面，炸药、弹丸、枪弹和石炮弹，都由总督下令予以供应。兰·盖伊船长甚至搞到了接舷网，这是从最近在海湾外撞到岩石上搁浅了的一艘船上弄来的。

10月27日清晨，群岛当局人士来到，开航准备工作神速完成。人们互道最后的祝愿和最后的告别。然后，锚从水底提上来，双桅帆船滑航出港。

海上西北微风吹拂，"哈勒布雷纳"号高帆低帆齐张，进入航道。一到海面上，便向东方驶去，以便绕过塔马尔-哈特角。塔马尔-哈特角位于将两岛隔开的海峡尽头。下午，船只已绕过索莱达岛，将塔马尔-哈特角甩在左舷后面。夜幕降临时分，海豚角和彭布罗克角已消逝在远方天际的雾霭之后。

远征开始了。人道主义的情感将这些勇敢的人推向南极洲令人毛骨悚然的地区。等待着他们的是成功还是失败，那就只有上帝知晓了！

第10章 远征之初

1830年11月27日,比斯科船长率领的"活力"号和"伦敦自由市民"号,返回桑德韦奇地,也是从福克兰群岛起航的。次年1月1日,他们绕过桑德韦奇地北端。六个星期以后,"伦敦自由市民"号不幸在福克兰群岛海面失事,已成事实。但愿我们的双桅船命运不致如此。

兰·盖伊船长与比斯科是从同一点出发的。比斯科用了五个星期时间抵达桑德韦奇地。但是,从最初几天开始,超出极圈之外的浮冰就给他造成很大麻烦。为了脱离险境,这位英国航海家不得不向东南行驶,直到东经45°地方。正是由于这种情况,他发现了恩德比地。

兰·盖伊船长在他的地图上指着这条路线给杰姆·韦斯特和我两人看,还加上一句:

"我们绝不应该沿着比斯科的足迹前进,我们要走的是威德尔的路线。威德尔于1822年率领'美好信念'号和'珍妮'号到南极地区探险……'珍妮'号,这是注定灵魂要得救的名字,杰奥林先生!但是威德尔的'珍妮'号比我哥哥的'珍妮'号幸运,没有在极地大浮冰以外失事。"①

"前进吧,船长,"我回答道,"如果不跟随比斯科,就沿着威德尔的路线前进。威德尔是一位普通的捕捉海豹的人,勇敢无畏的海员,他已经能够前进到比他的先行者更接近南极的地方,他为我们指出了前进的方向……"

"我们就沿着这个方向前进,杰奥林先生。如果我们毫不耽搁,如果'哈勒布雷纳'号12月中旬左右就遇到极地大浮冰,那就到达得过早了。而实际上威德尔抵达72°线的时候,已经过了2月初。正如他所说,那时,'一小块冰都看不到'。后来,2月20日,他抵达74°36′,这是他向南前进的极点。此后,没有一艘船走得更远,没有!除了'珍妮'号,但是'珍妮'号没有返回……所以,在

---

① 作者原注:1838年,杜蒙·容维尔率领的"星盘"号与他的同航船"信女"号相约,如果因天气恶劣或遭遇浮冰两船失散,相见地点也在福克兰群岛,而且就在索莱达海湾。这次历时四年(1837—1840)的探险,在极其惊心动魄的航行过程中,在南纬63°和64°之间、巴黎以西的58°和62°子午线之间,发现了一百二十海里尚未人知的海岸,命名为路易·菲利普地和容维尔地。1840年1月,探险队抵达南极大陆的另一端——假设有一个南极大陆的话——结果在南纬63°3′与东经132°21′处,发现了阿德利地;此后,在南纬64°30′与东经129°54′处,发现了克拉里海岸。但是,杰奥林先生离开福克兰群岛时,他还不了解这些有重大意义的地理发现。顺便再提一笔,自那个时期以来,又进行了几次其他的尝试,试图达到南极海洋的高纬度地区。应该指出的,除了詹姆斯·罗斯*以外,还有一位年轻的挪威海员包尔赫克列文柯**先生,他前进到比英国航海家更高的纬度上。其后又有拉尔森***船长的探险。他率领挪威捕鲸船"杰森"号,于1893年在容维尔地和路易·菲利普地以南,发现了自由流动的大海,一直前进到超过南纬68°线的地方。

* 詹姆斯·罗斯(1800—1862),英国航海家、探险家。

** 包尔赫克列文柯,挪威海员,1899年到1900年,由他领导、组织了第一次在南极大陆的过冬生活。

*** 拉尔森,挪威"杰森"号捕鲸船船长,他在捕鲸工作的两年期间(1892—1894),探察了威德尔海西部。

这附近，30°与40°子午线之间，南极大地有一个很深的槽口。因为继威德尔之后，威廉·盖伊能够接近到距南极不到7°的地方。"

杰姆·韦斯特按照他的老习惯，细心倾听，一言不发。他用目光打量着兰·盖伊船长圆规各点之间包括的空间。他是接受命令、执行命令从不讨价还价的人。命令他到哪里去，他就打到哪里。

"船长，"我又接着说，"你的意图大概是沿着'珍妮'号的路线前进吧？……"

"对，而且要尽量准确。"

"你哥哥威廉从特里斯坦-达库尼亚南下，目的是寻找奥罗拉群岛的所在。他没有找到奥罗拉群岛，也没有找到前炮兵下士、总督格拉斯准备骄傲地以自己名字命名的岛屿。这时他想实施阿瑟·皮姆经常与他谈到的一项计划，他在经度41°和42°之间，于1月1日切过极圈……"

"这我知道，"兰·盖伊船长辩白道，"'哈勒布雷纳'号也将这样做，以便首先抵达贝内特岛，然后到达扎拉尔岛。但愿上苍保佑，让我们的船只也和'珍妮'号、威德尔的船只一样，遇到畅通无阻的大海！"

"如果我们的双桅船到达极地大浮冰边缘的时候，浮冰仍然阻塞着船只的通道，"我说道，"那我们尽可以在海面上等待……"

"这正是我的意图，杰奥林先生，而且最好早到一些。极地大浮冰是一堵高墙。墙上有一扇门，骤然开启，然后立即关闭……应该等在那里……准备通过……而绝不考虑走回头路！"

走回头路！恐怕没有一个人想到这个！

"前进！"

前进！到那时这可能是异口同声的呼喊。杰姆·韦斯特这时发表了一点感想：

"多亏阿瑟·皮姆自述材料丰富，我们无须为他的伙伴德克·彼得斯不在而感到遗憾！"

"既然混血儿已从伊利诺伊州销声匿迹，我没能找到他，"兰·盖伊船长回答道，"现在这样就算相当幸运了。阿瑟·皮姆日记中关于扎拉尔岛所在地点提供的情况，对我们大概足够了……"

"除非必须到超过84°的地方去找寻……"我提醒道。

"怎么会必须那样做呢，杰奥林先生，既然'珍妮'号的遇险者没有离开扎拉尔岛？……帕特森的笔记中，难道不是写得一清二楚吗？……"

总之，虽然德克·彼得斯不在船上——对这一点，大家都确信无疑——"哈勒布雷纳"号也定能到达目的地。不过，请"哈勒布雷纳"号不要忘记实践海员的神圣三德：警惕、无畏、坚毅！

我现在已经投入了冒险命运的摆布之中。从各种可能性看来，这次探险吉凶未卜的情形，远远超过我以前各次的旅行。谁能相信我竟会做出这样的选择呢？……但我确实陷入了不可自拔的境地，它将我向未知的世界拉去，向未知的极地拉去！多少勇敢无畏的先驱者，极力揭开它的奥秘而徒劳往返！……这一次，南极地区的狮身人面怪兽会不会首次向人的耳朵开口说话，又有谁知？……

然而我没有忘记，这仅仅是人道之举。"哈勒布雷纳"号的既定任务，就是营救威廉·盖伊及其五名伙伴。正是为了找到他们，我们的双桅船要沿着"珍妮"号的路线前进。这个任务一旦完成，"哈勒布雷纳"号尽可返回旧大陆的海洋。既不需要找寻阿瑟·皮姆,也不需要找寻德克·彼得斯,他们在这次惊心动魄的旅行之后已经返回了!他们究竟怎样返回的,至今人们一无所知。但是他们安全归来,这是事实。

最初几天,新船员们必须熟悉船上活计,老船员们——确实是些正直的人——总是为他们提供方便。兰·盖伊船长虽然选择余地不大,看来他的手气还相当不错。国籍不同的水手,表现出极大的热忱和良好的愿望。他们也明白,大副是不开玩笑的。赫利格利已经向他们暗示,谁不俯首帖耳,杰姆·韦斯特就会要谁的命。在这方面,大副的顶头上司给予他充分的自由。

"这个自由,"水手长加上一句,"是握紧了拳头,举到齐眉高争来的!"

用这种方式警告有关人员,确是水手长独特的风格!

新来的人将这些话记在心上,没有一个人受到惩罚。至于亨特,干起活来他像一个真正的海员那样服服帖帖,但他总是溜边,和任何人都不讲话。甚至夜里,他也不愿意在船员休息舱中占据自己的位置,而是睡在甲板上某个角落里。

天气乍暖还寒。人们还穿着绒布内衣和工作服,毛呢内裤外罩粗帆布裤子,厚厚油布做的不透水的带帽长大衣,挡风、挡雨又挡雪。

兰·盖伊船长的意图是经过距福克兰群岛八百海里的新乔治岛,然后到桑德韦奇地,以桑德韦奇地为向南进发的起点。到那时,双桅帆船在经度上正处于"珍妮"号的路线上,只要沿这条线上溯,就可以一直深入到84°纬线了。

11月2日,航程将我们带到南纬53°15′、西经47°33′的地方,这正是某些航海家指出的奥罗拉群岛的位置。

尽管1762年"奥罗拉"号船长、1769年"圣米格尔"号船长、1779年"珍珠"号船长、1790年"普里尼克斯"号和"多洛雷斯"号船长、1794年"阿特里维达"号船长,都说发现了这个由三个岛屿组成的群岛,而且十分肯定——在我看来则是可疑的——我们在经过的整个海面上却没有发现陆地的征象。1820年威德尔和1827年威廉·盖伊进行勘察时也是如此。

附带说一句,要以爱慕虚荣的格拉斯的名字命名的所谓岛屿,情形也是如此。桅顶瞭望员十分细心,在既定方位上,我们却没有发现一个小岛。如此说来,特里斯坦-达库尼亚总督阁下在地理大图册上恐怕永远也看不到自己的名字了。

那天是11月6日。天气仍然有利于航行,预示着这段航程会比"珍妮"号当时所花时间缩短。我们也无须匆匆赶路,正如我已经指出的,我们的双桅帆船定会在极地大浮冰大门开启之前到达。

有两天,"哈勒布雷纳"号连续遭到数次短暂的暴雨袭击,迫使杰姆·韦斯特缩帆:第二层帆、第三层帆、顶桅和大三角帆都降下了。摆脱了高帆之后,"哈勒布雷纳"号表现良好,吃水很浅,悠闲自得地在浪峰上漂浮。每逢进行这类操作,新船员都表现得十分灵巧,受到水手长的称赞。赫利格利亲眼看见,亨特虽然长相笨拙,干起活来却一个顶三个。

"新招来的这个家伙真不得了!……"他对我说。

"对,"我回答道,"他是最后来的,刚刚赶上。"

"刚赶上,杰奥林先生!……不过,这个亨特,那长相也真够劲的!"

"我在西部地区常常遇到这样的美国人,"我回答道,"而且,说他血管里有印第安人的血液,我是不会感到惊讶的!"

"好嘛!"水手长说道,"在兰开夏或肯特郡,我国同胞有的也顶得上他那么能干呢!"

"我完全相信你的话,水手长。……其中就有你,我猜想!……"

"嗨!……值多少是多少,杰奥林先生!"

"你偶尔也跟亨特聊聊吧?……"我问道。

"很少,杰奥林先生。一个总是溜边、和谁都没有一句话的丑八怪,从他嘴里能拽出什么话来?……可他倒不是没长嘴!……嘿!那么大的嘴,我真从来没见过!……从右舷到左舷,就像船头的大盖板一样!……有这么大的家伙,亨特造几个句子倒那么难!……嘿!他那手!……你看见他的手了吗?……杰奥林先生,他若跟你握手,你可得小心点!……我担保,他若和你握手,你十个手指头要留给他五个!……"

"水手长,幸亏亨特不像爱寻衅打架的人……他身上一切迹象都表明,这是个安分守己的人,并不想滥用他的力气。"

"那倒是,不过他压在吊索上的时候要除外,杰奥林先生。上帝啊!……我真怕那滑轮要掉下来,连横桁也一起坠下来!"

这个亨特,仔细瞧瞧,确实是个怪人,值得注意。他靠在卧式锚机的立柱上或手扶舵轮手柄站在船尾的时候,我经常怀着十分好奇的心情打量他。

另一方面,我仿佛觉得,他的目光经常死死盯住我不放。他大概不会不知道我在双桅船上身份是乘客,也不会不知道在什么情况下我参与了这次远征的冒险。至于以为我们救出"珍妮"号的遇险人员以后,他想越过扎拉尔岛,到达与我们不同的另一个目的地,这是不能令人置信的。何况兰·盖伊船长总是不断反复地说：

"我们的使命，就是救出我们的同胞！扎拉尔岛是吸引我们的唯一地点，但愿我们的船只不要深入更远！"

11月10日，将近下午，忽听得桅顶瞭望员大喊一声：

"右舷前方发现陆地！……"

仔细测量结果，这是南纬55°07′、西经41°13′的地方。

这块陆地只能是圣彼得岛，英文名字又叫南乔治岛，新乔治岛，乔治王岛。以其地理位置而论，属于拱极地区。

早在1675年，在库克之前，法国人巴尔伯就发现了这个岛屿。但是，著名的英国航海家不顾从时间上来说他已是第二名这一事实，将一系列的名称强加给它，这就是岛屿今天有的这些名称。

双桅船向这个岛屿驶去。透过天空中发黄的云雾，可见积雪的山峰高高耸立，高达一千二百杜瓦兹。山上皆为大块古老岩石，为片麻岩和石板岩。

兰·盖伊船长有意在罗耶尔湾停泊二十四小时，以便更换淡水，因水箱在货舱底部容易发热。待到"哈勒布雷纳"号以后在冰块中航行的时候，淡水就可以随意使用了。

下午，双桅船绕过了岛屿北部的布勒角，右舷擦过波塞西翁湾和坎伯兰湾，在罗斯冰川落下来的碎屑中移动，向罗耶尔湾进击。傍晚六时，在水深六寻处抛锚。夜晚已来临，延至第二天下船。

新乔治岛长四十余里，宽二十余里。距麦哲伦海峡五百里，属福克兰群岛范围。岛上无人居住，所以也无人代表英国行政管辖。但是至少夏季岛上是可以住人的。

第二天,船上人员都去寻找淡水补给去了,我独自一人在罗耶尔湾附近漫步。渔民捕捉海豹的季节尚未来到,至少还差一个月,所以这里空旷无人。新乔治岛由于直接受南极西风流作用,海洋哺乳类动物很喜欢光顾这里。我看见好几群动物,在海滩上、沿着岩石、甚至直到岸边的岩洞深处嬉戏。企鹅家族老老少少,纹丝不动,排成望不到头的行列,发出驴叫般的声音向外人入侵表示抗议——这外人就是我。

水面上,沙面上,成群的云雀展翅飞翔,美妙的歌声激起我对大自然给予更多恩赐的国度无限的怀念。这种飞鸟不需要栖息枝头,算是幸运的,因为整个新乔治岛土地上,没有一株树。有些地方疏落生长着几株显花植物,颜色半褪的苔藓,茂盛的青草丛丛相连覆盖着山坡,直到一百五十杜瓦兹的高度上。如果将这种青草收获,足以饲养大量的牲畜呢!

11月12日,"哈勒布雷纳"号准备完毕,低帆出航。绕过了罗耶尔湾尽头的夏洛特角以后,航向直指南南东,向距此四百海里的桑德韦奇地驶去。

迄今为止,我们没有遇到一块浮冰。夏季的阳光尚未将浮冰从极地大浮冰上或从极地上分离出来。晚些时候,水流有时会将冰块带到50°纬线上。从北半球来说,那已是巴黎或魁北克的纬度了。

天空的晴朗程度已开始减弱,靠东方可能出现乌云。冷风夹杂着雨和成颗粒的雪吹来,风势不小。天气一直对我们十分照顾,没有理由抱怨,紧紧地躲在雨衣的风帽下也就行了。

最碍事的,是大片大片的浓雾经常遮住地平线。好在这一海域没有任何危险,也无须担心遇到漂流的冰块和冰山,"哈勒布雷纳"号得以无多大忧虑地向东南继续航行,驶向桑德韦奇地的方位。

成群的鸟儿在云雾中飞过,鸣叫响亮,顶风翱翔,翅膀几乎纹丝不动。海燕、鹏鸥、海鸡冠、燕鸥、信天翁,向陆地飞去,仿佛在为我们指明道路。

正是这浓雾妨碍了兰·盖伊船长,他在新乔治岛与桑德韦奇地之间的西南方向上,竟未能辨认出特拉弗斯岛。这个岛屿是别林斯高晋发现的。还有四个小岛:韦利岛、波克尔岛、太子岛和圣诞岛,也没有辨认出来。据范宁说,这四个小岛的位置首先是美国人詹姆斯·布朗驾驶着斯库那船"太平洋"号发现的。在能见度只有二三链的时候,最重要的就是不要驶上岛屿周围的暗礁。

天气稍微放晴,视野能够扩大时,便立刻在船上安排进行密切的监视,桅顶瞭望员不断观察着海面。

14日到15日夜间,偏西方向上,摇曳的模糊的光亮照亮了夜空。兰·盖伊船长认为这光亮大概来自火山——可能是特拉弗斯岛的火山,那座火山是常常喷火的。

一般来说,火山爆发总是伴有长时间的轰鸣。我们的耳朵却一点也没有听见这种巨响,于是得出结论说,双桅船距离这个岛屿的暗礁还很远,尽可以放心。

不需要改变航线,继续保持向桑德韦奇地前进的方向。

16日上午,雨停了。风向转为西北。不久,雾也消散了。人人兴高采烈。

这时,水手斯特恩正在桅顶瞭望,他仿佛远远望见一艘大三桅船,桅上的灯光出现在东北方向。还未来得及识别船只的国籍,大船便消逝了,我们感到非常遗憾。说不定这是威尔克斯探险队的一艘船，或者一艘捕鲸船正驶往捕鱼地点，因为鲸鱼已经出现，数量可观。

11月17日，刚刚上午十点，双桅船就辨认出了一群岛屿。这群岛屿，库克首先命名为南图勒群岛，当时是已经发现的土地中最南面的一块。后来，库克又将它命名为桑德韦奇地，从此在地图上这群岛屿就保留了这个名字。1830年，比斯科从这里出发，向东去寻找通往南极的通道时，就已经叫这个名字了。

自那时以来，其他航海家有不少人到桑德韦奇地来过。渔民们在附近海域捕猎鲸鱼、抹香鲸和海豹。

1820年，莫勒尔船长曾在这里登岸，希望找到他甚感缺乏的取暖木材。幸运的是兰·盖伊船长完全不是为了这个目的而在这里停留。那只能是徒劳往返，因为这些岛屿的气候根本不可能生长乔木。

双桅船之所以在桑德韦奇地停泊四十八小时，是因为将我们路线上每一个南极地区的岛屿都搜寻一遍，这样做比较谨慎。可能会找到什么资料、征象、痕迹。帕特森曾被一块浮冰带走，他的某一个伙伴不是也可能有同样的遭遇吗？……

既然时间并不紧迫，任何东西都不忽略当然最好。经过新乔治岛之后，"哈勒布雷纳"号来到桑德韦奇地。此后，还要到新南奥克尼去。然后，进入极圈，将径直朝极地大浮冰驶去。

当天即可登岸，有布里斯托尔岛岩石遮掩。该岛位于东海岸一处类似天然小港地方的深处。

这个群岛位于南纬59°、西经30°的地方，由数个岛屿组成，主要岛屿是布里斯托尔和图勒。其他为数不少的岛屿只配略逊一筹地称为"小岛"。

到图勒岛去的任务落到了杰姆·韦斯特的肩上。他乘一艘大艇出发,以便探明是否有可以靠近的地点。兰·盖伊船长和我,到布里斯托尔岛的海滩上下船。

多么荒凉的国度啊!这里的居民只有极地品种那些忧郁的鸟类!植物稀少,品种与新乔治岛相同,苔藓和地衣覆盖着裸露的不毛之地。海滩后面,光秃小丘山坡顶上,长着几株形容憔悴的松树。有时,块块巨石从山丘上坍塌而下,发出轰然巨响。到处是寂寞荒凉的景象,令人不寒而栗。布里斯托尔岛上,没有任何东西说明有人从这里经过或有遇险者在此生存。当天和第二天我们进行的徒步探查,都毫无结果。

大副韦斯特在图勒岛的探查也同样毫无结果。他沿着支离破碎的海岸走过,一无所获。我们的双桅船打了几炮,除了将成群的海燕和海鸥驱赶到远方,惊动了排列在岸边的笨拙的企鹅以外,也毫无结果。

我与兰·盖伊船长散步时,话题所及,我对他说道:"你大概不会不知道,库克发现桑德韦奇地时,对这个群岛是什么看法。首先,他以为踏上了一块大陆。在他看来,漂流到南极海洋以外的冰山是从这里分离出去的。后来他发现桑德韦奇地只构成一个群岛。不过,他提出了在更南的地方存在一个南极大陆的看法,这倒是颇有见地的!"

"这我知道,杰奥林先生,"兰·盖伊船长回答道,"但是这个大陆如果确实存在,就必然得出一个结论,即它有很宽的槽口——威德尔和我哥哥,前后相隔六年之久,都曾进入这个大槽。我国伟大的航海家库克不可能发现这个通道,因为他在71°纬线上停下来了。那好,其他的人在他之后发现了这个通道,还有别人也即将去发现……"

"我们就是这种人,船长……"

"是的……这要上帝帮忙了!库克曾经斩钉截铁地说,绝不会有人到达比他更远的地方去冒险;陆地如果存在,也永远不会被发现。未来将会证明,他是大错特错了。直到南纬83°以上的地方,陆地已经被发现……"

"说不定,"我说,"在更远的地方,也被那个不同寻常的阿瑟·皮姆发现了……"

"可能,杰奥林先生。既然他和德克·彼得斯已经回到了美国,我们倒确实不需要为他操心了……"

"不过……假如他们并没有返回……"

"我认为无须考虑这种可能。"兰·盖伊船长简单地答道。

第11章　从桑德韦奇地到极圈

双桅船向西南方向驶去。天气一直帮忙。六天以后，新南奥克尼群岛已遥遥在望。

新南奥克尼群岛由两个主要岛屿组成：西面的一个，叫科罗纳逊岛，面积最大。岛上巨峰高耸，绝不低于二千五百法尺。东面的是罗利岛，尽头为敦达斯角，如投影般向西方伸出。四周显露出许多小岛：塞德尔岛、鲍威尔岛以及一系列圆锥状糖块似的小岛。最后，在西部坐落着不可企及岛及绝望岛。这两个岛屿得到这样的名称，显然是因为某一位航海家无法靠近前者，又对抵达后者感到绝望的原故。这个群岛是1821年到1822年之间由美国人帕尔默和英国人博特威尔联合发现的。61°纬线穿过群岛，经度为西经44°到47°之间。

"哈勒布雷纳"号靠近群岛，我们得以在北侧观察到大块褶皱，陡峭的小山，山坡向海岸倾斜，逐渐和缓，尤以科罗纳逊岛为甚。山脚下堆积着巨大的冰块，杂乱无章。不出两个月，这些冰块就会向温带水域漂流而去。

到那时，捕鲸船出现，进行捕鲸活动的季节就会来临。有人也会留在这些岛上追捕海豹和海象。

啊！当南极区域的夏季刚刚来临，夏日的阳光尚未将冬季的裹尸布戳开以前,叫它是丧葬和冰霜的大地,真是名副其实啊!

新南奥克尼海峡将群岛分割成明确的两部分,海峡中遍布着暗礁和冰块。兰·盖伊船长希望避免从海峡中穿过,我们首先靠近罗利岛的东南端,在这里度过24日一整天。然后经过敦达斯角绕过罗利岛,向科罗纳逊岛南海岸靠近。25日,双桅船在这里停驻,寻找"珍妮"号海员,毫无结果。

1822年——9月份,这倒是真话——,威德尔前来这里,意图是猎取毛皮用海豹,结果他费时费力,一无所获。之所以如此,是因为9月份在这里仍是严寒的冬季之故。这一次"哈勒布雷纳"号的情形则不然,如果捕捉这些两栖类动物,是完全可以满载而归的。

数以千计的鸟禽占据着岛屿和小岛。除了企鹅之外,

在铺着厚厚一层鸟粪的岩石上,还有以前我曾见过几只的那种白鸽,为数众多。这是涉禽类,而不是蹼足类,喙尖而不太长,眼皮四周有一圈红,可以不费多大力气就打下来。

新南奥克尼群岛的主要成分为非火山来源的石英片岩,植物界唯一的代表是灰白的地衣和稀少的墨角藻,属片状品种。海滩上有大量的帽贝。沿岩石走去,可见一些燕鸽,可大量捕获。

应该说,水手长和他手下的人没有放弃这个机会,他们用棍棒打死好几十只企鹅。他们倒完全不是出于应受指责的破坏本能,而是出于要获得新鲜食品的愿望,这是完全合情合理的。

"这味道与鸡相比,毫不逊色,杰奥林先生,"赫利格利语气十分肯定地对我说道,"你在克尔格伦群岛没吃过吗?……"

"吃过,水手长,可那是阿特金斯做的。"

"这里,是恩迪科特做的,保你味道不差!"

果然,在军官餐厅也好,船员休息舱也好,大家大吃大嚼企鹅肉,充分表现了我们厨师的烹调才能。

11月26日,清晨六时"哈勒布雷纳"号即扬帆出海,航向正南。船只又向西经43°线溯流而上。经过仔细测量,已经准确地确定了这条子午线。威德尔在前,威廉·盖伊在后,正是沿这条子午线前进的。如果我们的双桅船既不向东也不向西偏离,理所当然地就会开到扎拉尔岛上去。但是必须考虑航行中可能出现的困难。

稳定的东风对我们十分有利。双桅船张满风帆,甚至第二层帆的辅助帆、动三角帆和支索帆都装上了。帆幅宽阔,船只飞速前进,速度大约保持在十一到十二海里之间。只要能继续保持这个速度,从新南奥克尼群岛到极圈的航行时间就不会长。

我知道，再过去，就要撬开极地大浮冰厚厚的大门了。

或者，更实用的办法是，从这个冰障上，发现一个缺口。

兰·盖伊船长与我谈到这个问题时，我说："迄今为止，'哈勒布雷纳'号一路顺风。只要能保持下去，我们大概就可以在解冻之前抵达极地大浮冰……"

"大概可以，也可能不行，杰奥林先生，今年季节大大提前了。在科罗纳逊岛，我亲眼见到，冰块已与岸边脱离。这比往年要提早六个星期。"

"这可是千载难逢的良机啊，船长！那我们的双桅船就有可能在12月的最初几个星期越过极地大浮冰了，而平时大部分船只1月底才到那里呢！"

"确实，天气温暖给我们帮了大忙。"兰·盖伊船长回答。

"我再补充一句，"我接着说，"比斯科第二次探险时，到2月中旬才靠近64°经线，那块陆地上高高耸立着威廉山和斯托尔贝山。你给我看的游记可以证明……"

"而且很确切，杰奥林先生。"

"从现在算起，不出一个月，船长……"

"不出一个月，我希望能够越过极地大浮冰，找到自由流动的海洋。这是威德尔和阿瑟·皮姆十分强调指出的一点。到那时，我们尽可以在正常条件下航行，首先直驱贝内特岛，然后径直抵达扎拉尔岛。在那坦平开阔的大海上，还会有什么障碍使我们停步不前甚至引起延误呢？……"

"一旦翻越过极地大浮冰，我再也无法预料会有什么障碍，船长。通过极地大浮冰，是个难关，大概是最使我们伤脑筋的事了。不过，只要东风持续下去……"

"会持续下去的,杰奥林先生。在南极海域航行过的所有航海家都亲自体验过,我也亲自体验过了,经常是这个风向。我很清楚,在30°与60°纬线之间,狂风经常来自西方。一过60°线,则截然相反,反方向来的风占了上风。你不会不知道,自从我们过了这条界限,海风一直是这个方向……"

"这是真的,我太高兴了,船长。此外,我要承认——承认这个我并不感到难为情——我已经开始变得迷信起来了……"

"为什么绝对不可以呢,杰奥林先生?……承认生活中最普通的情况下,也有一种超自然的力量在起作用,这有什么不近情理的呢?……我们'哈勒布雷纳'号的船员难道可以怀疑这一点吗?……你回想一下……在我们双桅帆船航路上与不幸的帕特森的相遇,那个冰块一直被带到我们穿过的海域,然后,立即就融化了。……你想一想,杰奥林先生,这难道不是神的旨意吗?……再看得远些,我敢肯定,上帝一直保佑我们,引导我们向'珍妮'号同胞的身边走去,上帝是不会抛弃我们的……"

"我的想法和你一样,船长!绝不会的!上帝的介入是不容否认的。依我看来,说在人生舞台上是偶然性在起作用,是错误的!头脑浅薄的人经常将这种作用归之于偶然,其实一切事物都有一个神秘的纽带联结着……一个链条……"

"是的,一个链条,杰奥林先生。与我们相关的这件事上,链条的第一环就是帕特森的冰块,最后一环就是扎拉尔岛!……啊!我的哥哥,我可怜的哥哥!……被抛弃在那里已经十一年……还有和他共患难的伙伴……他们大概对于能够得到营救都不抱什么希望了!……帕特森被带走,远远离开了他们……究竟是在怎样情况下发生的,我们不得而知,他们大概也不知道他后来命运如何！……每当我想到这些灾难的时候,我的心里就十分难过。但是,杰奥林先生,我的坚强意志无论如何不会颓唐下来,哥哥投入我的怀抱那一刻,可能例外。……"

兰·盖伊船长感情激动,一席话感人肺腑,我情不自禁热泪盈眶。不！我真的没有勇气回答他说,这次营救包含着许许多多吉凶未卜的因素！当然,毋庸置疑,威廉·盖伊和"珍妮"号的五名水手,六个月以前还在扎拉尔岛上,因为帕特森的记事簿肯定了这一点……然而他们的处境又如何呢？……他们控制了岛民吗？阿瑟·皮姆估计,岛民的数目多达数千人,西部各岛的居民尚未计算在内！……扎拉尔岛的首领,那个"太聪明",会向我们发动攻击。对这一点,我们难道不应该有所预料吗？"哈勒布雷纳"号不见得就比"珍妮"号抵挡得住吧？……

是的！……最好是信赖上苍！迄今为止,苍天的保佑已经一清二楚地表现出来了。上帝交给我们的这一使命,我们一定要竭尽一切人力之所及来完成它！

我应该提到,双桅船的全体船员,都怀着同样的情感,抱着同样的希望。我指的是老船员,他们对船长是那样忠贞不贰。至于新船员,大概对远征结果抱着无所谓或差不多无所谓的态度,反正雇用他们时向他们许诺的那些好处,能得到就行。

至少水手长对我是这么说的,但是亨特除外。看来,这个人上船干活,完全不是由于受到工钱或奖金的诱惑。可以肯定的是,他从不向人谈起这些。不过,话又说回来,他从不向任何人谈起任何事。

"我猜想,他也不怎么动脑子！"赫利格利对我说,"我到现在还没见过他说的话是什么颜色！……你跟他谈话,他往前走的程度,还比不上停泊的船只对主锚来说向前移动的距离!"

"他不和你讲话,水手长,他跟我也不多说。"

"依我看,杰奥林先生,这个家伙可能早就干过一桩事。你知道是什么吗?"

"你说说看!"

"你听着,他早就到南极海洋去过了……对,而且走得很远。在这个问题上,他就像油锅里的鲤鱼一样,一声不吭!……为什么闭口不谈?因为这与他密切相关!这个丑八怪若是没有跨进过极圈,甚至越过极地大浮冰十几度,就让第一个大海浪把我甩到船外去!"

"你从什么地方看出来的,水手长?"

"从他的眼睛,杰奥林先生,从他的眼睛!……不论什么时候,不管双桅船航向何方,他的眼睛总是盯着南方……他那平时从不闪光的眼睛,一动不动地盯着,就像指示方位灯塔一般……"

赫利格利并不夸大其词,我也注意到了这一点。用埃德加·爱伦·坡的一个字眼来说,亨特长着隼的眼睛,炯炯发光……

"他不值班的时候,"水手长接着说下去,"这个野人,胳膊肘支在舷墙上,一动不动,一言不发,一直那么待着!……说实在的,他真正的位置应该在艏柱尽头,给'哈勒布雷纳'号当船首头像差不多!……嘿嘿,也够难看的!……等他掌舵的时候,杰奥林先生,你观察观察他吧!……他那一双大手捏着手柄,就好比粘在舵轮上一样!……他的目光扫视罗经柜的时候,真就像罗经的磁铁吸住了他一样!……我可以自吹是个好舵手,但是压根儿没有亨特那股力气!……他值班时,不论船只摇晃得多么厉害,指针从来没有一瞬间偏离罗经盘中的准线！……你听我说,夜间,如果偶尔罗经柜的灯灭了,我敢肯定,亨特用不着再把灯点上！……就用他那瞳仁的光芒,就可以照亮罗盘,保持航向准确！"

兰·盖伊船长或杰姆·韦斯特一般对水手长无尽无休的絮叨都不大在意,在我面前,他喜欢捞回来,这很清楚。不过,赫利格利对亨特形成的看法即使稍嫌过分,我应该承认,这个怪人的态度也确实使人有理由这样想。从积极方面来说,可以将他归入半神怪人物之列。一言以蔽之,埃德加·爱伦·坡如果认识他,肯定会把他作为某一个最不可思议的主人公的原型。

连续几天,航行进行得异常顺利,没有发生一桩变故,也没有任何事件来打破这种单调的生活。随着强劲的东风,双桅船达到了最大的速度。这从航迹上看得出来,修长、平坦、均匀的航迹,在船后拖着数海里长的尾巴。

另一方面,春季日渐临近。鲸鱼开始成群出现。这一海域中,即使吨位大的船只,也只要一个星期便可桶桶装满宝贵的鲸油。船上的新船员,特别是美国人,看到这个季节中从未见过的如此数量众多的鲸鱼,看到在这价值连城的动物面前,船长竟然无动于衷,都毫不掩饰地表示遗憾。

船员中不满情绪最强烈的是赫恩。他是个渔猎手,伙伴们都很听他的话。他举止粗鲁,整个外貌都流露出粗暴无礼的样子,已经使其他水手敬畏他几分了。这位渔猎手,四十四岁,原籍美国。我可以想象得出,当他立在双角捕鲸船上,机动灵活,生龙活虎,高举鱼叉,朝鲸鱼肋部猛掷出去,放出绳索尾随鲸鱼时,他一定是姿态优美,形象动人的！由于他酷爱这一职业,而现在遇到这种机会却不动手,他的不满溢于言表,并不使我感到惊讶。

可是,我们的双桅船并不是为渔猎而装备的,这种劳作所必需的器械,船上一点也没有。自从兰·盖伊船长指挥"哈勒布雷纳"号以来,他的活动只限于在大西洋和太平洋南部诸岛之间进行贸易。

不管怎么说,我们在数链方圆内见到的鲸鱼,真算是数目惊人的。

这一天,下午三点左右,我来到船头上,靠着栏杆,观看好几对这种庞然大物在水中嬉戏。赫恩将鲸鱼一一指给伙伴们看,嘴里断断续续地说着:

"那里……那里……那是一条脊鳍鲸……嘿,两条……三条……脊鳍有五六英尺长!……看见了吧,在两个浪峰之间游着……泰然自若……一跳不跳!……这种鲸鱼身上有四块淡黄色的斑。啊!要有个鱼叉,我敢拿脑袋打赌,我会把鱼叉掷到一块黄斑上去。……可是在这个破商船上,毫无办法!……连活动活动胳膊的办法都没有!……真他妈的!……在这一带海上航行,就应该是为了捕鱼,而不是为了……"

他又气得骂了一句。还没骂完,又大喊大叫起来:

"哎,这儿又有一条鲸鱼!……"

"是那个背上有个鼓包,像个单峰驼的吗?"一个水手问道。

"对……这是一条驼背鲸,"赫恩回答道,"你看清楚了吗,肚子上有褶,脊鳍很长?……这种驼背鲸不好捕,它们可以潜入深水之中,还能把你几抱长的鱼绳吃掉!……真的!我们不往它的肋部投鱼叉,就该受到报应,让它用尾巴朝我们船只肋部撞一击!……"

"注意……注意!"水手长喊道。

让人担惊受怕的,倒不是真挨上了渔猎手希望的那精彩的一尾巴。不是!一条巨大的鲸鱼刚刚靠近双桅帆船,立刻从鼻孔里喷出老高的水柱,臭烘烘的。那声音,简直可与遥远的炮声相比!整个船头直到大舱盖都被水溅湿了。

"干得好!"赫恩低声骂了一句,耸耸肩膀。伙伴们一面将水甩掉,一面咒骂这该死的驼背鲸来洒水害人。

除了这两种鲸鱼以外,我们还看见了真鲸。在南极区域海面上通常遇到的就是这种鲸。真鲸没有鳍,脂肪层很厚。追捕真鲸危险不大,所以人们喜欢在南极海面上捕捉真鲸。这里生长着数以十亿计的山甲壳类生物——人们称之为"鲸鱼的食品"——鲸鱼以此为唯一的食物。

正巧,距双桅船不到三链远的地方,漂浮着一条真鲸,体长有六十米,也就是说可提供一百琵琶桶鲸油。这些庞然大物鲸油产量极高,三条鲸鱼就可以将一艘中等吨位的船只装满。

"对的!……这是一条真鲸!"赫恩大叫起来,"只要看到喷出的水柱短而粗,就能识别出来!……看哪!……你们在左舷看见的那条……简直像一根烟囱……这是真鲸喷出来的!……唉,全从眼皮底下过去了,白白损失了!……他妈的!……明明可以把桶装满,偏偏不装,这不等于将一袋袋的皮亚斯特往海里扔吗!……这晦气的船长,白白让这些货物损失了,这不是成心跟船员过不去嘛……"

"赫恩,"一个声音命令道,"守舵去!……到那里数鲸鱼更舒服!"

这是杰姆·韦斯特的声音。

"大副……"

"不许还嘴,不然我叫你在那儿一直守到明天!……去吧!……快速开走!"

顶撞肯定是没有好结果的,渔猎手一言不发地服从了。我再重复一遍,"哈勒布雷纳"号深入高纬度地区,并不是为了捕捉海洋哺乳类动物,在福克兰群岛招募水手也完全不是作为捕鱼人招募的。我们远征的唯一目的,尽人皆知,任何事情都不应使我们偏离这个目标。

双桅船此刻飞驶在淡红色的水面上。一群群甲壳类动物,各种小虾,属节肢动物,将海水染成了淡红色。可以看见鲸鱼懒洋洋地侧卧水面,伸出鲸须,就像上下颚之间支上了一张网,将各种小虾搜罗起来,无计其数地吞进去,葬入庞大的胃里。

总之,11月里,在南大西洋的这一部分,各种鲸类数目如此之多,我不好再多次重复了,这是因为今年季节反常、大大提前的原故。然而在这捕鱼区内,还没有一艘捕鲸船露面。

顺便提请各位注意,从本世纪上半叶开始,捕鲸人几乎完全放弃了北半球的海洋。由于滥捕,北半球鲸类已经十分稀少。现在法国人、英国人和美国人最酷爱的捕鲸地点是大西洋和太平洋的南部海域,要捕到鲸鱼,只好长途跋涉、鞍马劳顿了。从前曾经极为兴旺发达的这一行业,到最后甚至会绝迹,也是十分可能的。

以上一段无非是看见鲸类这种不同寻常的集结,所引出的一段题外话。

应该说,自从兰·盖伊船长与我谈及埃德加·爱伦·坡的小说以后,他对我已不像从前那么谨小慎微。我们经常谈天说地。那天,他对我说道:"一般来说,鲸鱼出现,标志着距离海岸已经不远。这有两个原因:第一,作为鲸鱼食物的甲壳类从来不会伸展到距陆地很远的海面上去。第二,雌鲸生产幼鲸必须在不深的海水之中。"

"如果是这样,"我回答道,"我们在新南奥克尼群岛与极圈之间没有看见一处群岛,这是怎么搞的呢?"

"你的观察很正确,"兰·盖伊辩白道,"要看到海岸,我们大概要向西偏离15°左右,那里坐落着别林斯高晋发现的新南设得兰群岛亚历山大一世岛和彼得一世岛,还有比斯科发现的格雷厄姆地。"

"那么说,"我接着说道,"鲸鱼出现也不一定就标志着陆地就在眼前了?"

"我回答不了你的问题,杰奥林先生。也可能我刚才发表的见解并不那么有根有据。所以,将这些动物数量之多归结为今年特殊的气候条件,似乎更合情理一些……"

"我看不可能有别的解释,"我明确表态道,"而且这种解释与我们的所见完全符合。"

"那好,我们要加快速度,充分利用这一条件……"兰·盖伊船长回答说。

"而且要毫不理会部分船员的牢骚怪话……"我补充一句。

"这些人为什么要怨气冲天呢?"兰·盖伊船长叫嚷起来,"据我所知,本来就不是招募他们来捕鱼的嘛!……他们不是不了解,他们上船来是干什么的!杰姆·韦斯特已经制止了这种邪门歪道,他做得很对!……我的老船员伙伴们,是绝对不会这么干的!……你看,杰奥林先生,这真令人悔恨莫及,我还不如满足于原班人马了!……可惜扎拉尔岛的土著人人数众多,那样做也不可能!"

我要赶紧补充一句,"哈勒布雷纳"号尽管不捕捉鲸鱼,捕捞其他的鱼类倒是绝对不禁止的。由于船速很快,使用大拉网或三层刺网估计很困难。但是水手长放了鱼线拖在船后。大家的肠胃对半醃的肉已经厌倦,拿钓来的鱼改善每日的食谱,大受欢迎。鱼线钓回来的鱼有缎虎鱼、鲑鱼、鳕鱼、鲭鱼、海鳗、鲻鱼、鹦嘴鱼等。至于鱼叉,可以刺海豚或者鼠海豚。鼠海豚肉色发黑,但是鱼肉仍招大家喜爱,豚脊肉和豚肝则是上等佳肴。

从地平线上各处飞来的鸟类,仍是那些品种,成群结队,无以计数。有各种海燕——有的雪白,有的发蓝,体态极为优雅动人,也有海鸡冠、潜水鸟、海棋鸟等。

我还看见——只是不可企及——一种巨海燕,其躯体之大足以使人惊讶不已。西班牙人将它称之为一种髭兀鹰。这种麦哲伦海域的水鸟非常美丽,宽大的翅膀弯成弧形,顶端尖尖,翅膀展开有十三到十四米之长,相当于大信天翁的翼展。这里信天翁也为数不少。这强健有力的飞禽,有一种长着烟色的羽毛,为高寒纬度地带的主人,正在飞回寒带。

为了备忘,还应指出:赫恩及新船员中他的同胞们,看见鲸鱼群,之所以欲望如此强烈,如此深感遗憾,是因为现在专门在南极海域进行远征的正是美国人。我回忆起,1827年左右,美国下令进行调查,结果表明:为在这一海域捕鲸而装备起来的船只,总数高达二百艘,总吨数达五万吨,每艘船运回一千七百桶鲸油,为此捕杀的鲸鱼有八千条,丢失的两千条尚未计算在内。据第二次调查结果,四年以前,船数增加到四百六十艘,吨位达到十七万二千五百吨——等于美国全部商船吨位的十分之一——价值近一百八十万美元,投入的资金达四千万美元。

  所以,渔猎手及其同胞对这艰苦而又成效卓著的职业极其热衷,是完全可以理解的。但愿美国人注意不要滥捕滥杀!……南部海洋中,鲸鱼也在逐渐减少,到那时,只好到极地大浮冰后面去捕杀了!

  我向兰·盖伊船长提出这个见解时,他回答我说,英国人一直是比较有节制的——这还有待加以证实。

  11月30日,上午十时测了时角,中午时分准确地测得了日高。从计算中得出,我们这一天处在南纬$66°33'2''$的位置上。

  就是说,"哈勒布雷纳"号刚刚越过了环绕南极区域的极圈。

第12章　极圈与极地大浮冰之间

在距离南极23°50′的地方，凭想象画出一条曲线。自从"哈勒布雷纳"号越过了这条线，就仿佛进入了一个崭新的区域。正如埃德加·爱伦·坡所说，"这是荒凉与寂静的王国"。对于艾雷奥诺拉①的歌手来说，这又是光辉灿烂、无上荣光的魔牢，他们希望永生永世禁锢其中。这也是闪烁着不可言喻的光芒的漫无边际的大洋……

在我看来——还是摆脱那些虚无缥缈的假设为好——这南极洲地区，面积超过五百万平方海里，仍然停留在我们人类球体②冰川时期的状况……

众所周知，夏季的时候，发光的天体③上旋，向南极洲地平线上投射过来的光线，使南极洲享受着连续白昼。然后，这发光的天体一旦消逝，便开始了漫漫长夜。连续黑夜时，常常可以看到美丽的极光。

正是在这连续白昼的季节，我们的双桅船前往这令人畏惧的

---

① 艾雷奥诺拉（约1122—1204），阿吉丹公爵之女，嫁法国国王路易七世。被休弃后，嫁英王亨利二世。又与夫分居，终日生活于艺人、行吟诗人之中。
② 指地球。
③ 指太阳。

地区。直到扎拉尔岛的方位上,都是昼夜明亮的。我们确信无疑,会在扎拉尔岛上找到"珍妮"号的船员。

乍到这崭新区域的边界上,度过头几个小时,想象力丰富的头脑定会感到格外的兴奋——他会产生幻觉,如噩梦一般,以及类似将睡将醒时的那种幻觉……他可能会感到自己置身于超自然的境界之中……接近极地的时候,他可能会自问:烟雾迷蒙的帘幕遮掩着大部分地区,这后面又隐藏着什么?……是否会在矿物、植物、动物三界范围内发现新的成分,是否能发现特殊"人类"?阿瑟·皮姆就声称他见过这种人……这转瞬即逝景物的大舞台,烟云缭绕的幕布尚未拉开。一旦拉开,会呈现出什么景象?……梦境逼人,当想到回程的时候,会不会感到绝望?……透过这最离奇的诗篇的节节行行,他会不会听到诗人乌鸦的聒噪:永不复焉!……永不复焉!……永不复焉!①

我的精神状态并非如此,这是千真万确的。虽然近来我也处于异常亢奋的状态,但是我还能够使自己保持在真实世界的范围内。我只有一个愿望,这就是:但愿越过极圈之后,水流和风向仍能像未越过极圈时那样,对我们有利。

兰·盖伊船长、大副和船上的老船员,当他们得知双桅帆船刚刚越过了70°线的时候,他们粗糙的面部线条上,风吹日晒变成了古铜色的脸膛上,个个现出明显满意的神情。第二天,赫利格利在甲板上走到我身边,喜气洋洋,满面春风。

"嘿,嘿!杰奥林先生,"他欢呼雀跃着,说道,"这了不得的极圈,现在叫我们给扔到身后了……"

---

① 该诗句取自爱伦·坡的名诗《乌鸦》。

"这还不够,水手长,这还不够!"

"会够的!……会够的!……不过我很恼火……"

"为什么?……"

"人家船只过这条线的时候做的事,我们偏不做!"

"你很遗憾吗?……"我问。

"当然了!'哈勒布雷纳'号本来也可以搞一个首次进入极地的洗礼仪式嘛!……"

"洗礼?……给谁洗礼呢,水手长,既然我们的船员也和你一样,都已经在超过这条线的地方航行过?……"

"我们当然是!……可是你没有呀,杰奥林先生!……请问,为什么不为你举行这个洗礼仪式呢?……"

"这倒是真的,水手长。我的旅行经历中,抵达这么高的纬度,这还是第一次……"

"这就值得接受洗礼嘛,杰奥林先生!……噢!可以不大叫大嚷……不大张旗鼓……不用请南极老人和那一套骗人把戏!……请你允许我为你祝福吧!……"

"好吧,赫利格利!"我一面回答,一面将手伸进口袋,"祝福也好,付洗也好,随你的便!……给你,这是一个皮亚斯特,到最近的酒馆为我的健康干一杯!……"

"那得到了贝内特岛或扎拉尔岛再说喽,如果这些荒岛上有小酒店,有阿特金斯式的人物在那安家落户的话!……"

"告诉我,水手长,我总是想着那个亨特……他是不是也和'哈勒布雷纳'号的老水手一样,对跨越极圈流露出满意的神情呢?……"

"那谁知道!……"赫利格利回答我说,"这家伙总是驾船不张帆,你从哪一侧舷上也搜不出什么来……不过,我以前跟你说过,他若是从前没接触过冰块和极地大浮冰,我……"

"是什么使你这样想呢?……"

"什么都使我这么想,可又说不上来到底是什么,杰奥林先生!……这种事情只能意会不可言传!亨特是一只老海狼,拖着他的行李袋,走遍了天涯海角!……"

我和水手长意见一致。而且,不知道出于一种什么预感,我不断地观察着亨特。他非同寻常地占据了我的思想。

12月最初几天,从1日到4日,紧接着暂时的平静之后,海风表现出转向西北的趋势。在这高纬度地区,凡是从北方来的,恰如在北半球上从南方来的一样,绝没有什么好事。一般来说总是恶劣的天气,表现为狂风和阵风。不过,只要海风不变成西南方向,就无须过分抱怨。如果出现这种情况,双桅船就要被抛到既定航道之外,或者至少船只要与海风激烈搏斗才能保持航向不变。总之,最好是不要偏离我们从新南奥克尼群岛出发以来所遵循的子午线。

气流可能发生这种推测得到的变化,自然使兰·盖伊船长忧心忡忡。"哈勒布雷纳"号速度已大大降低,因为4日白天,风势已开始减小。4日到5日的夜间,海风竟然停止了。

清晨,船帆贴着桅杆,无力地低垂着,泄了气,或者拍打着船舷。一丝风也没有,大洋表面平静无波,但来自西方的海上涌浪长波,仍使双桅船激烈颠簸着。

"海水也感觉到了,"兰·盖伊船长对我说道,"那边大概有狂风暴雨。"他补充一句,将手伸向西方。

"地平线上雾气笼罩,确实,"我回答道,"说不定将近中午时太阳……"

"在这个纬度上,太阳没有多大力量,甚至夏季也是如此,杰奥林先生!——杰姆?"

大副走过来。

"你看这天气怎么样?……"

"我不放心……必须准备应付一切局面,船长。我马上命人将高帆降下,收起大三角帆,装上船首三角帆①。也可能下午时天边会放晴……若是暴风雨落到船上,我们一定有办法接待它。"

"最重要的,杰姆,是要保持我们的经度方向……"

"尽力而为吧,船长,我们现在方向很对。"

"桅顶瞭望员没看到首批到来的漂浮冰块吧?……"我问道。

"对啦,"兰·盖伊船长答道,"如果与冰山相撞,冰山自己是不会遭受损失的。出于谨慎,我们非向东或向西偏移不可。那我们也只好逆来顺受了。不过,不是万分不得已,我们最好不偏移。"

桅顶瞭望员没有弄错。下午,果然在南方出现了缓缓移动的庞然大物。几座坚冰的岛屿,无论从面积还是从高度来说,还不算很大。南极冰原的碎屑,大量漂浮。长达三四百米的冰块,边缘相互碰撞的,英国人叫它浮冰群;形状成圆形,叫作冰圈;形状为长条,叫作冰流。这些碎屑容易避开,不会妨碍"哈勒布雷纳"航行。迄今为止,海风使"哈勒布雷纳"号保持了航向。但是现在却几乎停滞不前了,速度不快,驾驶困难。最不舒服的是大海长浪起伏,阵阵反冲使人饱受折磨。

将近两点钟,大股气流形成旋风,一会儿从这边,一会儿从那

---

① 遇暴风时用。

边,猛烈袭来。从罗经的各个方位上看,都在刮风。

双桅船摇摆极为猛烈,水手长不得不叫人将甲板上一切船只左右摇摆或前后颠簸时可能滑动的器物都加以固定。

三点钟左右,特大狂风从西北西方向席卷过来。大副将后桅帆、前桅帆和前桅支索帆都落下。他希望能抵住狂风,保持位置不变,而不致被抛向东方,离开威德尔的航线。确实,流冰已有在这一侧堆积起来的趋势。对一艘船来说,没有比陷入这移动的迷宫更为危险的了。

暴风伴随着汹涌的长浪猛烈袭击,双桅船有时侧倾十分厉害。幸好货物不会移位,装舱时已充分考虑到海洋中各种可能发生的事情。我们完全无需惧怕遭到"逆载鲸"号的命运。"逆载鲸"号就是由于粗心大意而发生倾斜,最后终于失事的。人们也不会忘记,那艘双桅横帆船后来翻个底朝上,阿瑟·皮姆和德克·彼得斯趴在船壳上熬过了好几天。

水泵开动,使船上不留一滴海水。多亏我们在福克兰群岛停泊时精心细致地进行修理,现在船壳板和甲板上的接缝没有一处开裂。

这场暴风会持续多久,最好的天气预言家,最巧妙的天气预报人恐怕也说不上来。恶劣的天气是二十四小时,还是两天三天呢?谁也说不清这极地海洋给你准备的是什么天气。

狂风从天而降一个小时以后,飑接踵而至,夹杂着雨、成颗粒的雪和雪花,更确切地说,这是雪雨。这是气温大大下降所致。温度表只指到华氏36度(2.22摄氏度),气压水银柱为26寸8分①(约合721毫米)。

---

① 1法寸等于1/12法尺,约27.07毫米;1法分等于1/12法寸,约2.25毫米。

这时是夜里十点钟——虽然太阳一直保持在地平线以上，我仍不得不使用这个字眼。再过半个月以后，太阳就要到达其轨道的最高点了。在距南极23°的地方，太阳不断地向南极洲的表面投射着苍白无力、倾斜的光线。

十点三十五分，狂风变本加厉怒吼起来。

我躲在舱面室后面，无法下定决心回到我的舱室去。

兰·盖伊船长和大副在距我几步开外的地方讨论问题。在这大自然的狂啸之中，要听清对方的话大概很困难。然而海员之间，往往只凭手势就可相互理解。

这时可以看出，双桅船正向东南冰块方向偏航而去，很快就要碰上冰块，因为浮冰移动比船只缓慢。这真是双重的厄运，既要将我们推出既定的航道，又有发生可怕碰撞的危险。现在船只横向摇摆十分严重，使人不能不为船桅担心。桅杆顶部画着弧形，弧度之大令人不寒而栗。暴雨滂沱，你甚至会以为"哈勒布雷纳"号被切成了两段，从船头到船尾，谁也看不见谁。

海面上，有几处模糊发亮，显露出波涛汹涌的大海。海水疯狂地拍击着冰山的边缘，如同拍打着岸边的岩石一般。狂风将海水卷成飞沫四溅的浪花，将冰山覆盖。

漂流的冰块数目大增，这又给人以某种希望，但愿这场暴风雨会加速解冻的过程，使极地大浮冰附近变得易于涉足。

最要紧的事仍是要顶住狂风。为此，必须张最少的帆。双桅船已疲惫不堪，在浪峰附近一头栽下去，置身于两座浪峰之间的深凹里。起来的时候，又受到强烈的摇撼。顺风漂流吗，绝对不能考虑。在那种速度下，如果有海浪从顶部打上甲板，船只就要经受很大的危险了。

首先，最重要的操作，是要逼风。然后，张最少的帆，将第二层缩帆降下，扯起船首三角帆和船尾三角帆，"哈勒布雷纳"号才会处于抵挡狂风和偏航的有利条件下。如果坏天气加剧，还可以再行减帆。

水手德拉普来守舵。兰·盖伊船长站在他旁边，紧密注视，防止船只突然偏驶。

在船头，全体船员时刻准备执行杰姆·韦斯特的命令。与此同时，水手长率领六个人忙着在后桅帆处装上一个三角帆。这是一块相当结实的三角形帆布，把它升到低桅的桅顶，前下角索固定底部，往船尾拉紧。

为了把第二层帆收下来，必须爬到前桅的桅杆上去，要四个人才够用。

第一个飞身攀上绳梯横索的是亨特。第二个是马尔丁·霍特，我们的帆篷师傅。水手伯里和一个新船员立刻也跟了上去。

一个人能像亨特那样灵巧麻利，我简直不敢相信。他的手脚几乎不沾绳梯横索。到了桅杆的高度以后，他沿着踏脚索横向前进，一直走到帆桁的尽头，以便解开第二层帆的系索。

马尔丁·霍特到了另一端，其他两人留在中间。

帆一降下，只要将它底下收拢就行了。待到亨特、马尔丁·霍特和其他两名水手下来以后，再从下面把它拉紧。

兰·盖伊船长和大副明白，这样张帆，"哈勒布雷纳"号就可以稳稳当当地抵挡住暴风雨了。

亨特和其他几人进行操作的时候，水手长那头已将三角帆装好，他只等大副一声令下便可将整片帆升起。

这时，狂风怒吼，铺天盖地席卷过来。桅的侧支索和后支索绷得紧紧的,似乎就要断裂,如金属缆索一般铮铮作响。真不知道,船帆即使减少了,是否仍要被撕成碎片……

突然,船只剧烈摇晃,甲板上一切器物全部翻倒。几个琵琶桶,系索扯断,一直滚到舷墙边。船只向右舷侧倾十分严重,海水从船板上大量涌进。

我一下子仰面朝天摔倒在地,撞在舱面室上,半天都起不来……

双桅船倾斜严重,以致第二层帆的桁桁尽头没入浪尖三四法尺……

马尔丁·霍特本来骑在桁桁尽头正在结束他的工作,等桁桁出水时,他却不见了。

只听见一声呼喊——这是帆篷师傅的喊声。海上涌浪正将他卷走,他在雪白的泡沫中,绝望地挥动着双臂。

水手们奔到右舷,有的扔下绳索,有的扔下大桶,有的扔下圆材——随便什么东西,凡是能漂浮的,马尔丁·霍特能紧紧抓住就行。

我正抓住一个系绳双脚钩以便保持身体平衡,模糊看见一个物体划破空间,消逝在汹涌的浪涛中……

又是一起事故吗?……不是!……这是自告奋勇的行动……是忘我的行动。

这是亨特。他解下了缩帆的最后一根短索以后,沿桁桁走了几步,跳入海中营救帆篷师傅去了。

"两个人掉进海里了!"船上有人喊道。

对,是两个……这个是为了救那个……他们该不会两人一起送命吧?……

杰姆·韦斯特奔到舵旁,舵轮一转,将双桅帆船转了一个格,——这是不超过风向所能转动的最大限度了。然后,将船首三角帆横斜过来,将船尾三角帆绷平,船只就几乎纹丝不动了。

最初,在泡沫翻滚的水面上,依稀看见马尔丁·霍特和亨特,两个人的头冒出水面……

亨特挥臂飞快泅水,穿过浪峰扎下去,渐渐接近了帆篷师傅。

帆篷师傅已被冲出一链之地,时隐时现,只见一个黑点,狂风之中难以辨认。

船员们扔完了圆材和大桶,已经一筹莫展,都在等待着。至于放下一条小艇,这汹涌的波涛将船头的驾艇人都要吞没,真是想也不敢想。小艇要么倾覆,要么撞到双桅船肋部粉身碎骨。

"他们两个人都完了……两个人!"兰·盖伊船长喃喃自语道。

接着,他朝大副喊道:"杰姆……小艇……小艇……"

"如果你下令将小艇放入海中,"大副回答道,"我会第一个上艇,生命危险在所不顾……但是,需要有我的命令!"

目睹这一场面的人,在几分钟之内,那种焦虑的心情,真是笔墨难以形容!"哈勒布雷纳"号处境再危险,也无人顾及了。

最后一次又在两个浪峰之间看见了亨特,人群中立刻爆发出一阵欢呼。他又被海水吞没。然后,仿佛他的脚找到了牢固的支点一般,只见他以超人的力量向马尔丁·霍特冲去。更确切地说,朝着这不幸的人刚刚被吞没的地方冲去……

这期间,杰姆·韦斯特叫人放松小三角帆和船尾三角帆的下后角索,双桅船又前进了一些,已比刚才靠近了半链的距离。

这时,欢呼声再次传来,压倒了狂风的怒吼。

"快!……快!……快!……"全体船员叫着。

马尔丁·霍特摇摇晃晃像只沉船,已无力动作。亨特用左臂托着马尔丁·霍特,用右臂奋力击水游泳,朝双桅船游过来。

"前侧风行驶……前侧风行驶!"杰姆·韦斯特指挥着舵手。

舵杆向下,船帆铰链止动,发出武器射击般的轰响……

"哈勒布雷纳"号在浪峰上跳动了一下,有如烈马奔驰,马嚼子用力一勒,顿时前蹄腾空一般。船只猛烈上下颠簸、左右摇晃。如果继续用我刚才使用的比喻,那就可以说,是原地蹬腿……

漫长的一分钟过去了。湍急的漩涡中,几乎分辨不清这两个人,一个拖着另一个……

亨特终于追上了双桅船,抓住了垂在船边的一根缆绳……

"转……转!……"大副叫喊起来,向守舵水手做了一个手势。

双桅船转动一下，正好使第二层帆、小三角帆和船尾三角帆能发生作用，于是成了一般缩帆的姿势。

转眼之间，人们将亨特和马尔丁·霍特拉到甲板上。把一个放在前桅脚下，另一个已经准备帮助操作了。

帆篷师傅得到他所需要的救护。他本来已有些窒息，这时渐渐地缓过气来了。又给他进行了有力的按摩，使他恢复了知觉，睁开了双眼。

"马尔丁·霍特，"兰·盖伊船长俯在帆篷师傅身边，对他说道，"你是九死一生啊！……"

"对……对……船长！"马尔丁·霍特答道，一面用眼光寻找着……"是谁救的我？"

"是亨特……"水手长高声叫道，"是亨特冒着生命危险把你救上来的！……"

马尔丁·霍特胳膊肘支着，欠起身子，朝亨特转过身。

亨特躲在后面，赫利格利将他推到马尔丁·霍特面前。马尔丁·霍特的目光中流露出最衷心的感激之情。

"亨特，"他说，"你救了我一命……没有你，我就完了……谢谢你……"

亨特避而不答。

"喂……亨特……"兰·盖伊船长接口说道，"你没听见吗？……"

亨特仿佛一点没听见的样子。

"亨特，"马尔丁·霍特又说道，"你过来……我感谢你……我要跟你握手！……"

他把自己的手伸过去……

亨特后退几步,摇摇头。那态度恰如一个人做了一件很普通的事,无须得到这么多的赞扬一样……

然后,他向船首走去,着手将小三角帆的一个下后角索换下来。刚才风大浪高,双桅船从龙骨到桅冠受到震撼,将这下后角索折断了。

毫无疑问,这个亨特,他是无私无畏的英雄!……肯定这也是一个对一切感情无动于衷的人。直到这一天,水手长仍然没有见到"他说的话是什么颜色"!

暴风雨异常猛烈,始终不见停息。有好几次,我们实在提心吊胆,坐立不安。狂风暴雨之中,我们百十次地担心,虽然收缩了船帆,桅杆还会不会垮下来?是的!……百十次,虽然有亨特灵巧有力的大手在把着舵杆,双桅船仍然无法避免地摇晃,有时侧倾严重,几乎倾覆。甚至不得不将第二层帆全部落下,只保留船尾三角帆和小三角帆,以保持最少张帆了。

"杰姆,"兰·盖伊船长说道——那时是清晨五点钟——"如果非得顺风漂流的话……"

"那我们就只好顺风漂流了,船长。不过,这可是冒着被大海吞没的危险啊!"

确实,当实在无法赶在浪涛前面的时候,没有什么比后面来风更危险了。只有无法保持缩帆的情况下,迫不得已才会采取这种风向。再说,如果向东漂流,"哈勒布雷纳"号就会远离其既定航道,而陷入在这个方向上堆积起来的冰块迷宫之中。

12月6日、7日、8日,整整三天,这一海域狂风暴雨大作,并伴随着雪暴,飞飞扬扬,引起温度急剧下降。一阵狂风袭来,将小三角帆撕个粉碎,立刻换上一块更结实的。缩帆总算保持住了。

　　毋庸赘言,兰·盖伊船长表现出真正海员的气概,杰姆·韦斯特精心照料着一切,全体船员坚定不移地协助他们。每当进行什么操作,要冒什么危险,亨特总是走在前头。

　　这个人到底怎么回事,实在猜不透!与福克兰群岛招募的大部分水手相比,他迥然不同——与渔猎手赫恩相比,更是天壤之别!本来有权期待和要求他们做的事,这些人都难以做到。当然,他们还算听话。不管愿意不愿意,像杰姆·韦斯特这样的上司,你必须服从。可是背后,多少牢骚怪话,指责非议啊!从长远来说,这恐怕不是好兆头,我颇为担心。

　　马尔丁·霍特很快就又接起了活干,再也不怄气了,这自不待言。他对自己的活路驾轻就熟,在灵巧和干劲方面,唯有他能与亨特比个高低。

　　有一天,他正和水手长说话,我问他道:

　　"喂,霍特,你现在和这个鬼亨特处得怎么样?……从救人那天以后,他是不是流露点感情呢?……"

　　"没有,杰奥林先生。"帆篷师傅回答道,"他甚至极力回避我。"

　　"回避你?……"我反问一句。

　　"跟他以前一样,再说……"

　　"真奇怪啊……"

　　"确实怪,"赫利格利加了一句,"我早就发现不止一次了。"

　　"就是说,他也像回避别人一样回避你?……"

　　"回避我更甚于回避别人……"

　　"原因何在呢?……"

"我怎么知道,杰奥林先生!"

"不论怎么说,霍特,他对你可是恩重如山啊!……"水手长发表了自己的见解,"但是你不要翻来覆去地在他面前说!……我知道他这人的脾气……说不定他给你来个下不了台!"

这一席话,使我惊诧不已。我仔细观察,果然看到亨特拒绝一切与我们的帆篷师傅接触的机会。是不是他认为,虽然救了人家一命,自己也无权接受别人的感恩戴德之情呢?……确实,此人的举止行为至少有些古怪。

8日到9日的下半夜,风向有转成东风的趋势,这会使天气变得更适宜航行。

如果确实能发生这种变化,"哈勒布雷纳"号就可以从偏离航向的地方再驶回原处,并且再度沿着43°子午线的航线前进。

这期间,虽然大海的波涛仍然汹涌澎湃,到清晨两点时,已经可以增加风帆面积而没有多大危险了。前桅帆和后桅帆缩帆,前桅支索帆和小三角帆张开,左舷前下脚索,"哈勒布雷纳"号又朝着这次为时长久的暴风雨使之偏离的航道驶去。

这部分南极海上,漂浮的冰块数量增加。可以认为,暴风雨加速了解冻的过程,也许在东方已经冲破了极地大浮冰的天堑。

第13章 沿极地大浮冰前进

虽然跨越极圈后这一海域遭到狂风暴雨的袭击,说句公道话,还应该承认,迄今为止,我们的航行要算是极为顺利的。如果12月的上半月内,"哈勒布雷纳"号能找到敞开的威德尔之路,该是多么幸运啊!……

瞧,我现在也说"威德尔之路"了,似乎这是陆地上的一条坦途,保养良好,路旁立着里程碑,路标上写明:南极之路!

10日白天,在被称之为浮冰块和碎冰块的孤立冰块中,仍可以毫无困难地操纵双桅船。风向并不迫使船只抢风航行,船只得以在冰山的通道中直线前进。现在距离大规模解冻时期尚有一个月,对这些现象谙熟的兰·盖伊船长却肯定地说,大解冻一般发生在1月份,今年则12月就要发生。

避开为数众多的漂浮的冰块,倒丝毫难不住船员们。真正的困难可能过几天才会出现,那就是双桅船要为自己打开一条通道穿过极地大浮冰的时候。

无须担心发生什么意外。大气层染成了淡黄色,就标志着坚冰的存在。捕鲸人将这称之为"闪光",这是寒带特有的一种反射现象,躲不过观察家的眼睛。

连续五天,"哈勒布雷纳"号航行顺利,没有遭到任何损坏,甚至从未有过担心发生碰撞的时刻。随着船只不断南行,冰块数量不断增加,航道变得越来越狭窄。14日进行的测量表明,我们位于南纬72°37′,经度显然没有改变,仍在42°和43°子午线之间。跨越极圈后达到这一点的航海家已经为数甚微,巴勒尼一行及别林斯高晋一行都不曾抵达这里。比起詹姆斯·威德尔达到的最高点来,我们只差两度了。

双桅船在这沾满鸟粪、灰白无光的碎冰中航行,已经较为棘手。有的碎冰外表斑斑点点,脏污不堪。冰块体积已经很大,相形之下,我们的船只显得多么渺小! 有的冰山居高临下,俯视桅杆呢!

冰块大小不一,形状各异,品种繁多,变化无穷。从云雾中显露出来,杂乱交错,反射着阳光,宛如磨光而尚未刻面的巨大宝石,真是气象万千。有时,不知何故,现出一层层粉红色,然后又转成淡紫和湛蓝。可能是折射的效果。

这优美的景色,在阿瑟·皮姆的自述中,有极其精彩的描写。我欣赏着,百看不厌:这里,是尖顶的金字塔;那里,是圆形的屋顶,有如拜占庭式教堂的圆顶;或者中间凸起,仿佛俄国教堂的顶部;有高耸的乳峰;有水平桌面一般的石桌坟;有史前时期遗留下来的粗石巨柱,犹如矗立于卡纳克①的遗迹中;有破碎的花瓶,翻倒的高脚杯……想象力丰富的眼睛,有时喜欢在天际变化多端的云朵形态中找出各种名堂来。一言以蔽之,凡是在云朵中能找到的东西,在这里也应有尽有……云朵难道不就是天上海洋的流冰吗?……

---

① 卡纳克,埃及中王国及新王国时期首都底比斯的一部分,太阳神阿蒙的崇拜中心,古埃及最大的神庙——卡纳克神庙所在地。

我应该承认,兰·盖伊船长集勇敢无畏与小心谨慎于一身。在突然需要进行某种操作,而距离的长短又不能保证圆满进行时,他从来不在冰山的下风处经过。他对这种条件下航行可能发生的各种意外了如指掌,不怕在漂浮的流冰和浮冰群中冒险。

那天,他对我说道:"杰奥林先生,我试图进入极地海洋而未能成行,这已不是初次了。那时对'珍妮'号的命运只有些简单的推测,我都想尝试一番;而今,这些推测已成为肯定的事实,我还能不全力以赴吗?……"

"你的心情我完全能够理解,船长。依我看,你对在这一海域航行具有丰富的经验,这更增加了我们成功的可能。"

"这当然,杰奥林先生!不过,越过极地大浮冰以后,对我也好,对很多其他航海家也好,都还是个必然王国啊!"

"必然王国?……也不绝对是,船长。我们掌握了威德尔极为可靠的航行报告,我再补充一点,还有阿瑟·皮姆的航行报告。"

"对!……我知道!……他们都曾谈到自由流动的海洋……"

"怎么?你不相信吗?……"

"不!……我相信!……是的!自由流动的海洋是存在的,而且有的道理很有分量。其实,很显然,这些被称之为冰原和冰山的大冰块,不可能在海面上形成。是海浪产生的剧烈而无法抵挡的力量,将这些大冰块从陆地上或高纬度的岛屿上分离出来。然后水流将这些冰块带往温暖的水域。到那里,撞击损坏了冰块的棱角,底部和中部受到温差的影响,在较高的温度中自行解体。"

"这是显而易见的。"我回答说。

"所以,"兰·盖伊船长继续说下去,"这些冰块并非来自极地大浮冰,而是在漂流过程中遇到了极地大浮冰,有时将大浮冰撞碎,穿越了它的航道。此外,不应根据北极情况来推断南极。两极的情况不尽相同。所以库克能够断言,他在格陵兰海面上,即使在纬度比这还高的地区,也从未见过与南极海中冰山相类似的现象。"

"这是什么原因呢?……"我问道。

"估计是由于在北极地区,南风的影响占主导地位。南风夹带着美洲、亚洲和欧洲高温的因素到达北极,有助于提高大气的温度。而这里,最近的陆地为好望角、巴塔戈尼亚和塔斯马尼亚的顶端,几乎无法改变气流。所以在南极地区温度较为整齐划一。"

"这个见解很重要,船长,它也证明了你关于自由流动的海洋的看法……"

"是的……自由流动……至少在极地大浮冰后面十几度的范围内是自由流动的。所以,我们首先要越过极地大浮冰。一旦过去,最大的困难就已经战胜……你说得对,杰奥林先生,威德尔已明确承认这个自由流动的海洋是存在的……"

"阿瑟·皮姆也承认,船长……"

"对,阿瑟·皮姆也承认。"

从12月15日开始,随着浮冰数量的增加,航行也更加困难。不过,海风仍是顺风,在东北与西北之间变化,从来没有表现出要变成南风的趋势。船只无时无刻不在冰山与冰原之中绕来绕去,没有一夜不是减速航行——夜间操作自然艰难而危险。有时风力很强,就需要减帆。沿着块块浮冰边缘,只见海水泡沫翻腾,浮冰上洒满浪花,有如浮岛上的岩石。这却不能阻止浮冰前进。

有几次,杰姆·韦斯特测量了方位角,根据他的计算,冰块的高度一般在十到一百杜瓦兹之间。

我完全同意兰·盖伊船长对这个问题的见解,即体积如此巨大的冰块只能沿海岸形成——可能是极地大陆的海岸。但是,很显然,这块大陆,有深深凹进其中的小湾,有分割大陆的海湾,有切割大陆的海峡。正因如此,"珍妮"号才得以到达扎拉尔岛的位置上。

总之,不正是存在着极地,才阻碍着探索者实现他们一直挺进到北极或南极的意图吗?不正是极地使冰山有了牢固的支点,到解冻时节便分离出来吗?如果北极和南极的圆顶只有海水覆盖,船只不是早就可以打开通道了吗?……

所以,可以断言,"珍妮"号的威廉·盖伊船长一直深入到83°纬线上,要么是航海家的本能,要么是偶然的机遇引导着他,他一定是沿着某一海湾溯流而上的。

双桅船在运动着的大块浮冰中间穿行,船员们初见,自然颇感新奇。至少新船员是如此。对老船员来说,已不是初次的新鲜经历了。对航行中这些未曾料到的事,他们很快也就习以为常、司空见惯了。

需要非常细心加以组织的,正是不间断的警戒。杰姆·韦斯特让人在前桅顶上装置一个大琵琶桶——人们叫它"喜鹊窝"——不断有桅顶瞭望员在那里值班。

有不大不小的海风帮忙,"哈勒布雷纳"号飞快前进。气温尚可忍受,约华氏42度(5摄氏度左右)。危险来自浓雾。浓雾经常飘在冰块拥塞的海面上,要避免碰撞就更加困难。

16日白天，船员们已感到疲惫不堪。流冰和浮冰群之间只留下狭窄的通道，弯弯曲曲，常有急转弯，不得不经常变换前下角索。

每小时内有四五次，响起这样的命令：

"转船首，迎风行驶！……"

"——急转弯！"

守舵人在舵轮上不得空闲，水手们则不断地变换第二层帆、第三层帆，使之正面吃风，或用铰链止动低帆。

在这种情况下，没有一个人干活怄气，亨特表现尤为突出。这位整个灵魂都是海员的人，什么地方最有用呢？那就是需要扛着绳缆在冰块上行走的时候。将绳缆系住投锚固定在冰块上，再把绳缆装在卧式锚机上。然后慢慢牵引双桅船，才能绕过障碍物。这时只要将桁索全长放开，以备绕在浮冰的棱角上。亨特跳进小艇，在碎冰中划着前进。下艇后站在打滑的冰面上，就把活干了。因此兰·盖伊船长及全船人员都将亨特视为无与伦比的水手。他身上那股神秘的气息自然又将人们的好奇心激发到更高的程度。

不止一次，正巧遇上亨特和马尔丁·霍特两人上一只小艇，共同完成某项危险的操作。帆篷师傅命令他干什么，亨特总是又灵巧又热情地执行命令。只是他从来不回答马尔丁·霍特的问话。

到这一天，估计"哈勒布雷纳"号距离极地大浮冰已经不远。如果继续沿着这个方向前进，肯定很快就会抵达极地大浮冰，然后只需找到一条通道就是。可是直到现在，在冰原之上，在变幻莫测的冰山山顶之间，桅顶瞭望员尚未眺望到一处连绵不断的冰峰。

16日的白天，要求绝对慎之又慎。无法避免的碰撞已将船舵震坏，可能需要拆卸。

碎冰块与双桅帆船尾部摩擦，也引起了数次撞击。看来碎冰块比大块浮冰更为危险。大块浮冰向船只肋部猛冲过来的时候，自然发生猛烈的接触。但是"哈勒布雷纳"号肋板和各舷十分坚固，既无须担心被撞破，也无须担心失落包皮，因为本来船底就没有包皮。

至于舵板，杰姆·韦斯特叫人把它嵌进两块鱼尾板中间，然后将圆材加在舵杆上进行加固，好像套筒一样。估计足可保护住船舵了。

不要以为这一海域拥塞着大小不同，形状不同的浮冰，海洋哺乳类就离开这里了。鲸鱼大量出现，鼻孔喷出高高的水柱，蔚为奇观！与脊鳍鲸和驼背鲸一起出现的，还有体躯庞大的鼠海豚，鼠海豚重达数百利勿尔①。当鼠海豚到达伸手可及的地方时，赫恩灵巧地掷出鱼叉，便会击中。恩迪科特十分擅长制作沙司，鼠海豚肉经他精心烹调，总是受到热烈欢迎和高度赞扬。

至于常见的南极鸟类，海燕、海棋鸟、鸬鹚等，成群结队，振翅高飞，聒噪不已。大群的企鹅，整整齐齐排列在冰原边缘上，注视着双桅船驶过。企鹅确实是这荒凉孤寂的地方真正的居民，它与寒带的凄凉景象非常协调，大自然恐怕再也创造不出比这更合适的物种了。

17日上午，喜鹊窝里的人终于报告看见极地大浮冰了。

"右舷前方！"他喊道。

---

① 利勿尔为法国古斤，相当于半斤左右。

南方五六海里处，连绵不断的峰巅高高耸立，状如锯齿狼牙，在天空相当明亮的背景上，勾画出自己的侧影。沿着极地大浮冰，漂浮着数以千计的冰块。这肖然不动的屏障，从西北伸向东南。只要沿着这屏障航行过去，双桅船就可再向南前进好几度。

如果你想对大浮冰和冰障之间的区别有一个确切的概念，最好记住以下几点：

我在前面已经指出，冰障根本不可能在开阔的海面上形成。无论是沿海岸耸立起垂直的冰壁，还是在后部伸出如山的高峰，它都必须建立在牢固的基础上。冰障之所以无法放弃支持它的固定核心，根据最权威的航海家的说法，是因为正是它提供了冰山、冰原、流冰、浮冰群、浮冰块和碎冰这支庞大的队伍。这些物质的不断运动，我们在海面上已经看见了。支撑着冰障的海岸受到沿着从较温暖的海洋而下的水流影响。大潮时节，有时海水涨到很高，冰障的平稳状态受到破坏，开始解体，受到侵蚀。于是巨大的冰块——几小时之内可以有数百块——分离出去，发出震耳欲聋的巨响，堕入海水中，卷起巨大的漩涡，再次浮上水面。这时，它们就变成了冰山，只有三分之一露出水面，在水上漂流，直到低纬度地区受到气温的影响完全融化为止。

有一天，我与兰·盖伊船长谈到这个问题。

"这种解释很正确，"他回答我说，"正因为如此，对航海家来说，冰障构成不可逾越的障碍，因为它以海岸为基础。但是大浮冰的情形就不同了。大浮冰在陆地前面，甚至可以在大洋上形成，它是由漂浮的碎冰连续不断堆积而成。大浮冰也受到海浪的冲击，夏季并受到温暖海水的侵蚀，于是它就四分五裂，中间开出通道来，有许多船只已经得以越过它了……"

"确实如此，"我补充一句，"大浮冰并不是无尽无休地连续下去、无法绕过的一整块……"

"所以威德尔能够从大浮冰尽头绕过，杰奥林先生。我知道，那也幸亏有气温升高和季节提前的特殊情况。既然今年这些情况也出现了，那么，说我们可以受益，恐怕不算过于轻率吧！"

"那当然，船长。现在大浮冰已经在望了……"

"我要让'哈勒布雷纳'号尽量行驶到大浮冰近前，杰奥林先生。然后，一旦发现通道，我们立刻钻进去。如果找不到通道，只要风向能稍微保持在东北方向，我们借助于向东的水流，逼风航行，右舷前下角索，设法沿大浮冰前进，直到它的东缘。"

双桅船向南航行，遇到规模巨大的冰原。围绕冰原从几个不同角度上进行测定，再加上用测程仪测量底部，可算出其水面以上部分有五六百杜瓦兹之高。这冰块走廊，有时望不见出口。为避免进入死胡同被堵住去路，驾驶船只需要十二分的精确和十二分的谨慎。

"哈勒布雷纳"号到达距大浮冰只有三海里的地方时，便将船只停住。水面宽阔，船只完全可以自由活动。

从船上解下小艇。兰·盖伊船长和水手长下艇，四名水手划桨，一个掌舵。小艇朝巨大的冰壁驶去，寻找双桅船可以钻过去的通道。但是枉费心机。经过三小时令人疲惫不堪的侦察，小艇返回。

这时下起了颗粒状的雪雨，气温下降到华氏36度（2.22摄氏度），遮住了我们的视线，大浮冰复不可见。

看来必须在无以计数的浮冰中向东南方向行驶了，同时要倍加小心，不要偏离航道驶上冰障，船身升到如此高度，将来下来时,必将困难重重。

杰姆·韦斯特下令转动帆桁,尽量前侧风行驶。

船员们敏捷地操作着。双桅船以每小时七八海里的速度,朝右舷倾斜,在冰块散落的航道上前进。如果与冰块相遇会使船只受到损坏,船只自然晓得避开接触。如果只是薄薄的冰层,船只便会飞驰上去,用船首斜桅托板代替撞锤破冰。经过一系列的摩擦,噼啪作响,有时整个船身都震颤不已,"哈勒布雷纳"号又找到了自由流动的海水。

最重要的问题是要小心翼翼避免与冰山碰撞。天气晴朗的时候,船只前进没有任何困难,因为无论加速也好,减速也好,都可以及时操作。然而,当频繁的浓雾将能见度的距离缩短为只有一二链的时候,航行自然是十分危险的。

抛开冰山不谈,"哈勒布雷纳"号与冰原碰撞难道就没有危险吗?……当然有,这是无可争辩的。没有观察过的人,根本无法想象这些运动着的巨大冰块具有怎样强大的威力。

那天我们就见到一个这样的冰原,速度并不大,与另一个静止不动的冰原相撞。顿时,整个范围内尖脊破碎,表面动荡,几乎完全覆灭。只剩下大块碎冰,一块压一块地漂浮上来;冰丘耸立,高达一百法尺;有的沉入水下。撞上来的冰原重量达到几百万吨,这有什么可奇怪的呢?……

就在这种情况下,度过了二十四小时,双桅船与大浮冰之间始终保持三四海里的距离。如果更靠近大浮冰,就无异于走上有进无出的崎岖小路。并不是兰·盖伊船长不想靠近,而是十分担心距离过近,会沿着某个通道的出口行驶过去,反而没有发现通道……

"我如果有一艘同航船,"兰·盖伊船长对我说,"就可以更靠近大浮冰前进。进行这种类型的远征,有两只船优点甚多!……可是,'哈勒布雷纳'号是单枪匹马,如果出了事……"

尽管小心操作,谨慎从事,我们的双桅船仍然面临着真正的危险。有时刚刚前进一百杜瓦兹,需要突然刹车,改变方向。有时船首斜桅补助帆桁就要与一大块浮冰相撞。也有时连续几小时,杰姆·韦斯特不得不改变航速,保持低速,以避免冰原的冲击。

总算幸运,海风一直保持着东到东北北方向,没有发生其他变化,使我们得以保持通风航行和后侧风航行的张帆。风力也不特别大。如果转成暴风雨天气,真不知双桅船的命运如何了——或者说,我心中一清二楚:它会连人带物,全部覆灭。

在这种情况下,丝毫不可能顺风漂流,"哈勒布雷纳"号只好在大浮冰脚下搁浅了。

经过长时间的侦察,兰·盖伊船长不得不放弃在陡壁间找寻通道的念头。现在别无他路,只好到大浮冰的东南角去。沿这个方向前进,在纬度上我们不受任何损失。18日白天,测量结果表明,"哈勒布雷纳"号的位置正在73°线上。

我要再重复一次,就在南极海洋中航行而言,恐怕从未遇到过如此顺利的情况了——夏季提早来临,北风保持不变,气温表上指示着平均气温为华氏49度(9.44摄氏度)。毋庸赘言,我们享受着连续白昼,一天二十四小时,太阳的光线不断从天际的各点上照耀着我们。

冰山滴水,汇成数道溪流。小溪侵蚀着冰山的侧壁,又汇成喧嚣的瀑布。沉入水中的基底部分逐渐消耗、重心转移的时候,冰山就会翻转过来。对此要十分小心。

还有两三次，我们靠近大浮冰到两海里的地方。大浮冰不曾受到气温变化影响，任何地方都不产生裂隙，应该说是不可能的。

但是，多方寻找仍一无所获。于是我们又投入自西向东的水流之中。

水流给了我们极大的好处。将我们带走，超过了43°经线，也无须遗憾。当然为了驶向扎拉尔岛，必须使双桅船再度回到43°经线上来。只要有东风，就会将我们吹回原来的航路。

应该指出，这次侦察过程中，地图上画出的陆地或类似陆地的地方，我们在海上一处也没有发现。地图是航海先驱画定的，当然不够完整，但是大体上是相当准确的。我也了解，在指出有陆地存在的位置，船只经过而没有发现陆地，这种情形也很常见。然而，扎拉尔岛绝不可能属于这种情形。"珍妮"号之所以能够抵达，正是因为这一带有自由流动的

大海。今年季节大大提前,在这个方向上我们无须担心遇到什么障碍。

终于,19日下午两三点钟之间,前桅守舵人只听得桅顶瞭望员大喊一声。

"什么事?……"杰姆·韦斯特问道。

"东南方大浮冰切断……"

"再过去呢?……"

"什么也看不见。"

大副攀上桅杆侧支索,转眼之间,已经爬到桅顶。

下面,全体人员等待着,迫不及待的心情难以描述!……也许桅顶瞭望员看错了……也许是视觉幻觉……无论如何,杰姆·韦斯特是不会搞错的!……

观察了十分钟——多么漫长的十分钟啊!——他响亮的声音传到甲板上:

"自由流动的海!"他喊道。

回答他的是齐声欢呼。

双桅船前侧风行驶,尽量逼风航行,向着东南方向驶去。

两小时后,已经绕过了大浮冰的尽头。展现在我们眼前的,是一望无际、闪闪发光的大海,浮冰完全消失了。

第14章　梦幻中的声音

浮冰完全消失了吗？……不！断然肯定这一点，恐怕还为时过早。远处显现出几座冰山，流冰和浮冰群仍向东漂流而去。然而，这一侧，解冻高潮已过，船只已经可以自由航行，海水确实已经自由流动了。

毋庸置疑，正是在这一带海面，沿着这宽阔的海湾溯流而上，威德尔的船只达到了74°纬线，"珍妮"号大概越过这里近六百海里。海湾恰如穿过南极大陆开凿的运河。

"上帝帮助了我们，"兰·盖伊船长对我说道，"但愿上帝施恩于我们，将我们引向目的！"

"一星期之内，"我回答道，"我们的双桅船就能望见扎拉尔岛了。"

"对，如果东风能够保持不变的话，杰奥林先生。请你不要忘记，'哈勒布雷纳'号沿大浮冰前进，直到其东缘，偏离了航路，现在必须让它回到西方来。"

"风向对我们有利，船长……"

"我们一定要充分利用风向。我的意图是开往贝内特岛。我哥哥首先在该岛下船。待我们遥遥望见贝内特岛，就可以肯定方向完全正确了……"

"说不定,我们会在那里发现新的踪迹呢,船长……"

"那倒是可能的,杰奥林先生。等我测量了日高,准确定出我们的位置以后,我们就朝贝内特岛驶去。"还需要查阅我们手头最可靠的导游书籍,这自不待言。我指的是埃德加·爱伦·坡的著作——实际上是阿瑟·皮姆的真实自述。

这本书值得仔细阅读。我反复阅读了几遍,得出了以下结论。

其背景是真实的。"珍妮"号发现扎拉尔岛并在该岛靠岸,这是毫无疑问的。帕特森在漂流的冰块表面上被带走的时候,岛上还有六名遇难幸存者,这一点也毫无疑问。这是故事真实、确凿、不容置疑的一面。

还有另一面——离奇的、过分夸张的、不合情理的臆造。如果他为自己塑造的形象是可信的,是否可将这一面归于叙事者的想象呢?……那些稀奇古怪的事情,据他说乃是在这遥远的南极洲内亲眼所见。但是,事先就认为这都是确切无疑的事实,是否合适?……难道应该认为确实存在着怪人、怪兽吗?……说这个岛屿上土壤性质特殊,流水构成特别,会是真的吗?……阿瑟·皮姆勾勒出草图的带有古埃及文字的岩洞,是否存在?……岛民一见白色便异常恐惧,是否可信?……话又说回来,又为什么不可信呢,既然白色是冬季的外貌、冰雪的颜色,向他们预示着寒季的来临,要他们禁锢在坚冰的牢狱之中?……真的,对那以后所揭示的一系列非同寻常的现象,诸如天际灰色的云雾,黑暗的空间,海洋深处闪光透明的现象,空中瀑布以及耸立在极地之门的雪白巨人等等,到底该作何想法呢?……

在这些问题上,我有所保留,我还在等待。至于兰·盖伊船长,阿瑟·皮姆自述中凡是与被抛弃在扎拉尔岛上的人没有直接关系的事情,他是完全无所谓的。只有这些人的命运,才是他唯一并一直考虑的事情。

既然阿瑟·皮姆的自述就在眼前,我打算逐步研究,区分真伪与想象……我确信,对于最后那些怪事,肯定是找不到任何踪迹的。依我看,这可能是受到《离奇天使》①的启示写出来的。这位美国诗人最发人深思的一部短篇小说中,就有这样一个"离奇天使"。

12月19日那天,我们的双桅船的位置,比"珍妮"号不同年份十八天以后的位置往南一度半。可以得出结论说,客观情况、海流情况、风向、暖季提前到来,这一切都大大帮了我们的忙。

自由流动的海——或者至少是可以航行的海——展现在兰·盖伊船长面前,正如它曾经展现在威廉·盖伊船长面前一样。他们身后,大浮冰的固态巨大块垒,从西北向东北,伸展开去,一望无际。

首先,杰姆·韦斯特打算确认一下,是否如阿瑟·皮姆所说,这海湾里水流奔向南方。按照他的命令,水手长将一条长二百寻的绳子,头上坠上相当的重量,从船尾投入水中,证实了水流方向确实向南——对我们双桅船的前进十分有利。

天空格外晴朗。上午十时和正午,进行了两次极为准确的测量。计算结果表明,我们位于南纬74°45′——这并不使我们感到意外——西经39°15′。

---

① 爱伦·坡的短篇小说。讲的是"我"酗酒无度,不相信生活中那些"离奇故事",认为都是穷酸文人杜撰的想象。但"我"身边离奇的事情一件件发生,"我"不得不相信生活中的确有离奇的故事。

可以看到,大浮冰绵延伸展,迫使我们绕行至其东缘经过,"哈勒布雷纳"号只好向东偏移4°。测出方位后,兰·盖伊船长命令将航向对准西南,一面向南前进,一面逐步回到43°子午线。

我想无须再次提醒诸位。因为没有别的词汇来代替,我仍然使用早晨、晚上等词语,而实际上这既不会有日出也不会有日落的意义。发光的大轮盘,在地平线上空描绘出不间断的螺旋,不停息地照亮了空间。再过几个月,它就要消逝了。在南极冬季寒冷黑暗的漫长阶段中,几乎每日都有极光照亮天空。说不定过些时候,我们也有机会亲眼看见这无法形容的光彩夺目的景象。其电感应强度之大使人难以设想!

根据阿瑟·皮姆的自述,1828年1月1日至4日,由于天气恶劣,"珍妮"号在极其复杂的情况下艰难前进。来自东北方向的狂风将冰块朝着船只投掷过来,几乎将船舵击碎。船只航道又被大浮冰所阻。幸好大浮冰后来给它让出了一条通道。总之,到了1月5日的上午,"珍妮"号才在南纬73°15′的地方,越过了最后的障碍。当时气温为华氏33度(0.56摄氏度),而我们今天温度高达华氏49度(9.44摄氏度)。至于罗盘针的偏角,数字完全相同,即向东偏斜14°28′。

为了用数字指出两艘双桅船日期上各自情况的不同,还有最后一点要加以说明。从1月5日到19日,"珍妮"号用十五天时间前进了十度,即六百海里,这是它与扎拉尔岛之间的距离。而"哈勒布雷纳"号12月19日,距扎拉尔岛只有七度,即四百海里了。如果风向保持不变,本星期到不了周末便可望见这个岛屿——或至少看见贝内特岛。贝内特岛较扎拉尔岛近五十海里左右,兰·盖伊船长打算在那里停泊二十四小时。

航行继续顺利进行,只是偶尔要避开几块浮冰。水流夹带着浮冰向西南流去,时速为四分之一海里。我们的双桅船超过浮冰毫无困难。虽然风力很大,杰姆·韦斯特却装上了高帆,"哈勒布雷纳"号在几乎平静无波的海上轻盈地飘过。视野中一座冰山也没有,阿瑟·皮姆在这个纬度上却望见冰山,有的高达百寻——当然已开始融解。现在船员无须在浓雾中操作,而浓雾曾经妨碍"珍妮"号前进。我们既没有遭到夹杂着冰雹和雪花的狂风袭击,也没有遇到温度降低的现象,而夹带着冰雹和雪片的狂风却有时咆哮着向"珍妮"号袭击,气温下降又使船上水手苦不堪言。只是偶尔有浮冰块从我们的航路上漂过,有的冰块上载着企鹅,恰如游客乘坐着游艇;有的也载着海豹,那黑乎乎的海兽趴在雪白的冰面上,有如巨大的水蛭。小船队的上空,不断掠过海燕、海棋鸟、黑䴗、潜水鸟、鹏鹏、燕鸥、鸬鹚和高纬度地区烟灰色的信天翁。海面上疏疏落落漂浮着肥大的水母,颜色鲜嫩,伸展开来,状如张开的阳伞。双桅船上的渔夫们,用渔线和大鱼叉,捕捉了大量的鱼类。各类鱼中,特别要提出的是鲯鳅,为一种巨型鲷鱼,长三法尺,肉坚实而味鲜美。

平静的一夜。夜间风力有所减弱。第二天早晨,水手长遇到我。他满面笑容,声音爽朗,完全是一个不为日常生活琐事而烦恼的人。

"早上好,杰奥林先生!"他高声喊道。说起来,在这南极地区和一年中的这个季节里,是不可能向人家道"晚上好"的。因为根本不存在晚上,自然也无好坏之分了……

"早上好,赫利格利。"我回答道,准备与这位乐天的健谈者聊上一番。

"喂,越过大浮冰之后展现的洋面,你觉得如何?……"

"我很愿意将它比作瑞典或美洲的大湖。"我回答道。

"对……确切无疑……只是环绕大湖四周的山峦为冰山所代替了!"

"我要多说一句,我们实在大喜过望了,水手长。如果就这样继续航行,一直到遥遥望见扎拉尔岛……"

"为什么不一直到南极呢,杰奥林先生?……"

"南极?……南极很远,而且不知道那儿有什么!……"

"去了不就知道了嘛!"水手长针锋相对地说道,"而且,要想知道,这是唯一的办法!"

"当然,赫利格利,当然……可是'哈勒布雷纳'号根本不是来发现南极的。如果盖伊船长能把你们'珍妮'号的同胞送回祖国,我认为他已经成就了一桩大事业。我想他不会得寸进尺的。"

"好,一言为定,杰奥林先生,一言为定!……不过,当他距离南极只有三四百海里的时候,难道他不会产生去看看的念头?南极是地球转动轴的顶端,就好比一只鸡架在烤扦上一样……"水手长笑着回答。

"这值得再去冒新的危险吗?"我说,"将地理大发现的狂热推进到这种地步,就那么有兴味吗?……"

"也是也不是,杰奥林先生。不过,我承认,比我们以前的航海家走得更远,甚至比我们的后来者也走得更远,是能够满足我作为海员的自尊心的……"

"对……你总是认为多多益善、锦上添花最好,水手长……"

"你算说对了,杰奥林先生。如果有人提议超过扎拉尔岛再向前深入几度,我是绝不会反对的。"

"我认为兰·盖伊船长根本不会往那儿想,水手长……"

"我也这么认为,"赫利格利回答道,"一旦找到他的哥哥和'珍妮'号的五名水手,我想,我们的船长就会火速将他们送回英国!"

"这既十分可能,又很合乎逻辑,水手长。再说,虽说船上老船员都是上司领到哪就跟到哪的人,我想新船员是不肯的。招募他们根本不是为了进行如此漫长、如此危险的远征,要把他们一直带到南极……"

"言之有理,杰奥林先生。要让他们下定决心,恐怕得从过了扎拉尔岛开始,每跨越一度就给一大笔奖金……"

"甚至这样他们还不一定肯去呢!"我回答说。

"对!赫恩和福克兰群岛招募的人——他们构成船上的多数——本来指望连大浮冰也过不了,航行不超过极圈!现在他们已经抱怨走得太远了!……总而言之,我不大清楚将来事情会发生什么变化,但是这个赫恩可是个要警惕的人。我已经在监视他了!"

确实,这个问题从长远来说,即使不构成危险,恐怕也要添麻烦。

夜间——这应该是19日到20日的夜间了——有一阵,一个怪梦扰乱了我的安眠。是的!这只能是一个梦!我认为有必要在这里将这个梦记载下来,因为它再一次证明了,我的头脑已被一些念头死死纠缠,到了无法摆脱的地步。

天气还很寒冷。我在床上躺下,用被子将身体紧紧裹住。一般情况下,晚上九点左右我就入睡,直到第二天清晨五点。

我正睡着——大概是下半夜两点左右——忽然,好像有喃喃低语的声音,如怨如诉,连续不断,将我惊醒。

我睁开眼睛——也可能是我凭空想象,以为我睁开了眼睛。两扇窗子的护窗板都已放下,我的舱室沉浸在一片黑暗之中。

喃喃低语的声音又出现了,我竖起耳朵。仿佛有一个声音——一个我不熟悉的声音——低声耳语:

"皮姆……皮姆……可怜的皮姆!"

显然,这只能是幻听……除非我的房门没上锁,有人钻进了我的舱室?……

"皮姆!……"这声音继续说道,"不要……千万不要忘记可怜的皮姆!……"

这一次,话音响在耳边,我听得真真切切。这个嘱托究竟意味着什么?为什么要告诉我?……不要忘记阿瑟·皮姆?……阿瑟·皮姆不是回到美国以后,突然惨死了吗?……死时究竟情况如何,细节详情无人知晓……

这时我感到自己在胡思乱想。我彻底清醒过来,觉得刚才被噩梦所扰,大概是大脑混乱的缘故……

我一跃跳下床来,推开舱室一扇窗子的护窗板……

我四下瞭望。

双桅船尾部空旷无人。不,只有亨特,站在舵轮旁,眼睛盯着罗经柜。

我只能再睡下。于是我再度上床。虽然耳边仿佛又数次响起阿瑟·皮姆的名字,我仍然睡到清晨。

待我起床时,夜间这段插曲留下的印象已极其模糊,转瞬即逝,很快就消逝得无影无踪了。

兰·盖伊船长经常和我一起反复阅读阿瑟·皮姆的自

述。——请注意,我说的是反复阅读——仿佛这是"哈勒布雷纳"号的航海日记。这一天,当我们又一次重读的时候,我注意到在1月10日这个日期下,提到以下的事实:

  下午,发生了一起事故,非常令人遗憾。而且恰巧是在我们正在航行的这部分海面上。一个原籍纽约的美国人,叫彼得·弗兰登贝格,是"珍妮"号船员中最优秀的水手之一,在两片冰之间滑倒,失足落水,未能被救起。
  这是那次凄惨远征的第一个牺牲者,此后还有多少人要列入不幸的双桅船死难者名单之中呢?

这时兰·盖伊船长和我注意到,根据阿瑟·皮姆的说法,1月10日那天白天天气奇寒,气温状况反常,东北方向来的狂风持续不断,雪雹交加。

那时候,大浮冰高耸在遥远的南天——这说明"珍妮"号当时还没有从西方绕过大浮冰。根据阿瑟·皮姆的自述,"珍妮"号1月14日才绕过大浮冰。"浮冰完全消失"的海洋一直伸展到天边,水流时速半海里。气温为华氏34度(1.11摄氏度),并迅速上升为华氏51度(10.56摄氏度)。

这正是"哈勒布雷纳"号此刻享受到的温度。正如阿瑟·皮姆一样,可以说:"没有一个人怀疑抵达南极的可能性!"

那一天,"珍妮"号船长测量的结果是他们位于纬度81°21′、经度42°5′。这也正是我们船只12月20日上午的所在位置,弧度只差几分。那么,我们径直向贝内特岛驶去,不出二十四小时,小岛就会在望了。

在这一海域航行过程中,没有任何意外事件要向大家叙述。我们的船上没有发生任何特殊事件,而"珍妮"号的日记,在1月17日这个日期,却记载着数起相当离奇的事情。最主要的一件事如下所述,它倒给阿瑟·皮姆及其伙伴德克·彼得斯提供了一个机会,以显示他们的忠心耿耿和勇敢无畏。

将近下午三点钟,桅顶瞭望员辨认出一块漂流的浮冰——这证明,在自由流动的海洋表面上又出现了冰块。浮冰上歇息着一头躯体极为庞大的野兽。威廉·盖伊船长叫人在最大的艇上备好武器,阿瑟·皮姆、德克·彼得斯和"珍妮"号的大副上了小艇。(这大副就是不幸的帕特森,我们在爱德华太子岛与特里斯坦-达库尼亚群岛之间收容了他的尸体。)

野兽是一只北极熊,最长部分有十五法尺,毛粗糙,鬈曲而致密,全身雪白。鼻部呈圆形,与獒犬相似。连中数枪却不倒地。然后这怪兽纵身跃入海中,朝小艇游来。怪兽如果俯身上艇,小艇必然倾覆。德克·彼得斯猛扑上去,将短刀插入它的脊髓。大熊将混血儿卷走。人们扔下一根绳索,才帮助他回到艇上。

人们把大熊拖到"珍妮"号甲板上。除了躯体极为庞大以外,这兽倒也不见任何反常之处。可以将其归入阿瑟·皮姆指出的南极区域怪异四足兽之列。

闲话少叙,言归正传。还是回到我们的"哈勒布雷纳"号上来吧。

北风已停止,且一直不再吹来。只靠水流使双桅船向南移动。速度减慢,我们心情焦急,觉得这简直难以忍受。

终于,21日,测出方位为纬度$82°\,50'$,经度为$42°\,20'$。

贝内特岛——如果存在的话——应该不远了……

是的!……这个小岛果然存在……而且正在阿瑟·皮姆指出的位置上。

将近傍晚六时,一个船员高声叫喊,宣布左舷前方有一片陆地。

第15章　贝内特岛

从极圈算起,"哈勒布雷纳"号已穿越近八百海里航程。现在,贝内特岛已经在望!船员们迫切需要休息:最后几个小时,海风完全停息,他们划着数条小艇牵引双桅船前进,已经累得筋疲力尽。因此推迟到第二天登岸。我又回到舱室。

这次,再没有任何喃喃低语的声音惊扰我的睡眠。刚刚清晨五点,我就上了甲板,是最早来到的一个。

毋庸赘言,在这可疑海域航行需要采取的一切防范措施,杰姆·韦斯特都已采取。船上实行了最严格的警戒。石炮已经炮弹上膛,圆炮弹和弹药筒已运上甲板,长枪和手枪已准备停当,接舷网已准备就绪只待拉起。"珍妮"号遭到扎拉尔岛岛民攻击的情景,人们记忆犹新。我们的双桅船距离那次灾祸发生的地点,不到六十海里。

一夜过去,平安无事。白日来临,"哈勒布雷纳"号四周海面上,没有一条小船出现,海滩上不见一个土著人的踪影。这地方似乎荒无人烟,威廉·盖伊船长在这里也不曾找到人类的踪迹。海岸上既不见茅屋,也不见炊烟从茅屋后面升起。如果有炊烟,当表示贝内特岛有人居住。

我所见到的小岛,与阿瑟·皮姆指出的一模一样,遍地岩石,周长一里,寸草不生,没有任何植物生长的迹象。

我们的双桅船在小岛北面一海里处抛下单锚。兰·盖伊船长告诉我,这个位置绝对不会错。

"杰奥林先生,"他对我说,"你看见东北方向上这个岬角了吗?……"

"看见了,船长。"

"是不是岩石堆积而成,状如棉花球?"

"果然与书中所写毫无二致。"

"那么,我们只要下船到岬角上去就行了,杰奥林先生。说不定我们会在那里找到'珍妮'号船员的踪迹呢,如果他们最终是从扎拉尔岛逃出来了的话……"

关于"哈勒布雷纳"号船上人们的精神状态,容我再说上几句。

几链之地开外,坐落着阿瑟·皮姆和威廉·盖伊十一年前涉足的小岛。"珍妮"号抵达时,远远不是处于有利的情形之中:燃料开始缺乏,败血症症状在船员身上已表现出来。我们的双桅船情形则相反;水手们个个身体健壮,让人见了心情舒畅。后来招募的人背后嘀嘀咕咕,老船员们则表现得热情充沛,满怀希望,对于接近目的地非常满意。

至于兰·盖伊船长此刻的思绪、愿望和迫不及待的心情,是可想而知的……他双眼紧紧盯着贝内特岛,恨不得将它吞掉。

但是,还有一个人,眼光更加死盯盯地望着贝内特岛,这就是亨特。

自从抛锚以来,亨特没有像往常那样在甲板上睡觉,甚至两三个小时打个盹他都不肯。他胳膊肘支在船首右舷舷墙上,宽宽的嘴巴紧闭着,额头上千百条皱纹深陷,从不离开这个位置。他的双眼一刻也不曾离开过岸边。

我再提醒一下,以志备忘。贝内特,是"珍妮"号船长合伙人的名字。"珍妮"号在南极洲这一部分发现的第一块陆地,便用他的名字来命名。

离开"哈勒布雷纳"号以前,兰·盖伊嘱咐大副绝不要放松警戒——其实对杰姆·韦斯特完全无须嘱咐。我们出去探查,大概最多半天时间也就够了。如果到了下午还不见小艇回来,就要派出第二条小艇前去寻找。

"也要注意我们招来的人。"兰·盖伊船长又加了一句。

"放心吧,船长,"大副回答,"你不是需要四个人划桨吗?在新船员中挑四个好了。这样船上可以减少四个捣蛋的。"

这个主意很明智。在赫恩的恶劣影响下,他的福克兰同伴身上,不满情绪日见滋长。

小艇武装好了,四个新船员上艇,坐在船首。应亨特的要求,让他掌舵。兰·盖伊船长、水手长和我,坐在船尾,全副武装,离船向小岛北部驶去。

半小时以后,已经绕过岬角。从近处看,岬角已不像是一堆搓好的棉球。这时小海湾展现出来,"珍妮"号的小艇曾在海湾深处靠岸。

亨特引导我们向小湾驶去。尽可相信他的本能。岩石尖角不时露出水面,亨特操作起来,竟毫厘不差。真以为他对这个登陆地点了如指掌呢……

探查小岛时间不会很长。当初威廉·盖伊船长只用了几个小时就走遍了全岛。任何踪迹,只要存在,是肯定逃不过我们的搜索的。

我们在小湾深处下艇,岸边岩石上铺着单薄的地衣。已经退潮,露出沙底,类似海滩。黑乎乎的大块岩石星罗棋布,有如偌大的钉头。

兰·盖伊船长让我注意观察,这沙质地毯上,有大量长条的软体动物,长度三到十八法寸不等,宽度一到八法寸不等。有的侧身平卧;有的爬行寻找阳光,吞食微生物。珊瑚即由这种微生物所形成。果然,在两三处地方,我观察到好几个支权梢梢,那是正在形成的珊瑚。

"这种软体动物,"兰·盖伊船长告诉我说,"就是人称之为海参的东西,中国人十分欣赏。我之所以要你注意这个问题,杰奥林先生,是因为'珍妮'号来到这一海域,本来的目的就是捕获海参。你大概没有忘记,我哥哥曾经与扎拉尔岛首领'太聪明'进行洽谈,为了提交几百担这种软体动物,在岸边修建了库房,三个人应该负责加工产品。在这期间,双桅船则继续进行其地理大发现的远征……最后,在什么情况下,'珍妮'号受到攻击,船只被毁,你大概都还记得……"

是的!这一切详细情形我都记忆犹新。就连阿瑟·皮姆对海参的详细描述我都记得一清二楚。这就是居维埃①称之为腹足类的动物。它颇类似一种虫,一种青虫,没有甲壳,没有足,只长着有弹性的环节。从沙滩上将这种软体动物拾起来以后,沿长短方向劈开,摘除肚肠,清洗干净,煮熟,埋在土里几小时,然后放在阳光下暴晒。一俟晒干并装桶,就运到中国去。在天子帝国的市

---

① 居维埃(1769—1832),法国动物学家、古生物学家。

场上,海参和另一种被认为是补品的燕窝一样,身价百倍。头等质量的货色,可卖到九十美元一担——等于一百三十三点五英镑——而且不仅在广州,就是在新加坡、巴达维亚①、马尼拉也是如此。

我们一踏上岸边岩石,便留下两个人看守小艇。兰·盖伊船长、水手长、亨特和我,由另外两人陪同,往贝内特岛中心方向走去。

亨特走在前面,一直沉默不语。我与兰·盖伊船长和水手长有时交谈几句。亨特俨然是我们的向导。对这一点我忍不住发表几句议论。

这都无关紧要。最重要的是,不全面侦察完毕就不回船。

我们脚踏的土地异常干旱,不宜生长任何作物,也不可能提供人的食物来源——哪怕是野人,到此也无法生活。

这里除了一种带刺的仙人掌以外,任何植物都不生长。最广适性的反刍类,其要求恐怕也得不到满足,人又怎么能生活呢?如果威廉·盖伊及其伙伴,在"珍妮"号失事之后无处躲藏,逃到这小岛之上,饥饿定然早已摧毁了他们最后一个人的生命。

小岛中央有一不高的圆形小丘。站在小丘上,整个小岛一览无余。所见之处一片荒芜……说不定什么地方有人的足迹,炉灶柴灰的残迹,坍倒的茅屋吧?总之,是否有保留下来的"珍妮"号的几个人可能来过的物证呢?我们怀着认真查实的强烈愿望,决定从小艇靠岸的小梅湾深处开始,将沿岸周围巡视一遍……

从小丘上下来以后,亨特又走在前面,仿佛事先已经商定他

---

① 巴达维亚,今印度尼西亚首都雅加达。

为我们引路一般。他朝小岛最南端走去,我们也就跟随着他。

到了尽头,亨特的目光环视四周,弯下身去。在乱石中间,他把一块已烂掉一半的木材指给我们看。

"我想起来了!……"我大叫起来,"阿瑟·皮姆提到过这块木材,好像是一条小船艏柱上的,上有雕刻的痕迹……"

"我哥哥认为那个图案是乌龟……"兰·盖伊船长补充道。

"是这样,"我接口说道,"但据阿瑟·皮姆说,这种相似十分牵强。这倒无关紧要。既然这块木材还放在书中指出的位置上,那么可以得出结论说,从'珍妮'号在此停泊到现在,没有一艘船的船员踏上过贝内特岛。我认为,在这里找寻任何踪迹都是浪费时间,我们的注意力应该集中在扎拉尔岛……"

"对!……在扎拉尔岛!"兰·盖伊船长回答道。

我们折回海湾方向,在海潮冲积地附近沿着岩石边缘前进。好几处显现出珊瑚的雏形。至于海参,其数量之多,我们的双桅船完全可以满载而归。

亨特一言不发,眼光低垂,不停地向前走。

我们则放眼远望,只见茫茫大海,无边无际。北面,"哈勒布雷纳"号露出桅杆,随着船只的摇摆而轻轻晃动。南面,没有任何陆地模样的东西显现出来。无论如何我们不可能在这个方向上辨认出扎拉尔岛来。该岛位于弧度30′以南的地方,距此尚有三十海里。

小岛四周已经踏遍,剩下的事,就是返回船上,毫不迟疑地准备开往扎拉尔岛了。

我们沿东岸海滩返回。亨特走在前面,距离我们十几步的光景。忽然他停住脚步。这一次,他做了一个急促的手势招呼我们。

我们飞快地来到他的面前。

刚才他看见木板时,没有流露出一丝一毫惊异的表情。这次,他跪在丢弃在沙滩上的一块木板前,神情却完全改变。木板已被虫蛀坏,他用一双大手抚摸着它,仔细地触摸,仿佛要感受它的凸凹不平,要在木板的表面上找到什么可能有意义的印痕……

这块木板,长五六法尺,宽六法寸,橡木心做成,估计是一艘规模相当大的船只上面的——可能是数百吨的一只船。风吹雨淋,它蒙上了厚厚的污垢,原来的黑漆已不可见。更特别的是,它似乎来自一艘大船的艉部,带船名的船板。

水手长指出了这一点。

"对……对……"兰·盖伊船长连连称是,"是一截艉部船名板!"

亨特一直跪在地上,大脑袋不时点头,表示同意。

"可是,"我答道,"这块木板只能是船只失事以后抛到贝内特岛上来的……一定是逆流在大海上碰上了它,然后……"

"如果这是……"兰·盖伊船长大叫起来。

我们两人不约而同,想到一处去了。

亨特将木板上书写的七八个字母指给我们看——不是漆在上面的,而是凹刻在上面,用手指可以触摸得到的。我们见了,大惊失色,呆若木鸡,内心的激动,非言语所能形容……木板上的几个字母容易辨认,是两个名词,排成两行:

      AN

  LI E PO L

JANE LIVERPOOL！利物浦的"珍妮"号！……威廉·盖伊船长指挥的双桅帆船！……时光抹去了其中一些字母，又有什么关系？……残留的字母难道不足以说明船名和船籍港吗？……利物浦的"珍妮"号！……

兰·盖伊船长将木板拿在手中，双唇贴上去，大颗泪珠从眼中滚落下来……

这是"珍妮"号的残骸，被爆炸抛掷四处，又被逆流或者冰块一直带到这片海滩上！……

我一言不发，让兰·盖伊船长自己平静下来。

至于亨特，我从未见过他的眼睛这样炯炯发光——他的隼眼熠熠生辉，遥望南天……

兰·盖伊船长站起身来。

亨特仍然沉默不语，将木板扛在肩上，我们继续赶路……

环岛一周结束，我们在海湾深处留下两名水手看守小艇的地方稍事休息。下午两点半左右，我们回到船上。

兰·盖伊船长打算在这锚地待到第二天，指望有北风或者东风吹来。但愿如此。否则用小艇将"哈勒布雷纳"号一直牵引到扎拉尔岛附近，实在难以设想！虽然水流，特别是满潮时，是朝着这个方向，但要走完这三十几海里的路程，恐怕两天时间都不够用。

于是推迟到日出时再准备开船。下半夜三点左右开始刮起了微风。双桅帆船不致耽搁许久便能抵达航行的最终目的地，终于有了希望。

12月23日清晨六时半，"哈勒布雷纳"号万事齐备，航向直指正南，离开了贝内特岛的锚地。确切无疑的是，对扎拉尔岛发生的灾难，我们又搜集到了新的可靠的证据。

推动我们前进的海风微弱,泄了气的船帆频繁地拍打着桅杆。幸运的是,水砣探测表明海流向南伸展,依然不变。前进速度相当缓慢,兰·盖伊船长担心三十六小时之内恐怕都无法辨识出扎拉尔岛的方位了。

这一天,我非常仔细地观察了海水,我觉得并不如阿瑟·皮姆形容的那样湛蓝。"珍妮"号船上采集到的长着红色浆果的一丛丛带刺的植物,我们一株也不曾遇到过。还有一种动物,长三尺,高六寸,四肢短小,脚上长着长长的珊瑚色利爪,体躯雪白,柔软如丝,尾巴似鼠,头部似猫,两耳低垂又类狗,牙齿鲜红。这种南极怪兽,我们也没有见到一只。许许多多类似的细节,我一直认为颇为可疑,恐怕纯粹出于想象力过于丰富的本能。

我坐在船尾,手捧埃德加·爱伦·坡的书,仔细阅读。同时,我也不是没有发现,亨特在舱面室值班的时候,不停地注视着我,那种执着的神情不同往常。

恰巧我读到第17章的末尾,阿瑟·皮姆在这里承认,自己对这些"悲惨而血腥的事件"负有责任,因为这是"他的建议产生的后果"。确实,是他使威廉·盖伊船长从犹疑不定到下定了决心,是他极力鼓动威廉·盖伊船长"利用这诱人的机会解决南极大陆这个伟大的问题!"他一面承认自己有责任,一面不是还自吹自擂什么"做了一项伟大发现的工具"吗?不是还说什么"有许多激动人心的秘密始终占据着他的注意力。从科学的角度来看,他以某种方式为揭开其中的一桩秘密做出了贡献"吗?……

这一天,大量鲸鱼在"哈勒布雷纳"经过的洋面上嬉戏。无数的信天翁从空中掠过,向南方飞去。浮冰则一块也看不见了。在遥远的地平线上,甚至望不见冰原闪闪烁烁的反射光。

海风不见有增强的趋势,云雾蔽日。

贝内特岛最后的轮廓消逝时,已经是下午五点。从大清早到现在才走了这么一点路啊!……

对罗盘每小时进行观察,变化已经可以忽略不计——这证实了书中的说法。水手长用了二百寻的长线,几次测深都不见底。幸好水流的方向还能使双桅船缓缓向南前进,时速只有半海里。

刚到六点,太阳就消逝在黑暗的雾障后面,继续勾画其长长的下旋线去了。

海风减弱,几乎察觉不到了。我们焦躁不安,忍受着这种折磨。如果继续耽搁下去,如果偶尔风向再改变,该怎么办呢?这里的海面估计根本无法躲避暴风雨。一阵狂风席卷过来,就会将双桅船抛向北方。那样,赫恩和他的同伴可就"占了便宜",在某种程度上证明他们的责难是有道理的了。

到了下半夜,风力加大,"哈勒布雷纳"号航速可以提高到十二海里左右了。

第二天,12月24日,我们所在方位为纬度83°2′、经度43°5′。

"哈勒布雷纳"号距离扎拉尔岛方位只有弧度18′了——不到一度的三分之一,即不到二十海里……

不幸得很,中午开始,风又停了。靠着水流的力量,傍晚六点四十五分,终于抵达扎拉尔岛。

锚一抛下,便高度警戒,炮弹上膛,长枪放在手边,接舷网就位。

"哈勒布雷纳"号不会有遭到偷袭的危险。船上每一只眼睛都在警戒着——尤其是亨特,他的眼睛一分钟也不曾离开过这南极区域的地平线。

第16章　扎拉尔岛

一夜平安无事。没有一条小船离开岛屿,没有一个土著人在岸边出现。从中可以得到的唯一结论,就是居民大概住在内地。的确,根据原书,我们知道,要步行三四小时才能抵达扎拉尔岛的主要村落。

看来,"哈勒布雷纳"号的抵达神不知鬼不觉。这样当然更好。

昨天,我们在距岸边三海里处抛锚,水深十寻。

今晨刚刚六点就起锚,双桅船在晨风的帮助下,来到另一处锚地。这里距珊瑚带半海里。珊瑚带与太平洋中的珊瑚环礁十分相似。在这个距离上,统观全岛轻而易举。

扎拉尔岛呈现的外貌是:方圆九到十海里——阿瑟·皮姆并未提及这一点——海岸极为陡峭,难以靠近;寸草不生的、灰黑色的条形平地,镶嵌在一连串不高的小丘之中。我再重复一遍,海岸荒无人烟。海面上或小湾里看不见一艘船。岩石顶上不见升起一缕炊烟,仿佛这里没有一个居民。

十一年来究竟发生了什么事情?……可能土著人的首领,那个"太聪明"已经不在人世了?即使如此,那么岛上相当众多的人口呢?威廉·盖伊呢?英国双桅船的幸存者呢?……

"珍妮"号在这一海域出现,是扎拉尔人第一次看见一艘大船。他们一上船,便以为那是一只巨兽,把桅杆当成四肢,船帆当成衣服。现在他们应该知道这是怎么回事了。那么,他们不主动来看望我们,这种异常谨慎的举动,又该归之何故呢?……

"下水,大艇!"兰·盖伊船长用迫不及待的声音指挥道。

命令立即被执行。兰·盖伊船长对大副说道:"杰姆,叫八个人下艇,由马尔丁·霍特掌舵。你留在锚地,警戒陆地和海上……"

"放心吧,船长。"

"我们上岸去,设法走到克罗克-克罗克村。如果海面上发生麻烦事,打三响石炮通知我们……"

"一言为定,三响之间每隔一分钟。"大副回答道。

"如果天黑以前还不见我们回来,派出第二条武装齐备的小艇,由水手长带领十个人出发,叫他们停在距岸边一链之地,准备接应我们。"

"一定照办。"

"任何情况下,你不要离船,杰姆……"

"绝不离开。"

"如果你竭尽全力都没有找到我们,便由你负责指挥双桅船,开回福克兰群岛……"

"一言为定。"

大艇已迅速装备完毕。八位船员上船,包括马尔丁·霍特和亨特。每人都带着长枪、手枪,子弹袋装满,短刀别在腰间。

这时我走上前去,说道:"船长,你不需要我陪同你上岸吗?……"

"如果这对你合适的话,杰奥林先生……"我回到自己舱室,拿起长枪——一支双响猎枪——火药壶、铅沙袋、几颗子弹。我赶上了兰·盖伊船长,他在艇尾给我留了一个位置。

大艇下水,奋力操桨,朝礁石前进,去发现1828年1月19日阿瑟·皮姆和德克·彼得斯乘坐"珍妮"号的小艇穿过的航道。

就在那时,坐在长长独木舟里的土著人出现了……威廉·盖伊船长向他们挥动一方白手帕以示友谊……。他们答之以"阿那姆—姆"和"拉玛—拉玛"的喊声……船长允许他们及其酋长"太聪明"上船。

书中称这时在土著人和"珍妮"号的船员之间建立起了友好的关系。决定双桅船返程时装载一船海参。在阿瑟·皮姆的唆使下,双桅船将要一直向南方推进。众所周知,几天以后,2月1日那天,威廉·盖伊船长及其手下的三十一个人完全成了克罗克-克罗克山谷伏击战的牺牲品。留下看守"珍妮"号的六个人,在"珍妮"号被爆炸摧毁时,竟无一人得以逃生。

我们的大艇沿礁石前行二十分钟。亨特一发现航道,便沿着航道前进,最后到达一处狭窄的岩石断口。

艇上留下两名水手,驾艇穿过二百杜瓦兹宽的小湾,回到航道入口处,将缆绳头上的铁钩钩在岩石上。

我们小队沿着崎岖的峡谷攀缘而上,这峡谷通往岸边的山脊。亨特走在前面,我们向岛屿中心走去。

兰·盖伊船长和我,边走边对当地景色交换意见。照阿瑟·皮姆的说法,这个地方,"与迄今为止开化人类所游览过的任何土地都迥然不同"。

眼前所见确实如此。我只能说,平原上总的色调为黑色,仿佛其腐殖土为火山灰所形成。举目望去,没有任何"白的"东西。

又走了一百步,亨特朝一大块岩石跑去。一到跟前,就攀登上去,动作轻捷,犹如一只比利牛斯岩羚羊。他直立岩顶,环顾方圆几海里的空间。

亨特的表情,似乎是一个人完全"转了向"的样子!

"他怎么啦?……"兰·盖伊船长仔细瞧着他,问我道。

"他怎么啦?"我回道,"我可不知道,船长。不过,你不会不了解,这人身上什么都怪,他的举止完全无法解释。从某些方面说,他倒值得列入阿瑟·皮姆认为在这个岛上遇到的新人之中!……甚至好像……"

"好像……"兰·盖伊船长重复一句。

我话未说完,便高声叫道:"船长,你昨天测量日高的时候,肯定测得准确吗?……"

"当然。"

"我们的方位是……"

"纬度83°20′,经度43°5′……"

"准确吗?……"

"准确。"

"那么无须怀疑,这个岛屿就是扎拉尔岛了?……"

"杰奥林先生,如果扎拉尔岛确实位于阿瑟·皮姆指出的方位,那就无须怀疑。"

确实,对此不能产生任何怀疑。如果阿瑟·皮姆对于用几度几分表示的岛屿方位没有搞错,那么,我们的小队已在亨特带领下穿过这个地区,对阿瑟·皮姆关于这个地区叙述的真实性,又该做何感想呢?他谈到很多稀奇古怪的、对他来说是完全陌生的事物……他谈到这里的树木,没有一株与热带、温带、北寒带的树木相类似,甚至与南半球低纬度地区的树木也不相类似——这是他的原话……他谈到这里的岩石,无论体积大小,还是层理现象,都构成新鲜事物……他谈到神奇的小溪,河床里流动着表面不透明的无法描述的液体,类似融化的阿拉伯橡胶,分成清晰的条纹,呈现出闪光绸缎般的各种光亮,用刀刃将条纹划开以后,黏合的强度并不能使之合拢……

但是,这一切都不存在,或者说,这一切都不复存在了!田野中没有一株大树,没有一棵灌木,没有一棵小灌木……克罗克-克罗克村蜿蜒其中的树木葱茏的山丘,不见踪影……"珍妮"号船员不敢饮水止渴的小溪,我一条也没看见——甚至一滴普通的或异常的水滴也没有见到……到处是可怕的、令人沮丧的、完全裸露的不毛之地!

亨特仍然快步前进,没有流露出丝毫犹疑不定的神情。仿佛天然的本能在引导着他,正如燕子、信鸽能够抄最近的路回巢一样——"鸟飞式",我们美国人则说"蜜蜂飞式"。不知道是一种什么预感驱使我们跟随着他,就好像他是最优秀的向导,跟"皮袜子"①,"狡猾的狐狸"②一样!……归根结底,说不定他与费尼莫尔·库柏笔下的这些英雄人物是同乡呢!……

我不能不再次重复一下,展现在我们眼前的,绝非是阿瑟·皮姆描绘的神话世界。我们脚下的土壤,是饱受践踏,经历了浩劫、发生过痉挛的土壤。土壤色黑……是的……乌黑而枯焦,仿佛是在冲天大火力量的作用下,从地球的脏腑中喷吐出来的。似乎发生过可怕的无法抵御的灾难,震撼了整个地表。

自述中提到的动物,无论是瓦里纳里亚种鸭,加拉帕戈斯龟,体大如鸥的黑鸟,尾巴成簇状、腿似羚羊的黑猪、黑毛绵羊,还是黑色羽毛的巨型信天翁等等,我们一种也没有见到。甚至在南极海域数量众多的企鹅,仿佛也逃离了这块变得无法居住的土地……这是最可怕的荒芜地带,一派凄凉景象!

没有人类……没有一个人……无论岛的内部还是岸边都是如此!

在这一片荒凉之中,是否还有可能找到威廉·盖伊及"珍妮"

---

① 美国小说家费尼莫尔·库柏(1789—1851)描写印第安人的小说中,有一个侠客纳蒂·培姆菩,绰号叫"皮袜子"。
② 亦为费尼莫尔·库柏小说中的人物。

号的幸存者呢?……

我望望兰·盖伊船长。他面色苍白,眉头紧皱。再清楚不过地表明,他的心已经开始凉了……

我们最后来到谷地。从前,谷地的褶皱环抱着克罗克-克罗克村。这里,也和别处一样,是完全被人遗弃的景象。没有一间住房——本来有住房的时节,也是极其简陋的。无论是将大张黑兽皮铺在离地四法尺高处锯断的大树干上搭成的"杨普斯",用砍下的树枝搭成的茅屋,还是在山丘上紧贴着黑色岩石削壁挖成的洞穴,那黑石与漂白土颇为相像……都无影无踪。还有那条流水潺潺、沿谷底而下的小溪,如今又在何方?那在黑沙河床上流淌的神奇的河水,又逃到哪里去了呢?……

扎拉尔岛的居民,男子几乎全身赤裸,有的披一张黑色兽皮,手执长矛和狼牙棒;女子身躯挺拔,体格高大,结结实实,举止行动富有一种独特的风韵和落落大方,在任何开化了的社会中都无法找到——这也是阿瑟·皮姆的原话,还有尾随他们的成群的孩子……是的!那黑皮肤、黑头发、黑牙齿的土著人的世界,见了白色便惊恐万状的土著人,都到哪里去了呢?……

"太聪明"的陋室由四张大兽皮构成,用木钉将兽皮连成一片,用木桩钉在地上将四周固定。我们到处寻觅这间陋室而不可得……我甚至没有辨认出其旧址来!……从前,正是在这里,威廉·盖伊、阿瑟·皮姆、德克·彼得斯以及他们的伙伴受到颇有几分敬意的接待,室外聚集着大群的岛民……正是在这里设宴招待他们,席间上了一道菜,是他们从未见过的一种动物的内脏,端上来时还在抽搐。"太聪明"及其手下人狼吞虎咽,其贪婪程度令人作呕……

这时,我头脑中突然灵光一现,有如神示。我悟出了岛上发生的事情,如此荒凉的原因所在,土地仍保留着痕迹的大动荡来自何方……

"一次地震!……"我大叫起来。是的,这些地区,海水渗进地下,地震是司空见惯的事情,只要猛烈震撼那么两三下,就足够了!……某一日,地下积累起来的蒸气冲开一条通道,便会摧毁地表上的一切……

"一次地震使扎拉尔岛变成了这般模样?……"兰·盖伊船长喃喃低语道。

"是的,船长,而且地震毁灭了岛上特有的植物……流淌着奇特液体的溪流……奇异的自然景色。现在这一切都埋葬于土壤深处,我们找不到任何痕迹了!……阿瑟·皮姆从前见到的情景,再不复见了!……"

亨特已经走过来倾听了一会儿。他的大脑袋抬起来又低下去,表示赞同。

"南极海域不正是火山地区吗?"我接着说下去,"如果'哈勒布雷纳'号将我们带到维多利亚地,我们不是会看到正在喷发的埃里伯斯火山和'恐怖'火山吗?……"

"可是,"马尔丁·霍特提醒道,"若是火山爆发了的话,应该看见熔岩呀……"

"我并没有说有过火山爆发,"我回答帆篷师傅说,"而是说一次地震将大地完全翻了个!"

我仔细考虑一番,觉得这个解释可以成立。

这时我脑海中又浮现出另一件事:根据阿瑟·皮姆的自述,扎拉尔岛属于向西方蜿蜒伸展的一个群岛。如果扎拉尔岛的居民没有被地震毁灭,则可能逃到附近的某一个岛上去了。所以最好是去探查一下这个群岛。天灾之后,在扎拉尔岛无法生存。"珍妮"号的幸存者说不定离开了扎拉尔岛,在群岛上一个什么地方找到了避难所……

我把这个想法对兰·盖伊船长谈了。

"对,"他大叫起来,热泪夺眶而出,"对!……很可能!……可是,我哥哥和他的难友们有什么逃走的办法呢?他们全在地震中遇难了,这种可能性岂不更大?……"

亨特做了一个手势,那意思是:跟我来!我们便跟他走了。

他深入谷地,走了两枪射程那么远,便站住了。

展现在我们眼前的,是多么凄惨的景象!

这里,白骨成山,堆堆胸骨、胫骨、股骨、脊椎骨、构成人的骨骼、骨架的各种碎片,没有一片肌肉。成堆的骷髅,有的还带着几缕头发——总之,堆积成山,一片雪白!……

面对这非同寻常的白骨堆,我们目瞪口呆,不寒而栗!

难道岛上数千之多的居民,剩下的就是这个吗?……如果他们全部死于地震,那又该如何解释这些残骸散失在土地表面而不是埋在地下这一现象呢?……而且,这些土著人,男女老幼,地震来时全然猝不及防,一律毫无准备,来不及驾船逃到群岛中其他岛屿上去,这种假设是否成立呢?……

我们木然地站在那里,沮丧、绝望,一句话也说不出来!

"哥哥……我可怜的哥哥!"兰·盖伊船长跪下去,嘴里叨念着。

再仔细想一下,有些事情是我无法接受的。例如,这场灾难与帕特森记事簿上的笔记,怎样解释才能相符?笔记中清清楚楚地说明，七个月以前，"珍妮"号的大副将他的伙伴留在了扎拉尔岛。所以他们不可能死于地震，因为从白骨堆积的状况来判断，地震发生的时间可上溯到数年之前；而且是在阿瑟·皮姆和德克·彼得斯离开岛屿之后，因为自述中没有谈及地震……

实际上，这是说不通的。如果地震是新近发生的，那么，风吹雨淋已经发白的残骸的存在，就不能用地震来解释。总之，"珍妮"号的幸存者不在其中……可是……他们又在哪里呢？……

克罗克-克罗克山谷到此已不再向前延伸，我们只好沿原路折回，回到沿海地带。

我们沿着山坡刚刚走出半海里，亨特又停住脚步。他站在几块几乎成为粉末的碎骨片前。骨片不像是人骨。

这是不是阿瑟·皮姆描绘的某一怪兽的残骸呢？直到现在我们还没有见过一个怪兽的标本……

亨特嘴里发出一声呼喊——更确切地说，是野兽般的吼叫。

他的大手向我们伸过来，手里举着一个金属项圈……

对！……一个铜项圈……已被氧化腐蚀了一半，上面镌刻的几个字母尚可辨认。

这些字母组成三个词，这就是：

老虎。——阿瑟·皮姆——

"老虎！"，这是它的主人藏在"逆戟鲸"号货舱里的时候，救了主人一命的纽芬兰狗的名字！……这是已经表现出恐水症症状的"老虎"！……是在船上哗变时，扑到水手琼斯脖子上去的"老虎"！然后德克·彼得斯就把琼斯干掉了！……

如此说来,这条无限忠诚的狗,在"逆戟鲸"号失事时并没有丧命……它也和阿瑟·皮姆、混血儿一起被救上了"珍妮"号……然而小说中未提及此事。甚至在没有遇到双桅船以前,就早已不提到狗了……

千百个相互矛盾的念头在我头脑中翻腾……我不知道该怎样圆满解释这些事实……然而,"老虎"与阿瑟·皮姆同样遇险被救,跟随阿瑟·皮姆直到扎拉尔岛,克罗克-克罗克小山崩坍它劫后余生,最终死于毁灭了扎拉尔岛部分居民的这场灾难,这该是确切无疑的……

这再一次证明,威廉·盖伊及其五名水手不可能在盖地的白骨之中。因为帕特森七个月以前离开时,他们还活着,而这场灾难已发生了数年!……

再没有发现任何其他情况。三小时以后,我们回到了"哈勒布雷纳"号船上。

兰·盖伊船长回到自己舱室,闭门不出,晚饭时也没有露面。

我认为尊重他的痛苦更为合适,并不设法见他。

第二天,我很想再次上岛,从这一岸边到另一岸边重新搜索一遍。我请求大副派人送我前往。

杰姆·韦斯特征得兰·盖伊船长的允许之后,同意了我的请求。兰·盖伊船长没有和我们同来。

亨特、水手长、马尔丁·霍特、四名水手和我,上了小艇。既然无须惧怕什么,也就没有携带武器。

仍在前一天下艇的地方下艇。亨特再次引导我们向克罗克-克罗克小山走去。

到达以后,我们立即沿狭窄的沟壑而上。当初阿瑟·皮姆、德克·彼得斯和艾伦,与威廉·盖伊及其手下的二十九名伙伴相互阻隔,就是穿过裂隙深入这沟壑之中的。裂隙从滑腻的物质中冲刷出来,好像是一种相当易碎的滑石。

这里,峭壁的残迹已不复存在,估计也在地震时消逝了,几株榛树掩蔽着工事的裂隙也已不存在;通往迷宫的黑暗的走廊也不存在了,当初艾伦就在这里窒息而死;平坦的高台——阿瑟·皮姆和混血儿曾在那里目睹土著小船攻击双桅帆船,亲耳听到造成数千人死亡的爆炸声——也已化为乌有。

人工崩坍中被削平的小山,无影无踪。当初"珍妮"号的船长、大副帕特森及五名水手侥幸未死,逃得一条活命……

迷宫也同样踪迹全无。迷宫内环形相互交叉,形成字母,字母组成词,词又组成一句话。阿瑟·皮姆在书中复述了这句话,第一行意为"是白的",第二行意为"南部地区"!

就这样,小山、克罗克-克罗克村以及一切赋予扎拉尔岛以神秘风貌的事物全部消逝了。到如今,毫无疑问,这些令人难以置信的发现,其中的奥秘是永远不会向任何人揭示出来了!……

我们只好沿东海岸回到双桅船上去。

亨特要我们穿过库房的地点。搭设库房本来是准备加工海参的。我们只见到一些残迹。

毋庸赘言,没有"特克力—力"的喊声在我们耳畔回响——那是岛上居民和空中掠过的黑色巨鸟发出的叫声……到处是荒芜凄凉,寂静无声!

我们最后停步的地点,是阿瑟·皮姆和德克·彼得斯夺取小船的地方。后来小船载着他们向更高纬度地区驶去……直到阴暗云雾笼罩的天际,其开裂处隐约现出巨大的人类面庞……雪白的巨人……

亨特，双臂交叉在胸前，眼睛死死盯着一望无际的大海。

"喂，亨特？……"我对他说道。

亨特似乎没听见我的话，他甚至没朝我转过头来。

"我们在这儿干什么？……"我触触他的肩膀，问道。

他惊跳起来，看我一眼，那目光直刺我心。

"喂，亨特，"赫利格利叫道，"怎么？你要在这块岩石上扎下根去吗？……你没看见'哈勒布雷纳'号在锚地等着我们吗？……回去吧！……我们明天就开路！……在这没事可做了！"

我仿佛看见亨特颤抖的双唇将"没事"这个词重复了好几遍。他的整个神情都表现出对水手长的话极为不满……

小艇带我们回到船上。

兰·盖伊船长一直未离开他的舱室。

杰姆·韦斯特没有得到准备开船的命令，在船尾踱着方步，等待着。

我在主桅脚下坐下来，观赏着在我们面前自由敞开的大海。

这时，兰·盖伊船长从舱面室中走出，面色苍白，肌肉痉挛。

"杰奥林先生，"他对我说，"我意识到我已经竭尽全力了！……对我哥哥威廉以及他的伙伴们，我还能抱什么希望呢？……不！……应该返回了……在冬季尚未……"

兰·盖伊船长挺起身躯，朝扎拉尔岛最后望了一眼。

"明天，杰姆，"他说，"明天我们一大早就准备出发……"

这时，只听得有人用粗大的嗓门喊出几个字来：

"那皮姆……可怜的皮姆呢？……"

这声音……我辨认出来了……

这正是我在梦幻中听到的声音！

第 二 部

袁树仁 李葆捷 译

第1章 那皮姆呢？

兰·盖伊船长决定第二天立即从扎拉尔岛起锚北撤,这次远征毫无结果地结束,放弃到南极海洋其他地区去寻找英国双桅船的遇险者,这一切都在我的头脑中翻腾起伏。

根据帕特森的笔记,那六个人几个月以前还在这一海域,"哈勒布雷纳"号怎能抛弃他们呢？……难道船员们不能将人道赋予他们的使命彻底完成吗？……地震以后,扎拉尔岛已难于栖身,"珍妮"号的幸存者可能逃到某个陆地或岛屿上去了。难道不需要竭尽全力去发现这陆地或岛屿吗？……

圣诞节刚刚过去,现在只不过十二月底,南极的暖季还刚刚开始。夏季有整整两个月的时间,我们完全可以航行穿过南极洲的这一部分,并在可怕的冬季到来之前返回极圈。可是,"哈勒布雷纳"号却要掉头北返了……

是的,这正是"赞成"这么做的一面。"反对"的一面,我不得不承认,也言之有据,有一系列真正值得考虑的理由。

首先,迄今为止,"哈勒布雷纳"号尚未盲目航行过。按照阿瑟·皮姆指出的路线,船只直向明确预定的地点——扎拉尔岛驶来。根据不幸的帕特森的笔记可以肯定,我们船长在这个方位已知的岛上会找到威廉·盖伊和其他五名水手,他们从克罗克-克罗克山谷的伏击中死里逃生。可是在扎拉尔岛上,我们既没有找到这些人,也没有发现任何土著人。不知道何时发生的一场什么灾难将土著人全部毁灭了。这场灾难在帕特森走后突然发生,也就是说,距现在不到七八个月时间。他们几个人是否在灾难之前得以逃走了呢?……

总而言之,问题归结为极简单的二难推理:

要么认为"珍妮"号的船员已经死亡,"哈勒布雷纳"号刻不容缓地返回;要么认为他们得以幸存,不应放弃搜寻。

如果相信二难推理的第二点,最合适的做法,难道不是将书中指出的西部岛群逐个搜遍吗?西部岛群可能幸免于地震之灾……此外,这些九死一生的人会不会逃到南极洲的其他部分去了呢?……在这自由流动的海洋上,难道不存在为数众多的群岛吗?……阿瑟·皮姆和混血儿的小船曾在这海洋上漫游,他们一直抵达何处,无人知晓……

如果他们的小船真的被带到南纬84°以外的地方,在那既没有海岛土地又没有大陆土地的浩瀚大洋中,小船在哪里靠岸呢?我已反复指出,故事的结尾完全是怪诞奇特、似是而非、不合逻辑的东西,从疯疯癫癫的人头脑中的幻觉而产生出来……啊!如果兰·盖伊船长有幸在德克·彼得斯隐居的伊利诺伊州找到了他,或者德克·彼得斯就在"哈勒布雷纳"号上,他现在对我们该是多么有用!……

话又说回来,如果决定继续远征,在这神秘的海域里,我们的双桅船又该驶向何方?……那时我要说,船只不是只好盲目前进吗?

另外还有一个困难:对这样一次前途未卜的航行,"哈勒布雷纳"号的船员们是否完全同意去碰运气,向极地纵深挺进呢?将来返回美洲或非洲海洋时,可能会遇到无法逾越的极地大浮冰……

确实,再过几个星期,将要面临南极的严冬。那时天寒地冻,大雷狂风,现在尚可自由航行的海域将完全封冻,寸步难行。想到可能被禁锢在冰天雪地、寒风刺骨的南极海洋上长达七八个月之久,甚至不敢肯定是否能在什么地方登陆,这难道不会使最勇敢的人退缩吗?"珍妮"号的幸存者,我们在扎拉尔岛上未能找到他们,再去找寻希望也很渺茫。上司难道有权为此而拿船员的性命去冒险吗?……

兰·盖伊船长从前一天晚上开始就一直在考虑这个问题。想到再也没有任何希望能够重见他的哥哥及其难友,他心如刀绞。内心极度的痛苦使他声音颤抖,他下达了命令:"明早返航!天亮起锚!"

我感到,当初他决定前进时,表现出极大的魄力;现在决定后退,恐怕也需要同样的魄力。远征失败在他心中激起言语无法形容的悲痛。现在既然决心已下,他就要强忍自己的痛苦了。

我承认,我感到非常失望。最令人痛心的是,这场远征竟落得如此结局。当初我那样热切地关注"珍妮"号的探险,现在只要能够穿过南极洲的海洋继续寻找,我都希望不要中断这项工作……

是啊,如果处于我们的位置,多少航海家都会极力解决南极的地理问题!事实上,"哈勒布雷纳"号已超越威德尔的船只抵达的地区,扎拉尔岛距离子午线交叉的一点已不到七度。看来没有任何障碍可以阻止"哈勒布雷纳"号向最高的纬度挺进。船只距离南极不过四百海里,在这特殊的季节里,海风和水流很可能将它推进到地轴的极点……如果自由流动的大海一直伸展到那里，则只需几天工夫……如果存在着大陆，也只要几个星期就够了……但是实际上我们没有一个人想去南极。"哈勒布雷纳"号冒险闯进南极海洋，并不是为了征服南极！

假设兰·盖伊船长强烈希望航行到更远的地方去继续搜寻，并已得到韦斯特、水手长和老船员的支持，他是否能使福克兰群岛招募的那二十个人下定决心呢？渔猎手赫恩一直在他们之中进行蛊惑人心的煽动……不！兰·盖伊船长是不可能信任这部分人的，他们在船上占多数。他已经将他们带到扎拉尔岛这个纬度，他们肯定会拒绝进一步深入南极海洋去冒险。这大概是我们船长决定向北返航的原因之一，尽管这样他本人要忍受极大的痛苦……

就在我们认为这场远征当告不了了之的时候，突然听到："那皮姆……可怜的皮姆呢？……"

这句话令我们惊讶的程度是可想而知的。

我转过身去……

刚才说话的是亨特。

这个怪人，站在舱室旁一动不动，两眼盯着海天相连的远方……

这艘船上，人们非常不习惯听到亨特的声音。甚至这似乎是他上船以来第一次在众人面前说话。船员们出于好奇，围在他的身边。我预感到，他那出人意料的话语，难道不是揭示着某种异乎寻常的东西吗？……

杰姆·韦斯特挥动手臂，让船员们都到船头上去。只留下大副、水手长、帆篷师傅马尔丁·霍特和捻缝师傅哈迪。这几个人自认为是得到允许和我们一起留下来的。

兰·盖伊船长走到亨特面前，问道："刚才你说什么？……"

"我说:'那皮姆……可怜的皮姆呢?'……"

"你在我们面前呼唤这个人的名字干什么?正是这个人出的坏主意将我哥哥引到这个岛上。在这里,'珍妮'号被毁,大部分船员被害。七个月前这里还有人,可是如今我们连个人影也没有找到……"

亨特一声不响。

兰·盖伊船长满怀怨恨,再也克制不住自己,他高声叫道:

"快回答!"

亨特犹疑不定绝非出于他不知道回答什么,而是由于他表达自己的思想有一定困难,这点从下面可以看到。虽然他的话语断断续续,词语之间勉强相连,然而他的思想脉络却很清楚。总之,他有一种自己独特的语言,有时很形象化。他发音带有浓重的西部印第安人口音,有些嘶哑。

"是这样……"他说,"我说不清楚……我的舌头很笨……请理解我……我提到了皮姆……可怜的皮姆……是吧?……"

"对!"大副简短地回答,"关于皮姆,你有什么要对我们说的?……"

"我要说……不要丢弃他……"

"不要丢弃他?……"我高声叫道。

"别……千万不要……"亨特又说,"请想一想这……这多么残酷……太残酷了!……我们一定要去寻找他……"

"去寻找他?……"船长重复着这句话。

"请理解我……我就是为了这个才登上'哈勒布雷纳'号的……对……就是为了找到……可怜的皮姆……"

"那么,他在哪儿?"我问道,"他不是在坟墓里吗?在他家乡的墓地里吗？……"

"不……他在他留下的地方……独自一人……就一个人。"亨特回答，将手伸向南方，"从那时起，太阳已在地平线上升起了十一次①！"

亨特显然指的是南极地区……但是他打算干什么呢？……

"你不知道阿瑟·皮姆已经死了吗？……"兰·盖伊船长问道。

"死！……"亨特又说道，用富有表情的动作强调这一字眼，"不！……请听我说……我知道这事……请理解我……他没有死……"

"亨特，你忘了吗？"我说道，"在阿瑟·皮姆历险记的最后一章，埃德加·爱伦·坡不是说他突然惨死了吗？……"

说真的，这个神秘的人物究竟是怎么死的，美国诗人并没有交代清楚，我一直感到这是个疑点！那么，皮姆之死这个谜是不是就要揭开了呢？因为根据亨特的说法，皮姆根本没有从南极地区回来……

兰·盖伊和我一样感到迷惑不解。他命令道："亨特，你给我说清楚，你好好想一想……不要着急……把你要说的都说清楚！"

亨特手抚前额，似乎在竭力回忆遥远的往事。这时我提醒船长说：

"这个人如果没疯的话，他的话里还是有些新玩意儿的……"

水手长听见这话，摇了摇头。在他看来，亨特根本神经不正常。

---

① 这里指的是南极的极昼极夜，每年升起一次太阳，半年才落下，然后进入半年的黑夜。皮姆失踪十一年了，所以说太阳在地平线上升起了十一次。

亨特也听懂了我的意思,他用生硬的口气叫道:

"不!……我没疯……那边,大草原上①,那些人是疯子!……人们不相信他们的话,可还敬重他们!……我……应该相信我!……不!……皮姆没有死!……"

"可是埃德加·爱伦·坡肯定他已经死了!"我说道。

"对!我知道……埃德加·爱伦·坡这个人……他住在巴尔的摩……但是……他从未见过皮姆……从来没有……"

"怎么?"兰·盖伊船长高声叫道,"这两个人互不相识吗?……"

"不相识!"亨特回答。

"不是阿瑟·皮姆本人向埃德加·爱伦·坡讲述了他的冒险经历吗?……"

"不是!……船长……不是!"亨特回答,"埃德加·爱伦·坡……巴尔的摩的那个人……他只是得到了皮姆写的日记,从藏身'逆戟鲸'号那一天开始写起,直到最后时刻……最后……你懂我的意思了吧!……"

很明显,亨特担心大家不理解他的意思,所以再三重复这句话。即使如此,我也不能否认,他说的话似乎很难为人们接受。照他的说法,阿瑟·皮姆从来未与埃德加·爱伦·坡发生过关系?……美国诗人见到的只不过是在这奇特的航行过程中逐日写出的日记?……

"那这本日记是谁带回来的呢?……"兰·盖伊船长抓住亨特的手问他。

---

① 指北美洲的大草原,此处指美国。

"是皮姆的伙伴……混血儿德克·彼得斯……他爱皮姆犹如自己的子女……是他独自一人从那里返回的……"

"混血儿德克·彼得斯？……"我高声叫道。

"是的!"

"一个人回来的？……"

"一个人。"

"那皮姆可能在……"

"那边!"亨特大声回答,倾身向着南部地区,凝望着那边。

如此肯定的回答,是否能够打消全体一致的怀疑呢？……当然不能! 马尔丁·霍特用胳膊肘捅了水手长一下。两个人现出可怜亨特的样子。韦斯特不动声色地观察着他。兰·盖伊船长向我做个手势,那意思是说:这个可怜的家伙话语之中,没有一丝一毫正经的东西,他的神经可能早已错乱了。

可是,我仔细端详亨特时,我感到遇到的是让人笃信不疑的目光。

于是,我想方设法探问他,向他提出一些确切而又咄咄逼人的问题。对这些问题,他都竭力给予一系列肯定的答复,而从来没有自相矛盾过。从下面这段话可以看得出来。

"你听着……"我问道,"阿瑟·皮姆和德克·彼得斯一起从'逆戟鲸'号船上被救以后,他确实到了'珍妮'号上,一直抵达扎拉尔岛吗？……"

"是的。"

"威廉·盖伊船长去克罗克-克罗克村时,阿瑟·皮姆、混血儿和另一个水手一起,离开了他们的伙伴,是吗？……"

"是的……"亨特回答,"水手艾伦……后来很快就闷死在石头下边了……"

"后来,他们两人全都从小山顶上亲眼看见了双桅船被袭击和被焚毁的情形吗?……"

"是的……"

"过了不久,他们两人又从土著人那里夺得一条小船。土著人试图夺回小船,未能成功。然后他们两人离开了扎拉尔岛,是这样吗?……"

"是的……"

"二十天以后,他们两人来到了雾障前面,两个人都被卷进了白茫茫的深渊之中,是吗?……"

这一次,亨特回答得不果断了……他踌躇着,断断续续又含糊其词地说着……看来,他在竭力思索,试图重新燃起他那半熄灭了的记忆的火焰……最后,他注视着我,摇了摇头说:

"不是两个……请理解我……德克·彼得斯从未对我说过……"

"德克·彼得斯?……"船长急切地问道,"你认识德克·彼得斯?……"

"认识……"

"在什么地方?……"

"凡代利亚……伊利诺伊州……"

"关于这次航行的全部情况,你是从他那里得来的吗?……"

"是从他那儿。"

"那么,他是独自一人回来的……独自一人……从那边……把阿瑟·皮姆扔了?……"

"独自一人。"

"你说下去……说下去呀!"我高声叫道。

说真的,我已经迫不及待了。怎么?亨特认识德克·彼得斯?亨特从德克·彼得斯那里了解到了我原来以为永远不会为人所知的事情……这历险的结局他也知道!……

这时,亨特回答了。句子时断时续,然而意思明确。

"是的……那里……有一个雾障……混血儿常跟我说……请理解我……他们两人,阿瑟·皮姆和他……坐在那条扎拉尔小船上……后来……一个冰块……一块巨大的浮冰向他们冲过来……一撞,德克·彼得斯掉到了海里……但是,他又抓住了浮冰……爬了上去……请明白我的意思……他看见小船被水流卷走……远了……更远了……越来越远!……皮姆力图与他的伙伴会合,但是白费力气……没有成功……小船就这样走远了……走远了!而皮姆……可怜的亲爱的皮姆被卷走了……没有回来的是他……他在那边……一直在那边……"

当他说到"可怜的亲爱的皮姆"的时候,就是德克·彼得斯本人,恐怕也不会更激动、更有力、更动情了。

此时,真相已经大白——还有什么理由怀疑呢?——阿瑟·皮姆和混血儿是在雾障前分手的。……

如果说阿瑟·皮姆继续向更高的纬度驶去,那么,他的伙伴德克·彼得斯又是怎样返回北方的呢?怎样越过极地大浮冰返回……越过极圈……回到美国的呢?他将阿瑟·皮姆的记录带回美国,并被埃德加·爱伦·坡得知。

向亨特提出的各种很细微的问题,他都一一做了回答。他说,这是根据混血儿跟他多次谈过的事实回答的。

据他说,德克·彼得斯攀住浮冰块爬上去时,阿瑟·皮姆的记事簿正在他的口袋里。就这样救出了这本笔记,以后又提供给了美国小说家。

"请理解我……"亨特又说道,"我对你们说的,与我从德克·彼得斯那里听来的毫厘不差……当他被浮冰带走时,他曾拼命叫喊……皮姆,可怜的皮姆已经消失在雾障之中……混血儿靠捕生鱼为食,又被一股逆流带回了扎拉尔岛。他上岛时,已经饿得半死了……"

"上了扎拉尔岛?……"兰·盖伊船长惊叫起来,"他离开扎拉尔岛多长时间了?……"

"已经三个星期……对……最多三个星期……德克·彼得斯对我说的……"

"那么,他应该见到'珍妮'号幸存下来的船员……"兰·盖伊船长问道,"我哥哥威廉和与他一起幸存下来的人了?……"

"没有见到……"亨特回答,"德克·彼得斯一直以为他们全部遇难了……是的……全死了!……岛上一个人都没有了……"

"一个人都没有了?……"我对这个肯定的说法非常吃惊。

"一个人都没有了!"亨特郑重地说。

"扎拉尔岛上的居民呢?……"

"一个人都没有……我对你说……一个人都没有了!……成了荒岛……是的……一片荒凉!……"

这与我们原来认为确定无疑的某些事实完全相反。看来,很可能是这样:德克·彼得斯回到扎拉尔岛上时,那里的居民,由于惧怕什么东西,已经逃到西南方的岛群上去了。而威廉·盖伊和他的伙伴们却还隐藏在克罗克-克罗克峡谷中。这就是为什么混血儿没有遇到他们的原故,也是"珍妮"号的幸存者再也无须担心岛民的袭击,而在岛上得以停留十一年之久的原故。另一方面,既然七个月前帕特森离开时他们还在那里,而我们却再也找不到他们的踪影,那是因为自地震发生后,他们再也找不到食物,只好离开了扎拉尔岛……

"那么,"兰·盖伊船长又问道,"德克·彼得斯返回时,岛上一个居民也没有了?……"

"一个人也没有了……"亨特又重复一遍,"一个人也没有了……混血儿没有遇到一个土著人……"

"那德克·彼得斯怎么办呢?……"水手长问道。

"请理解我……"亨特回答,"有一只被丢弃的小船……在港湾深处……船里有一些干肉和几桶淡水。混血儿一下子扑上去……后来有一股南风……是南风……风力很大……就是和逆流一起将他的浮冰块带回扎拉尔岛的南风……又将他带走了……过了一个星期又一个星期,靠近大浮冰,他通过了一条水道……请你们相信我……我只是重复德克·彼得斯多次对我讲过的事情……是……一条水道……后来他越过了极圈……"

"那以后呢?……"我追问道。

"那以后……他被一艘美国捕鲸船'瑟恩迪-河湾'号救起,并被带回美国。"

如果相信亨特的叙述是真实的——这是完全可能的——至少关于德克·彼得斯这一部分,这南极地区可怕的悲剧结局就是如此了。回到美国后,混血儿与埃德加·爱伦·坡建立了联系。埃德加·爱伦·坡当时是《南方文讯》的出版人。于是阿瑟·皮姆的记录就演变成这奇特的故事。直到今天人们仍然认为它是臆造出来的,其实不然,只是书中缺少最后的结局而已。

说到美国作家作品中虚构的部分,无疑是最后几章中那些奇特的情节。除非阿瑟·皮姆在最后时刻受梦幻驱使,认为他透过雾障看到了那些超自然的神奇现象……

不管怎么说,埃德加·爱伦·坡根本不认识阿瑟·皮姆,这一事实已经得到了证实。因此,他让阿瑟·皮姆突然惨死,又不说明死亡的性质和原因,为的是给读者留下一个捉摸不定而又富于刺激性的最后印象。

如果阿瑟·皮姆根本就没有回来,认为他在离开了伙伴以后,并没有立即死亡,虽然他已失踪十一年之久,但他仍然活着,是否有什么道理呢?

"是的……有啊!"亨特回答。

他深信不疑地肯定这一点。这深刻的信念,是德克·彼得斯灌输在他的灵魂之中的。他和德克·彼得斯曾一起住在伊利诺伊州内地凡代利亚小镇上。

现在要了解

的是,亨特的理智是否健全?……不是他吗,有一次精神病发作——我对此不再怀疑——窜进我的舱室内,在我耳边喃喃道出以下几个字:

"那皮姆……可怜的皮姆呢?……"

对!……我当时并不是在梦幻之中。

总而言之,如果亨特刚才说的全部属实,如果他仅仅如实报告德克·彼得斯向他倾吐的秘密,他用急迫哀怜的声音反复说着:"皮姆没有死!……皮姆在那边!……不要抛弃可怜的皮姆!"这些话的时候,是否应该相信他呢?

我结束了对亨特的询问以后,深深受到震动的兰·盖伊船长终于从沉思状态中清醒过来。他用粗暴的声音发出命令:

"全体船员到后甲板集合!"

双桅船的船员们聚集到他的身旁,他说:"亨特!你听我说,我要向你提出一些问题,你要好好考虑其严重性!"

亨特抬起头,目光扫视着"哈勒布雷纳"号的船员们。

"亨特,你敢肯定,刚才你讲的关于阿瑟·皮姆的话都是事实吗?……"

"是事实!"亨特回答道,他做了一个果断的手势来加强肯定的语气。

"你认识德克·彼得斯……"

"是的。"

"你和他在伊利诺伊州一起生活过多少年?……"

"九年。"

"他经常向你谈起这些事情吗?……"

"是的。"

"你不怀疑他对你讲的都是真情实话吧?"

"不。"

"那么,他从来没想到过,'珍妮'号有几位船员会留在扎拉尔岛上吧?……"

"没有。"

"他以为威廉·盖伊和他的同伴都在克罗克-克罗克山谷崩坍中遇难了吗?……"

"是的……而且据他多次与我讲过的……皮姆也这么认为。"

"你最后一次见到德克·彼得斯是在哪里?……"

"在凡代利亚。"

"有多久了?……"

"两年多了。"

"你们两人谁先离开凡代利亚的,是你还是他?……"

我仿佛觉得亨特回答时稍微犹疑了一下。

"我们一块离开的……"他说道。

"你去了哪里?……"

"福克兰群岛。"

"他呢?……"

"他!"亨特重复了一下。

他的目光最后停留在帆篷师傅马尔丁·霍特身上。亨特曾在一次暴风雨中冒着生命危险救过他的命。

"喂,"船长又问,"听明白我问你的话了吗?……"

"是的。"

"那么……回答吧!……德克·彼得斯离开伊利诺伊州,他离开美国了吗?……"

"是的。"
"到哪里去了?……说!……"
"去福克兰群岛!"
"他现在在哪里?……"
"在你面前!"

第 2 章 下定决心

德克·彼得斯！……眼前的亨特就是阿瑟·皮姆的忠实伙伴、混血儿德克·彼得斯！兰·盖伊船长在美国花了那么多时间寻找而没有找到的人,现在竟然出人意料地出现在他的面前。说不定德克·彼得斯的出现会为我们继续这次远征提供新的依据……

如果哪位敏感的读者在此以前,已经从亨特这个人物身上认出了德克·彼得斯,早已料到这戏剧性的一幕,并不使我感到惊讶。相反,如果不是这样,我反倒要感到奇怪了。

确实,这样考虑问题是极其自然、极其明确的。兰·盖伊船长和我曾反复阅读埃德加·爱伦·坡的著作,书中有以极其准确的笔触勾画出的德克·彼得斯的肖像,而我们竟然从未怀疑过,从福克兰群岛上船的这个人与混血儿就是一个人！……这不足以证明,我们缺乏敏锐的观察力吗？……这一点我很同意。然而在某种程度上,也可以得到解释。

的确,亨特身上印第安人血统的固有特征很显著。这本是德克·彼得斯的血统,他属于西部的乌波撒洛卡部族。这本来应该导致我们弄清事实真相。但是,请诸位认真考虑一下德克·彼得斯向兰·盖伊船长自荐的情形。那种情况下,我们不会对他的身份提出任何怀疑。亨特住在远离伊利诺伊州的福克兰群岛,置身于不同国籍的水手之中。水手们等待捕鱼季节到来，以便登上捕鲸船……上船以后，他对我们一直极为疏远……这一次是第一次听他讲话。迄今为止，至少从他的态度来看，根本使人想不到他隐瞒了真名实姓……从刚才的情况可以看到，只是在我们船长最后极力追问之下，他才吐露了德克·彼得斯这个名字。

亨特的外表不同寻常，相当特殊，本应引起我们的注意。是的，现在我想起来了——自双桅船越过极圈、在这自由流动的海上航行以来，他的表现与众不同……他的目光总是注视着南方地平线……他的手也总是本能地伸向这个方向……在贝内特岛，他仿佛旧地重游；在岛上，他搜寻到了"珍妮"号船外壳的残骸。最后，在扎拉尔岛……在那里，他总是走在前面，俨然一个向导。我们跟随着他，穿过历经劫难的平原，一直走到克罗克-克罗克村的废墟。村庄位于山谷入口处，距小山不远。山中从前有迷宫般的山洞，现在已没有任何痕迹了……这一切本应使我们清醒起来——至少使我——，想到这个亨特可能与阿瑟·皮姆的历险有关联！……

可是，无论兰·盖伊船长，还是他的乘客杰奥林，都似乎戴上了眼罩！……我承认，埃德加·爱伦·坡那本书的某些章节本应使我们很容易看出这个问题，我们两人却视而不见！

总而言之，无须怀疑，亨特确是德克·彼得斯。尽管已过了十一年，他依然与阿瑟·皮姆描述的一模一样。确实，故事中提到的凶猛的外表不复存在了。据阿瑟·皮姆说，那也不过是"表面的凶猛"而已。身体方面，丝毫未变——五短身材，发达的肌肉，"赫尔克列斯的模具中浇铸出来的"四肢。他那双手，"又宽又厚，勉强类似人手的形状"，胳膊和双腿弯曲，脑袋大得异乎寻常，大嘴咧开有脸庞那么宽,嘴里露出"长长的牙齿,嘴唇甚至连一部分牙齿都遮盖不住"。我再重复一次,这些特征,与我们在福克兰群岛招募的这个人完全符合。但是,在他的面孔上,却再也找不到与"魔鬼的快乐"相仿的表情,那正是他快乐的征象。

随着年龄、经历、生活的坎坷及他亲身经历的那些令人恐怖的事情,混血儿已经改变。正如阿瑟·皮姆所说,"这些变故完全超出常规,令人难以置信。"是的!正是各种艰难困苦的考验深深地消磨了德克·彼得斯的精神!这都无关紧要。他正是阿瑟·皮姆的忠实伙伴,他数次救过阿瑟·皮姆的性命,他正是爱阿瑟·皮姆如同自己的儿子一般的德克·彼得斯!他一直期望着,有朝一日,会在南极洲的一片荒凉之中重新找到阿瑟·皮姆。他从来没有灰心过!

为什么德克·彼得斯要化名为亨特隐居于福克兰群岛呢?登上"哈勒布雷纳"号以后,他为什么还要保持这个匿名呢?既然他知道,兰·盖伊船长的意图,就是全力以赴沿着"珍妮"号的航线去拯救他的同胞们,为什么他还不说出自己的真名实姓呢?……

为什么?……可能他担心他的名字会令人厌恶。确实,他参与了"逆戟鲸"号上那些令人不寒而栗的事件……他打死了船员帕克,饥餐渴饮了死者的血肉!……除非他披露了自己的真实姓名,才能使"哈勒布雷纳"号如他所希望的那样,去试图寻找阿瑟·皮姆,他才会这样做。

混血儿在伊利诺伊州住了几年。他之所以来到福克兰群岛居住,是因为他想抓住一切机会重返南极海洋。登上"哈勒布雷纳"号的时候,他就打算,待兰·盖伊船长在扎拉尔岛找到他的同胞以后,再极力促使船长下定决心驶向更高纬度,以便寻找阿瑟·

皮姆……但是,说一个十一年前遇险的人,现在仍活在世上,哪一个神经正常的人会相信呢?……至少扎拉尔岛上可以找到食物,使威廉·盖伊船长及其伙伴得以维系生命。此外,帕特森的笔记也肯定说,当他离开的时候,他们还在那里……可是,说阿瑟·皮姆还活着,又有什么证据呢?……

然而,面对德克·彼得斯如此断言——我应该承认,他如此断言,没有任何确实的证据——我思想上并不如一般设想的那样难以接受……不!……当混血儿高声叫着:"皮姆没有死……皮姆还在那边……千万不要抛弃皮姆!"的时候,这呼声确实动我心弦……

这时我想到了埃德加·爱伦·坡。我想,如果"哈勒布雷纳"号真的将那个他已宣布"突然悲惨"死去的人带回去,他会是怎样的态度呢?可能无地自容了吧!……

毫无疑问,自从我决心参加"哈勒布雷纳"号的远征以来,我已经不是原来那个既现实又冷静的人了。不是吗,一说到阿瑟·皮姆,我立即感到我的心脏像德克·彼得斯一样,剧烈地跳动。撤离扎拉尔岛返回北方,驶向大西洋,这个念头使我心头不快。这不是推卸人道主义的责任吗?拯救一个被遗弃在南极洲冰雪荒原上的不幸的人,这是我们的责任!……

我们为此经历了千难万险,但是没有获得任何结果。现在请求兰·盖伊船长同意双桅船在深海中继续向前推进,并且再度得到船员们的齐心努力,这可能要遭到拒绝。这种场合,不正是我开口的时候吗?……而且我感觉到,德克·彼得斯已将为他可怜的皮姆申辩的希望寄托在我的身上!

混血儿身份公开以后,随之而来的是长时间的沉默。肯定没有人怀疑其真实性。他说得清清楚楚："我是德克·彼得斯；就是从前的那个德克·彼得斯。"

关于阿瑟·皮姆，说他从未返回美国，说他离开了他的伙伴，与扎拉尔小船一起被带往南极地区，这个事实本身是可以令人接受的，没有任何理由认为德克·彼得斯在说假话。但是，如混血儿所声称的那样，认为阿瑟·皮姆还活在人世；如混血儿所要求的那样，冒着新的危险，刻不容缓地投入对阿瑟·皮姆的寻找，说这是我们应尽的义务，那就是另外一个问题了。

我已决心支持德克·彼得斯，却又担心提出这个问题一开始就会四面受敌。于是我又回到容易被人接受的观点上，即对我们在扎拉尔岛上没有发现威廉·盖伊船长及其五名水手提出质疑。

"朋友们，"我说，"在做出最后决定之前，最好冷静地分析一下形势。我们的远征仍有成功的可能，这时候放弃它，难道不会给我们铸成终生的遗憾和无法弥补的悔恨吗？……船长，请你再三考虑考虑。我的伙伴们，你们也想一想。大约七个月以前，不幸的帕特森把你们的同胞留在扎拉尔岛上，那时他们还是生龙活虎的！……他们之所以还在那里，是因为十一年来，岛上提供的食物使他们得以生存下来。岛上一部分土著人已经死去，具体情况如何，我们尚不了解。另一部分土著人可能转移到附近的某个岛上去了。这样他们也无需惧怕岛上居民了。……这是显而易见的，我看没有什么可以驳倒这些……"

对我刚说完的话，没有一个人答话，的确也没有什么需要回答的。

"我们之所以没有找到'珍妮'号船长及其下属，"我激动起来,继续说下去,"这是因为,自从帕特森走后,他们已被迫放弃了扎拉尔岛……出于什么原因呢?……在我看来,是地震使岛屿遭到严重破坏,以至无法居住。他们只要有一条本地小船,就可以顺着来自北方的水流,或者到达另外一座岛屿,或者到达南极大陆某一点上……我肯定事情是这样发生的,我并不认为我想得太玄……总而言之,我知道的,我反复说明的,就是:如果我们不去继续寻找,就是前功尽弃。这可事关你们同胞的性命!"

我用目光探询我的听众们……没有任何反应。

兰·盖伊船长,非常激动,低垂着头。他感到我言之有理,我谈到人道主义的责任,指出了品德高尚的人唯一应该采取的行动就应该是这样。

"应该怎么办呢?"我停顿了一下,又说道,"需要再跨越几度纬线。而这是在海面可以自由航行的时候,在我们起码还有两个月的暖季的时候。我们无须惧怕南极的冬天,我并不要求你们冒着冬季的严寒去做这件事。'哈勒布雷纳'号给养储备充分,船员身体健康,人手齐备,船上尚未发生任何疾病,而我们却犹豫不决!……我们用臆想的各种危险把自己吓住了!……我们没有勇气向那里继续前进了……"

我用手指着南方地平线方向,德克·彼得斯默默无言,他用威严的手势,也指着南方。他的手势就是无声的语言!

大家仍然目不转睛地看着我们,这一次还是没有答话!

肯定,在八九个星期里,双桅船可以穿越这一海域继续向前,没有太大的危险。现在才12月26日,而以前的数次远征是在一月、二月甚至三月进行的,如别林斯高晋、比斯科、肯德尔、威德尔的远征,都在严寒封冻通道之前,就转舵向北了。他们的船只在南极地区不曾像"哈勒布雷纳"号深入得这么远,因为我们可以指望天气情况良好,而他们并没有遇到我们这样好的天气。

我强调指出这种种论据,期待着有人赞同。但是没有一个人愿意承担这赞同的责任……

死一般的寂静,每个人都低垂着眼睛……

然而,我一次也没有提到阿瑟·皮姆的名字,也没有支持德克·彼得斯的建议。如果我提到这些,回答我的肯定是耸耸肩膀,甚至对我进行人身威胁呢!

我正在思忖是否能够将我心中充满的信心灌输到我的伙伴们的心里去,这时兰·盖伊船长发言了:"德克·彼得斯,"他说,"你能肯定,你和阿瑟·皮姆离开扎拉尔岛以后,在南方方向上,你们曾隐约见到陆地吗?……"

"是的……有陆地……"混血儿回答道,"岛屿或大陆……请听我说……我想……在那里……我肯定……皮姆……可怜的皮姆……正在那里等待人们去救援……"

"可能威廉·盖伊和他的伙伴也在那里等待着呢……"为了将这场争论引导到更为有利的局面,我高声喊道。

这些隐约见到的陆地,就是一个目标,一个比较容易达到的目标!"哈勒布雷纳"号并不是盲目航行……"珍妮"号的幸存者可能藏身在什么地方,"哈勒布雷纳"号就向哪里驶去……

兰·盖伊船长沉思片刻,又接着说下去:"德克·彼得斯,超越84°以后,真有故事中提到的云雾屏障遮住地平线吗?……你亲眼看到了吗?……还有悬空的瀑布和阿瑟·皮姆的小船进去就失踪了的深渊,你都亲眼看见了吗?……"

混血儿朝我们这边看看,又朝那边看看,然后摇了摇他那大脑袋。

"我不知道……"他说,"船长,你问什么?……云雾屏障吗?……是的……可能有……在往南方向上也有像是陆地的地方……"

很明显,德克·彼得斯从未阅读过埃德加·爱伦·坡的那本书,他很可能目不识丁。他交出阿瑟·皮姆的日记以后,就从未过问过它的出版问题。他先是隐居在伊利诺伊州,后来又到了福克兰群岛,他做梦也没料到这本著作会造成如此巨大的影响,也从未料到我们伟大的诗人会给这奇特的经历加上虚构的和令人难以置信的结局!……

阿瑟·皮姆以其超自然的天性,以为看到了这些神奇的景象,实际上只是出于他那想象力极为丰富的大脑,这不也是可能的吗?……

这时杰姆·韦斯特说话了,这是争论以来他第一次开口。他是否同意我的意见,是否我的论据打动了他,他最后是否同意继续这次远征,我说不准。

总而言之,他只是问道:"船长……你的命令呢?……"

兰·盖伊船长转向船员们。老船员和新船员簇拥着他。而渔猎手赫恩待在靠后边一点的地方,准备在他认为必要时,就讲上几句。

兰·盖伊船长用探询的目光扫视着水手长及其同伴们。水手长对他忠心耿耿,毫无保留。他是否从其他人的态度中看出对继续航行表示某种赞同,我不大清楚。我听到从他嘴边低声道出这句话:

"啊!我一个人说了算就好啦!……全体船员都保证赞成我就好啦!"

事实上,如果大家不协调一致,就无法进行新的搜寻。

这时,赫恩说话了,出口不逊:"我们离开福克兰群岛已经两个多月了……我的伙伴们被雇用时,是讲明了的,过了极地大浮冰以后,航行不超过扎拉尔岛……"

"不对!"兰·盖伊船长被赫恩的话语激怒,大声说道,"不是这样!我招募你们,是为了进行远征。我想走到哪里就走到哪里,这是我的权利!"

"船长,对不起,"赫恩用生硬的口气接着说道,"现在我们已经到了任何航海家从未到过的地方……除了'珍妮'号以外,没有任何船只冒险来过这里……我和我的同伴们都认为,最好是在寒季到来之前返回福克兰群岛……如果你们高兴的话,你们可以再从福克兰群岛重返扎拉尔岛,甚至一直开到南极去!"

这时,听到赞同的低语。毫无疑问,渔猎手的话反映了多数人的心情,具体来说,就是这批新船员的心情。违背他们的意志,要求这些桀骜不驯的人服从指挥,并且在这种情况下,冒险穿越遥远的南极海域,这是鲁莽的行为,甚至可以说是疯狂的举动,可能导致灾难性的后果。

这时,杰姆·韦斯特说话了。他向赫恩走去,以威胁的口吻说道:

"谁叫你说话了?……"

"不是船长问我们吗?"赫恩顶撞道,"我有权回答。"

他讲这句话时,口气十分傲慢,大副——一般是极为冷静的——真要过去教训他一顿。这时兰·盖伊船长做了一个手势制止了他,只是说道:

"杰姆,别发火!……除非大家都同意,否则是毫无办法的!"

然后他转向水手长说:"你的意见呢,赫利格利?……"

"船长,我的意见很清楚,"水手长回答,"无论你下达什么命令,我都服从!……只要有救出威廉·盖伊和其他人的一线希望,就不要丢弃他们,这是我们的责任啊!"

水手长停顿了一下。这时,好几名水手,德拉普、罗杰斯、格雷希恩、斯特恩、伯里,都明确表示赞同。

"关于阿瑟·皮姆……"水手长又说道。

"这不关阿瑟·皮姆的事!"兰·盖伊船长态度激烈地反驳说,"而是关系到我的哥哥威廉·盖伊……及他的同伴……"

这时我看到德克·彼得斯要提出抗议,我赶紧拉住他的胳膊。他气得发抖,但还是忍住了。

是的,再提阿瑟·皮姆,这还不是时候。寄希望于将来,准备利用这次航行的偶然机会,让人们自己不知不觉地——甚至是自然而然地——卷进去吧!我认为不能采取什么别的方法。但我认为应该用更直接的办法去帮助德克·彼得斯。

兰·盖伊船长继续询问船员们。对那些他可以信得过的人,他也逐个地了解一下。所有的老船员都同意他的建议,并且保证服从他的命令,绝不讨价还价。只要他需要,他走到哪里,他们就跟到哪里。

有几个新船员也学着这些正直人的样子,赞同船长的意见。只有三个人,而且都是英国人,似乎都赞同赫恩的意见。在他们看来,"哈勒布雷纳"号的远征,到扎拉尔岛已经结束。因此他们拒绝继续前进,正式提出掉头北返,以便在暖季的最好时期越过大浮冰……

将近二十人持这种意见。毫无疑问,赫恩表达了他们真实的心情。双桅船要向南行驶,强迫他们协助操纵船只,那是要激起他们造反的。

为了使这些对赫恩言听计从的水手们回心转意,没有别的办法,只有强烈刺激他们的贪欲,拨动金钱这根弦。于是我再次发言,语气坚定,不使任何人怀疑我提议的严肃性:

"'哈勒布雷纳'号的海员们,"我说道,"请你们听我说!……为了在极地进行考察航行,许多国家颁发奖金。我也一样,为本船船员提供一笔奖金。越过南纬84°以后,每前进一度,给你们两千美元!"

每人合七十美元左右,这显然是有诱惑力的。

我感到这一招很灵。

"我说话算话,"我又补充一句,"我去向兰·盖伊船长签字画押。船长将是你们的代理人。不论在什么情况下返航,你们返回时,这笔钱一定付给你们。"

我等待着这一许诺会产生什么效果。应该说,这效果来得神速。

"好啊!……"为了给他的同伴们鼓鼓劲,水手长喊叫起来。他的同伴们几乎异口同声地叫喊起来,欢呼声融成一片。

赫恩没有再作任何反对的表示。反正一旦出现对他有利的情况,他总是可以利用的。

就这样达成了协议。为了达到我的目的,钱的数目再大,我也愿意牺牲。

我们距离南极只有七度。如果"哈勒布雷纳"号能够一直开到南极,我也只是需要花上一万四千美元!

第3章　消逝了的群岛

12月27日,星期五,清晨,"哈勒布雷纳"号再度出海,航向西南。

船上的工作像往常一样进行,仍是那样循规蹈矩和井然有序。现在尚无危险,也不劳累。天气一直很好,风平浪静。如果一直这样下去,对抗的苗头不会有所发展——至少我希望如此——也不会出现困难局面。粗俗的人是不大用脑子的。无知而又贪婪的人不会被想象萦绕心头。他们鼠目寸光,只看到眼前,从不为将来操心。只有无情的现实摆在他们面前,才能使他们从无忧无虑之中清醒过来。这样的事情会发生吗?

德克·彼得斯,他的身份虽然暴露,大概也不会改变他的老习惯,仍是那样寡言少语吧?我应该说明,自从披露了他的真名实姓以来,关于"逆戟鲸"号上的一桩桩事,船员们并没有对他表示出任何嫌恶之感。不管怎样,考虑到当时的具体情况,这都是可以原谅的……而且,人们难道会忘记混血儿曾冒着生命危险救了马尔丁·霍特性命吗?……他却继续躲开大家,在一个角落里吃饭,在另外一个角落里睡觉,"游离于"其他船员之外!……他的这种做法,是不是还有我们尚不了解的其他原因呢?可能今后会弄清楚的吧?……

北风持续吹拂,这北风曾将"珍妮"号推送到扎拉尔岛,也曾将阿瑟·皮姆的小船推送到几个纬度以外的地方;现在,这北风又在助我们的双桅船一臂之力了。杰姆·韦斯特使左舷受风,正好是满后侧风,利用这股强劲而规律的海风张满帆篷。船头劈开晶莹碧绿的水面,船尾翻起串串雪白的浪花。

昨天那一幕发生以后,兰·盖伊船长休息了几个小时,但是纷乱的心绪扰乱了他的平静。一方面,他把希望寄托在今后的搜索上;另一方面,他也意识到,这样一次跨越南极洲的远征,自己担负的责任是多么重大!

第二天,我在甲板上遇见了他。当时大副正在后甲板上踱来踱去。他把我们两人叫到他跟前。

"杰奥林先生,"他对我说,"我原来决定回转船头向北,心情是十分痛苦的!……我感到对那些不幸的同胞没有尽到应尽的责任!……但是我很明白,如果我要带领船只驶向扎拉尔岛以南,我将遭到多数船员的反对……"

"确实,船长,"我答道,"船上已开始出现不守规矩的苗头,说不定最后会发生哗变……"

"发生哗变我们也会将它压下去,"杰姆·韦斯特冷静地对阵道,"哪怕砸烂赫恩的脑袋也在所不惜!这家伙一直在煽动骚乱。"

"你会干得很漂亮,"船长郑重地说,"只是进行了惩治以后,我们需要的协调一致会成什么样子呢?……"

"好吧,船长,"大副说道,"最好还是不使用暴力!……不过,今后可要叫赫恩小心点儿!"

"他的伙伴们,"兰·盖伊船长提醒他说,"现在被许诺的奖金迷住了心窍。贪欲会使他们更能吃苦耐劳,更顺从一些。在我们用请求未能奏效的地方,杰奥林先生的慷慨解囊却马到成功……我很感谢他……"

"船长,"我说道,"在福克兰群岛的时候,我曾经对你说过,愿意在财力上支持你的事业。如今机会来了,我抓住了这个机会。这不值得感谢。抵达目的地……救出你的哥哥威廉和'珍妮'号的五名船员……这才是我的全部心愿。"

兰·盖伊船长向我伸出手来,我热情地握住他的手。"杰奥林先生,"他接着说道,"你注意到了没有,'哈勒布雷纳'号并不是向南航行,虽然德克·彼得斯隐约望见的陆地——至少是貌似陆地的地方——是在这个方向上……"

"我已经注意到了,船长。"

"关于这一点,"杰姆·韦斯特说道,"我们不要忘记,在阿瑟·皮姆的自述中,完全没有谈及南方有貌似陆地的地方。我们的唯一依据是混血儿的几句话。"

"是这样,大副,"我说道,"对德克·彼得斯,难道应该怀疑吗?自从他上船以来,他的所作所为不是足以博得充分信任的吗?"

"从干活来说,我确实挑不出他任何毛病。"杰姆·韦斯特辩驳说。

"我们毫不怀疑他的勇敢和正直,"船长严肃地说,"不仅在'哈勒布雷纳'号上的表现,还有他首先在'逆戟鲸'号上,后来又在'珍妮'号上的所作所为,都证明对他评价不错……"

"无疑这是他应得的评价!"我补充了一句。

不知道为什么,我总是倾向于为混血儿辩护。这是不是因为——这是我的预感——他认为肯定能够找到阿瑟·皮姆,他在这次远征中还要起重要作用……他的作用定会使我惊讶不已,我正满怀兴趣地注视着这个问题。

可是,我承认,在涉及德克·彼得斯老朋友的问题上,他的想法似乎已达到荒诞的程度。兰·盖伊船长没有忘记强调这一点。

"杰奥林先生,我们不要忘记,"他说,"混血儿还抱着希望,希望阿瑟·皮姆在漂泊过南极海洋以后,能在更南面的某地登陆上岸……并且一直还活在那里!……"

"活着……十一年了……在这极地的海域里?……"杰姆·韦斯特立即反驳。

"船长,这的确令人难以置信,我愿意承认,"我辩解说,"然而,仔细考虑一下,阿瑟·皮姆在更南的地方,遇到一座与扎拉尔岛相类似的岛屿,威廉·盖伊及其伙伴们同时也得以在这岛上存活下来,难道是不可能的吗?……"

"当然不能说完全不可能,杰奥林先生。但要说很可能,我也不相信!"

"甚至于,"我辩驳道,"既然我们是在假设,你的同胞在离开了扎拉尔岛之后,顺着同一水流漂泊,为什么不可以与阿瑟·皮姆会合呢?可能在……"

我没有说下去。不管我说什么,这一假设是不会被接受的。现在没有必要强调去寻找阿瑟·皮姆的计划。待到"珍妮"号的人找到以后再说吧,如果能够找到的话。

兰·盖伊船长这时又将话题转到这次谈话的目的上来。刚才我们的谈话,正如水手长爱用的一个词,已经"扯得太远",离题万里了。还是拉回正题比较合适。

"我刚才说,"船长又说道,"我之所以没有向南行驶,是因为我想首先辨认一下扎拉尔岛附近其他岛屿的相对方位,这一群岛屿位于西部……"

"明智的见解,"我说道,表示赞同,"很可能我们巡察这些岛屿时,能够肯定地震是最近发生的……"

"是最近……这是不容置疑的,"兰·盖伊船长肯定地说,"而且是在帕特森走后。因为'珍妮'号的大副离开时,他的同胞还在这个岛上!"

众所周知,由于那些可靠的原因,在这个问题上我们的意见从来是一致的。

"在阿瑟·皮姆的自述里,"杰姆·韦斯问,"不是提到八个岛屿组成一群吗?"

"八个,"我回答,"或至少是八个,这是德克·彼得斯听那个野人说的。就是和他们在一条小船上被水流带走的那个好人。他名叫努努,他甚至说这个群岛由一位君主统治着。这位独一无二的国王名叫扎勒蒙,住在其中最小的那座岛屿上。如果需要,混血儿会向我们证实这一细节。"

"所以,"船长接着说,"可能地震没有波及整个群岛,那里还有人居住。我们接近时仍然要提高警惕……"

"大概不会很远了,"我插了一句,"船长,说不定你哥哥及其船员们正好逃到其中一座岛屿上来了呢……"

这种可能性可以考虑,但是总的来说很难肯定。他们在扎拉尔岛停留期间,曾摆脱了这些野人。这样一来,这些可怜的人不是又要落在野人手中了吗?就算他们保住了性命,要营救出他们,"哈勒布雷纳"号不是要被迫使用武力吗?这一尝试是否能够成功呢?……

"杰姆,"兰·盖伊船长又说话了,"我们现在前进的速度是每小时八九海里。过几个小时,准会看到陆地的……下命令,注意仔细观察!"

"命令已经下达,船长!"

"桅顶瞭望台里有人吗?……"

"是德克·彼得斯,他自告奋勇去的。"

"好,杰姆,可以相信他的警惕性!……"

"也相信他的一双眼睛,"我插了一句,"他天生视力好得出奇!"

双桅船继续向西快速行驶。直到十点钟,尚未听到混血儿的声音。我心想,我们在福克兰群岛和新乔治岛之间,寻找奥罗拉群岛或者格拉斯岛,白费力气而不可得,是否这次又是同样情形呢!海面上,没有出现任何隆起;地平线上,也没有任何岛屿轮廓勾画出来。可能这些岛屿高度不大,只有到距离二三海里的地方才能发现吧?

上午,风力大大减弱,南来的水流使我们的船只大大偏离了我们预定的航线。幸好下午两点左右,风又起来了。杰姆·韦斯特调整航向,以便从偏离的方向上再回到我们的航路上来。

"哈勒布雷纳"号对准这个方向,以七八海里的速度行驶两小时。海面上仍然没有任何高出水面的东西出现。

"我们还没有到达那个位置,是不大可能的,"兰·盖伊船长对我说,"据阿瑟·皮姆说,扎拉尔岛属于一个幅员辽阔的群岛……"

"但是他并没有说,'珍妮'号在此停泊期间,曾经远远望见这个岛群……"我提醒他说。

"杰奥林先生,你说得很对。但是我估计从今天早晨开始,'哈勒布雷纳'号至少已航行五十海里,而这些岛屿应该是彼此相距很近的……"

"那么,船长,就应该得出结论说——这也不是不可能的——扎拉尔岛所属的整个群岛在地震中完全消失了……"

"右舷前方发现陆地!"德克·彼得斯喊道。

所有的目光一齐投向这个方向,但在海面上却一无所见。当然,混血儿位于前桅顶部,他可以看见我们任何人都还看不到的东西。此外,他视力极佳,又习惯于搜寻海上地平线,我并不认为他会看错。

果然,一刻钟以后,我们用海上望远镜辨认出了分散于海面上的几个小岛。倾斜的阳光在海面上放出万道金光,岛屿位于西部,距离我们的船只二到三海里远。

大副令人降下高帆,"哈勒布雷纳"号只剩下后桅帆、前桅帆和大三角帆。

是否现在立刻就要准备自卫,

将武装抬上甲板,装上石弹,装好接舷网呢?……采取这些防范措施以前,船长认为可以再向前靠近一些,没有很大危险。

肯定发生了什么变化。在这块阿瑟·皮姆指出有数座大岛的地方,我们只发现了为数不多的小岛——最多不过六个——露出水面八到十杜瓦兹高……

这时,混血儿已经沿着右舷后支索滑了下来,跳到了甲板上。

"怎么样,德克·彼得斯,你认出了这个群岛吗?……"兰·盖伊船长问他。

"群岛?……"混血儿摇了摇头,回答道,"不……我只看见五六块大岩石……只有石头……没有一个岛屿!"

果然,这个群岛只剩下了几块岩石顶,更确切地说,是几个圆形的小山包。——至少群岛西部是如此。很可能岛屿位置囊括好几个纬度,地震只摧毁了西部岛屿。

当我们巡视了每个小岛,断定了地震发生的远近日期以后,我们初步得出的结论就是这样。扎拉尔岛确有不可争辩的地震痕迹。

随着双桅船的不断靠近,大家可以更清楚地看到这个群岛的残留部分,群岛西部全被摧毁。几个最大的岛屿面积也不超过五十到六十平方杜瓦兹,最小的则只有三到四平方杜瓦兹。小岛构成半露出水面的礁石,雪白的浪花为它镶上花边。

大家商定,"哈勒布雷纳"号不要冒险穿越这些礁石群,这对船的两侧及龙骨十分危险。为了证实这个群岛是否全部没入水中,"哈勒布雷纳"号在群岛方位区转一圈也就可以了。在某几处下船看看仍有必要,这些地方可能有些迹象可寻。

离主岛十几链远的地方,兰·盖伊船长让人放下探测锤。测得海深为二十寻。这海底很可能是一个被淹没的岛屿的地面,其中心部分高出海平面五到六杜瓦兹。

双桅船继续向小岛靠近,在水深五寻处抛锚。

杰姆·韦斯特本想在勘察小岛时将船停住,但由于朝南的水流很强,双桅船可能漂走。较好的办法就是将船停泊在群岛附近。那里海水微波荡漾,天空晴朗,没有任何要变天的迹象。

船一抛锚,兰·盖伊船长、水手长、德克·彼得斯、马尔丁·霍特、两名水手和我,就下到一条小艇上去。

我们距离最近一个小岛四分之一海里,穿过狭窄的水道,很快便抵达岛上。块块岩石尖顶在波涛汹涌的海浪中时隐时现。由于受到海浪的反复冲刷,岩石上不可能保留任何可辨认地震发生日期的痕迹。在这点上,我再重复一遍,我们大家思想上是毫不怀疑的。

小艇在岩石间辗转前进。德克·彼得斯站在艇尾,两腿夹着舵杆,极力避开这里那里显露出来的礁石。

海水清澈平静,不仅使人看到散布着贝壳的沙底,而且能看见一堆堆发黑的东西,上面覆盖着陆生植物,还有一丛丛不属于海洋生长的植物,有几种在水面上漂浮。

这是一个证据,证明这些植物生长的土地是不久前下陷的。

小艇在小岛靠岸以后,一个水手抛出四爪锚,锚爪伸到岩石的缝隙之中。

拉紧缆绳,便很顺利地下船登岸了。

这块地方原是这个群岛里的一个大岛,现在只剩下一个不规则的椭圆形了,方圆有一百五十杜瓦兹,高出水面二十五到三十米。

"涨潮时海水是不是有时可涨到这么高?"我问兰·盖伊船长。

"从来不会,"船长回答,"在岛的中部,说不定我们会发现残存的植物、住宅或营地的残迹……"

"最好的办法,"水手长说,"是跟着德克·彼得斯走。他已经走在我们前面了。这家伙眼睛很尖,能看见我们注意不到的东西!"

一小会儿的工夫,我们就全部到达了小岛的最高点。

这里残迹可谓不少——有些可能是家畜的残骸,阿瑟·皮姆日记中对这些家畜有所记载。如各类家禽,瓦里纳里亚鸭,猪皮坚硬、鬃毛竖立的混种猪等。然而——值得注意的细节——这里的残骸和在扎拉尔岛上见到的构成不同,说明地震在这里发生最多不过才几个月。这点与我们所估计的地震发生在最近是相吻合的。

此外,岛上旱芹和辣根菜的植株仍处处葱绿,丛丛小花依然鲜艳。

"这是今年长的!"我高声叫道,"它们还没有经受过南极的冬天呢!……"

"杰奥林先生,我同意你的意见,"水手长说道,"不过,自从群岛星罗棋布存在以来,它们就长在这里,不也是可能的吗?……"

"我看这是不可能的!"我回答道。我是个不愿放弃自己见解的人。

好几处地方还稀疏生长着丛丛灌木。这是一种野生榛树。德克·彼得斯折下一节枝条,浆液饱满。

枝条上挂着几颗榛果,这和德克·彼得斯及他的伙伴被禁在克罗克-克罗克山谷裂隙中和有古埃及文字的山洞里时吃的榛子一模一样。在扎拉尔岛上,我们却没有找到山洞的遗迹。

德克·彼得斯将榛子绿色的包皮去掉,放到嘴里咯嘣咯嘣嚼了起来。他那尖利的牙齿恐怕连铁球也能咬碎。

确认了这些事实以后,对地震的发生日期是在帕特森走了以后,再也没有任何疑问了。扎拉尔岛部分土著人骸骨堆积在村庄周围,并不是由于这次地震灾难而毁灭的。关于威廉·盖伊及"珍妮"号的五名水手,看来似乎已经明确,他们已经及时逃了出去。因为在岛上没有找到他们之中任何人的尸体。

那么,他们离开扎拉尔岛以后,可能逃到什么地方去了呢?

这个问号反复出现在我们的脑海里。答案将是什么呢?……在我看来,这个奇特故事的每一行都会产生很多问号。相形之下,这个问号还不是最奇特的。

对整个群岛的探查,没有必要进一步详述了。双桅船转了一圈,花了三十六小时。在各个小岛的表面上都找到了同样的残迹——植物和残骸——这些东西导致了共同的结论。关于这一海域发生的动乱,关于土著人全部毁灭的问题,兰·盖伊船长、大副、水手长和我,意见完全一致。"哈勒布雷纳"号已无须再提防任何攻击,而这一直是人们经常考虑的问题。

现在,我们是否应该得出结论说,威廉·盖伊及其五位水手,抵达群岛上的某个岛屿以后,也与群岛的沉没一起亡命了呢?……

在这个问题上,兰·盖伊船长终于接受了我的推论:

"依我看来,"我说,"概括地说来,'珍妮'号的一些人——包括帕特森在内,至少是七个——在克罗克-克罗克山谷的人工崩塌中得以幸免。此外,还有那只狗'老虎',我们在村边找到了它的尸骨。过了一段时间以后,扎拉尔岛上部分居民被毁灭,其原因我们尚不清楚。这时,本地土著人中的幸存者逃离了扎拉尔岛而躲藏到其他岛屿上去,只剩下威廉·盖伊和他的伙伴们。他们的处境已经十分安全,便在这曾经居住过数千土著人的地方生存下来。过了若干年——大约十到十一年——,尽管他们作了各种尝试,这点我敢肯定,或是用当地人的小船,或是用他们亲手制造的小艇,却始终未能逃出这块囚禁地。最后,大约七个月以前,帕特森失踪以后,一次地震荡平了扎拉尔岛,并将周围小岛没入水中。依我之见,威廉·盖伊及其难友这时认为岛上已无法居住,于是登船试图返回极圈。很可能这一尝试再次失败,最后在向南的水流推动下,他们抵达了德克·彼得斯和阿瑟·皮姆曾经依稀见过的、位于南纬84°以远的陆地。这为什么不可能呢?所以,船长,'哈勒布雷纳'号就应该朝这个方向行驶才对。再跨过两三度,我们就可能找到他们了。目的地很明确,我们谁不愿意去呢?即使牺牲性命也在所不惜……"

"杰奥林先生,愿上帝指引我们!"兰·盖伊船长回答。

当我单独和水手长在一起的时候,他信服地对我说:"杰奥林先生,我认真地听了你的话,你几乎把我说服了……"

"赫利格利,你会完全被说服的。"

"什么时候?……"

"可能比你估计的还要早。"

第二天,12月29日,清晨六时,双桅船顺着阵阵东北风出发。这一次,航向直指正南。

第4章　从12月29日到1月9日

整个上午，我手捧埃德加·爱伦·坡的书，又将第二十五章仔细读了一遍。这一章叙述道，土著人想到要追踪两个逃亡者时，这两个人离开海湾已有五六海里之远了。跟他们在一起的还有一个叫努努的野人。聚集在西部的六七个岛屿，我们刚才已辨认出来，现在只剩下了几处岛屿残迹。

这一章中饶有兴味的是下面几行，我特意转录如下：

> 为了抵达扎拉尔岛，我们乘"珍妮"号从北路靠岸，渐渐将景色壮观的冰区抛在后面。与人们普遍接受的关于南极洋的观点比较起来，这似乎矛盾很大。但这是我们的亲身经历，不容否认。现在试图返回北方，那几乎是疯狂的举动，尤其现在季节已晚。看来只有一条路迎着希望开放。我们下定决心勇敢地向南挺进。在南方，可能发现其他的岛屿，也可能气候会越来越温暖……

阿瑟·皮姆曾这样推断，我们就更有理由这样推断了。2月29日那天——1828年是闰年——逃难者到了"烟波浩渺"的大洋之中，超越了南纬84°。现在才12月29日，"哈勒布雷纳"号比起逃离扎拉尔的小船来，提前两个月。那条小船当时已面临南极漫长冬天的威胁，而我们这艘船，兵精粮足，装备齐全，比起阿瑟·皮姆那条长不过五十法尺、宽不过四五法尺、以藤条为肋骨的小船来，使人更有信心。那条小船上只有三只海龟，那便是他们的全部食粮了。

因此我对远征第二步的成功充满了信心。

这天上午，群岛中最后一批小岛消失在地平线上。海洋呈现出自贝内特岛以来我们一直见到的景象——没有一块浮冰——这可以从水温达到华氏43度（6.11摄氏度）中得到解释。水流很急——每小时流速达四到五海里——从北向南流去，稳定而规律。

群群海鸟从空中喧嚣掠过，仍是那几个品种：海鸥、鹈鹕、海棋鸟、海燕、信天翁。我应该承认，信天翁并没有阿瑟·皮姆日记中描述的那么硕大，也没有一只信天翁发出"特克力—力"的长鸣，这似乎是扎拉尔岛语言中最常用的词。

以后的两天中，没有任何意外事件可向诸位报告。既没有发现陆地，也没有发现类似陆地的迹象。船上的人捕鱼生计成效卓著。这一带海洋中，有大量的鹦嘴鱼、鳕鱼、鳐鱼、海鳗、蔚蓝色的海豚及其他各种鱼类。赫利格利与恩迪科特将他们的聪明才智结合起来，使军官餐厅和水手餐厅饭菜花样翻新，丰盛喜人。我认为，说在烹调合作中两位朋友各有一份功劳是比较恰当的。

第二天，1840年1月1日——又是一个闰年。清晨，薄雾蔽日，但我们并不因此就认为这预示着天气要变。

我离开克尔格伦群岛已经四个月零十七天，"哈勒布雷纳"号离开福克兰群岛也有两个月零五天了。

这次航行还要持续多久呢？……我担心的并不是时间，我更想知道的是这次跨越南极海域的航行将把我们带到哪里去。

我应该承认，这段时间里，混血儿对我的态度发生了某些变化，而对兰·盖伊船长或对船上其他人却不然。他大概明白我很关心阿瑟·皮姆的命运，便与我接近起来，用一句通俗的话来说，就是"无须言传，即可意会"。他在我面前，有时不像以前那样沉默寡言。不值班时，他就向舱室后部我常坐的长凳这边溜过来。有三四次，我们已经话到嘴边。可是，只要兰·盖伊船长、大副或水手长一来，他就走开了。

这一天，将近十点的时候，杰姆·韦斯特正在值班，兰·盖伊船长在他的舱室里闭门不出。混血儿轻轻地沿着通道走来。显然他要找我谈话。他要谈什么，自然不难猜测。

他一靠近长凳，我就开门见山地说：

"德克·彼得斯，请你谈一谈阿瑟·皮姆的经历，好吗？……"

混血儿的瞳仁仿佛燃烧的木炭又加上吹火助燃一般熠熠闪光。

"他！……"他嗫嚅着说。

"德克·彼得斯，你一直在怀念着他！"

"忘记他吗？……先生，办不到啊！"

"他一直在这里……在你面前……"

"对！一直在！……请你理解我的心情……我们是患难与共的啊！……我们亲如手足，不！……亲如父子！……是的！……我爱他就如同爱我的亲儿子！……我们两人曾共同远渡重洋……太遥远了……他……他没有回来！……人们在美国又见到了我，我……但是皮姆……可怜的皮姆……他还在那边……"

这时,大颗的泪珠湿润了他的眼睛!……他眼中喷射出的炽热的火焰竟然没有把眼泪烧干!……

"德克·彼得斯,"我问他,"你和阿瑟·皮姆乘小船从扎拉尔岛出发所经之处,你一点都记不得了吗?……"

"先生,一点都记不得了!……你知道……可怜的皮姆已没有任何航海仪器……看太阳用的……航海仪器……不可能知道……不过,整整八天,水流推动我们向南……风也一样……碧海微风……两支桨立在船上当桅使……我们的衬衣挂在上面当作帆……"

"对了,"我回答道,"那白衬衣的颜色,把你们俘虏的野人努努吓得要死……"

"很可能……我没太注意……如果皮姆这么说了,那是不会错的!"

混血儿带回美国的日记中,还描绘了一些现象,似乎也不曾引起他的注意。所以我更加固执己见,认为那些现象只存在于过度兴奋的想象之中。在这个问题上,我想紧紧抓住德克·彼得斯不放。

"这八天,"我又问道,"你们能找到吃的东西吗?……"

"先生……找得到……后来一些日子也有吃的……我们和野人……你知道……船上有三只海龟……这玩意儿,身上储存着淡水……龟肉,即使生吃,也挺好吃……啊!生肉……先生!……"

说到最后几个字,德克·彼得斯压低了嗓门,似乎害怕被人听见。他又飞快地向四周扫视一下……

是的!"逆戟鲸"号上那一幕幕情景他永远难以忘却,使他不寒而栗!……当他谈到"生肉"两个字时,脸上现出可怕的表情,无法描述！……但这并不是澳大利亚或新赫布里底群岛食人肉者的那种表情，而是对自己极为厌恶的人流露出来的表情！

沉默了好一会儿。然后，我又将谈话引向既定目标。

"德克·彼得斯，"我问道，"如果我相信你的伙伴的叙述，3月1日那天，你们第一次看到了灰黑色的宽大雾障，一道道闪烁的光束将它分割，是不是？……"

"我不记得了……先生！……但是，如果皮姆这样说了，那就应该相信他的话！"

"他从来没有跟你谈过从天而降的火光吗？……"我又问道，我不想使用"极光"这个词，混血儿可能不懂。

这种现象可能由于强烈的放电而产生，高纬度地区放电是很强烈的。我于是又回到假设上来——首先假定确实发生过这些现象。

"先生……从来没有！"德克·彼得斯思索了一会儿，然后回答道。

"海水颜色发生变化……失去原来的透明度……变成白色……与牛奶相似……你们船四周的海水表面变得混浊……你也没有注意到吗？……"

"先生……是不是这样……我不知道……请你理解我……我对周围的事物已经全然不知全然不觉……小船走了……离远了……我的头脑也一块走了……"

"还有，德克·彼得斯，那空中落下的很细的粉末……好像灰烬一样……是白色的灰烬……"

"我想不起来了……"

"那是不是雪花呢？……"

"雪花？……是的……不是！……那时天气挺热……皮姆怎么说？……应当相信皮姆说的！"

我很清楚，对于这些似是而非的事情，再问下去，也不会有任何结果。故事最后一章里描述的这些超自然的现象，即使混血儿见到过，恐怕也记不得了。

这时，他小声说道：

"先生……皮姆会将这一切告诉你的……他知道……我什么都不知道……他看见了……你应该相信他……"

"我相信他，德克·彼得斯，好的……我相信他……"我不想让他伤心，便这样回答道。

"那么，我们要去找他，是不是？……"

"我希望如此……"

"是等我们找到威廉·盖伊和'珍妮'号的水手以后吗？……"

"对……在那以后！……"

"即使找不到他们，也去吧？……"

"即使……如果……德克·彼得斯……我想我会促使船长下决心的……"

"他不会拒绝援救一个人的……特别是像他这样的人……"

"不会的……他不会拒绝的！……"我接着说，"如果威廉·盖伊和他手下的人还活着，那么是否也可以认为阿瑟·皮姆……"

"也活着？……对！……活着！"混血儿高叫起来，"仰仗着我们祖先的伟大神灵……他活着……他在等待着我……我可怜的皮姆！……待他扑进我老德克的怀抱时，他会多高兴啊……当我感到他就在我身边……我该多么高兴……"

说到这里，德克·彼得斯那宽阔的胸脯，一起一伏，有如大海的波涛,激动不已!……

他转身走了。一种难以形容的激情涌上我的心头。我深深感到,在这个野人一般的混血儿的心灵深处,对他不幸的伙伴,对被他称之为他的儿子的那个人,有多少柔情啊!……

1月2日、3日、4日这几天,双桅船一直向南驶去,没有见到任何陆地。远处地平线上总是海天一处,毫无变化。在南极地区的这一部分,桅顶瞭望哨既没有报告大陆,也没有报告任何岛屿。是否应当怀疑德克·彼得斯关于远远望见了陆地的话呢?在这南极地区,视觉产生错觉是屡见不鲜的啊!……

"是啊!"我提醒兰·盖伊船长说,"自从阿瑟·皮姆离开扎拉尔岛以后,他就没有任何测量日高的仪器了……"

"杰奥林先生,这我知道!很可能陆地是在我们航线的东侧或西侧。遗憾的是阿瑟·皮姆和德克·彼得斯他们没有在这里登陆。否则,我们对存在陆地——现在我担心,到底存在与否大成问题——就不会有任何怀疑,最终一定会发现陆地的……"

"船长,我们再向南跨过几度,一定能发现陆地的……"

"好吧!不过,杰奥林先生,我考虑是否在东经40°到45°之间这一海域搜索一下,更好一些……"

"我们的时间有限啊!"我立刻回答,"那样花多少天工夫都是浪费时间,因为我们还没有到达两个逃出来的人分手的纬度……"

"那么,请问,这个纬度是多少呢,杰奥林先生?……在自述中我没有发现什么线索,因此也根本无法计算……"

"船长,肯定有线索的。如果我们相信最后一章的这一段,那只扎拉尔小船被带到很远很远的地方,这是确定无疑的。"

果然,这一章里有如下几行:

我们继续航行。大约七八天内,没有发生什么大事。这段时间,我们大概前进了很大一段距离。风向几乎一直很顺,一股强大的水流又一直推送着我们,朝着我们要去的方向驶去。

兰·盖伊船长熟悉这一段,因为他阅读过许多次。我接着说:"书中提到'很大一段距离',这还是3月1日的事。后来,航行一直延续到3月22日。另外,阿瑟·皮姆又指出,在一股流速极快的强大水流推动下,小船一直向南飞驰而去。——这是他的原话。船长,根据以上所述,难道不能得出结论说……"

"一直到了南极,杰奥林先生?……"

"为什么不可以呢?从扎拉尔岛算起,距离南极只不过四百海里……"

"不论怎么说,这都无关紧要!"兰·盖伊船长答道,"我们'哈勒布雷纳'号航行的目的并不是寻找阿瑟·皮姆,而是寻找我哥哥及其部下。现在唯一要查明的,是他们是否在远远望见的土地上登了岸。"

在这个特殊问题上,兰·盖伊船长是有道理的。所以我一直担心,怕他会转舵向东或向西。由于混血儿肯定他的小船是一直向南驶去的,他说的陆地也坐落在这个方向上,所以双桅船的航向没有改变。如果双桅船偏离了阿瑟·皮姆的航线,我就要大失所望了。

前面谈到的陆地如果确实存在,在更高的纬度上就一定能找到。我对这一点坚信不疑。

1月5日、6日两天，航行过程依然如故，没有发现任何特别现象。既没有看见闪闪发光的雾障，也没有见到海水上层变色。至于水温奇高，达到"热得烫手"的程度，那就要大打折扣了。温度不超过华氏50度（10摄氏度），在南极区域这一带，已经是反常的高温了。虽然德克·彼得斯一再对我说："应该相信阿瑟·皮姆的话！"这些超自然的现象究竟真相如何，我的理智仍有最大限度的保留。这里既没有什么雾障，也没有发现乳状流水，更没有降下白色粉尘。

也是在这一海域，阿瑟·皮姆他们二人还见过一只白色的庞然大物，那个扎拉尔岛土著人见了大惊失色。什么情况下，这个怪兽从小船附近经过的，小说中没有明确指出……水生哺乳类动物、巨鸟，以及可怕的南极地区食肉类动物，"哈勒布雷纳"号航行过程中一个也没有遇到。

我还想补充一点。阿瑟·皮姆还谈到一种奇特的影响，使人全身懒散，精神麻木、迟钝，突然无精打采，身上一点力气都没有。但是我们船上没有一个人受到这种奇特的影响。阿瑟·皮姆认为看到了的那些现象，纯粹由于大脑器官出现混乱而产生。这一点恐怕也应由上述的病理和生理状况来加以解释吧？……

1月7日，我们到达了当时野人努努躺在船底断了最后一口气的地方。——这是根据德克·彼得斯的估计，他只能根据我们航行的时间来估计。这次惊险旅行的日记到两个半月以后，直到3月22日结束。那时一片黑暗笼罩大地，只有水面的光亮映出张在天空中的白色雾障……

这些令人瞠目结舌的现象，"哈勒布雷纳"号毫无所见。太阳已斜向天边，一直照耀着地平线。

幸运的是天空还没有完全笼罩在黑暗之中。如果那样，我们就无法测定日高了。

这一天是1月9日，经过仔细的测量，结果表明，我们位于南纬86°33′——经度始终保持不变，位于42°与43°之间。

据混血儿回忆，他们的小船与冰块相撞，两位难友各自东西，就发生在这个地方。

这里有一个问题：既然这个冰块能带着德克·彼得斯漂向北方，那么是否冰块受到一股反向水流的作用呢？……

是的，很可能是这样。这两天来，我们的船只已感觉不到自扎拉尔岛以来一直推动我们前进的水流的影响了。在南极海洋上，一切都变幻莫测，这又有什么可奇怪的呢！可庆幸的是，强劲的东北风持续不断，张满风帆的"哈勒布雷纳"号继续向更高纬度海域挺进，已超过威德尔的船队十三度，超过"珍妮"号两度。在这无边无际的海面上，兰·盖伊船长寻找的陆地——岛屿或大陆——却渺无踪迹。经过这许许多多徒劳无益的探寻，他的信心本已动摇。现在，我明确地感到，他渐渐地失去了信心……

营救阿瑟·皮姆和"珍妮"号幸存者的强烈愿望却一直萦绕在我的心头。那么就得相信阿瑟·皮姆得以幸存了？对……我明白了！能够找到还活着的阿瑟·皮姆，这是混血儿的既定观念！……我心中暗想，如果我们的船长下令向后转，德克·彼得斯会采取什么极端行动！……说不定他宁可纵身跳入大海，也不返回北方的！……所以，当大多数船员反对这次荒诞的航行，纷纷议论要掉转船头时，我总是担心他听到这些会暴跳如雷——尤其是对赫恩发作，因为他暗中煽动福克兰群岛的同伙闹事。

最好不要使目无纪律的现象和垂头丧气的情绪在船上蔓延滋长。这一天,为了重振士气,兰·盖伊船长应我的要求,将船员们召集到主桅脚下。他对大家说道:

"'哈勒布雷纳'号的海员们,我们从扎拉尔岛出发以来,双桅船已向南跨过了两度。我向你们宣布:根据杰奥林先生签订的契约,你们现在已获得了四千美元——即每一度两千美元——这笔钱将在航行结束时发给你们。"

果然响起了表示满意的低语。水手长赫利格利和厨师恩迪科特发出欢呼,却无人应和。除此以外,再没有欢呼的声音。

第 5 章　突然偏驶

即使老船员们都愿意跟水手长、厨师、兰·盖伊船长、杰姆·韦斯特和我一起继续远征，若是新船员们决定返回，我们也是无法占上风的。包括德克·彼得斯在内，我们才十四个人。对付他们十九个人，力量不够。再说，认为每一个老船员都可靠，是否明智呢？……在这仿佛远离人世的地区航行，他们就不会害怕吗？……他们是否经受得住赫恩及其同伙的不断蛊惑呢？……他们会不会与赫恩他们串通一气，要求返回极地大浮冰呢？……

要把我的内心思想全部披露出来，那就还有一个问题，即兰·盖伊船长本人，他会不会对延长这次一无所获的远征感到厌倦？……他会不会很快便放弃在这遥远的海域救援"珍妮"号船员的最后一线希望？……南极的冬季即将到来，难以忍受的严寒，双桅船无法抵御的暴风雪，面对这一切威胁，船长会不会最后下令掉转船头呢？……到那时，只有我一个人坚持己见，我的论据、我的恳求、我的乞求，又能有多大分量呢？……

我是孤军奋战吗？……不！……德克·彼得斯一定会支持我……但又有谁愿意倾听我们两人的话呢？……

即使船长不忍抛弃他的哥哥和同胞，仍然坚持下去，我感到他已处于灰心丧气的边缘。从扎拉尔岛出发以来，双桅船没有偏离预定的航线,仿佛被海底的磁铁吸住了一样,沿着"珍妮"号的经度前进。但愿风向和水流都不要使它偏航。对于大自然的力量,自应甘拜下风;但是对于因恐惧而产生的不安,则可以尝试与之斗争……

在此,我应说明,有一个因素利于前进。前几天曾一度减缓的水流,现在又能感觉到了,时速约三至四海里。兰·盖伊船长提醒我说,虽然由于逆流的影响——这在地图上很难标注出来——这股水流有时迂回有时倒退,显然这是本海域的主流。我们希望能具体了解,带走威廉·盖伊及其部下的那条船,在扎拉尔海面,为哪股水流所左右。可惜我们无法确定。不应忘记,与所有土著人的船只一样,他们的船也是没有帆的,全靠划动船桨。对他们来说,水流的作用可能比风还要大。

不管怎样,对我们来说,这两种自然力协同动作,将"哈勒布雷纳"号带往极区的边缘。

1月10日、11日、12日,都是如此。除了气温有些下降以外,没有发生任何特殊情况。气温降为华氏48度(8.89摄氏度),水温33度(0.56摄氏度)。

这与阿瑟·皮姆日记中所记载的数据差距多么大!据阿瑟·皮姆说,当时水温极高,以致烫手。

现在刚刚是一月份的第二周。还有两个月冬季才会到来。冬季将使冰山运动起来,形成冰原和流冰,大浮冰区的巨大冰块将更加坚固,南极海将由一片汪洋变成一望无际的冰洲。然而夏季时节,在南纬72°与87°之间的广大空间上,存在着自由流动的海洋,这是确切无疑的。

威德尔的船队、"珍妮"号和"哈勒布雷纳"号都在不同的纬度上驶过这一海洋。那么,在这方面,为什么南极地带就不及北极地带顺利呢?……

1月13日,水手长和我进行了一次谈话,果然证实了我对船员情绪不佳的担心。

当时,除了德拉普和斯特恩在船头值班外,其余的人都在船员餐厅吃午饭。张满上下风帆的"哈勒布雷纳"号在强劲海风的推动下破浪前进。弗朗西斯手握舵柄,保持南南东方向,以使船帆吃满风。

我漫步在前桅和主桅之间,凝望着头上掠过的鸟群。飞鸟发出震耳欲聋的叫声,时而有几只海燕飞来,栖息在帆架顶端。没有人捕捉,也不想开枪打鸟。鸟肉油腻而难以嚼碎,根本不能吃。弄死它们,岂不残酷而又无益?

这时,赫利格利向我走来。他望望鸟儿,对我说道:"杰奥林先生,我发现一件事……"

"什么事,水手长?……"

"就是这些飞鸟,往常一直向南飞,现在却不然……有的倒是准备向北飞了……"

"我和你一样,也注意到了这一点,赫利格利。"

"杰奥林先生,我还要补充一句,那边的鸟很快也要飞回来的。"

"那么,你的结论是……"

"我的结论是,鸟儿已经感到冬季即将来临……"

"冬季?……"

"当然。"

"水手长,你错了。气温升到这么高,鸟儿不会想到过早地回到比较温暖的地方。"

"什么,杰奥林先生,你以为过早吗?……"

"是的,水手长。过去,航海家都能够往来于南极海域直到三月份,我们不是很清楚吗?……"

"但不是在这个纬度上!"赫利格利回答道,"不是在这个纬度上!再说,正如有提早到来的夏季一样,也会有提早到来的冬季。今年暖季比往年提前了整整两个月,恐怕寒季也要比往年来得早呢!"

"这很可能,"我回答道,"但这没什么关系,我们的远征三周之内肯定结束……"

"如果在这以前不出现什么障碍的话,杰奥林先生……"

"会有什么障碍呢?……"

"比如说,南方出现一块大陆挡住我们的去路……"

"大陆,赫利格利?……"

"杰奥林先生,你知道吗,这丝毫不会使我感到意外的……"

"总而言之,也没什么可奇怪的!"我辩驳说。

"至于德克·彼得斯隐约望见的陆地,"赫利格利接着说,"以及'珍妮'号上的人可能逃到那里之类,我是不大相信的……"

"为什么呢?……"

"威廉·盖伊大概只有一条很小的船,他不可能在南极海中深入这么远……"

"水手长,我可不敢这么肯定。"

"可是,杰奥林先生……"

"如果威廉·盖伊在水流作用下到了某地登陆,"我高声叫道,"这又有什么可奇怪的呢?……我想,他不会在小船上待八个月!……他和他的伙伴们可能登上了一座岛屿或一片大陆,这个理由相当充分,不能放弃搜寻工作……"

"那当然……但是船员中并不是每个人都同意这种意见。"赫利格利摇着头说。

"这我清楚,水手长,我最担心的就是这个。情绪不佳是否有所滋长呢?……"

"杰奥林先生,恐怕这是事实。赚到几百美元的满意心情已逐渐消失,再赚几百美元的美好前景也不妨碍说些牢骚怪话……不过,奖金还是诱人的!……从扎拉尔岛到南极,假设可以抵达的话,共有六度……每度两千美元,那就是一万二千美元。三十个人,每人合四百美元!……当'哈勒布雷纳'号返航时,有大把大把的票子好往口袋里装呢!……尽管如此,这个可恶的赫恩还是恶毒地煽动他的同伙。用句俗话来说,我看他们已经准备解缆和转舵了!……"

"新招募来的,我承认有此事,水手长……可老船员……"

"嗯!……也有那么三四个人开始考虑了……他们看到越走越远,也很恐惧不安……"

"我认为,兰·盖伊船长和大副会令他们折服……"

"杰奥林先生,这还要看!……我们船长自己泄了气……或是他的责任感占了上风……他放弃了继续远征的计划……这不都是可能发生的吗?"

是啊!我担心的正是这个。这种事一发生,那就无可救药了。

"杰奥林先生,至于我的朋友恩迪科特,我敢为他担保,就像为我自己担保一样。如果船长要到天边去——假设天有边的话——我们也去。不过,说实话,我们两个,加上德克·彼得斯和你,要让他们听我们的,人数还实在太少!……"

"他们对混血儿有什么看法?……"我问道。

"说真的,我觉得,在航行延期的问题上,大家都特别怪罪他!……当然,杰奥林先生,请允许我说一句,这件事上你也有很大一分责任,而且出了大钱……阿瑟·皮姆不是淹死了,冻死了,便是压死了……总之,不论怎么死的,反正已经死了十一年!可是这个大头翁德克·彼得斯还固执地认为阿瑟·皮姆还活着……"

德克·彼得斯的看法也正是我的看法。在这个问题上,我与混血儿从来没有分歧。

"杰奥林先生,你看见没有,"水手长又说,"开始航行时,混血儿使人产生某种好奇心。他救了马尔丁·霍特的性命以后,人们对他产生了兴趣……当然他并没有比从前变得更为亲切、喜欢交谈,这个孤僻的人几乎从不出舱!……现在,大家终于知道了他是谁……在我看来,这并没有使他变得热情些!……不管怎么说吧,就是因为他谈到扎拉尔岛以南有大陆,才使我们船长下定了决心,驾驶双桅船向这个方向驶去。现在船只之所以越过南纬86°,也是由于他的缘故……"

"这我同意,水手长。"

"所以,杰奥林先生,我总担心有人会对他下毒手!……"

"德克·彼得斯会自卫的!谁敢动他一手指头,谁自己倒霉!"

"对,杰奥林先生,对,对。他那双手能把铁皮折断……谁要落到他手里,没他好受的!可是,人多势众,大伙对付一个,我想,总能狠狠揍他一顿,然后把他扔进舱底的……"

"我希望,最好不要闹到这个地步。赫利格利,预防任何针对德克·彼得斯的图谋,我把这事托付给你了……给你手下的人讲讲道理……告诉他们,我们有充分的时间在暖季结束以前返回福克兰群岛……千万不能让他们的非难给船长提供借口,没达到目的之前,便掉转船头……"

"相信我好了,杰奥林先生!……我一定为你尽力……"

"你绝不会后悔的,赫利格利!按照度数算,每个人将来能得到四百美金。如果一个人比普通的海员更出色,哪怕在'哈勒布雷纳'号上只担任水手长的职务,给他在四百美金后边加个零,那也不费吹灰之力!"

这可打中了这个怪人的要害。我很有把握能得到他的支持。是的,他会竭尽全力挫败这些人的阴谋,鼓起那些人的勇气,注意保护德克·彼得斯。他是否能够成功地阻止在船上发生反叛呢?……

13 日和 14 日两天,没有发生任何特殊事件。气温更加降低。无数的鸟群不断北上。兰·盖伊船长指着鸟群,提醒我注意气温下降的情况。

他与我谈话时,我感到他最后一线希望的火花行将熄灭。有什么可奇怪的呢?混血儿指出的陆地位置,踪影不见。我们已远离扎拉尔岛一百八十海里以上。四周是大海——眼前只是一片汪洋和渺无人烟的地平线。12 月 21 日以来,太阳的轮盘日益接近地平线,到 3 月 21 日就要擦过地平线而消失,那就是长达六个月的南极之夜了!……诚恳地说,就算威廉·盖伊及其五位伙伴,驾着那岌岌可危的小船,能穿越这么长的距离,我们难道有百分之一的希望能找到他们吗?……

1 月 15 日,进行了一次准确的测量,证明我们位于东经 43°13′,南纬88°17′。"哈勒布雷纳"号距南极已不到两度,即不到一百二十海里。

兰·盖伊船长丝毫不想隐瞒这次测量结果,船员们对航海计算相当熟悉,也不会不明白。何况,他们不是还有马尔丁·霍特和哈迪两位师傅可以向他们讲清测量结果吗?……再说,赫恩就不会在那里夸大其词甚至达到荒诞不经的程度吗?……

下午,渔猎手在玩弄手法以蛊惑人心这一点,我再不能有什么怀疑了。水手们蹲在前桅脚下,低声议论,并向我们投来恶意的目光。显然他们正在进行某些密谋策划。

有两三个水手,转身向着前甲板,毫不收敛地做出威胁的动作。一言以蔽之,牢骚声越来越响,杰姆·韦斯特不能一点听不见。

"安静!"他高声喊道。

他向前走去。

"谁再先张嘴,"他干脆利落地说,"我就找他算账!"

兰·盖伊船长却躲在自己的舱内。我料想他会随时走出来,向大海最后看上一眼,然后下令掉转船头。对这一点我毫不怀疑……

可是,第二天,双桅船仍按原方向前进。舵手一直保持着正南方向。不幸——相当严重的情况——海上开始起雾了。

我再也坐不住了,更加惶恐不安。

可以看出,大副只待下达掉头的命令。不管兰·盖伊船长感受到怎样的切肤之痛,他大概很快就会下达这道命令的。在这一点上,我完全能够理解他。

几天以来,我一直没有见到混血儿,至少是没有跟他谈上一句话。很明显,他被孤立起来了。他一出现在甲板上,大家就都躲开他。他到左舷支起臂肘,其他人立刻就到右舷去。只有水手长装作不离开的样子,跟他搭话。水手长提出的问题,一般也总是得不到回答。

我要说明的是,德克·彼得斯对这种情况根本不在乎。很可能他沉溺于自己固执的想法中,对此并无觉察。我再说一遍,如果他听到杰姆·韦斯特发出"航向正北"的命令,很难说他会采取什么鲁莽行动!……

他似乎在回避我,我自忖这是否出自某种小心谨慎的感情,"以免进一步连累我"。

17日下午,混血儿却表现出要和我谈话的样子。我从这次谈话中得知的事情,是我万万没有料到的。

下午两点半左右。

我有些疲劳,感到不大舒服,刚刚回到我的舱室。舱室侧面的窗子开着,后面的窗子是关着的。

我的房门对着舱面上的军官餐厅。传来一阵轻轻的敲门声。

"谁呀?……"我问道。

"是我,德克·彼得斯!"

"你找我有事吗?……"

"是啊!"

"我这就出来……"

"请你……最好……让我到你舱室里,好吗?……"

"请进吧!"

混血儿推门进来,随手将门关好。

我本来已经上床,这时便靠在床头,指了指安乐椅让他坐下。

他依然站在那里。

与往常一样,他有些拘谨,半天也没有开口。我便问道:

"德克·彼得斯,你找我有什么事吗?"

"我要告诉你一件事……请你理解我……先生……我觉得让你知道比较合适……也只有你一个人能知道!……船员中谁也料想不到的……"

"如果事情很紧要,你怕泄露出去,德克·彼得斯,那为什么要告诉我呢?……"

"对……需要这样……是的!……该讲了!……我再也憋不住了!……它像一块大石头一样……压在我的心上!……"

说到这里,德克·彼得斯用力捶打着自己的胸口。

接着,他又说道:"我一直担心……我睡着了的时候……会从我嘴里漏出去……被人听见……因为我一做梦,就梦见这件事……在梦中……"

"你梦见谁?……"我问道。

"梦见他……他……还有……就是因为这个,我才躲在角落里睡觉……独自一人……怕别人知道他的真名实姓……"

此时,我预感到,混血儿可能会解答我尚未向他提出的一个问题。这个问题在我思想中一直模糊不清,即:他离开伊利诺伊州以后,为什么要化名亨特来到福克兰群岛生活?

我一提出这个问题,他便分辩说:"不是这个……不……我想说的不是这件事……"

"德克·彼得斯,我一定要你说。我首先想知道什么原因使你没有留在美国,什么原因使你选择了福克兰群岛……"

"先生,什么原因吗?……因为我想离可怜的皮姆近一些……我可怜的皮姆……我期望在福克兰群岛找到一个机会,登上驶向南极海洋的捕鲸船……"

"但是为什么要用亨特这个名字呢?"

"我再也不愿意用原来的名字了……由于'逆戟鲸'号事件……我再也不愿用那个名字了!"

混血儿指的是在美国双桅横帆船上发生的麦秸拈阄那一幕。那时,决定在奥古斯塔斯·巴纳德、阿瑟·皮姆、德克·彼得斯和水手帕克四个人中间,有一个作为牺牲,供其他三人食用……我回忆起阿瑟·皮姆曾坚决反对。但是他又迫不得已,丝毫不能拒绝"在这即将发生的血淋淋的悲剧中"——这是他的原话——扮演光明磊落的角色。我还记得这可怕的一幕,令人痛苦的回忆毒化了每个得以幸存下来的人的生活。

是的!麦秸拈阄——阿瑟·皮姆把几根长短不一的小木片和小骨片握在手里……谁拿到最短的一根,就意味着谁要作为牺牲……阿瑟·皮姆在书中谈到,他不由自主地产生了一种冷酷心理,要欺骗他的伙伴,"搞鬼"——这是他用的词……但他并没有那样做,并请求人们宽恕他产生过这个念头!……请各位设身处地想一想!……

后来,他下了决心,伸出了那紧紧捏着四根骨棒的手……

德克·彼得斯第一个抽了……他很走运……他不再担惊受怕了。阿瑟·皮姆算计着,此时,不利于他的因素又增加了一分。

该奥古斯塔斯·巴纳德抽了……这家伙也得救了!

现在,阿瑟·皮姆划算着,他和帕克两人机会均等……

这时,猛虎般的冷酷占据了他的心灵……他对他可怜的同伴、他的同类,产生了无比强烈的魔鬼般的仇恨……

五分钟过去了,帕克也不敢抽……最后,阿瑟·皮姆两眼紧闭,也不知道他的命运如何。后来他感到有一只手紧紧抓住他的手……

这是德克·彼得斯的手……阿瑟·皮姆已逃脱了死亡的命运。

这时,混血儿向帕克扑去,背后一拳将他打翻在地。然后,便是那令人毛骨悚然的一餐——"这血淋淋的现实,怎样震动人的心弦,是任何语言所无法描绘的。"

是的!……这令人毛骨悚然的故事,我早就熟悉。但我长时间以来,一直认为那是臆造的,现在才知道并非如此。这件事于1827年7月16日在"逆戟鲸"号上确确实实发生过。德克·彼得斯为什么要来向我谈起这段往事,我百思不得其解。

我大概很快就会明白的。

"那么,德克·彼得斯,"我说道,"我问你,既然你坚持要隐姓埋名,那为什么你又要在'哈勒布雷纳'号停靠扎拉尔岛时披露你的真名实姓呢?……为什么你不一直保留亨特这个名字呢?……"

"先生……请理解我!……当时,他们对向更远处前进犹豫不决……有意返回……并已做出决定……于是我想……是的!……说出我是'逆戟鲸'号上的……绳缆师傅……德克·彼得斯……可怜的皮姆的伙伴……他们会听信我的话……会跟我一样相信他还活着……会去寻找他……可是,后果却很严重……因为……承认我是德克·彼得斯……就是那个杀死了帕克的人……可是,那是饥饿……难忍的饥饿……"

"你看,德克·彼得斯,"我又说道,"你说的未免过于严重了……如果你抽着了短签,你不是也会遭到帕克的命运吗!……

人们是不会怪罪你的……"

"先生……告诉我！……帕克家里的人会像你这么说吗？……"

"他家里人？……那他是有亲属的了？……"

"是的……正因为如此……阿瑟·皮姆……在故事里……给他更换了名字——帕克原来并不叫帕克……他叫……"

"阿瑟·皮姆做得很对，"我回答道，"我并不想知道帕克的真实姓名！……你保密吧！……"

"不……我要告诉你……它沉重地压在我的良心上……杰奥林先生……我向你说了以后……可能会感到轻松些……"

"不，德克·彼得斯……不要这样！"

"他叫霍特……内德·霍特……"

"霍特……"我大叫失声，"霍特……与我们的帆篷师傅同姓……"

"那是他的亲兄弟，先生……"

"马尔丁·霍特……是内德的弟弟？……"

"是的！……请你听明白……是他弟弟……"

"可是，你叫人以为内德·霍特在'逆戟鲸'号沉没时，和其他人一起淹死了……"

"不是……要是他知道我曾……"

就在这时，一阵剧烈的震动把我抛到床外。

双桅船刚才向右舷方向侧倾十分厉害，几乎翻船。

我听到一个怒气冲天的声音喊道："是哪个狗东西在掌舵？……"

这是杰姆·韦斯特的声音，那个被质问的人，是赫恩。

我急忙奔出舱室。

杰姆·韦斯特揪住赫恩水手服的领子,一再追问。

"你放开舵轮了吗?……"

"大副……我不知道……"

"你知道!……我告诉你!……准是你松开手了!再稍微松一点儿,双桅船就翻了!"

显然出于某种原因,赫恩曾一度离开了舵轮。

"格雷希恩!"杰姆·韦斯特高声喊道,叫过来一个水手,"你掌舵!赫恩,到货舱底下去……"

突然响起了一声呼喊:"陆地!"所有的目光齐向南方望去。

第6章 陆地？

在埃德加·爱伦·坡的书中,第十七章的标题就是这么一个词。我在这个词的后面加上一个问号,作为我的故事第二部第六章的标题,我觉得很合适。

双桅船前桅顶上传下来的喊声,指的是一座岛屿还是一块大陆呢？……大陆也好,岛屿也好,等待我们的会不会又是失望呢？……我们到这么高的纬度上来寻找的人,会在那里吗？……阿瑟·皮姆——尽管德克·彼得斯肯定他还活着,但他肯定死了——是否曾涉足于这块陆地呢？……

1828年1月17日——阿瑟·皮姆的日记中称这一天是多事的一天——在"珍妮"号上响起这一声呼喊的时候,用的是这样一句话:

右前方发现陆地！

"哈勒布雷纳"号上,本来也可以这样喊上一声。

在同一侧,海天相连的地方,有模模糊糊的轮廓显现出来。

对了,当时这样向"珍妮"号的船员们报告的那块陆地,正是贝内特岛,寸草不生,渺无人烟。由那儿往南不到一度,便是扎拉尔岛。那时扎拉尔岛还是土地肥沃、可以居住的,也有人居住。后来兰·盖伊船长也曾希望在那里与他的同胞相聚。但是现在这个未知的又深入南极海洋五度之远的土地,对我们的双桅船来说,又意味着什么呢?……这里就是我们朝思暮想、苦苦追求的目的地吗?……威廉·盖伊和兰·盖伊两兄弟会在这里久别重逢,热烈拥抱吗?……那么,"哈勒布雷纳"号的行程就接近尾声,"珍妮"号的幸存者重返祖国便是这次远征的最后成功了?……

我再重复一遍我和混血儿的想法:我们的目的不单单是这个,我们要的成功也不是这个。既然陆地已展现在我们面前,那就先登岸,以后再看着办吧!

我这里应当先说明一下,这一声呼喊顿时引起我们情绪的变化。我再不考虑德克·彼得斯刚才向我吐露的秘密,可能混血儿也已将它抛到九霄云外去了。他向船头奔去,目不转睛地盯着远方的地平线。

杰姆·韦斯特呢?任何事情也休想干扰他的工作。他重申他的命令。格雷希恩过来掌舵,赫恩被关进舱底。

处罚是公平合理的,不会有人反对。因为赫恩的粗心大意或者说笨拙的行为曾一度危及双桅船的安全。

尽管如此,来自福克兰群岛的水手中,有五六个人,仍禁不住嘀咕几句。

大副做了一个手势让他们住嘴,这几个人马上回到各自的岗位上去了。

听到桅顶瞭望员的喊声,自然兰·盖伊船长也急忙奔出他的舱室。他以热切的目光观察着距此还有十到十二海里的这块陆地。

我说过，我已经不再考虑德克·彼得斯刚才告诉我的隐情了。只要这桩秘密只有我们两人知道——不论是我还是他，都会守口如瓶的——，就无须担心。但是，如果不巧，马尔丁·霍特知道了他哥哥的名字被改成了帕克……这个不幸的人并没有在"逆戟鲸"号沉没时淹死，而是由于命运的驱使，成了拯救他的同胞免于饿死的牺牲品……并且是被自己的救命恩人德克·彼得斯亲手打死的！……这就是混血儿坚决拒绝接受马尔丁·霍特的感谢的原因……也是他总回避马尔丁·霍特的原因……因为他曾以马尔丁·霍特亲兄弟的血肉充饥……

水手长刚才将船头向右转了90°。双桅船小心翼翼地前进，这在生疏海域航行极为必要。很可能这里有浅滩，有暗礁，有发生搁浅和船毁人亡的危险。在"哈勒布雷纳"号目前所处的情况下，搁浅一次，即使能够再浮起来，也必然导致冬季到来之前无法返航的严重后果。一定要万无一失。

杰姆·韦斯特下令减帆。水手长命人卷起第三层帆、第二层帆和顶帆,"哈勒布雷纳"号只剩下了后桅帆、前桅帆和三角帆。要在几小时内驶过与陆地之间的距离,这些帆已足够。

兰·盖伊船长令人马上放下探测锤,测得水深为一百二十寻。又进行了几次探测,表明海岸非常陡峭,可能如削壁一般直立水下。这里的海底可能是突然拔地而起,而不是由缓坡与海岸相衔接。所以船只前进只能探测锤不离手了。

天气一直晴朗。天空中从东南到西南方向上有一层薄雾。陆地模糊的轮廓勾勒出来,好像天边的浮云,在雾气的缝隙中时隐时现。要仔细辨认,颇有几分困难。我们都一致认为,这块陆地高达二十五到三十杜瓦兹,至少最高部分应是如此。

不!这不可能是幻觉在捉弄我们,但是我们屡经挫折的心灵却在这样担心。随着渐渐接近这最重要的目标,种种的恐惧和不安在我们心中涌起,这不是很自然的吗?……在这遥遥在望的海岸上,我们寄托了多大的希望啊!如果只是幻影,只是看得见而摸不着的海市蜃楼,我们又该多么失望!想到这里,我的头脑甚至混乱起来,出现了幻觉。仿佛"哈勒布雷纳"号缩小了,小得好似汪洋大海中的一叶孤舟——与埃德加·爱伦·坡完全相反,他说在这无法形容的海面上,船只显得更大……正如一个活着的有生命的机体在增长一般……

如果有航海地图,哪怕是简单的罗盘地图,能提供一些沿岸的水文情况、登陆地点的自然情况以及港湾的情况,是可以大胆航行的。在其他任何地区,一位人们认为并不莽撞的船长,也不会把在海滨抛锚的命令推迟到第二天。但是在这里,必须慎之又慎！在我们面前,并没有任何障碍。在这连续白昼的季节,夜间依然阳光照耀,不亚于白天。发光的星体尚未从西部地平线隐没下去,它那持续的光辉沐浴着南极洲的广阔天地。

从这一天起,船上航海日记上记载着气温不断下降。置于露天和阴影处的温度计指示出只有华氏32度(0摄氏度),水温只有26度(零下3.33摄氏度)。气温下降从何产生呢？这里正是南极的盛夏呀！

不管怎么说,一个月前跨越大浮冰后已经脱掉的呢绒服装,船员们又穿上了。双桅船满后侧风顺风行驶,这里的初寒乍冷还感觉不太明显。然而我们很清楚,一定要赶快到达目的地。在这个地区耽搁下去,面临着在这里过冬的危险,不是藐视老天爷吗？

兰·盖伊船长几次让人放下重重的探测锤,测定水流的方向。他辨认出水流已开始偏离原来的方向。

"展现在我们面前的,是一块大陆,还是一座岛屿呢？"他说,"现在还没有任何证据能使我们肯定下来。如果这是一块大陆,我们就可以得出结论说,水流准是在东南方向找到了一条出路……"

"很可能,"我回答道,"南极洲这块坚实的部分被缩成了极顶,我们可以绕过它的边缘。不管情况如何,把具有一定准确性的测量结果记录下来,还是有用的……"

"杰奥林先生,我正在这样做。我们将带回大量关于这部分南极海洋的资料,这对今后的航海家是有用的……"

"如果哪一天果真有人冒险来到这个地方的话,船长！我们之所以获得成功,是因为有特殊情况帮了我们的忙:暖季提前,气温比正常情况高,坚冰解冻迅速。二十年……五十年……这种情况会出现一次吗?"

"所以,杰奥林先生,我要感谢上苍。我又产生了希望。既然天气一直晴好,海风和水流不是也会把我的哥哥和我的同胞带到这里来吗?他们不是也可能在这里登陆吗?……我们的双桅船能做到的事,他们的小船也能做到……他们出发远航,航程可能无限延长,他们不会不携带给养的……他们曾多年得到扎拉尔岛向他们提供的食物,为什么他们在这里会找不到呢?……他们拥有弹药和武器……在这水域中有丰富的鱼类,还有海味……对!我心中充满了希望,我多么希望这几个小时赶快度过啊!"

我并不像兰·盖伊船长那样充满信心,但是我庆幸的是他又有了信心。如果他的寻找目的达到了,说不定我也能得到同意,继续去寻找阿瑟·皮姆——即使到距离我们不远的这块陆地内部去,也在所不惜!

"哈勒布雷纳"号在清澈的水面上缓缓向前,水中游动的鱼群都是我们曾经见过的种类。海鸟飞来的越来越多,似乎也不太怕人,绕着桅杆盘旋或栖息在帆架顶端。好几条长达五、六法尺的微白长条被拉到船上,这是由闪闪发光的小型软体动物群组成的,犹如数以百万计的小颗粒组成的真正的念珠。

海面上,条条鲸鱼出现,从喷水孔中喷出条条水柱。我注意到所有的鲸鱼都取道向南。那么可以有理由认为,在这个方向上大海是伸向远方的。

双桅船保持原速继续行驶了二三海里。首先出现的海岸是不是西北东南走向的呢?……这一点是毫无疑问的。然而望远镜还搜寻不到任何细节——即使再航行三小时,也是一样。

船员们都聚集在艏楼上,不动声色地望着。杰姆·韦斯特爬上前桅,在顶上观察了十分钟,仍然没看出任何准确的东西。

我站在舱面室后面左舷处,臂肘倚在舷板上,目光扫视着海天相连的一线,只有东部这个圆周有所中断。这时,水手长来到我面前,没有任何客套,便单刀直入地对我说道:

"杰奥林先生,请你允许我跟你谈谈我的看法,好吗?……"

"谈吧,水手长!如果我认为不正确,我可以不接受嘛!"我回答道。

"肯定正确!随着我们逐步接近,恐怕只有瞎子才会不同意这种看法!"

"那你是什么看法呢?"

"杰奥林先生,在我们前面出现的,根本不是陆地……"

"你是说……水手长?……"

"你仔细看看……把手指头放在你眼睛前边……别动……顺着右舷吊杆方向看下去……"

我按照水手长的要求做了。

"看见了吗?……"他又说道,"不是与双桅船比,而是与自己比,这些大家伙若是不移动,叫我再也没有酒兴喝威士忌好了!……"

"你得到的结论是……"

"这是移动的冰山。"

"冰山?……"

"没错,杰奥林先生。"

水手长不会弄错吧?……那么,等待我们的又是失望了?……海面上,真的不是海岸,而只是漂流的冰山吗?……

在这点上,很快就无须犹疑了。船员们不再相信这个方向上有陆地存在,已经有一会儿了。

十分钟以后,桅顶瞭望员报告说,好几座冰山从西北方向而来,斜插进"哈勒布雷纳"号的航线上……这个消息在船上产生了多么可怕的后果!……我们最后的一线希望,转瞬间破灭了!……这对兰·盖伊船长是多么大的打击啊!……看来,这片极区的陆地,还应该到更高的纬度上去寻找,尚不能肯定确实找得到!……

这时,在"哈勒布雷纳"号上响起了几乎异口同声的呼喊:

"掉转船头!……掉转船头!"

是的,虽然赫恩并没在那里煽动,福克兰群岛的新船员还是公开表明了他们的意志,要求向后转。我应该承认,大部分老船员好像也同意他们的意见。

杰姆·韦斯特不敢强迫他们安静下来,他在等待着上司的命令。

格雷希恩在舵轮上值班,随时准备转舵。他的伙伴们也把手伸向系缆双角钩,准备解开下后角索……

德克·彼得斯一动不动,靠在前桅杆上,低着头,蜷缩着身子,双唇紧闭,一言不发。

他忽然向我转过身来。他向我投来的是什么样的目光啊!——饱含着恳求又充满了愤怒!……

我也不知道是一股什么难以阻挡的强大力量推动着我,要我去亲自干预,再一次表示反对!……一个不容争辩的理由在我头脑中刚刚出现。

于是,我面对大家发了言,决心不顾一切地捍卫这个观点。

我的语气充满了信心,以致没有一个人试图打断我的话。

我谈的主要内容是:

"不!还不能完全灰心失望……陆地不会很远了……我们面前的并不是极地大浮冰,大浮冰只有在辽阔的海面上由冰块堆积才能形成……这是冰山,冰山必定是从坚固的基础上分离出来的,或是大陆,或是岛屿……既然每年都在这个季节解冻,那么,冰山顺水流漂动的时间肯定很短……在冰山后面,我们大概可以找到冰山形成的海岸……再过二十四小时,最多四十八小时,如果依然见不到陆地,兰·盖伊船长就一定掉头北返!……"

我是否说服了他们,还是我应该利用赫恩不在的时机,再次用增加奖金的诱饵吸引他们呢?赫恩现在无法与他的同伴联系,也无法蛊惑他们,对他们大喊大叫,说什么这是对他们进行最后的引诱,将导致双桅船的灭亡等等了!……

还是水手长帮了我一把。他以饱满的情绪说道:

"很有道理,我完全同意杰奥林先生的意见……陆地肯定不远了……到这些冰山的后面去寻找,无须费多大力气,也不要冒多大危险。我们一定会找到的……每向南前进一个纬度,口袋里又可以多装进一百来块美金。与之相比,这又算得了什么呢?……不要忘记,美金喜欢进到口袋里,也喜欢从口袋里溜掉呀!……"

说到这里,厨师恩迪科特立即附和,给他的朋友水手长帮腔。

"对!……太好了!……一笔美金!"他高声喊道,露出两行雪白的牙齿。

如果"哈勒布雷纳"号驶向冰山方向,船员们是会同意水手长的观点呢,还是竭力抵制呢?……

兰·盖伊船长又拿起望远镜,对准这些移动的庞然大物。他极为仔细地观察了一会儿,然后高声发出命令:"航向,南南西!"

杰姆·韦斯特下令进行操作。

水手们迟疑了片刻,还是服从了。他们开始轻轻转动帆桁,拉紧下后角索。张满了风帆的双桅船,又恢复了原速。

操作结束,我走到赫利格利面前,将他拉到一边,对他说道:

"水手长,谢谢你!"

"唉!杰奥林先生,这回好歹算过去了,"他摇摇头,回答道,"但是不能再硬拉了!……到那时,大家都要反对我了,甚至恩迪科特也说不定……"

"我可没有说任何不可能的事!……"我激动地辩白道。

"我不否认,这事倒是有几分把握。"

"是啊……赫利格利,我说过的,就是我想的。我毫不怀疑,我们最终将在冰山后面找到陆地……"

"可能,杰奥林先生,这是可能的!……那就让它两天内出现吧!否则,我水手长保证,什么也挡不住我们要掉转船头了!"

以后的二十四小时当中,"哈勒布雷纳"号沿南南西方向前进。在浮冰块中航行,航向不得不经常改变,速度不得不降低。双桅船一进入冰山线,就要斜插过去,航行变得非常困难。然而,在南纬70°上那些拥塞在大浮冰四周的浮冰群和流冰,在极圈地带洋面上由于受到南极风暴的扫荡而呈现的那种凌乱现象,却无影无踪。大块大块的浮冰庄重地缓缓地漂流过去。这些巨大的冰块,用极其准确的字眼来形容,都显得"崭新",可能几天以前才刚刚形成吧?……冰山高达一百到一百五十法尺,重量可达到几千吨。为了避免碰撞,杰姆·韦斯特小心翼翼地警戒着,他一刻也不曾离开过甲板。

透过冰山之间留出的航道,我试图辨别出陆地的迹象。如果能确定陆地的方向,必使双桅船更为直接地靠近南方。但是毫无结果。我没有见到任何可以使我拿准注意的东西。

直到现在为止,兰·盖伊船长可以将罗盘的指示看作是准确的。磁极在东经方向上,距离我们尚有几百海里,对指南针还没有任何影响。罗盘针没有在极区附近的五到七方向角间胡乱摆动,而是保持稳定。所以还可以相信。

尽管我的信念以严格的论据为基础,仍然没有任何陆地的迹象。我自忖,是否船只航向再向西一些更为合适,哪怕使"哈勒布雷纳"号偏离地球子午线交叉的极点,也没有关系。

大家给我四十八小时时间。现在,随着时间一小时一小时地逝去,可以明显看出,失望的情绪又逐步抬头,不守纪律的倾向更加严重。再过一天半,我再也无法与这普遍的沮丧情绪做斗争了……双桅船最终将向北撤退。

船员们默默无语地操作着,杰姆·韦斯特用简洁的话语发出命令,变换方向,穿过航道。为了避免碰撞,有时贴近风向迅速行驶,有时又转到几乎吃紧风的程度。尽管监视持续不懈,水手操作灵巧,迅速敏捷,冰山与船体之间危险的擦碰仍然不时有所发生。船只驶过之后,在冰山的棱角上留下了长长的柏油痕迹。确实,一想到船板可能开裂,海水可能侵入,最勇敢的人也会不寒而栗……

需要说明的是,冰山的底部却很陡峭,攀登上去是不可能的。因此,本来在冰山群集的海域里为数众多的海豹,我们竟一只也没见到。过去,"哈勒布雷纳"号所过之处,喧嚣的企鹅纷纷跃入水中。这次甚至没有见到一群企鹅。飞鸟似乎更为稀少,更加迅速逃遁。这荒无人烟的地区,处处使人感到焦虑不安的恐惧,我们之中,谁也无法摆脱这种情绪。"珍妮"号的幸存者,如果被带到这可怕的荒漠之中,能够找到栖身之地、得以活命吗?对这一点还能抱什么希望……如果"哈勒布雷纳"号也在这里失事,还会留下一个人作为见证吗?……

为了穿过冰山一线,双桅船从昨天起放弃了向南的航向。从那时起,可以看到,混血儿一反常态,他总是蹲在前桅脚下,目光离开了海面,只在帮助操作时才站起来,工作中再也没有过去的那种热情和机警了。说真的,他灰心丧气了。但这并不是因为他不再相信他"珍妮"号上的伙伴还活着……这种想法是不会在他头脑里产生的。而是他本能地感到,沿着这个方向,是找不到可怜的皮姆的踪迹的!

如果他对我说:"先生……请理解我……不是从这里走……不对……不是从这里走!……"

我该怎样回答他呢?……

晚上近七点钟,起了浓雾。只要浓雾不消散,双桅船的航行就极为困难,极为危险。

这一天,一会儿兴奋,一会儿焦虑不安,情况翻来覆去的变化,使我疲惫不堪……我回到自己的小舱室,和衣而卧。

我没有睡意,心烦意乱,思绪万千。过去,我的思维是那么冷静,现在却是这样的亢奋。我想,在这埃德加·爱伦·坡的主人公如鱼得水的特殊环境中,反复阅读埃德加·爱伦·坡的著作,对我已经发生了连我自己也意想不到的影响……

明天四十八小时就到期了,这是在我的请求下,船员们给我的最后的施舍。

我走进舱面室时,水手长曾对我说:"怎么样?事情不是像你希望的那样吧?……"

不是!当然不是。在大队的冰山后边,根本没有出现陆地。浮动的庞然大物之间,没有发现任何海岸的迹象。明天兰·盖伊船长就要掉头北返……

啊!为什么我不是这条船的船主呢!……如果我以前得以将它买下,哪怕花掉我全部的财产也在所不惜!如果这些人都是用皮鞭驱使得了的我的奴隶,"哈勒布雷纳"号的远征就永远不会半途而废……哪怕会将双桅船一直带到南极洲的轴点上!轴点的上空,南十字座的群星射出闪闪的光芒!……

千百个主意,千种遗憾,千种意念,在我头脑中翻腾,我的头脑完全混乱了……我想起来,可是仿佛有一只手,沉重而无法抵抗,将我牢牢地按在床上!……我想立刻离开这间舱室,离开这睡意蒙眬中噩梦缠身的地方……我想将"哈勒布雷纳"号的一只小艇投入海中……我和德克·彼得斯跳上小艇。他会毫不犹豫地跟随着我!……然后,任凭南去的水流将我们卷走……

我这么做了……是的!我这么做了……在梦中!……这是第二天……兰·盖伊船长向地平线上最后看了一眼,下令掉转船头……一只小艇拖在双桅船后边……我告知了混血儿……我们溜下小艇,没有被人发现……我们砍断了缆绳……双桅船向前驶去,我们留在后边……水流将我们推走了……

我们就这样在一直自由流动的海洋上行进……最后,我们的小艇停住了……那里是一块陆地……我似乎遥遥望见了高耸于南极地盖之上的类似狮身人面怪兽的东西,冰雪怪兽……我向他走去……我向他询问……他向我吐露了这神秘地区的秘密……这时,在这神话魔怪的周围,出现了阿瑟·皮姆肯定是事实的那些现象……晃动的雾障,点缀着一道道的闪光,撕裂开来……在我眩晕的目光前,高高耸立着的已不是那超人的巨大面庞……而是阿瑟·皮姆……这南极的凶神恶煞,在高纬度的烈风中展开一面美国国旗!……

这梦境是突然中断了,还是随着飘逸不定的想象演变了,我不知道,但是我感到是突然惊醒了……我似乎感到双桅船的摇摆发生了变化,船只缓慢地向右舷倾斜,滑行在平静的海面上……然而,这既不是左右摇摆,也不是上下颠簸……

是的,我感到被向上抛了起来,仿佛我的床成了气球上的吊篮……仿佛重力作用在我身上消失了……

我没有弄错,我又从梦境中回到现实中来了……

原因不明的撞击在我头上响起。舱室内,板壁偏离了垂直方向,使人想到"哈勒布雷纳"号正向侧面翻倒。几乎同时,我被弹出床外,桌角险些将我的头盖骨劈开……

最后,我爬起来,牢牢抓住侧面的窗框,我把身体斜顶在门上,朝着餐厅的门打开了……

这时,舷墙发出咔咔的折裂声,左舷中部也发出断裂的响声……

是不是雾中航行,杰姆·韦斯特未能避开哪一座高大的冰山,双桅船与冰山相撞了?……

突然,船后部舱面室上爆发出激烈的叫骂声,然后是恐怖的喊叫,全船人员近似疯狂的叫喊混成一团……

最后又发生了一次碰撞,"哈勒布雷纳"号就再也不动弹了。

第7章　冰山翻倒

我只得在舱室地板上爬行，到了门口，来到甲板上。

兰·盖伊船长已经离开他的舱室。倾斜度很大，他只能跪着挪动，总算抓住了舷墙上扯旗用的转动架。

船头附近，艏楼和前桅之间，船首的三角帆已经垮下，有如一顶吊索松弛的帐篷。从三角帆的褶皱中，露出几个人头。

悬空挂在右舷侧支索上的有德克·彼得斯、哈迪、马尔丁·霍特和脸色黝黑、惊恐万状的恩迪科特。

可以相信，此时此刻，要让他和水手长让出自跨越84°以来应获奖金的百分之五十，他们一定是心甘情愿的！……

有一个人爬到我跟前。甲板的倾斜度很大——至少50°，没办法站起来。

这是赫利格利，他像水手在帆架上运动那样靠拢过来。

我直挺挺地躺在地上，脚蹬门框，不用担心会滑到通道尽头去了。

我把手伸给水手长，艰难地帮助他向上移动，到我身边。

"出什么事了？……"我问他。

"杰奥林先生，是搁浅了！"

"我们搁浅了？……"我失声叫道。

"岸边就意味着陆地。"水手长讥讽地回答,"而陆地,从来就只存在于德克·彼得斯这个魔鬼的想象中!"

"到底出了什么事?……"

"浓雾中一座冰山来到,我们未能躲开……"

"一座冰山,水手长?……"

"是的!一座冰山正好挑这个时候翻个!翻个的时候,碰上了'哈勒布雷纳'号,把船甩起来,就像球拍子接羽毛球一样。我们现在就这样搁浅在高于南极海平面一百多法尺的地方了。"

怎能设想,"哈勒布雷纳"号的远征会有比这更为可怕的结局呢!……在这远离陆地的茫茫大海中,我们唯一的交通工具离开了它的自然环境,被一座失去平衡的冰山送上了一百法尺以上的高度!……是的,我再重复一句,这是多么可怕的结局啊!在惊涛骇浪中被吞没,在野人攻击中被摧毁,在冰山中被撞碎,这是每一艘进入极海的船只都会面临的危险!……然而"哈勒布雷纳"号却被一座漂浮的冰山翻个时高高举起,此时几乎搁浅在冰山的顶部。不!这真是令人难以置信!

利用我们拥有的手段,是否能够把双桅船从这么高的地方放下来,我不知道。但是,另一方面,我很明白,兰·盖伊船长、大副及老船员们,一旦从最初的恐惧中清醒过来,不管情况多么险恶,他们并不是绝望气馁的人。我对这一点坚信不疑。是的!他们将会竭尽全力共同自救。至于要采取什么措施,目前谁也谈不出来。

浓雾有如灰黑色的纱幕,一直笼罩着冰山。除了狭窄的凹面将双桅船卡在其中以外,我们根本看不见冰山庞大的躯体,也无法得知,在这向东南漂流而去的冰山群中,它占据着什么位置。

如果冰山突然晃动，双桅船就可能下滑。最起码的谨慎措施，就是撤离"哈勒布雷纳"号。难道我们能够肯定，冰山在海面上能最后恢复平稳吗？冰山的稳定性可靠吗？……难道不应该对发生新的倾覆有所预测吗？……如果双桅船悬空直滑下去，我们之中有谁能够安然无恙得以逃命呢？谁又能免遭被万丈深渊吞没的最后命运呢？……

几分钟之内，船员们都离开了双桅船。每个人在坡上找个栖身之处，等待冰山从云雾笼罩中显露出来。斜射的阳光完全无法穿透浓雾。不透光的层层水滴使阳光黯然失色，只能勉强感到红色巨轮的存在。

人们相隔十几步远，还能彼此看见。"哈勒布雷纳"号看上去，只是模糊一团，黑乎乎的颜色在白色的冰雪之中显得格外鲜明。

这时很有必要查问一下，出事的时候，全部留在双桅船甲板上的人当中，有没有被抛出舷墙之外，甩到斜坡上，跌入大海的。

按照兰·盖伊船长的命令，在场的海员们都走了过来，聚到我和大副、水手长、哈迪师傅及马尔丁·霍特师傅周围。

杰姆·韦斯特点名……有五个人没有回答，一个是老船员、水手德拉普，还有四名新船员，是两名英国人，一名美国人和一名火地岛人，他们都是在福克兰群岛登船的。

就这样，这场灾难夺去了我们五个人的生命。这是从克尔格伦群岛出发远征以来，第一批死难者。他们会是最后一批吗？

无疑这些不幸的人是遇难身死了。我们到处呼叫，到冰山侧面寻找，凡是有些突出的部位能挂住人的地方都找遍了，但是毫无结果。

浓雾消散以后,再次寻找,依然毫无结果。当"哈勒布雷纳"号从底下被抓住的时候,船体晃动十分剧烈而又突如其来,这些人无力紧紧抓住舷墙。很可能永远也找不到他们的尸体了,估计水流已将尸身带往大海。

五个人死亡已确定无疑,我们每个人都陷入了绝望之中。这时,威胁着穿越极区探险的各种危险,其可怕的前景活生生地出现在我们眼前!

"赫恩呢?"一个声音问道。

一片沉默中,马尔丁·霍特提到了这个名字。

我们把赫恩忘了。渔猎手被关在底舱中,会不会被压死了?

杰姆·韦斯特向双桅船奔去,利用吊挂在船头的缆绳爬上船,到了船员休息舱,从那里进入底舱……

我们大家一动不动、默默无声地等待着,关注着赫恩的命运,虽则船员中的这个丧门星并不大值得怜悯。

然而,此刻我们当中有多少人在想,如果听了赫恩的劝告,如果双桅船踏上向北的归途,全体船员就不至于将一座漂浮的冰山当成唯一的避难所了!……在这种情况下,作为当初极力鼓吹继续这场远征的人,我的责任有多大,我几乎不敢想!

大副终于又在甲板上出现了,赫恩跟随在后。渔猎手所在的那块地方,无论是舱壁,还是肋骨,还是船壳板,竟然都没有折断,真是奇迹!

赫恩顺着双桅船下来,脱离了险境。他一句话没说,便回到自己的同伴中。再也不用管他了。

将近清晨六时,气温迅速降低,浓雾消散。这并不是完全凝结的水汽,而是叫作"雾凇"或结晶霜的现象,在高纬度地区有时发生。有大量棱柱形纤维附着在冰山侧面，竖起一层薄薄的硬壳，尖端朝着风向。兰·盖伊正是从这一点上辨认出来的。这种雾凇，航海家们是不会把它与温带地区的霜相混淆的，霜的凝结只是沉积地表以后才能形成。

这时我们可以估计一下这个庞然大物的体积了。我们在上边就像爬在甜面包上的小苍蝇。肯定从下边看，双桅船也不会显得比大商船上的多桨小艇大多少。

看来，这座冰山周围有三百到四百杜瓦兹，高有一百三十到一百四十法尺。根据计算，水下部分大概比这还要大四到五倍，所以，有几百万吨重。

事情是这样发生的：

冰山与较温和的海水接触，下部被侵蚀，就逐渐浮起来。由于重心转移，只有来一次突然的翻倒才能重新取得平衡。这样就把原来的水下部分翻到水平面以上。"哈勒布雷纳"号被这种倾覆撬起，有如被一个巨大的杠杆撬起一样。在极地海面上有大量的冰山这样翻转，这对靠近的船只是一大危险。

我们的双桅船嵌镶在冰山西侧的一凹处中。船体向右舷倾斜，船尾翘起，船头向下。可以想到，只要有微小的震动，双桅船就会沿着冰山的斜坡滑下海去。造成搁浅的这一侧，撞击相当猛烈，船壳板及舷墙被撞穿，有两杜瓦兹长。第一次撞击，固定在前桅前部的厨房，系索拉断，直滚到舱面室出口处。舱面室的门位于兰·盖伊船长和大副的舱室之间，从合页上被拉下来。上桅和顶桅，由于缆索断裂，已经垮下。我们发现在栈桥高度上有崭新的断裂痕迹。各种残渣碎片，桅桁的，桅杆的，部分船帆，大桶，箱子，鸡笼，散落在这庞然大物的底部，并随它一起漂流。

目前情况下,特别令人担心的是,"哈勒布雷纳"号上的两只小艇,右舷的小艇在搁浅时已被撞碎,只剩下第二只了。这只比较大,仍用滑轮吊挂在左舷的吊艇杆上。最紧要的事情,是要将它放到安全的地方去,这可能是我们唯一的自救工具了。

初步检查结果是,双桅船的低桅都还保持原来位置。如果今后能把船只放下,仍可使用。但是怎样才能使船只离开这个冰坑而返回到它的自然环境去呢?一言以蔽之,怎样才能像让一条新船下水一样,使它"下水"呢?

当只有兰·盖伊船长、大副、水手长和我在一起时,就这个问题,我探问他们的态度。

"这项工作会带来很大的危险,这我同意,"杰姆·韦斯特回答,"但是,既然这很必要,我们就一定要干。我想,必须凿出一条冰床直达冰山底部……"

"而且一天也不能延误!"兰·盖伊船长补充道。

"水手长,你听见了吗?……"杰姆·韦斯特又说道,"从今天开始就干起来!"

"听见了,大家一起干!"水手长回答,"不过,船长,请你允许,我想提一个意见……"

"什么意见?……"

"这项工作开始之前,让我们检查一下船体,看看有哪些损坏的地方,还能不能修理。如果损坏严重,下水又有什么用呢?会马上沉底的!"

大家都同意水手长这正当的要求。

浓雾散去,明亮的阳光照亮了冰山的东部,从这里极目远望,可见烟波浩渺的大海。这一侧并不是双脚难以找到支点的光滑表面,而是呈现出许多凸凹不平,有突起的部分,也有陡坡,甚至还有平台地带,可以轻而易举地建起临时营地的。然而要特别当心巨大冰块的坠落。由于很不平稳,稍有震动就会分离出来。确实,上午就有好几次这种冰块滚入海中,发出雪崩般可怕的巨响。

总的说来,似乎冰山坐落在新基底上还很稳固。而且,如果重心处于浮力线水平以下,是无须担心发生新的倾覆的。

自从出事以来,我还一直没有机会和德克·彼得斯说话。点名时听到他答"到",我就知道他不在牺牲者之列。这时,我见他一动不动地站在狭窄的突出部位上,目光朝着什么方向,是可想而知的……

为了对船体进行一次仔细的检查,我陪同兰·盖伊船长、大副、水手长、哈迪师傅和马尔丁·霍特师傅,再次朝双桅船走去。左舷一侧,可能较容易修理,因为"哈勒布雷纳"号是向另一侧倾斜的。右舷,如果要在检查中不漏掉任何部位,无论如何也要凿开冰层下到龙骨部位去。

经过长达两小时的检查,得出的结果是:损坏并不严重,大体上属于一般的修理。强烈的撞击下,有两三块船板断裂,露出扭曲了的船钉,张开的接缝。内部肋骨完好无损,底肋骨一点没有变形。我们这条船专为在南极海洋航行而建造,经受住了考验。如果是其他船只,不那么结实,早就粉身碎骨了。当然,舵已从镶铁中分离出来,但这很容易修好。

内部外部检查完毕,看来损坏程度比我们担心的要轻一些,这方面我们算放心了。

放心……是的……如果我们能成功地使双桅船重新下水,才会真的放心!

早饭以后,决定开始动手挖一条倾斜的冰槽,可以使"哈勒布雷纳"号一直滑到冰山底部。但愿上帝保佑工程成功!在这样的条件下,冒着南极冬季的严寒,在这浮动的庞然大物上度过六个月,不知会把我们带到哪里去,想到这里,谁能不胆战心惊呢?冬天来到,我们谁也逃脱不了最可怕的死亡——冻死……

这时,距离我们百步开外的德克·彼得斯,正观察着从南向东的地平线。他的大粗嗓门叫喊道:

"发生故障了!"

发生故障了?……如果不是指浮动的冰山突然停了下来,混血儿的这句话还能有什么别的意思呢?至于停止的原因,现在还不是研究它的时候,更不去考虑将引起什么后果。

"这倒是真的!"水手长喊道,"冰山不走了,说不定自翻倒以来就没有动过吧!……"

"怎么?"我高声叫道,"冰山不再移动了?……"

"是的，"大副答道，"其他的冰山顺流而下，我们这座冰山留在后面，就证明了这一点。"

确实，此时只见五六座冰山向南方漂流而去，而我们这座一动也不动，似乎触到了海底的浅滩。

最简单的解释就是冰山的新基底碰到了海底的隆起，而钩在上面。只有冰山水下部分抬高，才能结束这种附着状态。那就又有引起第二次倾覆的危险。

总而言之，情况极其复杂严重。在这南极海中，永远静止不动危险更大，还不如顺水漂流。漂流下去，至少还有会遇到大陆或岛屿的希望。如果水流方向不变，海面不冻结，甚至还有希望跨出极区的界限！……

经过三个月可怕的远征，我们现在到了这步田地！现在还能奢谈什么威廉·盖伊、"珍妮"号的同胞和阿瑟·皮姆呢？……我们所拥有的一切手段不是都应该用在自救上面吗？如果"哈勒布雷纳"号的水手最后起来造反，如果他们听信赫恩的谗言，要求他们的上司——特别是我，对如此远征的灾祸负责，那又有什么可奇怪的呢？

尽管赫恩一伙损失了四个人，他们仍然保持着数量上的优势。这时会发生什么事情呢？……

我看得很清楚，兰·盖伊船长和杰姆·韦斯特考虑的也正是这个问题。

福克兰群岛招募的人，现在总数只有十五人。我们这一边包括混血儿在内，也有十三人。但是令人担心的是，我们这边有几个人随时会站到赫恩一边去。在绝望心情的驱使下，说不定这些家伙正在考虑夺取我们拥有的唯一小艇，向北返回，而把我们丢弃在这冰山上呢?……因此,当前最重要的事情,就是要把小艇放在安全地点,并随时看守。

自从最近发生这些变故以来,兰·盖伊船长身上发生了重大变化。在即将到来的危险面前,他仿佛变成了另外一个人。以前,他全部心思都集中在寻找同胞上,而把双桅船的指挥交给了大副。确实也找不到比他的大副更有能力、更忠心耿耿的助手。但是从这一天起,他要重新担负起他船长的职务,以形势要求的巨大魄力行使船长的职权,重新成为在船上仅次于上帝的主人。

按照船长命令,在"哈勒布雷纳"号右侧不远的一块高地上,船员们在他周围排列成行。队列中的老船员有:马尔丁,霍特师傅和哈迪师傅,水手罗杰斯、弗朗西斯、格雷希恩、伯里、斯特恩,厨师恩迪科特,我还算上德克·彼得斯。新船员一边有赫恩及福克兰群岛上船的其他十四名海员。这些人组成单独一组,他们的代言人是渔猎手,对他们起着恶劣的影响。

兰·盖伊船长用坚毅的目光环视着全体船员,用洪亮的声音说道:"'哈勒布雷纳'号的船员们,我首先要告诉你们,我们有五位伙伴在这次灾祸中遇难……"

"死亡也快轮到我们头上了。把我们带到这里,虽然……"

"赫恩,住嘴!"杰姆·韦斯特高声叫喊,气得脸色发白,"住嘴,否则……"

"赫恩说出了他想说的话。"兰·盖伊船长冷冷地说道,"既然他已经说过了,我请他不要再一次打断我的话!"

可能渔猎手还想分辩几句,因为他感到多数人是支持他的。但是马尔丁·霍特急匆匆走到他跟前,制止了他。于是他住了口。

兰·盖伊船长这时摘下帽子,以一种感人肺腑的激情,说出下面一席话：

"我们以人道的名义进行了这次历经艰险的远征,我们要为死者祈祷。愿上帝念及他们为拯救自己同胞而英勇献身的事实,倾听我们的声音吧！……'哈勒布雷纳'号的船员们,请跪下吧！"

所有的人都跪在冰面上,低沉的祈祷声直上云天。

等兰·盖伊船长站起来以后,我们也站了起来。"悼念了死者之后,"船长又说道,"现在我们来谈生者的问题。对幸存者,我要说,即使在我们目前的处境下,不论我下什么命令,都必须服从我。抵制或犹疑,都是我不能容忍的。我承担着大家自救的责任,我不会向任何人做任何让步。在船上,在这里,一律由我指挥……"

"在船上……现在已经没有船了！"渔猎手大胆顶了一句。

"赫恩,你错了。船还在,我们还要把船送入海中。再说,即使我们只有一只小艇,我还是船长……谁忘记这一点,谁就没有好下场！"

这一天,船长利用六分仪测量了日高,又用计时器校正了时间。碰撞时,这两种仪器都没有损坏。经过计算,兰·盖伊船长得出下列方位：

南纬88°55′。

西经39°12′。

"哈勒布雷纳"号距离南极只有1°5′,即六十五海里了。

第8章　致命的一击

兰·盖伊船长已经下了命令："干起来！"当天下午开始，每个人都勇猛地投入了战斗。

每一个小时都是宝贵的。没有一个人不明白，时间问题是生死攸关的大问题。至于给养，双桅船上还有十八个月的口粮。所以不存在饥饿的威胁。口渴的问题也不大。虽然淡水柜在撞击中已经破裂，柜中储水沿船板缝隙流失殆尽，幸运的是装有杜松子酒、威士忌、啤酒和葡萄酒的酒桶位于货舱中损坏最小的部位，几乎完好无损。从这点来说，我们没有受到任何损失。冰山本身也能向我们提供淡水。

众所周知，冰，无论由淡水还是由海水结成，都是不含盐分的。水从液态转化成固态的时候，完全排除了氯化钠。所以从哪一种水结成的冰中提取饮用水，看来都无关紧要。然而，从颜色几乎发绿、完全透明的大冰块上分离出来的冰，应该优先考虑。这是变成固态的雨水，比起其他冰来，远远更适合于饮用。

我们船长是南极海洋的常客，他肯定会毫无困难地辨别出这种冰块。但在我们这座冰山上是无法找到的。因为，现在浮在水上的部分正是倾覆以前没在水中的部分。

为了减轻船只重量，兰·盖伊船长和杰姆·韦斯特决定首先卸掉船上的所有物品。桅桁索具和帆缆具也拆卸下来,运到高地上。船只下水作业艰巨而危险,必须尽量减轻重量,甚至压舱物品也要搬下。只要下水作业能够顺利进行,宁愿晚走几天。然后再重新装船,不会有很大困难。

除了这个决定性的原因,还有一个原因,其重要性也不亚于前一个。"哈勒布雷纳"号位于冰山的斜坡上,极不安全。把给养留在舱内,这种做法是不可原谅的冒险。震动一下不就足以使船只滑下去吗?如果支撑船体的大冰块发生移动,船只不是也失去支点了吗?那时,保障我们生存的给养也将随着船只一起消逝!

这一天,大家忙着卸下五花八门的箱子,装醃肉的,装干菜的,装面粉的,装饼干的,装茶叶的和装咖啡的。从食品贮藏室和货舱里运出杜松子酒、威士忌、葡萄酒和啤酒各类酒桶。然后安全地放在"哈勒布雷纳"号附近凸凹不平的冰面上。

同样,要防止小艇出现任何意外——我要补充一点,即提防赫恩他们一伙的阴谋。他们很可能夺取小艇以便返回大浮冰区。

小艇连同其划桨、舵、掣索、四爪锚、桅桁索具以及风帆,放在一个便于监视的洞穴里,距双桅船左侧三十法尺左右。白天不用担心。夜里,确切地说,是睡觉的时候,水手长或别的师傅在洞边站岗守卫。这样——可以肯定——小艇不会遭到意外。

1月19、20、21日这几天,共干了两项工作,运送船上货物和拆卸桅具。先用桅桁做成吊杆吊装下桅。以后杰姆·韦斯特会设法用什么东西来代替上桅和顶桅。不过,无论是返回福克兰群岛还是到其他冬季停泊港口去,上桅和顶桅并不是必不可少的。

无须赘言,在离"哈勒布雷纳"号不远的地方,就是我说过的那块高地上,建立起一个临时营地。利用现有的帆篷布支在桅杆木架上，用活转桁索拉紧，搭成了好几座帐篷，遮掩着各舱室及船员休息舱的卧具，提供了足以御寒的隐身之处。一年中的这个季节，寒流的袭击已经相当频繁了。由于来自东北方向的海风持续吹拂，天气还一直晴和，气温回升到华氏46度（7.78摄氏度）。恩迪科特的厨房安置在高地的尽头，靠近一个高坡，沿着长长的坡面可抵达冰山顶端。

我应该承认，在这三天极为繁重的劳动中，赫恩的表现无可指摘。渔猎手自知已成为特别监视的目标。他也知道，如果他竟敢挑动他的同伴不服从指挥，兰·盖伊船长是不会放过他的。他的恶劣天性促使他扮演这一角色，实在是很不幸。他精力旺盛，灵巧机智，本可以使他成为一个罕见之材，在当前形势下足可以大显身手。是否他良心发现了呢？……是他懂得了大家的自救要靠同心协力吗？……我无法猜测，但是我并不相信他，赫利格利也这样想。

混血儿在这些艰苦工作中表现出的干劲，无须我多说。他总是吃苦在前，休息在后。干活一个顶四个，只睡几个小时，只有躲在一边吃饭的时候休息一小会儿。自从双桅船出事以来，他几乎没有跟我讲过话。他会对我说什么呢？……继续这场不幸远征的一切希望，都应该放弃。难道我和他不都是这样想的吗？……

有时候，我看见马尔丁·霍特与混血儿肩并肩干一件艰苦的工作。我们的帆篷师傅不放过任何机会接近德克·彼得斯，而德克·彼得斯出于众所周知的原因，总是回避他。每当我想到他向我倾吐的秘密——所说的帕克实际上是马尔丁·霍特的亲哥哥，想到"逆戟鲸"号上那可怕的情景时，我就陷入深深的恐怖之中。我毫不怀疑，这一秘密一旦被揭穿，混血儿就会成为人们厌恶的目标。人们就会忘掉他是帆篷师傅的救命恩人。而帆篷师傅,如果知道了他的哥哥……幸亏只有我和德克·彼得斯两个人知道这个秘密。

"哈勒布雷纳"号进行卸货的时候,兰·盖伊船长和大副就在研究船只下水问题——肯定是困难重重的一个问题。这里要解决的是如何补救从双桅船搁浅处到海平面之间这一百法尺左右的高度问题。办法是在冰山西侧倾斜处挖一条冰槽,总长度大约至少二百到三百杜瓦兹。因此,当水手长领导的第一组负责卸船时,由杰姆·韦斯特指挥的第二组,就在浮动冰山这一侧耸立的冰块中开始开辟滑道。

浮动的?……我不知道为什么使用这个字眼,冰山现在已经不浮动了。它如同小岛一样纹丝不动,也没有任何迹象使人相信有朝一日它还会漂流起来。为数不少的其他冰山从海面上驶过,向东南方漂去。而我们这座冰山,用德克·彼得斯的话来说,仍然"发生故障"。它的底部会不会侵蚀到一定程度时与海底脱离呢?……不然就是一块沉重巨大的冰块漂过来与它相撞,撞击之下它又滑动起来?……这一切都无法预料,只能把最后离开这一海域的希望寄托在"哈勒布雷纳"号身上。

各种工作,我们一直干到1月24日。风平浪静,气温也没有降低。温度计水银柱甚至从零上又往上升了二到三度。所以从西北漂来的冰山增加,已有百余座,发生碰撞会造成极严重的后果。

捻缝师傅哈迪首先开始修复船体,替换木钉,拆换坏船板,腻好裂缝。作业所需材料一点不缺,我们确信作业将顺利进行。在这荒僻寂静的冰原上,往船板里敲打钉子的铁锤声和剔除缝隙中废麻的长柄木槌声在回响。海鸥、海番鸭、信天翁、海燕,在冰山顶上盘旋,发出震耳欲聋的叫声。所有这些音响汇成一片。

当我单独和兰·盖伊船长、杰姆·韦斯特在一起的时候,可以料想得到,我们谈话的主题总是目前的形势、摆脱困境的办法和可能性。大副满怀希望,只要此后不出现任何意外,他对下水成功很有把握。兰·盖伊船长表现得比较谨慎。他一想到要最后放弃寻找"珍妮"号幸存者的一切希望,就感到心如刀绞⋯⋯

的确,一旦"哈勒布雷纳"号一切准备就绪,可以重返大海,当杰姆·韦斯特向他请示航线时,他敢回答"航向正南"吗?不!如果那样回答,这一次,不仅新船员不会跟随他,就连大部分老船员也不会随他前往。继续沿着这个方向寻找,挺进到极点以远,而且不能肯定,如果到不了大西洋,便能抵达印度洋,这是任何航海家都不敢干的大胆之举。如果这个方向上有块大陆挡住了海路,双桅船置身于大量冰山包围的绝境之中,在南极冬季到来之前无法脱身⋯⋯

在这种情况下,要让船长同意继续远征,不是明摆着要遭到拒绝吗?这不能提了。此时掉头北返已经势在必行,在这块南极海面,一天也不能滞留了。我已经下定决心不再向兰·盖伊船长谈及这件事。倘有机会,倒不妨试探试探水手长对这个问题的看法。

赫利格利干完活以后,常常来找我。我们谈天说地,回顾我们的旅程。

有一天,我们坐在冰山顶上,目光凝视着令人失望的天际。他高声说道:"杰奥林先生,'哈勒布雷纳'号离开克尔格伦群岛时,谁会想到,六个半月以后,它会在这个纬度上挂在冰山的山腰上呢!"

"尤其遗憾的是,"我回答道,"要是没有这次事故,我们可能已经达到目的,并且踏上归途了。"

"我不反对你的看法,"水手长辩驳道,"但你所说的可能已经达到目的……是指我们可能已经找到我们的同胞了吗?……"

"可能是这样,水手长。"

"杰奥林先生,我不大相信,尽管这是我们跨越南极海洋航行主要的甚至是唯一的目标……"

"唯一目标……是的……一开始是这样,"我暗示道,"但是自从混血儿提出关于阿瑟·皮姆的线索之后……"

"啊!……杰奥林先生,你一直惦记着这件事……像勇敢的德克·彼得斯一样?……"

"对,我一直在想,赫利格利。没想到,这场意外,凄惨而又令人难以置信的意外,竟把我们搁浅在港口之内……"

"杰奥林先生,既然你认为已经在港口内搁浅,你只能保留你的幻想了……"

"为什么不可以呢?……"

"好啦!不管怎么说,这次搁浅可真够稀罕的!"水手长严肃地说,"不是搁浅在海底,倒是搁浅在空中……"

"所以我有权利说,这是很不幸的情况,赫利格利……"

"不幸,那当然了!据我看,从这里面我们难道不该得到某种启示吗?……"

"什么启示?……"

"就是说,在这个地区深入探险如此遥远,是不允许的。在我看来,造物主禁止他造出来的人登上极地的顶端!"

"可是现在这地极顶端距我们只有六十海里左右了……"

"是的,杰奥林先生。没有任何办法可以跨过它的时候,六十海里就跟有一千海里一样……如果双桅船不能成功下水,我们就只好在南极熊都不肯来的地方过冬了!"

我摇了摇头,算作回答,赫利格利是不会误解我的意思的。

"杰奥林先生,你知道我经常想念什么吗?……"他问我。

"你想念什么,水手长?……"

"我想念克尔格伦群岛,我们很少从那条路走!当然,寒季时那里真冷得够劲的……这个群岛和位于南极海边缘的岛屿没有什么区别……但是距离开普敦很近,如果你想到开普敦去暖和暖和腿脚,也根本没有大浮冰挡住你的去路!……可是这里,四周一片冰雪,魔鬼才能使这冰山起航,谁知道能否找到出路呢?……"

"水手长,我再跟你说一遍,如果没有这次意外事件,现在,一切都已这样或那样地结束了,我们还有六个多星期时间可以走出这南极海。总之,像我们的双桅船这样,先是一帆风顺,后来又这么倒霉,真是太罕见了,这是地道的败兴……"

"唉,一帆风顺,这些都已成为过去了!杰奥林先生,"赫利格利高声说道,"我很担心……"

"什么,你也担心,水手长……我知道你是一个信心十足的人,连你也……"

"信心吗,杰奥林先生,这跟裤裆一样,也会磨破的!……有什么办法呢!……我的朋友阿特金斯在他生意兴隆的旅店中安居乐业,当我拿自己跟他相比时,当我想到'青鹭'旅店,楼下的大厅,在小桌上和朋友品尝威士忌和杜松子酒,炉火熊熊,噼啪作响,比房顶上的风信旗转动声音还大……唉,这一比,我们真不如他……依我看,也许阿特金斯大叔比我们更懂得生活……"

"呃,水手长,你还会与他相见的,这个好人阿特金斯,还有'青鹭'旅店和克尔格伦群岛!看在上帝的分儿上,你可不要灰心丧气!……如果像你这样一个通情达理而又果断的人都已经绝望了……"

"呃,杰奥林先生,如果只是我一个,那还算不错呢!"

"难道全体船员……"

"对……不……"赫利格利辩白道,"我知道有些人是很不满意的。"

"赫恩他又开始发牢骚并且煽动他的同伴了吗?……"

"至少没有公开煽动,杰奥林先生。自从我监视他以来,倒没看见什么,也没听见什么。他自己也明白,如果他轻举妄动,等着他的是什么。所以——我相信我没有弄错——这个狡猾的家伙是见风转舵了。赫恩倒不使我感到奇怪,我奇怪的是帆篷师傅马尔丁·霍特……"

"水手长,你这是什么意思?……"

"他们两人的关系好像很密切!……请你注意观察他们。赫恩总是追着马尔丁·霍特,常和他交谈,马尔丁·霍特对他也不反感。"

"我想,马尔丁·霍特不是那种听信赫恩出主意的人,"我回答说,"如果赫恩企图鼓动船员造反,马尔丁·霍特也不会跟他走……"

"当然不会,杰奥林先生……看见他们混在一块,我很不高兴……这个赫恩是个特别危险的人物,而且没有良心,马尔丁·霍特可能对他没有足够的戒心！……"

"那他可就错了，水手长。"

"你听着……有一天，他们谈话的片言只语传到我耳朵里，你知道他们谈些什么吗？……"

"你要不跟我说，我永远也不会知道，赫利格利。"

"是这样，他们正在'哈勒布雷纳'号甲板上闲聊，我听到他们提到德克·彼得斯。赫恩说：'霍特师傅，混血儿从来不愿和你接近，也不接受你的感谢，你不要责怪他……他是一个粗人，但是他非常勇敢。他冒着生命危险救你出险，也已证实了这一点。……再说，你不会忘记，他曾是"逆戟鲸"号的船员。如果我没记错的话，你的哥哥内德也是这条船上的……'"

"水手长，他说这话了吗？……"我高声叫道，"他点出'逆戟鲸'号的船名了吗？……"

"是的……'逆戟鲸'号。"

"说到内德·霍特了吗？……"

"正是，杰奥林先生！"

"马尔丁·霍特怎么回答他的？……"

"他回答说：'我那可怜的哥哥，我甚至不知道他是在什么情况下死的！……是在船上暴乱中死的吗？他很正直，大概不会背叛他的船长。可能他是被杀的？……'"

"赫恩强调这个问题了吗，水手长……"

"是的……他又说：'霍特师傅，对你来说，这是很悲痛的事！……我听人说，"逆戟鲸"号的船长和他手下的两三个人被遗弃在一条小艇上……不知道同他在一起的，有没有你的哥哥？……'"

"后来呢？……"

"后来,杰奥林先生,他又问:'你没想到向德克·彼得斯打听一下吗？……'"

"''打听过一次,'马尔丁·霍特说,'我向混血儿询问这件事,我从未见过像他那样痛心疾首的人。他说:"我不知道……我不知道……"声音那么低沉,我几乎听不明白。说完,他就双手捂着头跑开了……'"

"他们这次谈话,你就听到这些吗,水手长？……"

"杰奥林先生,就这么多。我觉着这件事好奇怪,所以我想告诉你。"

"你从中得出什么结论？……"

"什么也没有。不过,依我看,渔猎手是个坏蛋,他很可能偷偷搞鬼,他想拉马尔丁·霍特入伙!"

是啊! 赫恩这种新的动向意味着什么呢？……为什么他要接近我们最杰出的水手之一马尔丁·霍特？……为什么跟他提起'逆戟鲸'号的情景？……难道关于德克·彼得斯与内德·霍特的情况,赫恩比别人知道的多？——这个秘密,混血儿和我以为只有我们两个人才知道的呀!……

这件事自然引起我强烈的不安。但是,我在德克·彼得斯面前只字未提。如果他怀疑到赫恩在谈论"逆戟鲸"号上发生的事,如果他知道了这个坏蛋——赫利格利这么叫他,不是没有道理的——不断向马尔丁·霍特谈起他的哥哥内德,我很难预料会发生什么事!

总之,不论赫恩打什么鬼主意,我们的帆篷师傅,这个船长本来可以依靠的人,与赫恩勾搭上了,实在令人惋惜。渔猎手这么干,其中必有原故。什么原故？我无法猜测。所以,虽然船员们似乎放弃了任何暴乱的念头,严密的监视还是必要的,特别是对赫恩。

况且,目前这种局面即将结束——至少对双桅船来说是这样。

两天以后,工程结束了。船体修理已竣工,开挖直达冰山底部的下水冰槽也已结束。

这段时期,冰层表面发生轻微的软化,开挖冰槽的十字镐根本没费多大劲儿。冰槽斜绕过冰山的西侧,为的是避免出现任何太陡的坡度。借助缆绳适当系住船只,再往下滑动,大概不会造成任何损坏。我更担心的是气温升高,会使船在冰槽中滑动发生困难。

不言而喻,船内的货物、桅桁索具、锚具、锚链等,都没有搬上船去。船体本身已经够重了,不好控制,要尽可能减轻分量。一旦双桅船重新下水,再重新安装不过是几天工夫的事。

28日下午,进行了最后的准备工作。在冰融加剧的几个地方,必须用支柱从侧面将冰槽支撑住。此后,从下午四点开始,让全体人员休息。兰·盖伊船长命令给每人分发双份酒。一个星期以来,大家劳动非常辛苦,是应该多得一份威士忌和杜松子酒。

我再说一遍,自从赫恩不再煽动他的同伴以来,一切无组织、无纪律的根源似乎已经消失。可以说,全体船员的心思都在船只下水的巨大工程上。"哈勒布雷纳"号返回海面,就意味着出发……就是踏上归途了！……说真的,对于德克·彼得斯和我来说,这就意味着彻底放弃阿瑟·皮姆了！……

这天夜里,气温是迄今为止最高的。温度计指示着华氏53

度(11.67摄氏度)。因此,虽然太阳已开始接近地平线,冰依然在融化,到处是蜿蜒的小溪。

习惯早起的人凌晨四时就醒了,我也是其中一个。我几乎彻夜未眠——我想到德克·彼得斯,当他想到返航时,心中痛苦,恐怕也是难以成眠的!……

船只下水作业定于上午十时开始。由于需要采取深入细致的防范措施,兰·盖伊船长将可能耽搁的时间都打进去,期望整个作业天黑以前可以结束。到晚上,双桅船至少能下到冰山底部,对此没有一个人表示怀疑。

不言而喻,这项艰难的操作要我们每个人都参加进去。给每个人指定了必须坚守的岗位——有的手持圆木滚杠,需要帮忙时,要帮助船只下滑;有的则相反,如果出现下滑太快的危险,他们则要减缓下滑速度。为此准备了绳缆和大索缆以便拉住船体。

九点钟在帐篷里吃完早饭。船员们充满信心,情不自禁地为下水成功而最后干上一杯。他们发出欢呼,我们也相互应和,这未免有些为时过早。不过,兰·盖伊船长和大副精心采取了一切措施,下水作业有极大的成功把握。

我们正要离开营地奔赴各人的岗位——好几名水手已经守候在那里了——忽然响起了惊恐的喊声……

多么可怕的场面!虽然时间很短,但在我们心灵中,留下了怎样难以磨灭的恐怖印象!体积巨大的冰块形成船只搁浅的斜坡。其中一块,由于基础融化失去平衡落下来,从其他冰块上面跳跃着滚下去了……

过了一小会儿,双桅船再也支撑不住了,开始在斜坡上晃动……

这时有两人在船头甲板上，罗杰斯和格雷希恩……这两个不幸的人试图从舷墙边跳下来，但是已经来不及了，他们连人带船被这可怕的下坠卷走……

是的！我目睹了这一切！……我看见双桅船翻倒，先是沿左侧迅速下滑，压死了一个在旁边躲闪不及的新船员；然后从一个大冰块跳到另一个大冰块，最后悬空飞落下去……

一秒钟以后，"哈勒布雷纳"号遍体鳞伤，四分五裂，船体散架，龙骨折断，在冰山脚下，溅起一束巨大的浪花，沉入了大海！……

第 9 章 怎么办？

目瞪口呆……是的！有如一块岩石被雪崩卷走，双桅帆船葬身深渊。我们真的目瞪口呆了！……我们的"哈勒布雷纳"号片甲不留，竟连一块残骸都没有剩下！……刚刚还在空中一百尺高处，转眼之间，现在却到了海底五百尺深处！……是的！我们完全目瞪口呆了，竟未曾考虑到今后的危险……俗话说，无法相信自己的眼睛，我们的情形就是如此！……

接踵而来的，便是作为其必然后果的沮丧。没有一声叫喊，没有一个动作。我们呆若木鸡，双脚站在冰原上，好像钉子钉在那里一般。这种恐怖的情景，没有任何语言可以形容！

大副杰姆·韦斯特，双桅帆船在他眼皮底下堕进深渊后，我看见大颗泪珠从他眼中滴落下来。他如此珍爱的"哈勒布雷纳"号，现在葬身海底了！是的，这位性格如此刚毅的人流泪了……

我们的人有三位遇难……而且死得那么惨！……我们最忠心耿耿的两位水手，罗杰斯和格雷希恩，我看见他们发狂似的张开双臂，被双桅船的反跳抛掷出去，和船只一起堕入深渊！另一个从福克兰群岛招募来的美国人，船只经过时将他碾死，只剩下血肉模糊的一堆，躺在血泊之中……这是十天以来，我们又牺牲的三个人！他们将被载入这次不祥远征的遇难者名单中。

啊,命运!到"哈勒布雷纳"号被抛离它的活动环境那一刻之前,命运之神一直在保佑着我们。而现在,它用最疯狂的打击来对付我们了!……一次次的打击,这最后的一击难道不是打得最凶猛吗?它会不会是致命的一击呢?……

这时,高声的喧哗、绝望的呼喊打破了寂静。发生了无法补救的灾难,这种反应完全是正当的!……大概不止一个人心中暗想,"哈勒布雷纳"号在冰山山腰上跳动的时候,还不如自己也在船上呢!……那就一切都结束了,就像罗杰斯和格雷希恩一样!……这次头脑发昏的远征,也就有了唯一的结局。如此鲁莽从事、轻举妄动理应得到这个下场!

最后,保命的本能占了上风。赫恩躲在一边,故作姿态,不言不语。不是他,反正是他的同伙,这时大喊一声。

"上小艇……上小艇啊!"

这些卑鄙无耻的小人再也无法自制,恐惧使得他们失去了理智。自从双桅船卸载以来,我们唯一的小艇,不够全体人员乘坐,一直放在一个凹处隐蔽着。这时,他们朝放置小艇的地方奔去。

兰·盖伊船长和杰姆·韦斯特跳出营房。

我立刻赶上去,水手长也跟随着我。我们手持武器,而且决心使用武器。必须阻止这些疯子强占小艇……它不是某几个人的财产……而是全体的财产!……

"过来……水手们!……"兰·盖伊船长喊道。

"过来,"杰姆·韦斯特重复一遍,"否则,谁再向前迈一步,我就朝谁开枪!"

他们两人伸出手臂,举起手枪威胁他们。水手长的长枪也对准了他们……我紧握着卡宾枪,随时准备瞄准……

无济于事！……这些疯子什么话也听不进去，也根本不想听。其中一个人，就在越过最后一块岩石时，被大副射出的子弹打倒在地。他双手没能钩住斜坡，顺着冰冻的阴面滑下去，跌下深渊，无影无踪了。

难道一场屠杀已经开始了吗？……在这个地方别的人也将被打死吗？……老船员会站在新船员一边吗？……

我看得出来，此刻，哈迪、马尔丁·霍特、弗朗西斯、伯里、斯特恩，对站在我们一边仍有些迟疑不决。而赫恩站在几步开外的地方一动不动，避免对叛乱者表示支持。

我们绝不能任凭他们成为小艇的主人，任凭他们将小艇放下海去，任凭他们十个人到十二个人上艇，任凭他们将我们抛弃在这冰山之上，无法返航……

这些人恐惧的心情达到了无以复加的地步，对危险已经失去了判断的能力，对威吓置若罔闻。他们就要到达小艇附近时，第二声枪响，这是水手长打的。击中了一个水手，那人顿时倒地死亡——子弹击穿心脏。

渔猎手最坚定的拥护者当中，又减少了一个美国人和一个火地人！这时，小艇前突然蹿出一个人来。

这是德克·彼得斯，他从后坡爬了上去。

混血儿一只大手放在艉柱上，另一只手示意这些疯子走开。

有德克·彼得斯在，我们无须使用武器了。而且他一个人便足以保住小艇。

果然，五六个水手上前的时候，他朝他们走过去，拦腰抓住离他最近的一个，将他高高举起，一抛，那家伙就滚到了十步开外。这个无耻之徒站立不住，若不是赫恩在他滚过去的时候将他抓住,他也要三跳两跳地滚到海里去了。

两个人死于枪弹之下,已经不少了!

混血儿的干预,使暴乱突然平息下来。我们也已到达小艇近旁,和我们在一起的,还有其他水手。他们没有犹豫多久,就和我们站在了一起。

其余的人在数量上仍然胜过我们。这没关系!

这时,兰·盖伊船长出现了,他怒火中烧。总是不动声色的杰姆跟在他身后。有好一阵,兰·盖伊船长说不出话来。但是他的目光将他无法用嘴说出的一切都充分表达出来了。最后,他用骇人的声音大叫道:

"我本应将你们当犯罪分子处理,但是,姑念你们已失去理性,也就算了!……这条小艇不属于任何人,它属于全体!……现在这是我们唯一的自救工具,你们却想盗走它……卑鄙无耻地偷走它!……我最后再说一遍,你们听好!……这条'哈勒布雷纳'号上的小艇,就是'哈勒布雷纳'号!……我是船长,你们谁不服从我的命令,谁就要遭殃!"

说到这最后几个字的时候,兰·盖伊船长朝赫恩扫了一眼。这句话就是直接针对他的。渔猎手在刚才的一幕中并没有出场——至少没有公开出场。然而,是他唆使他的同伴强占小艇,而且还想继续挑动他们这么干,这一点任何人都不怀疑。

"回营房去,"兰·盖伊船长说道,"你,德克·彼得斯,留下。"

混血儿的大头往上扬了一下,这就是他的全部回答。他站到了哨位上。

船员们乖乖地回到营房。有的躺在铺位上,有的站在附近。

赫恩并不设法和他们混在一起,也不接近马尔丁·霍特。

现在水手们无事可干，可要好好考虑考虑这极为恶化的形势，设想一下摆脱困境的办法了。

兰·盖伊船长、大副、水手长聚在一起商量对策，我也参加。

兰·盖伊船长首先开口，他说："我们保卫了小艇，我们还要继续保卫它……"

"直至死亡！"杰姆·韦斯特郑重宣布。

"说不定，"我说道，"我们很快就要被迫上艇呢！……"

"在这种情况下，"兰·盖伊接口说道，"因为不可能全体人员都上去，就必须进行选择。那就抽签决定谁该走。我绝不要求与别人两样对待！"

"现在还没到那一步呢，见鬼！"水手长回答道，"冰山很牢固，冬季到来以前，还不会有融化的危险……"

"是不会……"杰姆·韦斯特肯定地说，"这倒无需害怕……必须办的事，是在看守小艇的同时，也要看守给养……"

"幸亏我们将船上东西放在安全地方了！……"赫利格利插上一句，"可怜的亲爱的'哈勒布雷纳'号！……她要和她的大姐姐'珍妮'号一样，永远留在这海底了！"

"是的，这是毫无疑问的，只是原因不同而已，"我暗忖，"一艘被扎拉尔岛的土著人所毁，另一艘被天灾所毁。这一类天灾，是任何人的威力也无法防止的啊！……"

"言之有理，杰姆，"兰·盖伊船长又说道，"我们一定要阻止水手们进行抢劫。给养足够我们吃一年以上，打鱼能提供的食物还不计算在内……"

"我已经看见有人围着威士忌和杜松子酒桶转悠了，这就更有必要看守起来，船长……"这是水手长在答话。

"这些无耻之徒发起酒疯来,什么事干不出来!"我大叫起来。

"这方面我会采取措施。"大副针对这一点说道。

"可是,"这时我问道,"我们被迫在这座冰山上过冬的问题,难道不需要预先考虑吗?……"

"如果出现这种可能,真是太可怕了!但愿苍天保佑我们吧!……"兰·盖伊船长说道。

"总而言之,如果真是那样,"水手长说道,"也能对付过去,杰奥林先生。我们在冰上挖出隐蔽所,以躲过极地的严寒。然后,只要有东西充饥……"

这时在我脑海中再次映出"逆戟鲸"号上发生的令人毛骨悚然的场面,其中有德克·彼得斯将内德·霍特——我们的帆篷师傅的哥哥——打倒的情景……我们有朝一日也会走到那步田地吗?

然而,在准备安顿下来度过七八个月的冬天以前,如果可能的话,最好的办法难道不是离开冰山吗?……

我提醒兰·盖伊船长和杰姆·韦斯特注意这一点。

这个问题很难回答。接着而来的是长时间的沉默。

最后,兰·盖伊船长说道:"是的!……这当然是最好的办法。如果我们的小艇能容纳下我们全体人员,还要装上至少航行三四个星期所必需的给养,我会毫不犹豫地立即出海北返……"

"但是,"我指出,"那我们就要逆风逆水,恐怕我们的双桅船都力所不能及……而如果继续向南走……"

"向南?……"兰·盖伊船长重复一句。他凝视着我,似乎要看出我内心深处到底想些什么。

"为什么不可以呢?……"我答道,"如果这座冰山前进过程中没有受到阻拦,说不定已经漂流到了某块陆地上。冰山本可以做的事,我们的小艇难道做不到吗?……"

兰·盖伊船长摇摇头,杰姆·韦斯特保持沉默,不答话。

"对啦,我们的冰山最后肯定会起锚的!"赫利格利辩白道,"它跟福克兰群岛或者克尔格伦群岛不一样,并没有扎到底!……所以,既然我们有二十三个人,小艇盛不下,那么最可靠的办法就是等待。"

"没有必要二十三个人都上艇,"我强调,"只要派出五六个人到海面上去侦察一下就行……往南走出十二或十五海里……"

"往南?……"兰·盖伊船长又重复一遍。

"当然,船长,"我补充一句,"你不会不知道,地理学家一般都认为南极地区由一个陆地圆盖所组成……"

"地理学家知道什么,他们什么都不懂。"大副冷淡地回答道。

"所以,"我说道,"我们现在既然距离这么近,不试图去解决一下这个极地大陆问题,很可惜哟……"

我认为不宜于进一步强调,至少目前应该如此。

何况,派出我们唯一的小艇去发现极地大陆也有危险:或者水流将小艇带得太远,小艇无法返回;或者小艇回到此地又找不到我们了。确实,如果冰山偶然与基底分离,继续进行中断了的进军,上了小艇的人又会遭到什么命运呢?……

不幸的是小艇太小,无法装载全体人员以及足够的给养。船上老船员里面,算上德克·彼得斯,还剩十人;新船员还剩十三人——一共二十三人。小艇能载的最大数量,恐怕只有十一二个,我们当中就要有十一个人被抛弃在这冰雪孤岛上……走的当然是抽签决定的人……命运注定留下的人,将来的遭遇又如何呢?

对这一点，赫利格利发表了一个看法，颇值得考虑：

"总而言之，"他说，"我不知道是否上艇的人就肯定比不上艇的人更占便宜……我很怀疑，所以我自愿让出我的位置，谁愿意要谁要！"

说不定水手长真的言之有理呢！……但在我思想中，当我要求使用小艇时，仅仅是为了到冰山所在的海面去探查一下。最后作的结论是，即使我们的冰山有可能重新漂流，还是决定进行过冬的安排。

"要让我们的水手思想上接受这个，难啊！"赫利格利表示。

"该怎么办就怎么办，"大副顶了一句，"从今天起，就得干！"

这一天就开始了各项准备工作。多么忧郁的日子！

说实话，只有厨师恩迪科特甘心忍受，口无怨言。他属于那种不为长远忧虑的黑人，性格轻松愉快，甚至有些轻浮，像所有他那个人种的人一样。他很容易听天由命。这种顺从天命恐怕是真正的人生哲学。再说，反正是生火做饭，在哪儿都一样，他根本无所谓，只要有个地方给他安顿炉灶就行。

他咧开黑人的大嘴，微微笑着，对他的朋友水手长说道："幸亏我的厨房没跟咱们的双桅船一块滚到海里去。赫利格利，你瞧着，看我给你们做的菜是不是跟在"哈勒布雷纳"号上一样好吃——只要食品不缺，我保证！……"

"嘿！眼下还缺不了，恩迪科特师傅！"水手长回嘴道，"我们将来怕的也不是饥饿，而是寒冷……冻得你一会儿不跺脚，就会变成冰块……冻得你皮肤开裂，脑袋要爆开！……我们要是再有几百吨煤就好了……可现在满打满算，也只够烧开锅的了……"

"这可是神圣不可侵犯的！"恩迪科特叫起来，"严禁动用！……炊事第一！……"

"这不就完了！黑鬼,所以你不想抱怨！……反正你肯定能在炉火上烤爪子,是不是？……"

"那有什么办法呀,水手长！谁让我是厨师呢,不是也就算了……既然是,当然就沾光了。我一定在灶膛前给你留一小块地方,好不好？……"

"那好……那太好了……恩迪科特！……每人轮流来烤火……谁也不能有特权,甚至水手长也不行……只有你是例外,可以借口说要在跟前看汤锅……总而言之,还是无须怕饿好……冷点,可以想办法对付,还能忍受……在冰山上挖几个洞……蜷缩在里面……而且为什么不可以大家住一个公共宿舍呢……用镐头刨出一个大冰洞来？……我估计冰能够保存热量……那好,就让冰把我们的热量保存起来吧,我对它没有更高的要求了！"

回营房,躺在铺位上的时间到了。

德克·彼得斯拒绝下岗,仍然留下看守小艇。没有人想和他争夺这个岗位。兰·盖伊船长和杰姆·韦斯特,总要先查看一下。不见赫恩及其同伙各就各位安寝,他们是不会进帐篷的。

我也回来,上床就寝。

猛然一阵剧烈摇晃,我滚到地上。那时我已睡了多久,我说不上来。当时几点钟,我也不知道。

出了什么事情？莫非冰山又翻个儿了吗？……

一秒钟的工夫,大家都站了起来,逃到帐篷外。外面是极地之夜,一片华光……

另一块浮冰,体积庞大,刚才与我们的冰山相撞。于是,我们的冰山,借用海员的话来说"起锚"了,向南漂流而去。

第10章 幻　觉

形势发生了出人意料的变化！我们再也不在这里搁浅了。其后果又将如何呢？……在差不多39°子午线和89°纬线的交点上，我们曾经动弹不得。现在水流又将我们带往南极方向……所以，刚开始时大家感到无比快乐，紧接着来的便是对吉凶未卜的恐惧心情——而且，是怎样的吉凶未卜啊！……

恐怕只有德克·彼得斯想到又继续上路而大喜过望。他执意要在这条路上寻到他可怜的皮姆的踪迹！……可是，他的其他的伙伴们头脑里闪过的念头又是多么不同啊！

确实，兰·盖伊船长对于搭救他的同胞已不抱任何希望了。威廉·盖伊及其五名水手离开扎拉尔岛不到八个月，这一点确切无疑……可是，他们到哪里避难去了呢？……三十五天中，我们走过了将近四百海里的路程，没有发现任何迹象。我的同胞莫里曾经大胆假设，说极地大陆宽约一千里。即使他们到了极地大陆，我们又该选择哪一部分作为我们搜寻的范围呢？……如果这地轴尽头沐浴在海洋之中，一层冰甲即将把这深渊覆盖，"珍妮"号的幸存者现在不是也已被深渊吞没了吗？……

既然失去了一切希望，兰·盖伊船长义不容辞的责任就是带领全体人员返回北方，趁季节还允许的时候穿过南极圈，而现在我们却被带往南方……

在我上面谈过的初步反应之后，一想到水流将冰山带往这个方向，恐怖的情绪又迅速占了优势。

而且，请大家注意如下的事实：虽然我们不再搁浅，但我们仍然必须忍受漫长的冬季，与在奥克内群岛、新乔治岛和桑德韦奇地群岛之间从事捕猎的捕鲸船相遇的机会，也必然要错过了。

这次撞击使我们的冰山又浮动起来。可是相撞的时候，很多物品都被抛进了大海：“哈勒布雷纳”号的石炮、锚、锚链、一部分桅具及桅桁圆材。船上所载物资，多亏前一天采取了预防措施库存起来，经过清点，几乎可以说损失无几。这次相撞，如果将我们的储存物资全部毁掉，我们的境况该是多么不堪设想啊！

上午进行了测定方位，兰·盖伊船长得出结论说，我们的冰山正向东南方顺流而下。看来水流方向没有任何变化。移动的其他巨大冰块也在朝着这个方向前进，从未间断，撞了我们东侧山腰的正是其中的一块。现在，这两座冰山连成一片，成了一座冰山，以每小时两海里的速度移动着。

耐人寻味的是水流方向一直不变。从大浮冰开始，它一直将自由流动的海水引向南极方向。按照莫里的见解，存在着一个广阔的南极大陆。如果确实如此，那么这水流就是环绕大陆而行。或者，一条宽阔的海峡将大陆一分为二，给如此大量的流水和漂流在水面上的大块浮冰提供了一条通道。是不是这样呢？……

我认为对这一点，我们很快就会有定论。照现在每小时两海里的速度前进，估计三十小时就足以抵达地球子午线相会合的轴点了。

至于水流是否正从南极经过，还是那里恰好有一块陆地我们可以登上去,这就是另一个问题了。

当我与水手长谈及此事的时候,他回答我说:

"那有什么办法呢,杰奥林先生?如果水流经过南极,我们也就经过南极;如果水流不经过南极,我们也就不能经过南极!……我们已经身不由己,不能想上哪儿就上哪儿了……一个大冰块不是一艘船,既没有帆也没有舵,水流把它带到哪里就算哪里!"

"这我同意,赫利格利,所以我有一个主意,叫两三个人上到小艇上……"

"你总是那个主意!……你就是抓住小艇不放!……"

"当然。如果在什么地方果然有一块陆地,'珍妮'号上的人不是很可能……"

"在这里靠岸吗,是不是?杰奥林先生……这里距扎拉尔岛有四百海里啊!……"

"那可不一定,水手长!……"

"算了吧!请你允许我说句不客气的话:如果陆地会出现,那也要等它出现了,你这些推理才有用。我们的船长会考虑怎么办合适,而且不要忘了时间紧迫。我们不能在这一海域滞留过久。总而言之,这个冰山既不会把我们带往福克兰群岛方向,也不可能带往克尔格伦群岛方向。这没关系,只要我们搭上另一座冰山能出去,不就行了吗?最要紧的是要在冬季尚未将极圈变成不可逾越的天堑之前,跨过极圈!"

我应该承认,赫利格利说的这番话极有见地。

按照兰·盖伊船长的命令,在大副监督之下,进行过冬准备工作。这过程中,我数次有机会攀上冰山顶峰。我坐在冰山最高点上,望远镜不离眼睛,不停地巡视着天际。不时有漂浮的冰山经过,将环形地平线遮断。有时它又被几片云雾遮掩,变得模糊不清。

我占据的位置高出海平面一百五十法尺,我估计视野范围可达十二海里以上。在辽阔的天幕上,直到现在为止,没有任何遥远物体的轮廓勾画出来。

兰·盖伊船长有两次也登上这个高峰来测量日高。

1月31日这一天,方位测定结果数字如下:

经度:西经67°19′。

纬度:南纬89°21′。

从这个测定的数据中,可以得出两个结论:

第一,自从我们上一次测定经度位置以来,水流使我们向东南方向移动将近24°。

第二,冰山现在距离南极只有四十海里左右。

这天白天,大部分货物被运进一片宽大的凹地内。这个地方是水手长在东坡上发现的,即使再发生新的碰撞,箱子及大桶也会安全无恙。炊事炉灶,水手们帮助恩迪科特将它安置在两大块冰之间,以使炉灶牢靠稳妥。又在附近堆了好几吨煤炭。

各种工作顺利进行,没有人指责挑剔,也没有人嘟嘟哝哝。看得出来,船员们故意保持沉默。他们之所以服从兰·盖伊船长和大副的指挥,是因为命令他们干的活,没有一项是不需要立即着手干的。然而随着时间的流逝,灰心丧气的情绪不是又会控制他们吗?……现在对他们上司的权威还没有提出争议,但是过几天难道就不会提出争议吗?……对水手长可以放心,这是不言而喻的。还有哈迪师傅;如果不算马尔丁·霍特的话,可能还有两三个老船员。至于其他人，尤其是在福克兰群岛招募的人，他们看到这损失惨重的远征无尽无休，难道能够克制住强占小艇私自逃跑的欲望吗？……

在我看来，只要我们的冰山在漂移，就无须担心出现这种可能，因为小艇的速度不会超过冰山。但是，如果冰山再次搁浅，如果冰山碰到了大陆或岛屿的海岸，这些无耻之徒，为了逃避可怕的过冬生活，什么事干不出来呢？……

这正是午饭时我们交谈的话题。兰·盖伊船长和杰姆·韦斯特都同意这个见解，即只要漂浮的巨大冰块继续移动，渔猎手及其伙伴是不会进行任何尝试的。当然，最好还是时刻不放松警戒。赫恩实在使人放心不下，而且有根有据，一定要每时每刻密切注视他。

下午,船员休息时间,我与德克·彼得斯又进行了一次谈话。

我又来到冰山之巅,坐在我的老地方。兰·盖伊船长和大副到冰山底层浮力线上测定水准点去了。二十四小时内,要测定两次水准点,目的在于确定吃水深度是升高还是降低。也就是说,要确定是否重心升高有引起再次翻个的危险。

坐了半个小时的光景,我远远望见混血儿快步爬上冰坡。

他也是来观察地平线,直到最遥远的地方,希望能辨认出一块陆地吗?……或者——看来这点可能性更大——他想将关于营救阿瑟·皮姆的一个设想告诉我?

自从冰山重新移动以来,我们相互只交谈过三四个字。

混血儿来到我的身边,停住脚步,向四周大海环视一遭,寻找我也在寻找的东西。当然,这个我还一点都不曾找到的东西,他也没有找到……

两三分钟过去了,他依然没有和我说话。他心事重重,我怀疑他是否看见了我……

最后,他倚在一块冰上。我以为他又要跟我谈他的老话题了。并非如此。

"杰奥林先生,"他对我说道,"你还记得吗……在'哈勒布雷纳'号上你的舱室里……我将那件事告诉了你……'逆戟鲸'号事件……"

我怎么会不记得呢!……那令人心惊胆战的一幕,他是主要演员。他给我讲述的一切,一字一句都不曾从我记忆中消失。

"我对你说过,"他继续说下去,"帕克并不叫帕克……他叫内德·霍特……是马尔丁·霍特的哥哥……"

"我知道,德克·彼得斯,"我答道,"可是为什么又重提这个令人心酸的事情呢？……"

"为什么吗，杰奥林先生？……可不是……你从来没有跟任何人透露过一点点吗？……"

"没跟任何人谈过呀！"我斩钉截铁地说，"我怎么会那样不加考虑，冒冒失失，泄露你的秘密呢？……这个秘密永远不应该从我们嘴里说出去……这个秘密在你我之间已经死亡……"

"已经死亡……是的……死亡！"混血儿喃喃自语着，"那……可是……请你明白我的意思……似乎……船员中间……有人知道……有人大概知道了什么……"

顿时我想起水手长曾经告诉我，有一次赫恩正在与马尔丁·霍特谈话，被他撞上了。谈话中，赫恩极力鼓动马尔丁·霍特去问混血儿，他的哥哥在"逆戟鲸"号上到底是在什么情况下死去的。我把这两件事联系起来。难道这个秘密有一部分已经透露出去了，或者只是德克·彼得斯想当然这样担惊受怕呢？……

"你说清楚点儿。"我说。

"请你明白我的意思，杰奥林先生……我不知道该怎么说好……是的……昨天……从昨天起我一直在想这件事……昨天，马尔丁·霍特把我拉到一边……离开别人老远……跟我说，他要和我谈谈……"

"'逆戟鲸'号的事？……"

"对，'逆戟鲸'号的事……和他哥哥内德·霍特的事！……这是第一次……他在我面前说出这个名字……那个人的名字……可是……我们一起航行已经快三个月了……"

混血儿的声调大变，我几乎听不清了。

"请你明白我的意思……"他接着说道，"我似乎觉得，马尔丁·霍特头脑里……不！……我绝对不会搞错……似乎有怀疑……"

"说下去呀,德克·彼得斯！……"我高声喊道,"马尔丁·霍特问你什么？"

我清楚地意识到,马尔丁·霍特的这个问题,是赫恩提示给他的。然而,我考虑到对渔猎手这种令人不安而又无法解释的介入,混血儿还是一无所知为好。我决心一点也不向他透露。

"他问我什么吗,杰奥林先生？……"他回答道,"他问我……是否记得'逆戟鲸'号上的内德·霍特……他是死于与暴乱者的搏斗之中,还是在船只失事时遇难……与巴纳德船长一起被抛弃在海上的人当中有没有他……最后……我是否能告诉他,他哥哥是怎样死的……啊！怎样……怎样……"

混血儿怀着极大的厌恶道出这些字眼,表现出他对自己的深恶痛绝！

"那你怎么回答马尔丁·霍特的呢,德克·彼得斯？……"

"什么都没说……什么都没说！"

"你应该肯定内德·霍特在双桅横帆船失事时遇难了……"

"我说不出口……请你理解我……我说不出口……这两兄弟长得那么像！……见到马尔丁·霍特……我仿佛见到了内德·霍特！……我很害怕……我逃掉了……"

混血儿猛然动了一下,挺起身躯。我则两手捧住头,开始沉思起来……马尔丁·霍特关于他哥哥这些姗姗来迟的诘问,我毫不怀疑是赫恩唆使他提出的……既然我从未向任何人提到过一个字,那么,在福克兰群岛的时候,渔猎手就掌握了德克·彼得斯的隐私吗？

归根结底,赫恩鼓动马尔丁·霍特盘问混血儿,其目的何在?……其真正意图如何?……他只是因为对德克·彼得斯恨之入骨吗?因为德克·彼得斯在福克兰水手中,是唯一的始终站在兰·盖伊船长一边的,而且他阻止了赫恩的同伙及赫恩本人夺取小艇……赫恩挑动马尔丁·霍特,是否指望把帆篷师傅拉过去,成为他自己的同谋?……事实上,驾着小艇穿越这一海域的时候,他不是很需要马尔丁·霍特吗?马尔丁·霍特是"哈勒布雷纳"号最优秀的水手之一;赫恩及其同伙,如果仅仅他们几个人操作小艇,他们可能会在某地搁浅,而马尔丁·霍特则会驾驶成功……

你们看,我的头脑就这样陷入了一系列的假设之中。情况本来已经够复杂的了,现在却又偏偏节外生枝。

我又抬起头来,德克·彼得斯已不在我身旁了。他说了要说的话,同时也肯定了我并没有泄露他的秘密,然后就溜掉了,我竟然没有发觉。时候不早了,我最后望了一眼天际,便走下冰山。我心中万感交集,和每天一样,焦急地等待着第二天的到来。

夜晚来临,仍采取平时的安全措施,任何人不准待在营房外——混血儿除外,他仍留下看守小艇。

身心疲惫,倒头便睡。大副在外面警戒的时候,我睡在兰·盖伊船长旁边。等到兰·盖伊船长去接替大副,我就睡在大副旁边。

第二天,1月31日,大清早,我推开帐篷的帆布……

多么令人沮丧!

漫天大雾——而且不是那种初升太阳的光辉就可以驱散的

薄雾,不是在气流影响下便会消散的薄雾……不!这是一种颜色发黄、散发出霉味的浓雾,似乎这南极的一月成了北半球的雾月。加之,我们测出气温显著下降,这可能是南极冬季来临的前兆。从雾样的天空中渗出浓重的水汽,我们的冰山之巅消失在气泡之中。这种浓雾不会分解为降雨,而是一种粘在地平线上的棉花……

"要命的意外,"水手长对我说道,"如果我们经过的海面有陆地出现,可能会看不见的!"

"我们漂流的情况如何?"我问道。

"比昨天更快了,杰奥林先生。船长让人探测了一下,他估计速度不会低于三四海里。"

"那么,这可得出什么结论呢,赫利格利?"

"我得到的结论是:既然水流得到了这么大的力量,我们大概是漂到海面变得狭窄的地方来了……如果再过十海里或十五海里,在我们的左舷或右舷出现陆地,我是不会感到意外的……"

"这大概是将南极大陆一分为二的宽阔海峡吧?……"

"是的……至少船长是持这种见解的。"

"既然有这个见解,赫利格利,他不打算尝试一下,在这海峡的此岸或彼岸靠岸吗?"

"怎么靠呢?……"

"用小艇……"

"这漫天大雾中拿小艇去冒险!"水手长失声大叫起来,叉起双臂,"你想想看,杰奥林先生!……我们能抛锚等它吗?……不能,是不是?所以,最大的可能就是再也见不着小艇了!啊!……若是'哈勒布雷纳'号还在,该多好啊!……"

唉,我们的"哈勒布雷纳"号是不会失而复得了!……

在这半浓缩的水汽中上山,十分艰难。我不顾一切,登上冰山顶端。谁知道,也许在放晴的瞬间,我会隐约望见东方或西方有陆地吧?……

无法穿过的灰色外罩覆盖着这一海域。我站在山顶,目光极力想穿透这外罩,但是无济于事。

我站在那里,东北风拂面。风有加大的趋势,可能会撕破浓雾吧……

然而,自由流动的海面上,强劲的海风推动着新的雾气积累起来。在气流和水流的双重作用下,我们漂流的速度越来越大,我感到似乎冰山在颤抖……

这时我突然进入幻觉的王国——这奇异的幻觉也一定曾使阿瑟·皮姆头脑混乱……我仿佛觉得自己正在与这个不可思议的人物融为一体!……他曾经见到的景色,我觉得自己也终于见到了!……这无法撕裂的浓雾,在他狂人的眼里,不就是张在天际的雾幕吗!……我寻找着从东方到西方点缀着天空的光彩夺目的光束!……我寻找着光束顶端不可思议的红色光焰!……我寻找着闪闪发光的空间和闪闪发光的水面,大洋深处放射出的光芒将海水照亮!……我寻找着无边无际的瀑布,从直插云端的巨大高墙顶上静静地腾空飞流而下!……我寻找着宽阔的缝隙;缝隙后面,强大的气流下,晃动着飘浮无定、模糊不清的一片混沌景象!……我寻找着雪白的巨人,南极的巨人!……

最后,理智又占了上风。想入非非,视觉错乱和神经错乱逐渐消失,我下山回到营房。

整整一天就在这样的情况中度过。雾障没有在我们眼前张开一次。冰山从前一天起,已经移动了四十海里左右。如果它已经越过了地轴的顶点,我们大概也永远不会知晓了!①

---

① 作者原注:二十八年后,杰奥林先生甚至无法隐约看见的地方,另一个人见到了。此人于1868年3月21日踏上了地轴的顶点。季节晚了七个星期,这荒无人烟的地区已经打上了极地冬季的烙印,六个月的黑暗长夜即将遮盖住这片大地。但是这位不同寻常的航海家全然不把这些放在眼里。我们这里将他的回忆稍带上两笔。他有一艘奇妙的潜水船,不怕寒冷和暴风雪。他从南极洋冰壳下面穿过大浮冰,得以一直挺进到90°的地方。然后,他的小船将他送到火山形成的土地上,地上遍布着玄武岩、火山岩渣、火山灰、熔岩、灰黑的岩石,沿海麇集着两栖动物,海豹和海象。天空中无数的水鸟自由翱翔,有盒鼻鸟、海鸡冠、巨海燕。企鹅排列成行,岿然不动。然后,穿过成堆的冰碛崩塌物和浮石,这位神秘的人物攀上陡峭的山坡,到达半斑岩半玄武岩的尖峰顶端,站到南极极点上。就在正北方地平线将太阳的圆轮切成两等份的时候,他以个人的名义占有了这块大陆,展开一面平纹薄布的旗帜,上面绣着金色的"N"字母。海面上漂浮着一艘潜水艇,名叫"鹦鹉螺"号,艇长名叫"尼摩艇长"。*

* 此段可参阅本书作者的另一部著作《海底两万里》第二部第14章。

第11章 迷雾之中

"喂,杰奥林先生,"第二天,我和水手长见面的时候,水手长对我说道,"死了心吧!"

"死心?赫利格利,死什么心?……"

"南极那条心!我们连个尖也没看见!"

"是的……现在,南极大概已在我们身后二十海里左右了……"

"有什么办法呢!风吹南极灯,我们经过南极的时候,这盏极灯已经熄灭了……"

"我估计,这样的机会是时不再来了……"

"言之有理,杰奥林先生,手指头捏着地扦子头转动的滋味,我们可能永远也尝不着了!"

"你的比喻真是妙趣横生,水手长。"

"除了刚才说的,我还要补充一句,咱们这冰车不知把咱们顺水冲到什么鬼地方去,可不一定保准开往'青鹭'方向哟!……算了!……算了!……毫无用处的远征,一无所获的远征!……再来一次,恐怕还早着呢!……无论如何,远征该结束了,途中也不能游游逛逛了,冬天的红鼻子头、冻裂的嘴唇和长满冻疮、疙疙瘩瘩的双手,快要露出来了!这次远征,兰·盖伊船长根本没找到他哥哥,也没找到我们的其他同胞,德克·彼得斯也没有找到他可怜的皮姆!……"

这一切都是事实,它充分概括了我们的灰心、沮丧和失望!"哈勒布雷纳"号毁了不说,这次远征已经死了九个人。登上双桅船时是三十二个人,现在已减到二十三个人。还会减到什么数字呢?……

从南极到极圈,有二十多度,等于一千二百海里。必须在一个月或最多六个星期时间内穿越这个距离,否则大浮冰又要形成,通道又要关闭了!……至于说在南极洲的这一部分度过冬季,我们当中大概没有一个人能活得下去。

我们对搜寻"珍妮"号的幸存者,已经不抱任何希望。全体船员只有一个愿望,那就是尽快地穿过这令人不寒而栗的荒无人烟的地方。我们的漂流物原来向南漂流,直到南极。现在已经变成向北方漂流了。如果能够这样保持下去,说不定我们会时来运转,苦尽甘来!无论如何,用一句俗话说,"只能听天由命"了。

如果我们的冰山不是驶向南大西洋的海面,而是太平洋的海面,如果遇到的最近的陆地不是南奥克尼群岛、桑德韦奇地群岛、福克兰群岛、合恩角、克尔格伦群岛,而是澳大利亚或新西兰,那又有什么关系!所以赫利格利说——当然十分遗憾——他不会到阿特金斯大叔的"青鹭"旅店低矮的大厅中去喝欢庆返航的一杯了!这是有道理的。

"反正,杰奥林先生,"他反复对我说,"墨尔本,霍巴特一敦,达尼丁,都有高级旅馆……只要安全抵港就行了!"

2月2日、3日、4日,一连三天浓雾未消,因此很难估计自我们越过南极后,我们的冰山又移动了多远。兰·盖伊船长和杰姆·韦斯特认为仍可估算为二百五十海里。

确实,水流似乎既没有减低速度,也没有改变方向。我们进入了将大陆一分为二的海湾,一块陆地在东,一块陆地在西,构成广阔的南极洲地方,看来这是毋庸置疑的了。不能在这宽阔海峡的一侧或另一侧登陆,我觉得十分令人遗憾!随着冬季的来临,海峡的表面很快就要变成一片冰封了。

我与兰·盖伊船长谈起这个问题,他给我的答复是唯一合乎逻辑的答复:

"有什么办法呢,杰奥林先生,我们无能为力,毫无办法。最近以来使我们饱受磨难的不祥因素,我觉得正是这永不消散的浓雾……我们现在在哪里,我都不知道……无法测量日高,恰巧太阳又即将隐没,要好几个月都见不到太阳了……"

"我总是往小艇上想,"我最后一次说道,"用小艇不可以吗?……"

"去搞地理发现!……你竟然敢往那儿想?……这可是冒险的事,我不干!……而且船员们大概也不会让我干!"

我几乎要大叫起来:"说不定你哥哥威廉·盖伊,还有你的同胞就藏身在这块陆地的某一个地方……"

但是我忍住了。何必旧事重提,引起我们船长伤心痛苦呢?这种可能性,大概他也考虑到了。他之所以放弃继续搜寻的计划,是因为他意识到,再作最后一次尝试,恐怕也是毫无用处、毫无益处的。

也说不定他有另一种推理方法,使他仍然抱有一线希望。这很值得注意。他可能想:

威廉·盖伊及其伙伴离开扎拉尔岛以后,夏季开始了。自由流动的大海在他们面前展开，水流穿过大海，向东南方向流去。我们开始在"哈勒布雷纳"号上，后来在冰山上，都曾受到这股水流的作用。除了水流以外，他们也可能和我们刚开始时一样，有持续的东北风前来帮助。从这里可以得到结论说：他们的小船，除非在海上意外事故中沉没，否则，行进的方向应该与我们相差无几，穿过这宽阔的海峡，抵达这一海域。这时，还可以假设，他们走在我们前面数月，已经返航北上，跨过自由流动的大海，渡过大浮冰，然后他们的小船终于走出了极圈。最后，威廉·盖伊及其伙伴们遇到一艘大船，已经坐船返回祖国了。这种假设是否就不合乎逻辑呢？……

我应该承认，这必须有上好的运气，甚至是过分的好运气才行。就算我们的船长是赞成这种假设的好了，他可从来没向我透露过一句。人是喜欢保留自己的幻想的。也许他担心讲出来以后，别人会给他指出这种推理的漏洞？

有一天，我跟杰姆·韦斯特谈话，有意将话题朝这方面引。

大副对想象力训练接受起来颇有困难，他断然拒绝赞同我的见解。说什么我们之所以没有找到"珍妮"号的人，是因为他们已在我们抵达之前离开了这一海域，他们现在已经回到了太平洋的海上。这种说法，对于他那种讲究实际的人，思想上怎么也接受不了。

至于水手长，我请他注意这种可能性的时候，他顶撞我说：

"你知道，杰奥林先生，什么事都会发生……人们倒是常爱这么说！不过，说威廉·盖伊和他手下的人，此刻正在旧大陆或新大陆的一家酒馆里，痛痛快快地喝着葡萄烧酒、杜松子酒或者威士忌……不可能！……不可能！……这简直就跟说咱俩明天坐到

'青鹭'号的餐桌上吃饭一样,不可能!"

漫天大雾的这三天,我连德克·彼得斯的影子也没看见。或者更确切地说,他根本不想与我接近,一直坚守岗位,守卫在小艇旁。马尔丁·霍特提出关于他哥哥的问题,似乎表示他的秘密已经为人所知——至少部分地为人知晓。所以他比任何时候更加离群索居。人家醒时他睡觉,人家睡时他值夜。我甚至暗忖,是不是他有些后悔跟我讲了知心话,他会不会自认为激起了我对他的厌恶情绪……事实并非如此,我对这个可怜的混血儿怀着深深的怜悯之情!……

海风无法撕破浓雾厚厚的帘幕,时间就在浓雾包围中一小时一小时地过去。我无法形容,这种时刻我们感到多么悲伤、单调、漫长!即使再细心,无论什么时刻,也无法辨认出太阳在地平线上属于什么位置。太阳前进的螺旋线正在地平线上渐渐降低。冰山的经度和纬度位置自然也无法测定。冰山一直向东南移动,确切地说,自从越过南极后,就该是朝西北移动了。这很可能,但是不能肯定。冰山与水流速度相同,但是大雾使兰·盖伊船长无法取得任何方位标,又怎能确定出移动的距离呢?即使冰山停滞不动,我们也感觉不到任何差别的。因为海风已经平息——至少我们估计是如此——一丝风也感觉不到。舷灯放置于露天,火焰一点不晃动。只有飞鸟的鸣叫打破空间的寂静,就是这震耳欲聋的聒噪,透过棉絮般的浓雾,也减弱了许多。在我不断观察我们所落脚的尖峰上,海燕和信天翁展翅翱翔,掠过峰顶。冬季即将来临,已将这些高速飞行家赶往南极洲的边缘。它们逃往哪个方向呢?……

有一天,水手长为了体验一下生活,冒着摔断脖颈的危险,登上山顶。一只健壮的髭兀鹰，一种翼展十二法尺的巨海燕，撞上他的前胸。来势极为凶猛，他顿时仰面倒地。

"该死的畜生，"下山回到营房后，他对我说道，"我算捡了一条命！……砰的一击！……我四脚朝天，就像一匹仰面跌倒、四蹄腾空的烈马！……我能抓住什么就抓住什么……可是眼看着双手就要抓空了！……冰的棱棱角角，你还不知道，溜滑！就跟水从你手指缝里流掉一个样！……我朝大鸟大叫一声：'走路不会往前看着点儿？'……连个歉也不道，这该死的畜生！"

水手长真的差一点从这块冰滚到那块冰，一直摔进大海里。

那天下午，从下面传来阵阵驴叫，刺耳难闻。正如赫利格利所说的，发出这种叫声的不是驴子，而是企鹅。迄今为止，这些极地无计其数的主人，大概认为到我们移动的小岛上来陪伴我们，不太合乎时宜。当我们的视野可以伸展到海面上的时候，无论在冰山脚下，还是在漂流的碎冰上，我们竟然没有见到一只企鹅。这次，毫无疑问，有数以百计或数以千计的企鹅，因为大合唱愈演愈烈，表明演唱者为数不少。

这些飞禽喜欢居住的地方，要么是高纬度地区陆地和岛屿的沿海地带，要么是与其邻近的冰原。企鹅的出现难道不是标志着陆地已经临近了吗？……

我知道，我们现在的精神状态是要抓住任何的一线希望，正如要淹死的人牢牢抓住一块木板一样——救命的木板！……多少次，不幸的人刚刚抓住它，它又沉下水底或者碎裂了！……在这可怕的氛围中，等待我们的不也是这种命运吗？……

我问兰·盖伊船长，从这些鸟类的出现中，他得出什么结论。

"我跟你所见略同，杰奥林先生，"他回答我说，"自从我们随冰漂流以来,还没有一只企鹅到冰山上来栖身。现在,从这震耳欲聋的叫声来判断,企鹅是成群结队的。从哪里来的呢?……毫无疑问,从一块陆地上。我们大概已经相当接近这块陆地了……"

"大副也是这个意见吗?"我问。

"是的,杰奥林先生,他是不是异想天开的人,你还不知道!"

"他当然不是那种人!"

"还有一件事,他和我都很震惊,却似乎并未引起你的注意……"

"什么事?……"

"与企鹅类似驴叫的声音混在一起的,还有一种牛叫声……你竖起耳朵,马上就能听见。"

我仔细一听。显然,这乐队比我想象的更为齐全。

"果然……"我说道,"我分辨出来了,有如怨如诉的吼声。那么也有海豹或海象了……"

"这是确切无疑的,杰奥林先生。从这里我推论出:这些鸟类和哺乳类动物自我们从扎拉尔岛出发就极为罕见。水流将我们带到这里,这些动物却在这一海域频繁出没。我觉得,说肯定有陆地,可不是信口开河……"

"当然了,船长。认为陆地就在附近,也不是信口开河……是的!这无法穿透的漫天迷雾包围着我们,海面上看不到四分之一海里以外的东西,真是时运不佳啊!……"

"浓雾甚至使我们无法下到冰山底部去!"兰·盖伊船长补充一句,"如果能下去,就一定能辨别出水中是否夹带蔷薇藻昆布、墨角藻——也会向我们提供新的迹象……你说得对……这是时运不佳！……"

"为什么不试试呢，船长？……"

"不行，杰奥林先生，这有跌入海中的危险，我不准任何人离开营房。不过，如果陆地就在附近，我估计我们的冰山很快就会靠岸……"

"若是它不靠岸呢？……"我反问一句。

"若是它不靠岸，我们自己难道能靠岸吗？……"

我心想，用小艇啊！到该用的时候，就应该下决心用。……但是兰·盖伊船长宁愿再等等看。说不定，处于我们当时的境遇，这也许是最明智的办法呢！……

至于下到冰山底部，就必须如盲人一般在滑坡上行走，确实没有比这更危险的了。就是船员中动作最灵敏、身体最健壮的德克·彼得斯亲自前往，也未必能不发生什么严重事故而马到成功。这次损失惨重的远征，已经牺牲了不少人，我们再也不愿增加死亡的人数了。

这水气的积聚，到了晚间更加浓重，我无法表述以使各位有个概念。从下午五时开始，在支帐篷的高地上，几步开外便什物莫辨。要两人的手相互触到，才能肯定一个人是在另一个人的身旁。光靠话语也不行，整个环境变成了重听，声音的传播也不比视觉效果好。点亮的舷灯，看上去影影绰绰，仿佛昏黄的烛花，失去了照明能力。一声呼喊传到你耳边时已经大大减弱。只有企鹅会大叫大嚷，还能听到它们的叫声。

我在这里要指出，不应将这种浓雾与雾凇或结晶霜混为一谈。我们在前面已经见过雾凇或结晶霜了。雾凇要求相当高的气温，一般说来只停留在海面上，只有受到强劲海风的作用才会升到一百法尺左右的高度。而浓雾远远超过这个高度。我估计,恐怕要到比冰山高出五十杜瓦兹左右的地方才能重见光明。

到晚上八时左右,半浓缩的迷雾已经相当致密,以致你迈步向前时感到有一种阻力。仿佛空气的组成已经改变,要从气态变成固态一般。这时,我不由得想起扎拉尔岛的怪现象,那奇异的流水,水分子服从着一种特殊的凝聚力……

想分辨出浓雾对罗盘是否有某种作用,是不可能的。我知道,气象学家早已研究过这个问题,他们认为可以肯定,这种作用对磁针没有任何影响。

我还要补充一句,自从我们将南极抛在身后以来,罗盘的指示已经无法相信。估计我们正向磁极前进。罗盘接近磁极,已经完全失去控制。所以,已无法确定冰山的方向。

虽然那时节太阳还没有降到地平线以下,但是到晚上九时,这一海域已沉浸在相当深沉的黑暗之中。

兰·盖伊船长要了解是否所有的人都已回到营房,以防他们发生任何意外,进行点名。

每个人,叫到名字时答应,然后便回到帐篷内自己的铺位上去。帐篷内提灯被雾气笼罩着,发出微弱的光芒,甚至完全没有光亮了。

叫到混血儿的名字,水手长用他那洪亮的声音又重复了数次。没人答应。这是唯一点名不到的人。

赫利格利等了几分钟。

德克·彼得斯没有出现。

他仍留在小艇边吗?很可能。但是毫无用处,这种大雾天气,小艇没有被抢走的危险。

"谁都整整一天没有看见德克·彼得斯吗？……"兰·盖伊船长问道。

"谁都没看见。"水手长回答。

"午饭时也没见吗？……"

"没有，船长。可是他大概已经没有干粮了。"

"那么，他可能遭到不幸了？……"

"不要担心！"水手长高声说道，"在这里，德克·彼得斯如鱼得水，在迷雾里他也不会比一只极熊更不适宜！头一次他已经捡了一条命……这第二次他也会死里逃生的！"

我任凭水手长信口开河。混血儿离群索居的原因，我心里一清二楚。

即使德克·彼得斯执意不应——水手长的喊声他应该听得到——也不可能有人去寻找他的踪迹。

这一夜，我相信，没有一个人——大概恩迪科特除外——能够入睡。帐篷里缺少氧气，感到气闷。而且，每个人或多或少都有一种特殊的感觉，一种奇异的预感在心中翻腾。仿佛我们的处境就要发生变化，也许好转，也许恶化——假如还能比现在更恶劣的话。

一夜过去，平安无事。清晨六时，每人都走出帐篷，呼吸比较清新的空气。

气象状况与前一天相同，漫天大雾浓度异常。可以看到气压表重又上升——上升得太快了，真的，这种升高不可靠。水银柱指示着30.2法寸(767毫米)。这是自从"哈勒布雷纳"号越过极圈以来，水银柱达到的最高数字。

其他的迹象也显露出来，我们必须予以重视。

风力加大——自我们越过南极后,这是南风了,不久就变成了疾风,用水手们的行话来说,这叫"缩帆风"。气流扫过空间,外面的声音听得更真切些了。

九点左右,冰山突然摘掉了它的雾气睡帽。

景物变化之神速,简直无法描述!在更短的时间内,一根魔棒也创造不出更成功的奇迹!

顷刻间,直到最遥远的天际,晴空如洗。大海被倾斜的阳光照亮,重又出现在我们面前。太阳只比海面高出几度了。波涛汹涌,雪白的浪花翻腾,荡涤着我们冰山的底部。在风和水流的双重作用下,我们的冰山以浮动山峦的高速度向东北东方向漂流而去。

"陆地!"

从移动小岛的顶峰传来这一声呼喊。我们抬头望去,只见在冰块的顶巅,现出德克·彼得斯的身影,手伸向北方。

混血儿没有弄错。陆地!这一次……是真的!……这是陆地,在三四海里开外的地方,展现出遥远的乌黑的山峰。

上午十点和中午进行了两次测量,得到的结果是:

纬度:南纬 $86°12'$。

经度:东经 $114°17'$。

冰山位于越过南极将近四度的地方。

我们的双桅船本来循着"珍妮"号的航路走,走的是西经。现在我们已经走到东经末了。

第12章 营 地

过了正午,距离这块陆地只有一海里了。问题在于水流会不会带着我们越过这块陆地。

我应该承认,如果我们面临着一种选择,二者不可得兼:要么在这儿沿海靠岸,要么继续前进,我真不知道哪条出路更好一些。

我与兰·盖伊船长和大副聊起这个问题时,杰姆·韦斯特打断我的话,说道:

"我问你,讨论这个可能性问题有什么用,杰奥林先生?……"

"算了,何必呢,既然我们无能为力,"兰·盖伊船长加上一句,"冰山可能撞到海岸上;如果冰山在水流中能保持平衡,也可能绕过海岸。"

"完全正确,"我接口说道,"但是我的问题依然存在。我们是上岸好还是留在冰山上好?……"

"留下好。"杰姆·韦斯特回答道。

确实,如果小艇容得下我们全体人马,加上供五六个星期航行所需的给养,我们一定毫不犹豫地登上小艇,以便借助南风,穿过自由流动的海洋。但是小艇只够十一个人最多十二个人使用,那就必须抽签决定。小艇带不走的人,在这冬季即将来临、雾凇和冰雪覆盖的陆地上,他们不是饿死,便是冻死,不等于注定要送掉性命吗?……

如果冰山沿着这个方向继续漂流,无论如何,我们将在可以忍受的条件下完成大部分航程。我们确实可能失去这驾冰车,或再次搁浅,甚至翻个儿,或卷入逆流,将它抛出航道。不过到那时,风向变成逆风时,小艇可以斜着前进。如果暴风雪不向它猛烈进攻,大浮冰又给它让出一条通道,说不定它能带领我们到达目的地……

然而,正如杰姆·韦斯特刚才所说,讨论这种可能性又有什么必要呢?……

午饭后,全体船员都向德克·彼得斯所在的最高处的冰块走去。见我们走过来,混血儿便从另一面坡下去了。我到达峰顶时,竟未能见到他的踪影。

所有的人都来到这个地方,只差恩迪科特。除了他的炉灶以外,其他的事他都不大在乎。

陆地在北方隐约可见,在地平线上十分之一的地方,勾勒出缀着沙滩流苏的海岸地带。无数小湾将海岸分割,岬角为它镶上美丽的花边。高耸而并不十分遥远的小山显露出崎岖不平的侧影,构成其远景。

陆地向东方伸展开去,一望无际,其最后边缘似乎不在这个方向上。

偏西方向,有一相当尖突的海角,背倚一座小山。小山的轮廓状似海豹巨大的头部,构成陆地的顶端。过了海角以后,看上去是烟波浩渺的大海。

我们当中,恐怕没有哪一个人不曾意识到目前的处境。在这块陆地上靠岸,这取决于水流,完全取决于水流:或者水流将冰山卷进漩涡,漩涡使冰山偏离航路来到海岸近前;或者水流继续将冰山带往北方。

哪一种可能性大呢?……

兰·盖伊船长、大副、水手长和我,再次谈起这个问题。船员们三五成群,也在对这个问题交换意见。总而言之,水流的趋势似乎向这块陆地的东北方向而去。

"无论如何,"兰·盖伊船长对我们说,"即使这块陆地在夏季的几个月里可以居住,可一点不像拥有居民的样子,沿岸地带连个人影也看不见。"

"请你注意,船长,"我答道,"冰山可不像双桅船那样会引起注意!"

"这当然,杰奥林先生。如果是'哈勒布雷纳'号,大概早就引来了土著人……如果这里有土著人的话!"

"我们看不见土著,船长,但并不能因此就得出结论说……"

"那当然,杰奥林先生,"兰·盖伊船长辩白道,"但是,你不能不承认,这块陆地的外貌与'珍妮'号在扎拉尔岛靠岸时那里的外貌完全不同。那里有郁郁葱葱的小山,茂密的森林,鲜花满枝的树木,辽阔的牧场……而这里,初看上去,是荒无人烟的不毛之地!……"

"我同意,不毛之地,荒无人烟,整个这片陆地就是如此!……可是,我倒要问你,船长,你是否有登上陆地的意图呢?……"

"用小艇?……"

"如果水流使冰山远离,就用小艇!"

"我们不能浪费一小时的时间,杰奥林先生。停泊几天就可能使我们不得不在这里度过严寒的冬季。如果我们抵达太晚,无法越过大浮冰的通道……"

"而且,由于冰山绕远,我们并没有提前。"杰姆·韦斯特提醒道。

"这点我同意,"我着重地答道,"可是,船长,不踏上这块陆地,不去亲眼证实一下,陆地上是否保留了露营的痕迹,是否你哥哥,及其伙伴……就走开……"

兰·盖伊船长一面听我说,一面摇头。出现这片寸草不生的海岸,并不能重新唤起他的希望。这长长的贫瘠的荒原,这光秃的山丘,这乌黑岩石嵌镶的海岸……这里,数月以来,海上遇险的人怎么能找到赖以为生的东西呢?……

再说,我们已经在冰山顶部升起了英国国旗,旗帜迎风招展。威廉·盖伊如果辨认出来,早就该飞奔到岸边了。渺无踪影……一个人也没有!

这时,杰姆·韦斯特刚刚测了几处方位标,他说道:"耐心等待一会儿再作决定吧!不出一个小时,这个问题就有定局了。我觉得我们前进的速度已经放慢,可能漩流已经斜着将我们带往岸边……"

"我也这么看,"水手长郑重声明,"我们这漂浮的车辆现在没停下,也差不多了!……好像是在打转转……"

杰姆·韦斯特和赫利格利没有搞错。不知何故,反正冰山有走出它一向跟随的水流的趋势。借助于向沿岸而来的漩流作用,冰山用回转运动代替了漂流运动。

走在我们前面的几座冰山,刚才已在岸边浅滩处搁浅了。

所以，是否有必要将小艇放入海中这个问题，已经无须讨论了。

随着我们不断接近陆地，荒凉的景象更加引人注目。想到要在这里度过六个月的冬季，恐怕意志最坚强的人也会胆寒。

下午五点左右，冰山已进入海岸一处深邃的小湾。小湾右侧尽头处是长长的岬角，冰山不久就靠岬角停住了。

"登陆了！……登陆了！……"

人们异口同声呼喊起来。

船员已经走下冰山山坡，这时忽听得杰姆·韦斯特指挥道："等待命令！"

有些犹疑，尤其是赫恩和他的好几个伙伴。接着，遵守纪律的本能占了上风。最后，全体人员都排列在兰·盖伊船长的周围。

冰山与岬角相接，无需将小艇放入海中。

兰·盖伊船

长、水手长和我,先于别人,首批离开营地。我们的双脚踏上这刚刚发现的土地——显然对人类的足迹来说,它还是处女地。

火山形成的地表遍布着碎石块、碎熔岩块、黑曜岩、轻石、火山岩渣。过了一条狭长的沙滩,逐渐上坡,通向高耸而陡峭的小丘脚下。小丘距海岸半海里,构成海岸的远景。

有一座小山海拔一千二百法尺左右。我们觉得登上这座山比较合适。站在山顶,无论是地上,还是海上,大片空间可以一览无余。

要在崎岖不平、无任何植被覆盖的土地上步行二十分钟。没有任何景物可以使你联想到扎拉尔岛被地震摧毁之前的景色。阿瑟·皮姆提到的肥美的草原,茂密的森林,流水奇异的小河,陡峭黏滑的土地,拥有古埃及象形文字迷宫的滑石高原,这里都没有。到处是火成岩、硬化了的熔岩、化成粉末的火山岩渣、灰白的火山灰,就连最不苛求的原始植物生长所需的腐殖土也不存在。

兰·盖伊船长、水手长和我,不无困难,不无危险地终于攀上小山。我们花了足足一个小时的时间。虽然天色已晚,随之而来的却不是黑暗,太阳还没有消失在南极洲的地平线后面。

站在小山山顶,放眼望去,视野可达三十到三十五海里以外,出现在我们眼前的景色是:

后面,伸展着自由流动的大海,夹带着为数众多的其他浮动冰山,其中几座最近刚刚堆积在岸边附近,使海岸变得几乎无法靠近。

西面,是地形起伏十分剧烈的陆地,一望无际。东面,广阔无垠的大海沐浴着它。

我们是在一个大岛屿上还是在南极大陆上,这个问题尚无法解决。

兰·盖伊船长用航海望远镜向东方更仔细地瞭望,他觉得隐约可见几处模糊的轮廓,在海面薄雾中朦朦胧胧显现出来。

"你们看!"他说道。

水手长和我,相继接过望远镜,仔细瞭望。

"我觉得,"赫利格利说,"那边好像是海岸……"

"我也这么想。"我答道。

"这肯定是一个海峡,漂浮的冰山就是穿过这个海峡把我们带到这里来的。"兰·盖伊船长做出结论说。

"是一个海峡,"水手长补充道,"水流沿海峡先是从北向南走,然后再从南向北走……"

"如此说来,海峡将南极大陆一分为二了?……"我问道。

"这是毫无疑问的。"兰·盖伊船长回答道。

"啊,如果我们的'哈勒布雷纳'号还在该多好!"赫利格利大叫起来。

是的……乘坐双桅船——甚至就搭乘这冰山也好,现在冰山就像遇险失去操纵的船只一般停在岸边——我们本来还可以北上几百海里……说不定可以直到大浮冰……说不定可以直到极圈……说不定可以直到最近的陆地!……可是现在,我们只有一条不堪一击的小艇,最多容纳十一二个人,而我们一共是二十三个人!……

我们只好下山返回岸边,回到营地,把帐篷搬运到岸上,采取过冬的各种措施。看来客观情况将迫使我们在这里过冬了。

毋庸赘言,地上丝毫没有人类的足迹,也没有任何有人居住的遗迹。这块土地,最新的地图上称之为"尚未探查的地区"。现在看来,可以肯定,"珍妮"号的幸存者并不曾踏上这块土地。我还要补充一句,不仅是他们,任何人都不曾涉足这里。所以,在这一海岸上,德克·彼得斯恐怕还是不会找到阿瑟·皮姆的踪迹。

还有一点,可以证明,就是这一带仅有的动物见了我们毫不惊恐,依然泰然自若。无论是海豹还是海象,见了我们,并不跃入水中;海燕和鸬鹚也不展翅飞逃;企鹅仍然排列成行,岿然不动,无疑也将我们当成了特种飞禽。是的!……人类在他们眼前出现,这确实是第一次。这也证明了这些动物从来不离开这块陆地到低纬度地区去冒险。

返回岸边途中,水手长在花岗岩峭壁上发现了现成的宽敞的岩洞,颇为得意。岩洞相当宽敞,有些可供我们全体居住,有些可隐蔽"哈勒布雷纳"号的货物。不论今后采取什么决定,先把物资储藏在这里,人也初步在这里安顿下来,是最合适不过的了。

兰·盖伊船长爬上冰山山坡,回到营地,下令全体集合。没有一个人缺席——只有德克·彼得斯例外,他已经毅然断绝了与船员们的一切关系。不过,就他而言,无论从精神状态来说,还是如果发生暴乱他会采取什么态度来说,都丝毫无须担心。他会和忠心耿耿的人站在一起反对闹事的人,在任何情况下,我们大概都可以依靠他。

人们围成圆形,倾听兰·盖伊船长讲话,丝毫没有流露出灰心失望的迹象。他向伙伴们谈话,给他们分析形势……分析得极为详尽,可以说,到了小数点后一位。首先,必须将物资运到陆地上,将岸边的岩洞整修出一个。关于给养问题,各种食品:面粉、罐头肉、干菜等等,冬季再漫长,再严寒,也肯定足足够用。关于燃料问题,他申明,只要丝毫不浪费,煤不会缺乏。在冰雪覆盖下,越冬的人可以抵得住极地的严寒,节省用煤还是可能的。

兰·盖伊船长就这两个问题所做的答复,其目的是消除一切恐惧不安情绪。他那种镇定自若的神情是故意装出来的……我并不相信他的话。杰姆·韦斯特也同意我这种看法。

现在剩下第三个问题——最重要的问题,赞成或反对的问题。提出这个问题来,就是为了挑起船员们的嫉妒和愤怒情绪。提这个问题的人,是渔猎手。

果然,这个问题就是:决定以什么方式使用我们拥有的唯一的小艇。保留着小艇为过冬需要合适,还是将它用来返回大浮冰方向合适?……

兰·盖伊船长无意表态。他只要求推迟到二十四小时以后或四十八小时以后再作决定。读者大概没有忘记,装上相当长时间航行必需的食物以后,小艇只能容纳十一到十二个人。即使小艇决定动身,也需要将留在海岸上的人安顿下来。如果小艇出发,谁上艇就要通过抽签来决定。

兰·盖伊船长于是声明,无论杰姆·韦斯特、水手长,我还是他,都不要求任何特权,而是接受共同法律的约束。"哈勒布雷纳"号的两位师傅,马尔丁·霍特也好,哈迪也好,完全有能力驾驶小艇直到捕渔区,捕鲸船可能尚未离开。

此外,走的人不应忘记留在这86°纬线上过冬的人。夏季来临时,他们要派出一艘船只来接回他们的伙伴……

我再重复一遍,船长说这一席话,语气镇定而坚决。我应该说句公道话,情况越来越严重,兰·盖伊船长的形象也越来越高大。

自始至终，没有一个人打断他的讲话，就连赫恩也不例外。等他讲完，没有一个人提出任何细小的异议，既然必要时大家都完全平等地听从命运的决定，那还有什么可说的呢？

该休息了。每人都回到营地，吃过恩迪科特准备的一份晚餐，进帐篷就寝，度过这最后的一夜。

德克·彼得斯没有再出现，我极力想找到他，但无济于事。

第二天，2月7日，开始干活，大家都劲头十足。

天气晴朗，海风拂面，空中稍有雾气，气温尚可忍受，华氏46度（7.78摄氏度）。

首先小心翼翼地将小艇下到冰山底部。从那里，在干地上将它拖到一小片避开海浪的沙滩上。小艇完好无损，可以指望，它一定会大有作为的。

然后，水手长负责安排"哈勒布雷纳"号的物资及器材、用具、床具、帆具、衣物、工具、炊具等。将这些器物放在岩洞尽头，冰山倾覆或毁坏都不会再遭受损失。一箱箱腌肉，一袋袋面粉和蔬菜，以及装葡萄酒、威士忌、杜松子酒和啤酒的大桶，都用滑车卸到突出于小湾东部的岬角一侧，然后运到岸上。

我和兰·盖伊船长、大副一样，都亲自动手干，因为这项首要工作刻不容缓。

我应该提一笔，这一天，德克·彼得斯也来帮忙，不过他跟任何人都不讲话。

他是否放弃了找到阿瑟·皮姆的希望呢？……我不得而知。

2月8日、9日和10日，一直在安顿未来的生活。最后一天下午，终于完工。船上物资已妥善安置在一座宽大岩洞中，从一个狭窄的洞口可以进入。这个岩洞紧挨着我们要住的岩洞。根据水手长的建议，恩迪科特将厨房也安在我们的岩洞里。炉灶既做饭，又帮岩洞取暖。这样，在极地冬季的漫长日子里，或更确切地说，漫漫长夜里，我们就可以借助炉灶的热量了。

从8日晚上，我们就已经占据了这个岩洞。四壁干燥，地上铺着细沙，从洞口透进的光线足够照明。

在岬角与海岸相接的地方，有一股清泉。我们的岩洞距离泉水很近，从坐落方向来看，大概在寒季里可以遮掩泉水，使它不致遭受怒吼的狂风和漫天大雪的袭击。岩洞面积比双桅船的舱面室和船员休息舱加在一起还大，除了床具以外，还放置了各种家具什物，桌子、橱柜、椅子等。要度过冬季几个月的时光，这些家具什物已经足够。

大家都在尽心竭力安顿生活，从赫恩和福克兰人的态度中，我没有发现任何可疑之处。每个人都循规蹈矩，干劲十足。然而，混血儿继续守卫小艇。从沙滩上夺走小艇，可是易如反掌。

赫利格利一直用心监视渔猎手及其同伴，看到他们现在这种情况，似乎比较放心了。

无论如何，关于谁去谁留的问题——如果要走的话——应该尽快做出决定。现在已经2月10日。再过一个月或六个星期，极圈附近捕鱼季节即将结束。即使我们的小艇十分幸运，能够穿过大浮冰和极圈，但是，如果到那里以后再也遇不到捕鲸船，要小艇独自劈风斩浪，穿越太平洋，直抵澳大利亚或新西兰海岸，那是不可能的。

那天晚上，兰·盖伊船长将全体人员召集在一起，宣布第二天要讨论这个问题，并补充说，如果讨论的结果是决定动身，当场就抽签。

这个建议,没人争辩。依我看,只在决定到底走还是不走上,才会发生激烈的争论。

天色已晚。室外已是昏暗一片。到了这个日期,太阳已经紧贴着地平线徜徉,不久就要消逝在地平线以下了。

我和衣而卧。已经睡了几个小时,忽然附近惊叫连声,将我惊醒。

我一跃而起,奔出洞外。大副和兰·盖伊船长也和我一样从梦中惊醒,和我同时奔至洞外。

"小艇……小艇!"杰姆·韦斯特突然大叫起来。

小艇已经不在原处,不在德克·彼得斯看守的地方了。

小艇已经下水,三个人携带着成桶的酒和成箱的肉已经上船,其余十个人正在制服混血儿。

赫恩在场。马尔丁·霍特也在。我仿佛觉得,马尔丁·霍特并不极力干预。

就这样,这些无耻的家伙想强占小艇,不等抽签就溜走!……他们想把我们扔下!……

果然,他们对德克·彼得斯来了个突然袭击。若不是德克·彼得斯拼死自卫,他们早就把他打死了。

兰·盖伊船长和大副,面对这场暴乱,明白我们数量上占劣势,而且不知道是否能够依靠全体老船员。他们二人首先返回岩洞取出武器,好去制服赫恩及其同伙,他们个个都手持武器。

我刚要像他们那样回去取武器,忽听得下面几句话,顿时我立于原地,动弹不得了。

混血儿寡不敌众,最后还是被打倒在地。马尔丁·霍特感激他的救命之恩,扑过去救他。这时,赫恩对他喊道:

"不要管他……你跟我们来吧!"

帆篷师傅现出犹豫不决的神情……

"真的……不要管他,"赫恩又说,"……放开德克·彼得斯……他是杀害你哥哥内德的凶手!……"

"杀害我哥哥的凶手!……"马尔丁·霍特大叫一声。

"你哥哥在'逆戟鲸'号上被杀死了……"

"被……德克·彼得斯杀死了!……"

"对!……被杀死了……而且被吃掉了……吃掉了……吃掉了!……"赫恩反复强调这可怕的字眼。他已经不是在说话,而是在号叫了。

赫恩示意,他的两个同伙上前擒住马尔丁·霍特,将他架到就要离岸的小艇上去。

赫恩和所有被他拉来加入这罪恶行径的人,随他们跑掉了。

就在这时,德克·彼得斯一跃而起。一个福克兰人抬腿正要跨上舷缘,德克·彼得斯扑到他身上,用双臂将他举起,在头顶上转了几圈,一下子抛出去,撞在岩石上,脑袋开了花……

一声枪响……赫恩的子弹击中混血儿的肩膀,他应声倒在沙滩上。小艇拼命挥桨,驶向海面。

兰·盖伊船长和杰姆·韦斯特这时走出岩洞——刚才那一幕最多历时四十秒钟,他们朝岬角奔去。水手长、哈迪师傅、水手弗朗西斯和斯特恩都一齐向岬角跑去。

水流带走了小艇,小艇已在一链开外了,海潮正在急剧退去。

杰姆·韦斯特举枪瞄准、射击,一个水手应声倒地,跌在小艇里。

兰·盖伊船长开枪。这第二枪,子弹擦过渔猎手胸部而过,落到岩石上。这时小艇正消逝在冰山后面。

现在只好跑到岬角的另一侧去。水流将他们带往北方之前，肯定还会将这些无耻之徒靠近那一侧的……如果他们出现在步枪射程内，再打一枪能击中渔猎手……他受伤或身死的话，也许他的同伙还能下定决心返回？……

一刻钟过去了。

当小艇出现在岬角背面的时候，距离已相当远，我们的武器已无法达到了。

赫恩已经让人升起船帆。水流和海风同时推动着小艇，转眼之间就成了一个小白点，很快就消逝了。

第13章　德克·彼得斯跃入海中

过冬的问题就这样决定了。"哈勒布雷纳"号从福克兰群岛出发时有三十三人,二十三人抵达这块陆地。现在,这二十三人中,有十三人刚刚逃走,以便越过大浮冰返回捕鱼海域……但并不是命运选定了他们!……不是!……为了逃避过冬的可怕处境,他们卑鄙无耻地开了小差!

不幸的是,赫恩不仅仅带走了他的同伙。我们的人中有两个,水手伯里和帆篷师傅马尔丁·霍特也加入了他们一伙。——渔猎手向他揭穿了那可怕的事实,马尔丁·霍特当时目瞪口呆,可能根本没有意识到自己的行动!……

总而言之,对于命运注定走不了的人来说,情况并没有发生变化。我们只剩下九个人了——兰·盖伊船长、大副杰姆·韦斯特、水手长赫利格利、捻缝师傅哈迪、厨师恩迪科、两个水手弗朗西斯和斯特恩、德克·彼得斯和我。可怕的极地冬季即将来临,在这里过冬,我们要接受什么样的考验啊!……我们要忍受怎样刺骨的严寒啊! ——六个月的漫漫长夜包围着我们,比地球上任何一点都更加寒冷。这种环境,已经超出人体所能忍受的限度。要经受得住这些磨炼,需要怎样坚强的毅力和体魄,想起来真是令人不寒而栗!……

然而,归根结底,离开我们的人,是否他们的命运就比我们好? ……从这里到大浮冰区,他们会一直遇到自由流动的大海吗? ……他们能够到达极圈吗? ……过了极圈之后,他们能遇到这一季最后一批船只吗? ……这一段航程约一千海里,他们的给养不会匮乏吗? ……小艇挤上十三个人已经负载过重,还能带走什么给养呢? ……是的……到底谁受威胁最大,是他们,还是我们? ……这个问题只有待将来的事实来回答了!

小艇消逝以后,兰·盖伊船长带领自己的伙伴们又登上岬角原路返回,朝岩洞走去。漫漫长夜笼罩,我们将要在岩洞里度过整整这一段时间了! 恐怕完全无法涉足户外了吧!

我们匆匆忙忙赶回岬角另一侧的时候,我首先想到德克·彼得斯。他挨了赫恩一枪,落在后面。

回到岩洞后,仍不见混血儿的踪影。那么,他是伤势很重了? ……正如一向忠于他可怜的皮姆一样,这个人也一直忠于我们。难道我们就要悼念他的死亡了吗? ……

我希望——我们大家都希望——他的伤势不至于很严重。必须给他治疗一下,他却无影无踪了。

"我们找他去,杰奥林先生。"水手长喊道。

"走吧! ……"我答道。

"我们一起去,"兰·盖伊船长说道,"德克·彼得斯是我们的人……他从未抛弃过我们,我们也永远不会抛弃他!"

"原来以为只有我知、他知的事,"我提醒道,"现在搞得尽人皆知,这可怜的汉子还愿意回来吗? ……"

于是,我一五一十地告诉了我的伙伴们,为什么在阿瑟·皮姆的自述中,内德·霍特的名字改成了帕克;在什么情况下,混血儿将这件事告诉了我。此外,我强调了各种因素以减轻他的责任。

"赫恩讲德克·彼得斯杀死了内德·霍特,"我郑重说道,"对!……这是真的!……内德·霍特上了'逆戟鲸'号。他弟弟马尔丁·霍特以为他要么死于暴乱,要么死于船只失事。可是,并非如此!……内德·霍特与奥古斯塔斯·巴纳德、阿瑟·皮姆、混血儿都幸存下来了。过了不久,他们四个人饥肠辘辘,痛苦难熬……他们中间必须牺牲一个……命运指定谁就是谁……他们拈草棍决定……内德·霍特运气不佳……他死在德克·彼得斯的刀下……但是,如果命运指定了混血儿,那他不是也得给别人当牺牲吗!"

兰·盖伊船长这时发表了一个意见:"德克·彼得斯只将这桩秘密告诉了你,杰奥林先生……"

"只告诉了我一个人,船长……"

"你保守了秘密?……"

"绝对。"

"那这桩秘密怎么会传到赫恩耳朵里,我就不得其解了……"

"一开始我以为,"我回答道,"德克·彼得斯可能睡梦中讲出去了。恰巧被渔猎手听到,了解了这桩秘密。后来,我又反复考虑,我回忆起这样一个情况:混血儿向我讲述'逆戟鲸'号这一幕,告诉我帕克不是别人,正是内德·霍特时,是在我舱室里,侧面的玻璃窗是支起来的……所以,我有理由认为,我们的谈话被正在值班操舵的人偷听了……这个人正是赫恩。而且肯定为了听清楚我们的谈话,他扔下舵轮不顾,结果使'哈勒布雷纳'号突然偏航……"

"我想起来了,"杰姆·韦斯特说道,"我把那个混蛋臭骂一顿,把他赶到货舱底下去了。"

"于是,船长,"我接着说道,"从这天起,赫恩跟马尔丁·霍特越来越要好——赫利格利要我注意这一点……"

"完全正确,"水手长答道,"因为赫恩企图强夺小艇,可是自己又驾驶不了。他需要一个像马尔丁·霍特这样的师傅……"

"所以,"我接下去说道,"他不断鼓动马尔丁·霍特就他哥哥的命运问题诘问混血儿,你们也知道,在什么情况下他把这个可怕的秘密告诉了马尔丁·霍特……马尔丁·霍特听了那话,就跟疯了似的……这时别人就把他拉走了……现在,他和他们搞到一块去了!"

大家都认为,肯定就是这么一回事。真相终于大白。德克·彼得斯在这种状况之下,要回避我们的目光,我们这样担心不是有道理的吗?……他会同意重新回到我们当中来吗?……

我们全体都立即离开岩洞。过了一个小时,我们追上了混血儿。

他一看见我们,第一个动作就是逃跑。最后,赫利格利和弗朗西斯终于靠近了他,他也毫不抵抗。我和他说话……其他人也仿效我的做法……兰·盖伊船长向他伸出手去……开始,他犹豫了一下,不敢握住那只手。后来,他一言不发,朝沙滩走来。

从这一天起,他与我们之间,再没有人提起过"逆载鲸"号上发生的事。

至于德克·彼得斯的伤势,用不着担心。子弹只是打进了左臂的上部,手用力一压,子弹就出来了。往伤口上贴上一块帆布,外面穿上工作服。第二天开始,他又照常干活了,也不见他有什么行动不便之处。

按照度过漫长冬季的打算来组织安顿工作。冬季已经威胁着我们，几天以来，太阳透过迷雾，几乎打个照面就消逝了。气温降到华氏36度（2.22摄氏度），估计再也不会回升了。阳光将阴影在地面上无限地拉长，可以说已经不发散热量了。兰·盖伊船长叫我们无须等到天气更严寒，都穿上暖和的呢衣。

这期间，冰山、浮冰群、冰流、流冰，更大量地从南方涌来。沿岸本来已被冰块堵塞，有的又来岸边搁浅。大部分则向东北方向隐去。

"这一块块，"水手长对我说，"都是加固大浮冰的材料。赫恩这个恶棍的小艇，只要抢不到它们前头，我估计他和他那一伙人就要吃闭门羹。他们又没有开门的钥匙……"

"那么，赫利格利，"我问道，"你是认为，与上艇开走相比，我们在这海岸上过冬，危险要小一些喽？……"

"我是这么想，而且我一直这么认为，杰奥林先生！"水手长回答道，"而且，有一件事，你知道吗？……"他用自己的口头禅补上一句。

"你说说看，赫利格利。"

"好，这就是上了艇的人比没上艇的人要碰到更多的麻烦。我再跟你说一遍，即使我抽着了签，我都情愿让给别人！……你看，感觉到脚下踩着坚实的土地，这已经不简单了！……虽然我们被人卑鄙无耻地抛弃了，我倒不想要别人的命……可是，如果赫恩和那帮人无法穿过大浮冰，被迫在冰天雪地中过冬，靠本来只够几个星期的给养度日，你就会明白，等待他们的命运是什么！"

"是的……比我们的命运更惨！"我回答道。

"我再说一句,"水手长说道,"他们光抵达极圈还不够。如果捕鲸船已经离开捕鱼区,一条满载甚至超载的小艇,远涉重洋,一直行驶到澳大利亚陆地附近,根本不可能!"

这也正是我的看法。兰·盖伊船长和杰姆·韦斯特看法也是如此。如果航行顺利,只装载力所能及的重量,几个月的给养确有保证,总之,诸事顺遂,可能小艇还具备从事这一航行的条件……我们那条小艇具备这些条件吗?……当然不具备。

以后数日,2月14、15、16、17日,已将人员和物资全部安置完毕。

到内地去徒步旅行几次。到处土壤同样贫瘠,只有带刺的仙人掌,生长在荒沙中,沙滩上比比皆是。

如果说兰·盖伊船长对找到他哥哥和"珍妮"号的水手还抱着最后一线希望,自忖他们乘坐小艇得以离开扎拉尔岛以后,水流会一直将他们带到这一片海岸,那么现在他则不得不承认:这里没有任何弃舟登岸的痕迹。

有一次我们徒步走到四海里以外一座山脚下。山坡坡度和缓,不难攀登,海拔约六七百杜瓦兹。

参加这次徒步旅行的有兰·盖伊船长、大副、水手弗朗西斯和我。结果什么也没有发现。放眼向北、向西望去,群山连绵,蜿蜒起伏,光秃裸露,峰顶形状变幻莫测,巧夺天工。待到漫天冰雪的大地毯将它们覆盖之时,严寒亦将冰山固定在海面之上,恐怕很难将二者加以区别了。

然而在东面,原来我们以为是陆地的地方,我们进一步证实了,这个方向上伸展着一片海岸。在下午的阳光照耀下,岸上的高山在航海望远镜的镜头中清晰地显露出来。

这到底是海峡这一侧边缘上的大陆呢,还仅仅是一座岛屿?……无论属于哪种情况,大陆也好,岛屿也好,大概也都像西部的土地一样,寸草不生,无人居住,无法居住。

我的思路又转向扎拉尔岛。那里地面上生长着各种植物,异常茂盛。我回忆起阿瑟·皮姆的描写,真不知该做何感想。显然,呈现在我们眼前的这种荒凉景色,更符合人们对南极地区的概念。可是,坐落在几乎同一纬度的扎拉尔群岛,在地震几乎完全将其毁灭之前,却是土壤肥沃,人口众多的。

那一天,兰·盖伊船长提出倡议,要对冰山将我们抛上的这块土地进行地理命名。我们给它取名为哈勒布雷纳地,以纪念我们的双桅帆船。同时,为了同一纪念意义,我们给将极地大陆一分为二的海峡,取名为珍妮峡。

人们这时忙着猎取企鹅。企鹅在岩石上成群结队,比比皆是。两栖动物沿沙滩嬉戏,我们也捕获一些。现在感到需要新鲜肉类了。经过恩迪科特的烹调加工,我们觉得海豹和海象的肉十分鲜美可口。此外,迫不得已时,这些动物的油脂,还可以用来为岩洞取暖或烧饭。请不要忘记,我们最凶恶的敌人是寒冷,凡是能够御寒的手段,就都应该使用。是否这些两栖动物在冬季来临时,也要到较低纬度地区去寻找温和一些的气候,现在还不得而知……

幸运的是,还有数百种其他动物,可以保证我们这一小群人不致忍饥挨饿,必要时,也能保证不会口渴难熬。沙滩上爬行着大量的加拉帕戈斯龟。这本是厄瓜多尔海洋中一个群岛的名称,这种龟便由此得名。这就是阿瑟·皮姆谈及的那种龟,扎拉尔岛岛民以此为食。阿瑟·皮姆和德克·彼得斯从扎拉尔岛出发时,在土著人的小船里看见的也是这种龟。

这种龟类,躯体庞大,行动迟缓,笨重不堪;颈部细长,达两法尺;头部呈三角形,与蛇相似;可以数年不进食物。这里没有野芹菜、香芹和野生马齿苋,这种龟便以生长在岸边石缝里的仙人掌为食。

阿瑟·皮姆之所以大胆地将南极龟比作骆驼,这是因为,和骆驼这类反刍动物一样,这种龟在颈端有一个水囊,可容纳二到三加仑的新鲜淡水。根据阿瑟·皮姆自述,用草棍掐阖以前,"逆戟鲸"号的遇险幸存者就靠了一只这种龟幸免饥渴而死。据他说,这种旱龟或海龟,有的体重可达一千二百到一千五百斤。哈勒布雷纳地的龟虽然不超过七八百斤,但是龟肉的富于营养和味道鲜美,大概是不会逊色的。

所以,虽然我们即将在这距南极不到五度的地方过冬,无论天气如何奇寒,还没有达到顽强的意志也感到绝望的地步。唯一的问题——我不否认这问题的严重性——就是一旦寒季过去,如何返航的问题。要解决这个问题,必须有下列两个条件:一是坐小艇动身的伙伴成功地回到了祖国;二是他们关心的第一件事就是派一艘船来寻找我们。在这一点上,别人暂且不说,我们可以指望马尔丁·霍特,他不会忘记我们。然而,他的伙伴和他,是否能够搭乘上捕鲸船抵达太平洋的陆地呢?……再说,明年的夏季是否有利于穿越南极海洋,航行到如此遥远的地方呢?……

我们谈得最多的就是这种种好运和厄运。所有的人当中,水手长凭借他快乐的天性和善于忍耐,仍然充满信心。厨师恩迪科特与他一样充满信心,或者至少可以说,他对将来发生的事不大操心,每天悉心烹调,有如置身于"青鹭"旅店的灶前。水手斯特恩和弗朗西斯只是听着，一言不发。谁知道，也许他们后悔没能和赫恩及其同伙一道走呢！……至于捻缝师傅哈迪，他等待着事态的发展，而不愿花费脑筋去猜测五六个月以后事态会如何。

兰·盖伊船长和大副，像往常一样，团结一心，思想一致，决心一致。凡是对大家自救有益、应该尝试的事情，他们都会尝试。他们对小艇的命运并不太放心上，大概正在考虑作徒步穿过冰原向北行进的尝试。如果成行，我们当中没有一个人会犹豫不决，都会跟随他们前进。进行这种尝试的时刻尚未来到，等到大海直到极圈都已冰封的时候，就该下定决心了。

这就是当时的形势，似乎没有任何因素会使这种情况发生变化。可是到了2月29日那一天，突然发生了一件意外——我要说，对于那些相信上帝会干预人世间事物的人来说，这就是天意。

清晨八点钟。风平浪静，天空晴朗，气温计指着华氏32度（0摄氏度）。

我们聚集在岩洞中——水手长不在——等待吃早饭。恩迪科特刚刚将早点准备好，我们正要入座，忽听得外面有声音呼叫。

这当然只能是赫利格利的声音。他叫个不停，我们急忙走出岩洞。

他一看见我们，就大喊："快来……快来呀！……"

他站在岬角那边，哈勒布雷纳地边缘小山脚下的一块岩石上，向我们指着大海。

"什么事？……"兰·盖伊船长问道。

"一条小船。"

"一条小船？……"我惊叫起来。

"也许是'哈勒布雷纳'号的小艇回转来了？……"兰·盖伊船

长问道。

"不……不是那个!……"杰姆·韦斯特答道。

果然,有一条小船,其形状和大小都不会使人将它与我们双桅帆船的小艇混同起来,既无长桨,亦无短桨,只是漂流着。

看来很像是顺水而漂,无人控制……

我们只有一个想法——不惜一切代价,把这条船搞到手,说不定它会救我们一命……可是,怎样才能追得上它呢?怎样将它弄回到哈勒布雷纳地的这个岬角来呢?……

小船距我们还有一海里。不到二十分钟,它就会从小山背后来到。然后拐过小山,因为海上没有任何漩流。再过二十分钟,我们就会看不见它了……

我们站在那里,眼巴巴地望着小船继续漂流着,并不靠近岸边。相反,水流有使它远离岸边的趋势。

突然,小山脚下,水花飞溅,似乎有人掉进了大海。

这是德克·彼得斯。他脱下衣服,从一块岩石顶上跳进了大海。等我们看见他时,他已经在十寻以外了。他朝小船方向游去。

我们高声喝彩,这是发自肺腑的欢呼。

混血儿转了一下头,然后,奋力挥臂蹬腿,越过汩汩作响的海浪,向前跃去——确实应该用这个字眼——有如一只鼠海豚。他的力量和速度都与鼠海豚无异。这般情景,我有生以来第一次亲见。一个人如此膂力过人,有什么事不可以依赖他呢!……

德克·彼得斯能不能在水流将小船带往东北方向之前抵达船旁呢?……

小船离开岸边越来越远,就像大部分冰山经过岸边时也逐渐远离一样。如果能够追上,又没有桨,他能把小船弄回岸边吗?……

我们高声喝彩为混血儿助威以后,就一动不动地站在那里,心脏剧烈跳动,都快从胸膛里跳出来了。只有水手长还在不时喊着:

"向前……德克……向前!"

几分钟之内,混血儿已斜着向小船方向游出数链之远。在长浪翻腾的水面上,只见他的头部在移动,像个小黑点。丝毫看不出他已开始感到疲劳,他的双臂、双腿井然有序地击水。在这四个强大推进器的均匀作用下,他保持着原有的速度。

是的!……看来无须怀疑了。德克·彼得斯会靠近小船的……但是,以后呢,他会不会和小船一起被卷走?除非——他是那样膂力过人——他泅水将小船拖回岸边……

"不论怎么说,为什么小船里没有桨呢?……"水手长提醒道。

得等德克·彼得斯上船,就会明白。他必须几分钟之内到达,小船马上要超过他了。

"不管怎么样,"杰姆·韦斯特说道,"我们到下游去吧……如果小船能靠岸,也只能在下游距小山很远的地方。"

"他追上了……他赶上了!……哇……德克……哇!……"

水手长无法控制自己,高声叫喊。恩迪科特也用他洪亮的声音与他一应一和。

果然,混血儿已靠近小船,他擦着船边挺起半身。他宽厚的大手抓住小船,一跃上了舷缘,小船几乎倾覆。他跨腿上船,坐下,喘口气。

顿时,一声响亮的呼喊传到我们耳边,这是德克·彼得斯发出的喊声……

他在船底发现了什么?……噢,是短桨!只见他坐在船首,奋力操桨,朝海岸方向划来,以便走出水流。

"来呀!"兰·盖伊船长说道。

我们绕过小山脚下,在沙滩边缘上奔跑起来。沙滩上黑色石头星罗棋布,我们全然不顾,就在岩石中狂奔。

跑了四五百杜瓦兹,大副让我们停下来。

正好这地方有个小岬角,长长伸入海中。小船遇到了岬角的庇护。显然,小船就要在这里自动靠岸。

只有五六链的距离了,漩流正使小船靠近岸边。这时,德克·彼得斯扔下短桨,朝船尾弯下身去。等他抬起身来,怀中抱着一具毫无生气的人体。

传来一声令人心碎的叫喊!

"我哥哥……我哥哥!……"

这是兰·盖伊船长,他从混血儿举起的躯体上,刚刚认出了威廉·盖伊。

"活着……还活着!……"德克·彼得斯喊道。

过了一会儿,小船靠岸,兰·盖伊船长将他的哥哥紧紧抱在怀里……

船底,他的三位伙伴躺在那里,一动不动……

"珍妮"号的全体船员,就剩下这四个人!

第14章 三言两语话十一年

本章标题已经表明,这里将要极为简单扼要地叙述一下,英国双桅帆船被毁后威廉·盖伊及其伙伴们的历险,以及阿瑟·皮姆和德克·彼得斯走后,他们在扎拉尔岛的生活情况。

威廉·盖伊和其他三名水手,特里因科、罗伯茨、科文,被抬进岩洞,终于苏醒过来。实际上,这些可怜的人处于近乎死亡的衰弱状态,是由于饥饿——只是饥饿而已,并无其他。

很有节制地给他们吃一点东西,再喝上几杯滚烫的茶水,里面加点威士忌,他们几乎顿时恢复了元气。

威廉认出他的弟弟兰的时候,那种感人的场面,深深地激动了我们的心。我在这里不想详述了。每人都热泪盈眶,同时情不自禁道出对上帝的感激之情。将来我们的遭遇如何,我们竟然无暇考虑,完全沉浸在眼前的欢乐之中了。说不定,凭借着这条抵达哈勒布雷纳地岸边的小船,我们的境遇会发生变化呢!

我应该说明,威廉·盖伊在讲述他的遭遇以前,已经知道了我们的历险过程。简单扼要几句话,他便了解了急于了解的事情——我们如何遇到帕特森的遗体,双桅帆船直到扎拉尔岛的航行情况,怎样动身到了更高纬度的地区,冰山脚下的失事,以及最后一部分船员怎样叛变,将我们遗弃在这块陆地上。

他也了解了德克·彼得斯所知道的关于阿瑟·皮姆的情况,以及混血儿还抱着找到他的伙伴的希望。在威廉·盖伊看来,这种希望所依据的假设并没有什么充分的根据,阿瑟·皮姆毫无疑问是死了,正如"珍妮"号的其他海员,被压在克罗克-克罗克小山下,也毫无疑问已经死亡一样。

然后,威廉·盖伊简要叙述了他在扎拉尔岛度过的十一年。

大家恐怕没有忘记,1828年2月8日,"珍妮"号船员对扎拉尔岛居民及其首领"太聪明"的恶毒用心没有丝毫怀疑,下船登岸,前往克罗克-克罗克村。他们在船上留下六个人,使船只能够自卫。

船上人员,包括威廉船长、大副帕特森、阿瑟·皮姆和德克·彼得斯在内,组成共三十二人的队伍,手持长枪、手枪、短刀等各种武器。小狗"老虎"也随同前往。

抵达通往村庄的狭窄山谷以后,"太聪明"的武士人数众多,前呼后拥,这支队伍便分散开了。阿瑟·皮姆、德克·彼得斯和水手艾伦进入小山的一个裂隙之中。自那以后,他们的伙伴就再也没有见到他们。

过了不久,地动山摇。对面小山整个倒下,将威廉·盖伊及其二十八名伙伴埋在当中。这些不幸的人当中,有二十二人当场被砸死,他们的尸首埋在大堆泥土之下,再也没有找到。

说起来神奇,小山有一条宽宽的缝隙,有七个人处在缝隙尽头,受到遮掩,得以幸免。这就是威廉·盖伊、帕特森、罗伯茨、科文、特里因科——再加上福布斯和赖克斯顿,后来这两人死了。至于"老虎",是死于崩塌还是得以幸免,他们一无所知。

威廉·盖伊及其六位伙伴无法在这狭窄、阴暗的地方久留,可供呼吸的空气很快就匮乏。与阿瑟·皮姆首先考虑的一样,他们也以为自己是地震的受害者。但是,和阿瑟·皮姆一样,他们很快也发现,峡谷之所以填满了一百多万吨土石碎渣,是因为这次崩塌是"太聪明"和扎拉尔岛岛民人工准备的。和阿瑟·皮姆一样,他们必须尽快逃离这阴暗、缺少空气、潮湿土壤发出令人窒息气味的地方。用小说中的原话来说:他们已被流放,越过了希望最遥远的世界,而处于死亡的特殊环境之中。

与左侧小山一样,右侧小山中也有迷宫似的山洞。威廉·盖伊、帕特森和其他人顺着这黑暗的长廊爬行,来到一处较宽敞的洞穴,阳光和空气可以大量进入。

"珍妮"号遭到六十多条独木舟的袭击,留在船上的六个人奋力抵抗,石炮射出炮弹和连发弹,双桅帆船被土著人侵占,以及最后船只爆炸,引起一千多名土著人死亡和船只被毁。这种种情形,他们都从洞穴中看到了。

"太聪明"和扎拉尔岛人,一开始被爆炸结果吓得目瞪口呆,但是估计他们更感到沮丧。因为他们抢劫的本性未能得到满足,船体、帆缆索具、船上物资,爆炸之后只剩下一些毫无价值的碎片。

他们大概以为船员也完全死于小山崩塌,根本没有想到,有几个人竟然幸免于难。因此,阿瑟·皮姆和德克·彼得斯为一组,威廉·盖伊和他手下的人为另一组,竟然得以安然无恙地住在克罗克-克罗克的迷宫深处。他们以麻鸻肉和榛果为食物。麻鸻极易用手捕捉;榛树很多,长满山坡。他们用一块块软木和一块块硬木摩擦取火。软木、硬木在他们四周俯拾皆是。

最后,因禁了七天之后,阿瑟·皮姆和混血儿终于——众所周知——离开了他们的藏身之地,下到岸边,夺取了小船,离开了扎拉尔岛。而威廉·盖伊及其伙伴一直未找到逃跑的机会。

过了二十一天,"珍妮"号的船长及其手下人马一直囚禁在迷宫中,眼看他们赖以为生的鸟类要消耗殆尽了。为了逃脱饥饿的威胁——倒不存在口渴的问题,因为洞内有一泉,可供给他们清澈的泉水——只有一个办法:抵达沿海地带,坐上一条土著小船到海上去碰运气……说真的,他们能往哪里逃呢?没有给养,他们的命运将如何呢?……如果能利用几小时的黑夜,他们会毫不犹豫地去冒险。可是那时节,太阳还没有落到距南极24°纬线的地平线后面。

若不是发生了下面的情况使形势发生了变化,很可能他们只好坐以待毙,以结束这一切苦难了。

事情发生在一天早晨——那天是2月22日。上午,威廉·盖伊和帕特森心急如焚,在洞口聊天。洞口朝着田野。那时他们已到了只靠榛子果腹的地步,引起大家头部和肠胃剧烈疼痛。怎样找到七个人的食物呢?他们再也无计可施了。他们遥遥望见巨大海龟在岸边爬行。但是,数百个扎拉尔人占据着沙滩,来来往往,忙于他们的活计,一面发出他们持续一贯的"特克力—力"的喊声。躲在洞内的人怎么能冒险去追赶海龟呢?

突然,人群骚动起来。男女老幼四下逃散。有的土著人跳上小船,似乎什么极大的危险威胁着他们……

出了什么事情?……

岛屿这部分海岸上发生如此激烈的骚动,原因何在,他们很快就明白了。

原来是出现了一头动物,一头四足兽。这头野兽扑到岛民中间,跳到他们脖颈上,拼命撕咬,口中飞沫四溅,发出嘶哑的吼声。

然而,这四足兽不过单枪匹马,完全可以用石块、弓箭将它打死……为什么数百土著人表现得如此惊慌失措,为什么匆忙逃走,为什么面对向他们扑去的野兽似乎不敢自卫呢?……

原来这动物长着白毛。一见它,便发生了以前曾经见过的现象,扎拉尔全体土著人对白色的恐惧,毫无例外,无法解释……不! 他们除了高喊"特克力—力"以外,还叫喊"阿纳姆—姆"和"拉玛—拉玛",那种惊恐万状的情景,简直难以想象!

等到威廉·盖伊和他的伙伴认出那就是小狗"老虎"时,他真是惊呆了!……

是的!"老虎"躲过了小山崩塌,逃到岛屿内地……它在克罗克-克罗克村附近徘徊了数日,现在回来了,在土著人中引起一阵慌乱……

想必大家还记得,这可怜的小畜生在"逆戟鲸"号货舱里就曾出现过恐水症的症状……这一次,它可是真的得了狂犬病!……是的! 它发狂了,到处咬人,威胁着惊恐万状的居民……

这就是为什么大部分扎拉尔岛居民都已逃散的原故! 他们的首领"太聪明"以及克罗克-克罗克村的主要人物万波斯家族也逃走了……就是在这种不同寻常的情况下,他们不仅放弃了村庄,而且丢弃了整座岛屿。任何强大的力量都挽留不住,大概他们永远也不会再踏上这块土地了!……

可是,小船只够将大部分居民运送到邻近的岛屿上去,有几百土著人,无法逃走,只好留在扎拉尔岛。有几个人已被"老虎"咬伤,经过短暂的潜伏期,发生了狂犬病。于是,——真是无法描述的惨状——他们彼此扑向对方,彼此甩牙齿撕碎皮肉……我们在克罗克-克罗克村附近遇到的成堆的骨头,就是这些土著人的骸骨。十一年来,已在那里成为白骨!……

至于那可怜的小狗,它走到海边一个角落里死掉了。德克·彼得斯后来找到了它的骸骸,上面还套着刻有阿瑟·皮姆名字的项圈……

就这样,由于这场灾难——只有像埃德加·爱伦·坡那样的奇才才可能臆造出来,扎拉尔岛被彻底遗弃了。土著人逃到西南方的群岛上去,永远离开了"白兽"适才带来了恐惧和死亡的这个岛屿……

未能逃走的人在这场狂犬病大流行中全部死光以后,威廉·盖伊、帕特森、特里因科、科文、罗伯茨、福布斯、赖克斯顿,才壮着胆子走出迷宫,他们在洞里已经饿得奄奄一息了。

此后数年,这次探险的七位幸存者又是怎样过活的呢?……

一言以蔽之,并不如人们想象的那样艰苦。极其肥沃的土壤,提供了大自然的产品,还有一定数量的家禽,使他们的生活有了保障。他们只是无法离开扎拉尔岛,返回大浮冰附近,再度穿过极圈。当初"珍妮"号受到狂风暴雨袭击,流冰撞击,冰雹和雪暴威胁,历尽千难万险,终于打开了极圈的通道!

至于说建造一条可以经受如此危险航行的小船,威廉·盖伊和他的伙伴们没有必用的工具,只好使用自己唯一的武器,长枪、手枪和短刀,可是这怎么能造得出来呢?……

所以,只能考虑尽好地安顿下来,等待时机离开岛屿。这种时机来自何方?当然只能来自唯有上帝才能支配的偶然性……

首先,按照船长和大副的意见,决定在西北海岸建立营地。从克罗克-克罗克村眺望不到海面。而对他们来说,最重要的是能够经常不断看见大海,以待——唉,恐怕是不大可能的——在扎拉尔附近海域出现一艘船！……

威廉·盖伊船长、帕特森和他们的五位伙伴于是穿过山谷走下山来。崩塌小山的碎石乱土填满了半个山谷。发酵的火山岩渣，黑色的大块花岗岩和碎成粉末的黏土中间，有点点金属物闪闪发光。在阿瑟·皮姆看来，这荒凉地区的景象正是如此，用他自己的话来说："这里就是化为废墟的巴比伦遗址！……"

离开峡谷以前，威廉·盖伊想起去搜索一下右侧的裂隙，阿瑟·皮姆、德克·彼得斯和艾伦就是从那里消逝的。裂隙已被堵塞，他无法进入坚实大块的内部。因此他根本不知道这一侧也存在着一个天然的或人造的迷宫，与他刚刚离开的山洞极其相似。说不定，在已经干涸的激流河床下面，两个山洞是相通的。

混乱纷杂的壁垒，切断了向北的去路。这小队人马越过这个障碍，迅速朝西北方向走去。

到了那里，在距离克罗克-克罗克村约三海里的沿海地带，他们最后在一个山洞里安下身来。那个山洞与我们此刻在哈勒布雷纳地岸边所居住的山洞十分相像。

就在那个地方，"珍妮"号的七位幸存者活下来，度过了漫长而伤心绝望的年代。我们自己也即将开始这种生活了。——当然他们的条件比我们要好一些：扎拉尔岛土壤肥沃，能提供食物来源，而哈勒布雷纳地则缺少食物来源。实际上，待我们的给养枯竭以后，我们注定要丧生，而他们则不会。他们可以无限期地等待下去……而且他们也等了……

阿瑟·皮姆、德克·彼得斯和艾伦已死于崩塌，这在他们心目中是无可置疑的事——对艾伦来说，这当然已经确定无疑。他们怎么也想不到，阿瑟·皮姆和混血儿竟然夺取了一条小船，泛舟海上去了!

　　正如威廉·盖伊给我们讲述的那样,没有一件意外变故来打破这十一年的单调生活。岛民竟然也没有一次出现过,恐惧使他们不敢接近扎拉尔岛。这个阶段中,也没有任何危险威胁他们。另一方面,随着时光的流逝,他们越来越失去了有朝一日能被人搭救的希望。开始的时候,每当暖季来临,大海重又成为自由流动的海洋,他们便在心中暗想,会有一艘船前来寻找"珍妮"号的。但是,过了四五年之后,他们便失去了一切希望……

　　除了土壤生长的产品——其中有抗败血症的珍贵作物辣根菜和褐芹,在岩洞四周生长茂盛——威廉·盖伊还从村里带回了一些家禽,鸡,良种鸭,还有大量黑猪,在岛上迅速繁殖。此外,无须借助于火器,轻而易举地便可打下羽毛乌黑的麻鸹。这各种食物来源之外,还应加上信天翁和加拉帕戈斯龟产的卵,数以百计,埋在沙滩的沙土中。光有那躯体庞大的龟,就足够这些在南极洲过冬的人享用了。龟肉滋补身体,有益于健康。

　　还有取之不尽、用之不竭的海中储藏,珍妮湾中直到小海湾深处都盛产各种鱼类——鲑鱼、鳕鱼、鳐鱼、鳎、魴鮄、鲻鱼、菱鲆、鹦嘴鱼。这还没有算上软体动物中味道鲜美的海参。英国双桅帆船本来打算装满一船海参,然后运到天朝帝国①市场上去出售的。

　　对于1828年到1839年这个阶段,我想无须赘述了。冬季自然是艰苦的。确实,夏季慷慨大方地使扎拉尔群岛感受到它施恩于人类的影响;而当大雪、暴雨、狂风、暴风雪伴随着寒季来临的时候,冬季的严寒也不曾赦免他们。在整个南极陆地上,奇寒逞

---

①　天朝帝国,指当时的中国。

威。海面拥塞着浮冰,海水冰封长达六七个月。要等到太阳重新出现,才能再度见到自由流动的海水。这就是阿瑟·皮姆亲眼看见的自由流动的海洋,也是我们自度过大浮冰以来遇到的自由流动的海洋。

总而言之,在扎拉尔岛生存下来还是比较容易的。在我们占据的哈勒布雷纳地,这寸草不生的海岸,是否也会如此呢?即使我们的给养再丰足,总有一天要枯竭的。而冬季来临的时候,大龟难道不会向较低纬度地区转移吗?

还有一件事是确切无疑的,那就是直到七个月以前,威廉·盖伊船长手下从克罗克-克罗克伏击战中安全无恙脱险的人,还一个都没有损失。这全靠他们体质强壮,吃苦耐劳,意志坚强……可叹!他们不久又要大祸临头了!

5月来到了——这里的5月相当于北半球的11月——在扎拉尔的海面上,冰块已经开始漂浮,水流将它们带往北方。

有一天,七个人当中有一个没有回到岩洞。叫他,等他,开始寻找他……都是枉然……一定是出了什么意外,堕水淹死了。再也没有回来……大概永远不会回来了。

这人就是"珍妮"号的大副、威廉·盖伊的忠实战友帕特森。

一个人死了,一位优秀的水手死了,在这些勇士的心头引起怎样的哀痛啊!……难道这不正是预示着即将来到的灾难吗?

威廉·盖伊还不知道事情真相,我们于是告诉了他:帕特森落在一块浮冰表面上被带走,出事的具体情形如何,恐怕永远也无从得知了。在冰块上,他很快就被饿死。后来这块浮冰抵达爱德华太子岛附近,受到更温暖的海水侵蚀,即将融化。就在这时水手长在冰块上发现了"珍妮"号大副的尸体……

当兰·盖伊船长讲述到怎样在他不幸的战友口袋里找到了笔记,多亏了这些笔记,"哈勒布雷纳"号才向南极海洋进发时,他的哥哥情不自禁潸然泪下……

紧接着这第一桩不幸,其他的灾难接踵而至。

"珍妮"号的七名幸存者只剩下了六名。不久他们沦落到逃命的地步,此后就只剩下四个人了。

就在帕特森失踪后五个月,10月中旬,一次地震使扎拉尔岛天翻地覆,同时西南部的群岛也几乎完全倾覆。

这次大地震荡的剧烈程度,是常人无法想象的。我们从双桅帆船上驾小艇出发,在阿瑟·皮姆指出的石崖靠岸,总算得以判断一二。威廉·盖伊和他的五位同伴,如果没有办法逃离这个岛屿,他们肯定很快就要丧生。现在这个岛屿拒绝养育他们了!

过了两天,距他们的岩洞几百杜瓦兹处,水流送来一条小船,这是从西南方的群岛上卷到海面上来的。

威廉·盖伊、罗伯茨、科文、特里因科、福布斯和赖克斯顿,将小船上尽量装满给养,等不及二十四小时,便上船逃离已变得无法居住的岛屿。

不幸,海上狂风大作,这是由于地震扰乱了地层深处和天空深处而引起的。与狂风搏斗根本不可能,于是大风将小船抛向南方,顺水流漂。我们的冰山也是顺这股水流一直漂到这哈勒布雷纳地沿海的。

足足两个半月的时间,这些可怜的人就这样穿过自由流动的海洋,始终无法改变他们的航向。到了今年,1840年的1月2日,他们才隐约望见一块陆地——正是在东面濒临珍妮湾的那块陆地。

我们已经辨认出,这块陆地距离哈勒布雷纳地不到五十海里。是的!我们越过整个南极地区千里迢迢寻找的人,我们已经不再指望能够再度相见的人,原来与我们近在咫尺!

与我们所在位置相比,威廉·盖伊小船的靠岸地点是在大东南。那里,与扎拉尔岛相比,真是天壤之别,而与哈勒布雷纳地却极为相似!土壤不宜耕种,沙石遍地,没有树木,没有灌木,没有任何植物!他们的给养几乎消耗殆尽,威廉·盖伊及其同伴很快便陷于极为凄惨的境地,福布斯和赖克斯顿两个人先后死去……

在这海岸上,他们注定要饿死。其余四个人,威廉·盖伊、罗伯茨、科文和特里因科,再也不想在这儿多待一天!他们携带着所剩无几的给养,上了小船,再一次顺水漂流。由于没有仪器,他们竟至无法测定自己的位置。

他们就在这种情况下航行了二十五天,给养耗尽。就在他们四十八小时滴水未进,躺在船底动弹不得,濒临死亡的时候,他们的小船出现在哈勒布雷纳地附近。水手长远远望见了小船,德克·彼得斯跃入海中追赶,追上小船,将它拖回岸边。

混血儿一上船,就认出了那是"珍妮"号的船长和水手罗伯茨、特里因科和科文。一查看,他们都还有口气。他操起短桨,朝陆地划过来。到了离岸只有一链之地时,他托起威廉·盖伊的头部,喊道:"活着……还活着!"声音极为洪亮,一直传到我们耳边。

现在,在这天涯海角的哈勒布雷纳地,两兄弟终于团聚了。

第15章　冰上斯芬克斯

两天以后,在南极海岸的这一点上,两艘双桅帆船的幸存者出发了。

2月21日,清晨六时,我们十三人登上小船,离开了小小的海湾,绕过了哈勒布雷纳地岬角。

两天前,我们就讨论了起程的问题。如果决定走,那么出海日期就再一天也不能推迟。在纬度86°和70°之间的这部分海面上,即直到一般为大浮冰所阻的纬度上,还有一个月的时间——最多一个月——可以航行。如果我们能够脱身,过了那里以后,也许能够巧遇一艘正在结束捕鱼季节的捕鲸船,或者——谁知道呢?——也许能够遇到一艘到南极海洋边缘来进行地理发现远征的英国船、法国船或美国船?……过了三月中旬,航海家也好,捕鱼人也好,就要离开这一海域。到那时,大概就毫无希望被人搭救了。

人们首先考虑的问题是:漫长的黑夜和刺骨的严寒即将把这个地区包围。威廉·盖伊被找到之前,我们是要被迫在这里过冬的。如果我们仍按原来计划在这里过冬,安顿下来准备在这里度过七八个月的冬季,是否更有利?到下一个夏季开始,大海重又自由流动时,小船再起程向太平洋驶去,我们会有更充裕的时间跨过这中间相距的一千多海里路程。是否这样做更为谨慎、更为明智呢？……

另一方面，虽然岩洞足以为我们遮身，生活条件，至少在食物方面，能够得到保证，但是，一想到在这海岸上度过冬天，就是再能忍受的人，又怎能不心惊胆战呢？……是的！忍受……只要境况要求你忍受，自然就得忍受……但是现在走的机会就在眼前，为什么不做最后的努力力争早日返回祖国呢？赫恩和他的伙伴已经进行了这种尝试，我们的条件比他们更为有利，为什么不能尝试一下呢？……

仔细研究了问题的利弊。征求了每个人的意见以后，我们强调指出，如果出现什么障碍，使得航行无法继续下去，实在迫不得已，小船总还可以返回这部分海岸。海岸确切的位置，我们知道得一清二楚。"珍妮"号的船长极力拥护立即动身的意见，兰·盖伊和杰姆·韦斯特对由此产生的后果也毫不畏惧。我心悦诚服地同意他们的意见，我们的同伴也完全同意。

只有赫利格利进行某些抵制。他认为抛下确有把握的事去干没有把握的事，似乎不大稳妥……从哈勒布雷纳地到极圈之间这段距离，只有三个或四个星期，时间够用吗？……如果必须返回，水流向北，我们又怎能逆水返回呢？……总之，水手长强调的某些理由，是值得斟酌的。不过，我应该说，只有恩迪科特站在他一边，因为他已经惯于和水手长从同一角度看问题。最后，对这一切都反复地进行了讨论以后，赫利格利声明，既然我们都赞成起程，他也随时准备和大家一起动身。

短期内完成了准备工作。到了21日清晨七时的时候，借助于水流和海风的双重作用，哈勒布雷纳地已落在我们身后五海里。下午，高耸海岸之上的群峰逐渐消逝。山峦中的最高峰曾使我们远眺到珍妮湾西岸的陆地。

我们的小船是扎拉尔群岛常用的一种小船，供各岛之间交通使用。根据阿瑟·皮姆的叙述，我们知道，这些小船有的像筏子，有的像平底船，有的像跷跷板独木舟——大部分都很坚固。我们乘坐的这只船属于上述第三种，长约四十法尺左右，宽六法尺，船首、船尾翘起，形状相同——这样可以免得掉头——用数双短桨操作。

我应该特别提醒大家，这种船建造时，一块铁都不用——既没有铁钉、铁销和铁板，舵柱、艏柱上也不用铁，扎拉尔人全然不知有这么一种金属。他们用一种藤本植物做成绳索，具有铜丝的抗力，保持船壳板的黏合，与最紧密的铆接同样结实。他们往一种苔藓上涂上一种腻子，代替填缝的麻，一旦与水接触，便与金属一般坚硬。

这条小船就是这样的。我们给它取名叫"帕拉库塔"号——这是这一海域中一种鱼的名字。小船舷缘上粗糙地雕刻着这种鱼的模样。

"帕拉库塔"号尽其最大容量，东西装得满满的，但不致过分妨碍要在船上就座的人——外衣、被褥、衬衣、工作服、短裤、粗呢长裤和橡胶连帽雨衣、船帆、桅桁、圆材、四爪锚、长桨、挠钩，然后是测量的仪器，可能会用得着的武器、弹药、长枪、手枪、卡宾枪、火药、铅弹和子弹。船上食物有数大桶淡水、威士忌和杜松子酒、成箱的面粉、半醡咸肉、干菜、大量储存的咖啡和茶。还加上一个小炉灶和准备供炉灶使用几个星期的数袋煤炭。如果我们无法越过大浮冰，必须在冰原中过冬，这些给养很快就会耗尽。那时我们就要全力以赴返回哈勒布雷纳地。留在这里的双桅帆船的货物估计还能保证我们生存,度过许多个月份。

而且——即使我们回不来——难道就应该放弃一切希望吗?……不!但有一线希望,就紧紧抓住不放,这属于人的本性。我还记得,关于奇异天使,埃德加·爱伦·坡说过这样的话:这是一位操持人生意外变化的神明,其职能是唤来可使人震惊的变故,但其根源则蕴藏在事物逻辑发展之中……为什么在紧要关头我们就不会看见这个天使出现呢?……

"哈勒布雷纳"号所载绝大部分物资都留在岩洞中,放在安全可靠的地方,避开冬季的风吹雨淋。如果碰巧有遇险的人来到这片海岸,他们可以使用,这当然自不待言。水手长在小山上竖起一根圆材,定会引起他们的注意。再说,继我们这两艘双桅帆船之后,还会有什么船只敢于深入到这样的高纬度地区来呢?……

登上"帕拉库塔"号的人员是:船长兰·盖伊、大副杰姆·韦斯特、水手长赫利格利、捻缝师傅哈迪,水手弗朗西斯和斯特恩、厨师恩迪科特、混血儿德克·彼得斯和我,这都是原"哈勒布雷纳"号的人;然后是"珍妮"号的船长威廉·盖伊、水手罗伯茨、科文、特里因科。一共十三人,是个不吉利的数字。

起航以前,杰姆·韦斯特和水手长细心周到地在我们小艇的三分之一处安装了一个桅杆。这桅杆由一条支索和数条侧支索固定,可撑起一片宽大的前桅帆。这片前桅帆是用双桅帆船上的第二层帆剪成的。"帕拉库塔"号主横梁处宽六法尺,总算设法给这片临时增加的船帆加了些支架。

当然这套帆缆索具不可能逼风航行。但是从顺风一直到满后侧风,张帆后均可保证足够的速度,平均二十四小时走三十海里，五个星期就可将到大浮冰的约一千海里路程拿下来。如果水流和风向持续不断地将"帕拉库塔"号推向东北方向，把希望寄托在这个速度上是毫不过分的。偶尔海风停止，我们还可用短桨帮忙。四双短桨，用八个人操作，仍可保证小艇有一定的速度。

起程后的一星期内，没有任何特殊事情值得一谈。海风不断从南方吹来。珍妮湾两岸之间没有出现任何逆流。

只要哈勒布雷纳地海岸不向西偏离太远，两位船长打算尽量沿海岸前进，与它保持一二链的距离。这样，在发生事故船只无法使用的情况下，海岸还可为我们提供一个藏身之地。真的，如果发生这种事情，在这不毛之地上，又值初冬时节，我们的遭遇会怎样呢？……我想，最好还是不要往那儿想吧！

这第一个星期内，风力一减弱，我们就划桨。短期内抵达太平洋必需的平均速度，"帕拉库塔"号倒一点没有落下。陆地的景观没有改变——一直是贫瘠的土地，灰黑的岩石，沙质的海滩上稀疏地生长着仙人掌，远处是陡峭裸露的峰峦。至于海峡，已经夹带着冰块，飘浮的流冰，长达一百五十到二百法尺的浮冰群，有的呈狭长形状，有的呈圆形——也有冰山，但我们的小船都毫无困难地绕过了。使人不大放心的是这些大冰块都朝大浮冰区流去。大浮冰区的通道现在还可自由通过，这些大冰块会不会将通道封死呢？……

"帕拉库塔"号上十三名乘客亲密无间，自不待言。我们再也无须担心赫恩式的人物搞暴乱了。话说到这里，人们自然想起渔猎手带走的这伙人，命运是否帮了他们的忙呢？他们的小艇超载，一个小小的海浪袭来就有危险，这危险的航行该怎样完成呢?……谁知道,也许赫恩真的会成功,而我们比他晚走十天,也许就会失败?……

我顺便说一句,德克·彼得斯在这些地方没有找到他可怜的皮姆的踪迹。随着日益远离这些地方,他比任何时候都更加沉默寡言——我简直难以相信——我跟他说话时,他竟然不搭腔了。

1840年是闰年,我必须在我的笔记中记下2月29日。这天恰巧是赫利格利的生日。水手长要求在船上庆贺他的生日,要有些声势。

"这根本要求不高,"他笑着说,"因为给我祝贺生日,四年才一次啊!"

我们为他的健康干杯。这是一位正直的人,有些过分喜爱闲聊。但在所有的人当中,他最有信心,最能吃苦耐劳。他那永不颓唐的快乐天性给我们增添了无穷的乐趣。

那一天我们测得了我们当前的位置,纬度为南纬79°17′,经度为东经118°4′37″。

可见,珍妮峡的两岸位于118°和119°子午线之间,"帕拉库塔"号只要再越过十二三度就可以到达极圈了。

由于太阳在地平线上升起不高,测量方位极为困难。测完以后,两兄弟将南极地区的地图铺在一张长凳上。地图极不完整。我和他们一起研究地图,设法大致确定一下在这个方向上都有哪些已经发现的陆地。

不应忘记,自从我们的冰山越过南极以来,我们已经进入东经地区,从格林尼治为0°算起直到180°。所以,无论回到祖国的福克兰群岛也好,还是在桑德韦奇群岛、南奥尼克群岛或南乔治岛海域找到捕鲸船也好,这种种希望都应该放弃。

不言而喻,威廉·盖伊船长对于自"珍妮"号出航以后所进行的南极探险一无所知。他只知道库克、克鲁津斯特尔、威德尔、别林斯高晋、莫勒尔等人的探险,而不可能知道此后的远征:莫勒尔的第二次探险、坎普的远征。这两次探险使这遥远地区的地理领域稍有扩展。听了他弟弟给他的介绍,威廉·盖伊船长得知,自从我们亲自发现后,应该认为,一道宽阔的海峡——珍妮峡——将南极地区分成两块广阔的大陆,是确切无疑的。

兰·盖伊船长那天提出一个见解,这就是:如果海峡在118°和119°子午线之间伸展,"帕拉库塔"号可能会从人们认为是磁极的方位附近经过。人们不会不知道,所有的磁力线都汇集在这一点上,这一点与北极海域的磁极差不多位于对跖点①上,罗盘针与这一点成垂直方向。我应该说明,在那个时代,对磁极位置的测定并不像后来那样精确②。

这倒无关紧要。再说,这一地理验证对我们不会有任何意义。使我们焦虑的是,珍妮峡明显地变窄了,这时只剩下十到十二海里宽。借助于海峡这种地形,现在可清楚瞭望到两岸的陆地。

"嘿!"水手长提醒道,"但愿留下的宽度还够我们的小船通过!……若是这海峡最后成了个瓶子底……"

---

① 对跖点,位于地球同一直径的两个端点。
② 作者原注:根据汉斯廷的计算,南磁极的位置在东经128°30′,南纬69°17′。在万桑东·迪穆兰和库普旺·代布瓦进行研究以后,杜蒙·居维尔的"星盘"号和"信女"号航行过程中,随船探险的迪普雷测定的位置是东经136°15′,南纬76°30′。最近,新的计算结果又确定这一点应在东经106°16′和南纬72°20′上。可见在这个问题上,水文地理学家还不一致。在北磁极问题上,也是如此。

"这不用担心,"兰·盖伊船长答道,"既然水流朝这个方向伸展开去,那就是说往北有出路。所以,依我看来,我们只要跟着水流前进,保证没错!"

显然如此。"帕拉库塔"号最好的向导就是这水流。如果不幸遇到了逆流,若是没有强劲的海风帮忙,逆流而上是根本不可能的。

然而,是否有可能再过几度,较远的地方,由于海岸的地形,这水流会折向东方或折向西方? 不过,可以肯定,在大浮冰以北,太平洋的这一部分,是环绕着澳大利亚、塔斯马尼亚或新西兰的陆地的。不过这都无关紧要。人们会同意,只要能返回祖国,从哪里走都可以……

在这样的条件下,我们继续航行了十多天。小船完全保持了满后侧风的速度。我再重复一遍,虽然建造小船时不曾用过一块铁,两位船长和杰姆·韦斯特对小船的牢固赞不绝口。小船密封性能良好,从来没有一次需要重新填塞缝隙。我们遇到的是平静的海洋,长浪涌起的海面上,轻轻的涟漪划出微微可见的波纹。这倒也是真的。

3月10日,在同一经度上,测出纬度为76°13′。

自从离开哈勒布雷纳地,"帕拉库塔"号已航行近六百海里。这段距离是在二十天内完成的,所以,它达到了二十四小时前进三十海里的速度。

只要这个平均速度在三个星期之内不减低,就会一切顺利,通道不会关闭,或者可以绕过大浮冰——船只也还没有离开捕鱼区。

现在,太阳几乎紧贴着地平线爬行了。极地漫漫长夜的黑暗笼罩整个南极洲的时刻即将来临。十分幸运的是,随着我们不断向北挺进,我们抵达的海域,阳光还不会完全消逝。

这时,我们亲眼见到一种现象,其奇特程度,绝不亚于阿瑟·皮姆自述中比比皆是的离奇现象。有三四个小时,从我们的手指、头发、胡髭上,迸射出短暂的火光,伴之以响亮的声音。这是一场电雪暴,大片雪花纷纷扬扬,不太密集,与你一接触便产生放出火光的刷形放电。大海怒涛翻滚,"帕拉库塔"号好几次险些被浪涛吞没。最后我们还是安全无恙地渡过了难关。

这期间,空间已经不完全明亮了。频繁的迷雾将能见度的最远距离缩小为几链之地。所以在船上又设立了监视哨,以避免与浮冰碰撞。浮冰移动的速度低于"帕拉库塔"号前进的速度。还需要指出,南方的天空经常被一片片光芒照亮,这是因为极光。

气温急剧下降,只有华氏23度(零下5摄氏度)了。

气温下降自然引起极度的不安。即使这不会影响水流,水流方向继续对我们有利,却有改变气流状态的趋势。不幸得很,随着寒冷加剧,只要风力稍微减弱,小船的航速就要降低一半。耽搁两个星期,就足以危及我们的生命,迫使我们不得不在大浮冰脚下过冬。在这种情况下,正如我已经谈过的,最好还是设法回到哈勒布雷纳地的营地。可是到那时,"帕拉库塔"号刚刚返程顺利通过的珍妮峡,海水是否还自由流动呢?……赫恩及其伙伴们,比我们早走十天左右,条件比我们有利,大概已经穿过大浮冰了吧?……

四十八小时以后,天空中迷雾消散,可以进行方位测量了。

兰·盖伊船长和他哥哥打算测定一下我们的位置。真的,太阳已经几乎不超出南方地平线了,测量确实有困难。不过还是取到了日高的近似值。经过计算,得出的结果如下:

纬度:南纬75°17′。

经度:东经118°3′。

就是说,在3月12日这个日期,"帕拉库塔"号距离南极圈海域只有四百海里了。

这时我们注意到一点,就是这海峡,在77°线上非常狭窄。随着不断向北延伸,却越来越开阔了。即使用望远镜观察,也完全眺望不到东面的陆地。这是一个不利的情况,因为水流已不如原来那样在两岸之间紧紧收拢,势必就要减速,最后则会使人再也感觉不到水流的速度了。

3月12日到13日夜间,海风平息,升起了浓雾。实在可惜,这更增加了与浮冰碰撞的危险。在这一海域,出现浓雾并不使我们感到惊异。使我们极为惊异的是,虽然风平了,我们小船的航速却不但没有减低,反而逐渐增加。显然,速度加快并不是由于水流的原故,因为艄柱那里流水的涟漪可以证明,我们比水流前进得更快。

这种情形持续到清晨,我们百思不得其解。将近十点钟,迷雾在低处开始消散。西海岸又重新出现——这是一片岩石海岸,远景并无山峦。"帕拉库塔"号就是沿西海岸前进的。

这时,距我们四分之一海里的地方,一个庞然大物的身影显现出来,高出平原五十多杜瓦兹,方圆约有二百到三百杜瓦兹。从它奇异的形状来看,这块高地与一头巨大的狮身人面怪兽十分相似,上身挺起,利爪前伸,蹲在那里。其姿态与希腊神话中置于忒拜路上带翅膀的魔鬼酷似无异①。

这是一只活兽,一个巨魔,一头乳齿象吗?古生物乳齿象比南极地区的巨象体躯要大一千倍,是否在这里找到了乳齿象的残骸呢?……处于我们当时的精神状态中,可能真的会这样相信——甚至也会相信,那乳齿象就要朝我们的小船猛扑过来,以其利爪将小船撕成碎片……

开始有一阵我们颇感心神不定,其实并没有什么道理,也欠缺思考。后来我们辨认出,这不过是一块轮廓奇特、其头部刚刚从迷雾中显露出来的高地而已。

啊,斯芬克斯怪兽!……我想起来了,冰山倾覆,夺走"哈勒布雷纳"号的那天夜里,我曾经梦见一头这一类的神话怪兽,坐在世界之极上。恐怕只有埃德加·爱伦·坡,以他直觉的天才,才能解开这个神奇之谜吧!……

但是,更加奇异的现象发生了,吸引了我们的注意,激起我们惊异甚至恐惧的情绪!……

前面我已叙述过,几小时以来,"帕拉库塔"号的速度逐渐加快。现在,速度已经过快,水流速度远远低于航速。突然,原来"哈勒布雷纳"号上的四爪锚,现在放在我们小船的船头上,跳出了舳柱,仿佛被一股不可阻挡的强大力量拉走了,拴锚的缆绳绷

---

① 斯芬克斯是希腊神话中的怪物,狮身、人面。它曾坐在忒拜城外岩上,遇见行人经过,便要人家猜谜。这谜语说:早晨四只脚,中午两只脚,晚间三只脚走路的,这是什么?人家解答不上来,便被它所杀(一说被它吃掉)。忒拜人便发出赏格,有能除灭怪物者,请他当国王,并把王后配给他。俄狄浦斯走过,回答说是"人",因为婴儿匍匐,成人用两脚走路,到了老年要拄杖,所以成了三只脚。斯芬克斯见谜语被猜破,便从上边投身岩下自杀。俄狄浦斯于是成了忒拜国王。

得紧紧的,就要断裂……似乎拖着我们的是这四爪锚,将将擦着水面,向岸边飞去……

"这是怎么啦?……"威廉·盖伊失声大叫起来。

"砍断,水手长,砍断缆绳!"杰姆·韦斯特命令道,"否则我们就要撞到岩石上粉身碎骨了!"

赫利格利朝"帕拉库塔"号船头奔去,打算砍断缆绳。突然,握在手中的刀从手中飞起,缆绳断裂,四爪锚就像一颗炮弹那样,朝高地方向飞去。

与此同时,船内放置的各种铁器,炊具、武器、恩迪科特的炉子和我们的短刀也从口袋里给拉走,都朝同一方向飞去。我们的小船余速未尽,就要撞到沙滩上了!……

这是怎么回事?要解释这无法解释的事情,是否应该相信,我们正处于怪事多端的地区?我以前一向将这些稀奇古怪的事

情归之为阿瑟·皮姆的幻觉……

不！我们适才所见，是物理现象，而不是凭空臆造的现象！

时间不容我们充分思考。我们双脚刚一踏上土地，注意力就被一条在沙滩上搁浅的小船吸引住了。

"'哈勒布雷纳'号的小艇！"赫利格利失声喊叫起来。

这正是赫恩盗走的小艇。它长眠在这里，船壳板散架，肋骨与龙骨脱开，完全四分五裂……只剩下不成形状的碎片——一言以蔽之，一条小艇，滔天巨浪打来，将它甩在岩石上，摔得粉碎以后，剩下的东西就是如此。

我们立刻发现，这小船上的铁制物完全消逝……是的！全部铁制品……船壳板上的铁钉、龙骨上的铁垫板、艏柱和艉柱上的装饰物、舵上的铰链……

这一切究竟意味着什么？……

杰姆·韦斯特在呼唤，我们循着他的喊声朝小艇右方一片小沙滩走去。

地上横着三具死尸——赫恩、帆篷师傅马尔丁·霍特、一个福克兰人……伴随渔猎手的十三个人，只剩下这三具尸首，他们大概死了好几天了……

其余十个人不在，他们的命运如何呢？……是不是卷到大海中去了？……

沿着海岸，小湾深处，礁石之间，都进行了搜索。一无所获——既没有宿营的痕迹，也没有弃舟登岸的残迹。

"估计他们的小艇在海上被漂流的冰山撞上了……"威廉·盖伊说道，"赫恩的大部分伙伴落水溺死，这三具尸首被冲上海岸，到的时候就已经死了……"

"可是,"水手长问道,"那又怎么解释小艇处于这种状况呢?"

"尤其是,"杰姆·韦斯特加了一句,"所有的铁制器物都没有了?"

"确实,"我接口说道,"似乎铁制品都很猛烈地被拔掉了。"

我们留下两个人看守"帕拉库塔"号,向内地攀登,以扩大搜寻的范围。

我们走近高地。现在迷雾完全消散,高地形状更加清晰地显露出来。前面我已叙述过,高地形状与斯芬克斯怪兽极为相似——这头斯芬克斯怪兽呈煤烟色,仿佛组成它的物质,经过极地气候长期的风吹雨淋,已经氧化。

这时,一个假设突然在我脑海中涌现出来——可以解释这种种怪现象的假设。

"啊!"我高叫起来,"一块磁铁……这……这……这是一块磁铁……具有巨大无比的吸引力!"

人们都听懂了我的话。顿时,使赫恩及其同伙身受其害的、最近发生的这场灾难,真相大白了!

这高地不过是一块巨大的磁铁而已。在它的引力下,"哈勒布雷纳"号小艇上的铁制加固物被拔掉并且弹射出去,犹如被投射器的弹簧射出一般!……也正是这股力量,刚才以不可抵抗之势将"帕拉库塔"号上的全部铁制器物吸走!……如果我们的小船建造时用了一块这种金属,它也就会遭到与另一条小艇完全相同的命运了!……

那么,产生这样的效果是否因为接近磁极了呢?……

首先这种想法出现在我们脑海里。然后,经过考虑,这种解释应该排除……

再说,在地球两端相对的两点、磁力线相交的地方,除了磁针成垂直方向以外,并没有其他现象。这一现象,在北极地区就地实验过,在南极洲地区,大概也应该是相同的。

就是说,有一块磁力极强的磁铁,我们进入了它的引力区。至今传为奇谈的令人惊异的效果,就在我们眼前发生了。从前有谁肯相信,船只会被磁力不可抵抗地吸走,铁制加固物会从各部分分离出去,船体会开裂,大海会将它吞进万丈深渊呢?……而这一切都是真的!……

总之,我认为对这一现象可以做如下的解释:

信风不断将云或雾带往地轴的尽头,于是,暴风雨没有完全耗尽的大量电能,在地轴的尽头储存起来。因此在两极积累了大量这种流体,它又经常不断地流向陆地。

这就是北极光和南极光的成因。尤其是在极地长夜期间,极光在地平线上放射出来,光彩夺目。极光升上中天的时候,直到温带均清晰可见。甚至有人认为——据我所知,并未经证实——当北极地区进行正电荷强烈放电时,与此同时在南极地区就进行负电荷放电。

极地的持续放电电流使罗盘磁针失去控制,想必具有异常强大的电磁感应。只要一块铁受到磁感应作用,这块铁就立刻变成了一块磁铁,其强度与磁场强度、与通电螺线管的圈数和磁化铁块直径的平方根成正比。

高耸在南极陆地这一点的斯芬克斯怪兽,其体积恰好是可以以千立方米来计算的。

为了使电流在其周围流动,并通过感应成为一块磁铁,需要什么条件呢?只要一个金属矿脉就行了。它在地层深处蜿蜒伸展,相当于无数圈的螺线管。它从地下与上述高地的基础相连就可以了。

我还认为,这块高地可能位于磁轴上,就像一种巨大的绿透闪石,从中释放出无法称量的流体,其流动形成一个耸立在地球边缘的永不枯竭的蓄电池。至于要确定这块高地是否恰巧位于南极地区磁极上,我们的罗盘因其构造不适用于这一用途,无法确定。我能说的,就是罗盘的磁针失去控制,极不稳定,不再指示任何方向。再说,这块人工磁铁构造如何,云雾及矿脉怎样使它保持吸引力,都是无关紧要的事。

我本能地如此解释这一现象,还是完全说得通的。毫无疑问,我们处在一块磁铁附近,磁铁强度很大,于是发生了这种既可怕又自然的现象。

我将我的想法告诉我的同伴。对我们适才亲眼看见的物理现象,他们觉得只能这样解释。

"我们一直走到高地脚下,估计没有任何危险吧?"兰·盖伊船长问道。

"绝对没有。"我斩钉截铁地说道。

"那儿……对……那儿!"

我无法描述这几个字在我们心头引起的感觉。埃德加·爱伦·坡可能会说,这几声呼喊来自超世界的深处。

刚才说话的是德克·彼得斯。混血儿的身躯向斯芬克斯怪兽方向倾斜,仿佛他也变成了一块铁,也被磁铁吸走了……

他忽然朝这个方向跑去,伙伴们也跟随着他,踏在灰石块、崩坍的冰碛和各种火山残迹杂乱堆积的地面上。

我们越走越近,巨怪显得格外高大,与神话中怪兽的外形相比毫不减色。魔怪孤零零地挺立在这茫茫荒原之上,在人的心灵上激起的感觉，我简直无法描绘。有些感觉，确是非笔墨或语言可以形容……而且——这可能只是我们感官的幻觉——仿佛它的磁力在把我们吸向它的身旁……

到达巨魔的底部时，我们找到了其强大磁力所作用的各种铁制物品。武器、炊具、"帕拉库塔"号的四爪锚，都黏附在它的肋部。那里也能见到来自"哈勒布雷纳"号小艇的铁制物品以及铁钉、铁销钉、桨耳、龙骨铁垫板、舵上的铰链等等。

至此，对于赫恩及其同伙乘坐的小船毁坏的原因，再不可能有什么疑问了。小船被猛然拆卸开来，然后，在岩石上撞个粉碎。"帕拉库塔"号如果不是由于本身构造特殊，得以幸免于这无法抵抗的磁铁吸力，肯定也会遭到同样的命运……

要想取回黏附在高地肋部上的物品，长枪、手枪、炊具等，由于吸力极大，只得放弃这个想法。赫利格利眼见自己的短刀粘在五十多法尺的高处，够又够不着，勃然大怒，用拳头指着不动声色的魔鬼，高声叫道：

"斯芬克斯盗贼！"

除了来自"帕拉库塔"号和"哈勒布雷纳"号小艇的器物以外，这里别无其他物品，这本不足为奇。肯定从来没有别的船只深入到南极海洋的这个纬度上来过。先是赫恩及其同伙，后是兰·盖伊船长及其伙伴，我们是踏上南极大陆这一点的第一批人。结论是，任何船只走近这巨大的磁铁，都会遭到完全毁灭。我们的双桅帆船如果尚在，也必然与它的小艇同命运，只剩下不成形状的残渣碎片。

这时，杰姆·韦斯特提醒我们，在这"斯芬克斯地"——从此它就保留了这个名称——延长停泊时间，实在考虑欠周。时间紧迫,耽搁数日就可能迫使我们在大浮冰脚下过冬。

刚刚发出返回岸边的命令,只听得混血儿的声音又回响起来。德克·彼得斯又喊出三个词,或者更确切地说,是发出三声呼喊:

"这儿!……这儿!……这儿!……"

我们绕到巨魔右爪的背面,只见德克·彼得斯跪在地上,双手伸向一具尸体。更确切地说,是一具包着一层皮的骸骨。这个地区的严寒将尸体完好地保存下来,仍保留着尸身的硬度。这尸体低垂着头,雪白的胡须直垂腰间,双手、双脚指甲长如利爪……

这尸首怎么会贴在高地的肋部,距地面有两杜瓦兹高呢?……

我们看见一支枪,枪筒弯曲,横挎身上,还用皮制背带系着,枪支已经半锈蚀了……

"皮姆……我可怜的皮姆!"德克·彼得斯叨念着,那声音令人心碎。

这时,他想站起来好接近……好亲吻他可怜的皮姆已化成骨头的遗骸……

他双膝瘫软……一声呜咽卡住喉咙……一阵痉挛,心脏破裂……他仰面跌倒……死了……

事情想来是这样,自从他们分手以后,小船将阿瑟·皮姆带往南极洲的这一带!……和我们一样,越过南极以后,他堕入了巨魔引力区!……他来不及将斜挎在身上的武器摘下,便被具有磁性的流体抓住,弹射到高地上,他的小船随着向北的水流飘去……

现在,忠于友情的混血儿安息在斯芬克斯地上。他的身旁是阿瑟·戈登·皮姆。这位英雄的奇异经历,在伟大的美国诗人身上,找到了其令人惊异程度不相上下的叙述者!

第16章 十二比七十

当天下午,"帕拉库塔"号离开斯芬克斯地。自2月21日以来,这块陆地一直在我们的西侧。

到极圈还有约四百海里的行程。我再说一遍,待我们抵达太平洋的这部分海域后,是否会天赐良机,被流连至捕鱼季节最后几日的捕鲸船,甚至被南极探险船搭救呢?……

这后一种假设是有道理的。我们的双桅帆船在福克兰群岛停泊的时候,不是正在谈论美国海军上尉威尔克斯的探险队吗?这支探险队由四艘船只组成,"文森斯"号、"孔雀"号、"海豚"号、"飞鱼"号,他们与数艘同航船一起,不是于1839年2月离开了火地岛,准备进行一次穿过南极海洋的远征吗……

此后发生的事情,我们就不得而知了。然而,威尔克斯在尝试过沿西经而上以后,为什么不会产生沿东经而上寻找通道的想法呢?①在这种情况下,"帕拉库塔"号与他的某一艘船只相遇是可能的。

总之,最困难的问题就是要抢在这地区的冬季之前,利用自由

---

① 作者原注:果然如此,詹姆斯·威尔克斯上尉有十三次被迫退回,后来终于驾驶"文森斯"号从东经105°20′地方抵达南纬66°57′。

流动的大海。冬季即将来临,很快,海面上任何航行都将无法进行。

德克·彼得斯之死使"帕拉库塔"号的乘客数目减为十二人。两艘双桅帆船、两批船员一共只剩下这么多人。第一艘原有三十八人,第二艘原有三十二人,共为七十人。但是,请不要忘记,"哈勒布雷纳"号出海远航正是为了履行人道主义义务,它挽救了"珍妮"号四名幸存者的生命。

现在,让我们尽快结束这个故事吧!返航途中,一直受惠于水流和海风,无须赘述。帮助我撰写这个故事的笔记,根本不是装在密封瓶子里扔到大海上,又在南极洲海洋上偶然拾得的;而是我亲自带回来的。虽然这次旅程的最后部分依然经历了疲惫不堪、艰难困苦、千钧一发的危险及担惊受怕,但是这次远征总算得到了我们被救的最后结局。

我们从斯芬克斯地动身数日后,太阳终于降落在西方地平线以

下,整个冬季都不会再出现了。

于是"帕拉库塔"号便在极地连续黑夜的半黑暗中,继续这单调的航行。极光果然频繁出现。1773年,库克和福斯特首次眺望过这壮观的景象。有的成发光的弧状伸展开去;有的光芒忽长忽短,变幻莫测;宽大的帷幕闪闪发光,光度突然增加或突然降低,令人陶醉;这帷幕的光辉朝天空中一点会聚,那一点正是罗盘磁针成垂直方向的地方。这种种景象是多么光彩夺目!光束的波纹蜿蜒起伏,颜色从淡红直到宝石绿,形状千变万化,令人惊异赞叹不止。

虽然如此,但这已不是太阳,不是那无法替代的天体了。在南极夏季的数月中,这无法替代的天体不断照亮我们的视野。而这极地的漫漫长夜,对人精神上和肉体上都发生一种影响,任何人无法超脱。这种凄凉悲哀、心情沉重的感觉,实在难以摆脱。

"帕拉库塔"号的乘客中,只有水手长和恩迪科特保持着他们快乐的天性。航行中的烦闷也好,危险也好,他们将这些都置之度外。我也要将不动声色的杰姆·韦斯特列为例外。他是一个经常严阵以待的人,随时准备应付各种意外。至于盖伊两兄弟,重新团聚的幸福常常使他们忘记了对未来的忧虑。

我确实不能不赞扬赫利格利这位正直的人。一听到他那使人定心的声音讲话,人们就又鼓起了劲头。他经常说:

"我们一定会安全到达的,朋友们,我们一定会到达的!……你们好好算算,就能明白,旅途中,好运气的数字已经压倒了倒霉的数字!……是的!……我知道……我们的双桅帆船损失了!……可怜的'哈勒布雷纳'号,先是像气球一样被抛到空中,后来又如雪崩一般被抛进深渊!……可是,为了补偿我们的损失,又来了一座冰山把我们运送到海岸上,又来了扎拉尔小船与我们会合,并且带来了威廉·盖伊船长和他的三位伙伴!……放心吧,这水流,这海风,一直把我们推送到这里,还会把我们推送到更远的地方去!……我确实感觉到我们已占了上风!……手里握着这么多王牌,绝对输不了!……唯一的憾事,是我们将要回到澳大利亚或新西兰,而不能在克尔格伦群岛圣诞-哈尔堡码头附近,'青鹭'旅店门前抛锚了!"

对于阿特金斯大叔的挚友来说,这确实是令人沮丧的事!不过,对这种可能发生的憾事,我们别人倒能心平气和地接受!

一星期之中,航向保持得很好,既没有向东也没有向西偏离。到了3月21日,哈勒布雷纳地才从"帕拉库塔"号左舷方向消逝。

我一直将这块陆地称之为哈勒布雷纳地,因为它的海岸一直不断延伸到这个纬度上。这是南极洲一块广阔的大陆,对我们来说,这是不容置疑的。

当水流向北方流去,而大陆成圆形,向东北折去的时候,不言而喻,"帕拉库塔"号就停止沿这块陆地边缘前进了。

这部分海面,虽然海水仍然自由流动,海上却已经携带着成群的冰山或冰原——冰原与大块玻璃破碎后的块块十分相像,冰山的面积或高度已经相当可观。无论是为了找到通道,还是为了避免我们的小船像一颗谷粒掉进磨盘那样被碾得粉碎,必须在这些移动的大块中及时操作。因此,在阴暗的迷雾中航行,困难重重,危险不断。

现在,无论是经度还是纬度,兰·盖伊船长都无法测出我们的方位了。没有太阳,无法测得日高。用星星的位置来进行计算又过于复杂。所以"帕拉库塔"号只好顺水而行,据罗盘指示方向来看,这水流一直向北流去。从水流的平均速度来看,到3月27日这一天,可以估计我们的小船位于68°和69°纬线之间。就是说,除非估计错误,我们距极圈只有七十海里左右了。

啊!如果这艰险的航程中,不再出现任何障碍,如果这南极地区内海与太平洋海域之间的通道保证畅通,"帕拉库塔"号要不了几天就能抵达南极海洋的边缘了。但是,还有几乎一百海里的路程,大浮冰还会展开那巍然屹立的坚冰壁垒。除非有一条自由的通道,否则,还要从东面或西面绕过。一旦越过,确实……

对啦,一旦越过大浮冰,我们这单薄的小船,就置身于可怕的太平洋上了。现在正是一年当中狂风暴雨最凶猛的季节,连大船都经受不住它的惊涛骇浪,屡遭损坏……

我们不愿考虑这些……上苍会来帮助我们……一定会有人搭救我们……是的!……我们会被大船救起的……水手长一直肯定这一点,我们只要听水手长的话就行了!……

然而海面已开始结冰。有好几次,我们必须破开冰原,开辟一条通道。气温表只指到华氏4度(零下15.56摄氏度)。虽然我们的毯子还算厚实,但在这没有甲板的小船上,我们饱受了严寒和狂风之苦。

幸而有可供几个星期食用的数量足够的腌肉,三袋饼干和两桶尚未打开的杜松子酒。至于淡水,可从融化的冰中取得。

总之,六天当中,直到4月2日,"帕拉库塔"号不得不在大浮冰的山峦中穿行。大浮冰的峰顶,在海平面以上七八百法尺的高度上,勾画出它们尖尖的侧影。东面也好,西面也好,都一望无际。如果我们的小船遇不到自由流动的通道,我们是无法越过大浮冰的。

凭借着上好的运气,4月2日这一天,终于找到了通道。千难万险之中,小船沿着通道前进。是啊!我们的水手及其上司们发挥了全部的热忱、勇敢和机智,才渡过了这一难关。对兰·盖伊和威廉·盖伊两位船长,大副杰姆·韦斯特和水手长,我们永远感恩不尽。

我们终于到了南太平洋的海面上。然而,在这艰难的长途跋涉中,我们的小船已遭受严重损坏。捻好的缝已经磨损,船壳板有开裂的危险,不止一处开裂进水。不断忙着往外淘水。浪涛从舷缘上面倾入,已经受不了啦!

海风习习,海面平静过望,真正的危险并不是来自航行的险情,这是真的。

真正的危险在于,这一带海面上,已看不见一只航船,看不见一艘来往于捕鱼区的捕鲸船了。四月初,船只已经离开这些地方。我们到得太迟了,迟了几个星期……

我们后来得知,只要两个月以前到达这里,就会遇到美国探险队的船只。

2月21日,在东经95°50′和南纬64°17′的地方,威尔克斯上尉发现了一片海岸。他与其中一艘船只"文森斯"号,探查了这片海岸,发现它沿66°纬线由东向西伸展。后来冬季临近,他掉转船头,返回塔斯马尼亚的霍巴特敦。

法国杜蒙·居维尔船长率领的探险队于1838年出发,作第二次挺进南极的尝试。1840年1月21日,探险队在南纬66°30′、东经138°21′的地方,发现了阿德利地。然后,1月29日,在南纬64°30′和东经129°54′地方,发现了克拉里海岸。完成这些重要发现以后,远征结束,"星盘"号和"信女"号离开南极洋,向霍巴特敦驶去。

这些船只已没有一艘留在这一海域。当"帕拉库塔"号这艘核桃壳小船到了大浮冰以外,孤帆孑影,面对着空旷的大海的时候,我们只得相信,我们得救是无望的了。

我们距最近的陆地有一千五百海里,而冬季来临已一月有余了……

连赫利格利本人也心甘情愿承认,他本来指望我们还有最后一次好运气,现在这好运气也算刚刚离开了我们……

4月6日,我们的给养已经枯竭,风力开始加大,小船剧烈地颠簸,每一个浪头打来,都有被吞没的危险。

"船!"

水手长一声叫喊,顿时,在东北四海里处刚刚拉起帷幕的迷雾下面,我们辨认出一艘船的轮廓。

我们立刻打起信号,他们立刻发现了信号。船只停驶,将大艇放入海中前来营救我们。

这是美国查尔斯顿三桅船"塔斯曼"号。在船上我们受到殷切而热情的接待。船长待我的伙伴就好像待他的同胞一样。

"塔斯曼"号从福克兰群岛驶来。在福克兰群岛,他们获悉,七个月以前,英国双桅帆船"哈勒布雷纳"号向南极海洋进发,去寻找"珍妮"号的遇险者。但是冬季来临,双桅船没有再度出现,人们以为这只船大概连人带物都在南极地区失事了。

最后一段航程顺利而迅速。十五天以后,"塔斯曼"号将两艘双桅船船员中幸存的人送到新荷兰①维多利亚省墨尔本上岸。

---

① 新荷兰,此处指澳大利亚。1642至1643年,荷兰人塔斯曼发现了现称"塔斯马尼亚"的岛屿,首先是叫"新荷兰"的。

在墨尔本，我向我们的船员发放了他们受之无愧的奖金！

从地图上我们可以看出，"帕拉库塔"号是在杜蒙·居维尔的克拉里地和巴勒尼1838年发现的法布里西亚地之间驶出，来到太平洋的。

这次惊险而又非同寻常的远征就此宣告结束。可叹的是，牺牲了多少人的性命！总而言之，这次航行的偶然性和必然性将我带往南极，走得比我们的前人更远，甚至超过了地球的轴点。然而在这一海域，还有多少重大发现尚待进行啊！

阿瑟·皮姆，埃德加·爱伦·坡高度赞美的英雄，已经指出了道路……他的路要由他人继续走下去。定然会有他人前往，让冰上狮身人面兽将神秘的南极洲最后的奥秘吐露出来！

Jules Verne